Rowohlt Verlag GmbH, Kirchenallee 19, 20099 Hamburg

Kontaktadresse nach EU-Produktsicherheitsverordnung:
produktsicherheit@rowohlt.de

Leena Lehtolainen

Zeit zu sterben

Roman

Aus dem Finnischen von
Gabriele Schrey-Vasara

Rowohlt Taschenbuch Verlag

Die Originalausgabe erschien 1999 unter dem Titel
«Tappava Säde» bei Tammi Publishers, Helsinki

Die Übersetzung wurde freundlicherweise
vom Informationszentrum für finnische Literatur
in Helsinki gefördert.

16. Auflage Februar 2021

Deutsche Erstausgabe
Veröffentlicht im Rowohlt Taschenbuch Verlag,
Reinbek bei Hamburg, Januar 2002
Copyright © 2002
by Rowohlt Taschenbuch Verlag GmbH,
Reinbek bei Hamburg
«Tappava Säde» Copyright © 1999 by Leena Lehtolainen
Redaktion Stefan Moster
Alle deutschen Rechte vorbehalten
Umschlaggestaltung any.way, Barbara Hanke/Cordula
Schmidt (Foto: ZEFA-Masterfile/Philip Rostron)
Satz Palatino Light (PageMaker)
bei Pinkuin Satz und Datentechnik, Berlin
Druck und Bindung BoD - Books on Demand GmbH,
Norderstedt, Germany
ISBN 978 3 499 23100 1

Zeit zu sterben

Eins

Das Ferkel hatte nur noch einen Flügel. Von der Ablage hinter der Theke starrte es traurig an mir vorbei. Ich versuchte seinen Blick zu erwischen, um ihm zu sagen, dass ich mich genauso fühlte.

Irja Ahola war tot. Ihr Mann hatte ihr den Schädel eingeschlagen, mit einem Schürhaken.

Ich war wütend und traurig, aber nicht überrascht. Irja hätte sich vor fünf Jahren scheiden lassen sollen, als er sie zum ersten Mal schwer misshandelt hatte. Sie hätte aus der Hauptstadtregion wegziehen und ihren Namen ändern können. Aber Irja wollte nicht gehen. Sie meinte, sie müsse an ihre Kinder und Enkel denken. Wir Mitarbeiter im Frauenhaus Schutzhafen hatten sie in ihrer Entscheidung unterstützt. Wir glaubten den Schläger therapieren zu können, und fanden es wichtig, die Familie zusammenzuhalten. Irja hatte vor fünf Jahren keine Anzeige erstattet und erlaubte uns auch später nicht, die Polizei zu verständigen, wenn sie sich mit blauen Flecken und gebrochenen Rippen ins Frauenhaus geflüchtet hatte.

Und jetzt war Irja tot.

Ich holte mir an der Theke noch einen Cidre, obwohl mir schon der erste in die Beine gegangen war. Am Nachmittag hatte mich Hauptkommissarin Maria Kallio angerufen und gefragt, was ich über die ständige Gewalt in der Familie Ahola wüsste. Einmal hatte Irja Ahola gegenüber ihrer ältesten Tochter zugegeben, dass die blauen Flecke am Kinn nicht von einem Sturz mit dem Fahrrad stammten, sondern von ihrem Vater. Erst als sie nach dem Totschlag von der Polizei vernommen wurde, war der

Tochter aufgegangen, dass die ständigen Verletzungen ihrer Mutter nicht von Zusammenstößen mit Möbelstücken herrührten.

Kallio hatte mich für halb drei auf das Präsidium bestellt. Ich kannte sie, wir hatten dienstlich miteinander zu tun gehabt, und einmal hatten wir auf einem Seminar beide einen Vortrag gehalten. Seitdem duzten wir uns. Dieses Seminar über vorbeugende Maßnahmen gegen Gewalt in der Familie war die schrecklichste Veranstaltung in meinem ganzen Leben gewesen. Trotz Mikrophon hatte man mich in dem kleinen Saal im Kulturzentrum Espoo in den mittleren Reihen kaum hören können, während Kallio ohne elektronische Hilfsmittel ausgekommen war.

Ich befürchtete, dass auch sie mir die Schuld an Irja Aholas Tod geben würde. Wir hatten ziemlich unterschiedliche Auffassungen darüber, wie man mit Gewalt in der Familie umgehen sollte. Kallio wollte die Täter ins Gefängnis stecken, während im Frauenhaus Versöhnung und Vergebung als das Wichtigste galten.

Bis gestern Abend hatte ich so gedacht.

Als ich in Kallios Zimmer kam, stutzte ich. Die Kommissarin sah müde aus. Zwischen ihren roten Haaren waren ein paar graue Strähnen aufgetaucht, unter den Augen lagen dunkle Ringe. Vor einem Jahr erst hatte sie bei der Espooer Kripo die Leitung der Abteilung Gewaltkriminalität übernommen. Es hatte nicht allen geschmeckt, dass ein so verantwortlicher Posten mit der Mutter eines kleinen Kindes besetzt wurde.

«Ah, Säde Vasara, guten Tag.» Sie erhob sich hinter ihrem Schreibtisch und gab mir die Hand. «Kriminalmeister Anu Wang schreibt das Protokoll», sagte sie und wies auf eine junge, orientalisch aussehende Frau, die am Computer saß.

Die Kommissarin berichtete, dass Pentti Ahola seiner Frau mit dem Schürhaken Dutzende von Schlägen an Kopf und Oberkörper beigebracht hatte. Auf dem Tisch lagen Klarsichthüllen mit Fotos von der Leiche; ich wollte sie nicht sehen.

«Die Staatsanwaltschaft wird Pentti Ahola wahrscheinlich wegen Mordes anklagen», meinte Kallio. Die Adern auf ihrem Handrücken standen hervor, ich konnte sie pulsieren sehen. «Aber für eine Mordanklage braucht es Beweise. Eine Begründung könnte neben der außergewöhnlich brutalen Tötungsweise die Tatsache sein, dass Ahola seine Frau mehr als fünf Jahre lang systematisch misshandelt hat. Du bist doch bereit, das zu bezeugen?»

«Natürlich, auch wenn es jetzt zu spät ist», antwortete ich so bissig, dass Kallio die Augenbrauen hochzog.

«Ich bin der gleichen Meinung. Irja Ahola hat nichts mehr davon, wenn ihr Mörder zwölf Jahre im Gefängnis sitzt. Aber du könntest deinen anderen Klientinnen erklären, dass Staatsanwältin Reponen in Fällen von Gewalt in der Familie eine schärfere Gangart einschlägt als ihre Vorgänger. Mit einer Geldbuße kommt man nun nicht mehr unbedingt davon. Fangen wir mit der Vernehmung an. Anu, schaltest du bitte das Aufnahmegerät ein?»

Nach den Routinefragen lehnte sich Kallio zurück und verschränkte die Arme vor der Brust. Die Geste wirkte drohend.

«Wann ist Irja Ahola zum ersten Mal ins Frauenhaus gekommen?»

«Im Mai dreiundneunzig.»

Ich erinnerte mich noch gut daran. Die rundliche, grauhaarige Frau war schnaufend aus dem Taxi gestiegen, die Hand vor der blutenden Nase. Am ersten Tag hatte ich nur den Namen aus ihr herausbekommen. Am nächsten Tag hatte sie angefangen zu erzählen. Ihr Mann war von Anfang an gewalttätig gewesen, aber in den ersten dreißig Jahren der Ehe hatte es «nur so Klapse» gesetzt, wie Irja sich ausdrückte. Das heftige Prügeln hatte Weihnachten zweiundneunzig angefangen, als die Elektroinstallationsfirma, bei der Pentti Ahola arbeitete, in Konkurs gegangen war und er seine Stelle verloren hatte.

Das Frauenhaus hatte versucht, den Aholas zu helfen. Wir

hatten Versöhnungsgespräche geführt und eine Gesprächsgruppe für Männer angeboten. Irja war kein einziges Mal bereit gewesen, Anzeige zu erstatten. Ihre religiöse Überzeugung hatte es ihr verboten, und es war ein Prinzip des Frauenhauses, die Klientinnen zu respektieren. Dieses Prinzip hatte Irja das Leben gekostet.

Erst als ich die Vorfälle mit Kallio besprach, merkte ich, wie viele Fehler ich gemacht hatte. Beim letzten Mal hatten wir Irja mit einer gebrochenen Rippe in die Klinik bringen müssen, aber vor den Krankenschwestern hatte sie behauptet, sie wäre auf der Treppe gestolpert. Sie hatte Angst, das Krankenhauspersonal würde die Polizei informieren.

Nach der Vernehmung war mir speiübel. Kriminalmeister Wang druckte das Vernehmungsprotokoll aus und bat mich zu unterschreiben. Kallio sagte, die Staatsanwaltschaft würde sich bald mit mir in Verbindung setzen. Aus ihren Gesten schloss ich, dass ich gehen sollte. Ich blieb aber sitzen. Unschlüssig drehte ich den Konfirmationsring an meinem rechten Ringfinger und sagte schließlich:

«Ja, also … Sirpa Väätäinen und ihre Kinder sind heute wieder in den Schutzhafen gekommen.»

Im vorigen Herbst hatte ich mit Kallios Dezernat zu tun gehabt, als sie dort Material für die Ermittlungen gegen Ari Väätäinen zusammenstellten. Seine Frau Sirpa war schon seit ein paar Jahren Klientin des Schutzhafens. Als Ari sie zum dritten Mal krankenhausreif geschlagen hatte, gestand ich mir zum ersten Mal ein, dass Versöhnung und gute Ratschläge nicht in allen Fällen von häuslicher Gewalt halfen.

Der Polizist, der die Voruntersuchung leitete, war beim Verhör ausgerastet und hatte Väätäinen geschlagen. Später hatte Väätäinen sein Geständnis widerrufen und behauptet, der Polizist hätte ihn unter Druck gesetzt. Schließlich hatte Sirpa den Staatsanwalt gebeten, die Anklage fallen zu lassen, doch der hatte abgelehnt. Das Urteil, eine Geldbuße, fand ich ungerecht, weil die ganze Familie darunter zu leiden hatte, dass kein Geld im Haus war.

Als ich von den Väätäinens sprach, schloss die Hauptkommissarin kurz die Augen und in ihrem Gesicht zuckte es. Kommissar Ström, der Ari Väätäinen beim Verhör geschlagen hatte, war nach dem Vorfall suspendiert worden, und ein paar Wochen später hatte ich seine Todesanzeige gelesen. Ich wusste nicht, wie nahe sich Kallio und Ström gestanden hatten, aber ich hoffte, dass sie nach dem Tod des Kollegen ebenso viel Grund hatte, Ari Väätäinen zu hassen, wie ich.

«Wie geht es Sirpa?», fragte sie schließlich.

Die Väätäinens waren gegen Mittag in den Schutzhafen gekommen. Das war eher ungewöhnlich, denn meistens spitzen sich gewaltsame Auseinandersetzungen in den Familien nachts zu, wenn die Schläger ein paar Schnäpse intus haben.

«Sie ist nicht weiter verletzt, bloß zur Hälfte kahl geschoren. Ari hat ihr die Haare abgeschnitten, damit sie nicht rausgehen und sich anderen Männern zeigen kann.»

«Hör mal, Säde.» Kallio sah mich mit ihren grünen Augen scharf an. «Sirpa ist ein genauso schlimmer Fall wie Irja Ahola. Oder besser gesagt, Ari Väätäinen ist ein ebenso hoffnungsloser Fall wie Pentti Ahola. Erzähl Sirpa, dass Irja tot ist. Sag ihr, sie soll Anzeige erstatten!»

«Das ist gegen unsere Prinzipien. Der Schutzhafen richtet sich nach den Wünschen der Klientinnen», antwortete ich gewohnheitsmäßig, aber ich merkte, dass meine Worte mich selbst nicht überzeugten.

«Warum brichst du dann vor mir die Schweigepflicht?», fuhr Kallio mich an. «Haltet ihr im Schutzhafen nicht gerade die Familie für wichtig? Denk doch mal an die Kinder! Was wird denn aus denen, wenn ihre Mutter im Grab liegt und der Vater im Gefängnis sitzt?»

Ich wusste keine Antwort. Wang begleitete mich nach draußen und sagte entschuldigend, die Hauptkommissarin hätte einen schweren Tag hinter sich. Ich allerdings auch, und die kommenden Tage würden nicht besser werden. Es tat weh zu beobachten, wie routiniert die Kinder der Väätäinens mit ihrer Mutter ins Frauenhaus kamen. Die neunjährige Marjo kümmerte sich um ihre Brüder, man sah, dass sie es gewohnt war. Sie zog ein zerknittertes Taschentuch aus der Hosentasche und putzte dem kleinen Bruder mit übertriebener Sorgfalt die Nase. Ich sah in ihr mich selbst vor fünfundzwanzig Jahren; auch ich hatte meinen kleinen Brüdern immer die Nase geputzt, bevor sie auf den Schulhof gingen, obwohl sich Aimo, Reima und vor allem Tarmo dagegen wehrten.

So war ich mein ganzes Leben lang. Immer hatte ich ein Taschentuch parat, um anderen die Nase zu putzen oder die Tränen abzuwischen. Ich war der kleine Sonnenschein meiner Eltern, für die Volksschullehrerin war ich der Lichtblick in der lärmenden Klasse, ein Sonnenstrahl auch für den Musiklehrer, denn ich war die Einzige in der Klasse, die wusste, wie die Paralleltonart von As-Dur heißt. Bei Schulfeten brachte ich meine Freundinnen, die eine ganze Flasche Apfelwein getrunken hatten, zum Klo und wischte nachher den Boden auf. Ich wollte das Helfen zu meinem Beruf machen, deshalb studierte ich Sozialpädagogik. Nach fünf Jahren Studium und Magisterexamen landete ich auf dem Sozialamt, wo ich Geld an Leute verteilen durfte, deren Einkommen noch kleiner war als mein miserables Gehalt.

Als das Frauenhaus Schutzhafen gegründet wurde, bewarb ich mich. Ich dachte, da könnte ich mehr erreichen als auf dem Sozialamt, wo ich bloß ein Geldautomat war. Die Arbeit im Frauenhaus war mehr als ein Job, es war eine Lebensweise. Das war mir recht; da ich keine Familie hatte, konnte ich an den Wochenenden arbeiten. Meinen Sommerurlaub machte ich erst im Herbst, wenn die Urlaubszwänge der Familien überstanden waren. Ein- oder zweimal die Woche sang ich in einem Chor. Auch da erkannte man meine Bravheit und machte mich zur Notenverwalterin. Wer hätte sich auch besser dazu geeignet, am Kopiergerät Frondienste zu leisten oder schüchtern um die Rückgabe vergessener Notenhefte zu bitten?

Aber jetzt war es genug. Ich betrachtete abwechselnd das Ferkel und mein Cidreglas und beschloss, meine Bravheit abzuwerfen. Sie hatte mir nur geschadet.

Nach der Vernehmung war ich nicht nach Hause gegangen, sondern mit dem Bus nach Helsinki und mit der Straßenbahn weiter ins Kaivopuisto-Viertel gefahren. Zuerst hatte ich am Meer versucht, meine Beklemmung loszuwerden, aber ständig schoben sich Wolken vor die Sonne, und der kalte Wind drang durch meinen Mantel. Ich lief eine Stunde durch den Park, in der Hoffnung, das Schicksal würde mir die Entscheidung abnehmen: Der stürmische Septemberwind würde eine morsche Linde umwerfen, die mich unter sich begrub, oder er würde mich von den Uferklippen ins Meer fegen.

Die Männer meiner Klientinnen suchten oft Trost im Alkohol, fiel mir ein. Also ging ich ins Nachbarviertel, nach Punavuori, und tat etwas, was ich in meinem fünfunddreißigjährigen Leben noch nie getan hatte: Ich ging allein in ein Lokal und bestellte mir ein Glas Cidre. Es kam mir vor, als wäre das eine der wichtigsten Entscheidungen meines Lebens, als wäre es Zeit, die Schicksalsfäden zu kappen und mein Leben selbst in die Hand zu nehmen.

Das Lokal war ziemlich leer, außer mir und dem einflügligen Ferkel saßen nur ein paar Schachspieler da und ein älterer Mann, der sich hinter seiner Zeitung verschanzt hatte. Im Radio liefen finnische Schlager, und ich brauchte mich um nichts weiter zu kümmern als um das Getränk, das vor mir stand. Ich hätte gern etwas zu lesen gehabt, um nicht immer an Irja Ahola und Sirpa Väätäinen denken zu müssen. Als der Mann die Zeitung hinlegte und ging, nahm ich sie mir. Der knappe, sachliche Bericht über Irjas Ermordung nahm eine Spalte ein. Jetzt tat es mir Leid, dass ich Kallio nicht um ein Foto der Leiche gebeten hatte.

Vielleicht würde der Anblick Sirpa Väätäinen zur Vernunft bringen.

Das Horoskop prophezeite die Begegnung mit einem Menschen, der mein ganzes Leben auf den Kopf stellt. Das glaubte ich gern. Dieser Mensch war ich selbst.

Allmählich stieg mir der Cidre zu Kopf, das Ferkel sah weniger traurig aus. Vielleicht war alles gar nicht so schlimm, niemand würde mehr sterben, es würde alles wieder gut. Die Sonne schickte ein paar Strahlen in die schmale Straße vor der Gaststätte und zauberte für einen kleinen Moment Maistimmung in den Septemberabend. Ich holte mir an der Theke den dritten Cidre und traute mich, mit dem Kellner einige Worte über das Wetter zu wechseln.

Plötzlich stand ein großer dunkelhaariger Mann neben mir. Er maß ungefähr eins neunzig und wog mindestens hundert Kilo. Ich verzog mich schnell an meinen Tisch. Ich hörte, dass der Mann ein dunkles Bier wollte, er unterhielt sich mit dem Wirt über Stammwürze und Süße und entschied sich schließlich für eine Marke, von der ich noch nie gehört hatte. Ich schaute den Leuten auf der Straße hinterher, die zielstrebig irgendwohin gingen: von der Arbeit nach Hause, ins Kino, zum Aerobic. Sie wirkten echt und lebendig.

«Kann ich die Zeitung haben?» Der große Mann hatte sich an den Nachbartisch gesetzt, mit dem Gesicht zu mir. Seine Stimme war tief, ein rauer Bass. Zwischen dem schwarzen Bart und den dichten Augenbrauen war nur die scharf gezeichnete Nase zu erkennen. Die schwarzen Haare kräuselten sich an den Schläfen, die großen Augen waren tiefbraun. Seine Haut war nicht gebräunt, wie man so kurz nach dem Sommer erwartet hätte, sondern gelblich weiß wie ein Kartoffelkeim.

«Ja», sagte ich in einem Ton, der ihn davon abhalten sollte weiterzureden.

«Danke.» Der Mann ließ ein Lächeln aufflackern, das die Lachfältchen um seine Augen voll zur Geltung brachte. Ich spürte, wie ich rot wurde, und sah schnell nach draußen. Der Kerl sah einfach zu gut aus.

Obwohl ich versuchte, mich auf die Passanten zu konzentrieren, entging mir nicht, dass der Mann immer wieder von der Zeitung aufblickte und mich ansah. Warum nur? Ich war nicht der Typ, der Männerblicke auf sich zieht. Ich war durch und durch mittelmäßig. Größe eins sechzig, Gewicht vierundsechzig Kilo. Birnenförmiger Körper, schmale, knochige Schultern, die Arme schlank, aber mit schlaffen Muskeln. Mein Busen war nicht der Rede wert: Körbchengröße A hatte immer gereicht. Mit gutem Willen konnte man oberhalb der Hüften so etwas wie eine Taille ausmachen. Mein Hintern und meine Oberschenkel waren breit, Waden und Knöchel immerhin so weit präsentabel, dass ich es wagte, bei feierlichen Anlässen einen Rock zu tragen. Meine dünnen Haare konnte man euphemistisch als dunkelblond bezeichnen, und für meine Frisur hatte mein Bruder Tarmo den Namen «Sozialarbeiterinnenschnitt» erfunden. Meine kleinen hellblauen Augen versteckten sich hinter runden, dünn eingefassten Brillengläsern. Die Augenbrauen waren hell und nichts sagend. Mein Gesicht rötete und schuppte sich ständig, als hätte ich einen Sonnenbrand. Mein Mund war klein mit schmalen Lippen. Die Kosmetikerin, die am Verwöhntag für das Personal ins Frauenhaus gekommen war, hatte gemeint, meine Oberlippe sei schön geschwungen – wahrscheinlich, weil es sonst nichts Positives über mein Aussehen zu sagen gab. Im Allgemeinen benutzte ich kein Make-up. Manchmal versuchte ich, die schlimmsten Rötungen mit Puder abzudecken, aber heute hatte ich es vergessen.

Der Mann las mit neugieriger Miene, runzelte zwischendurch die Brauen. Ich mochte ernste, nachdenkliche Augen, wie er sie hatte. Das Lächeln, das ihm ab und zu übers Gesicht huschte, machte ihn um einige Jahre jünger. Durch den Bart war es schwierig, sein Alter zu schätzen, aber er konnte kaum älter sein als ich. Meine Brüder meinten allerdings, ich wäre schon als Tante auf die Welt gekommen, und ihre Frauen erklärten, ich würde mich so wenig pflegen, dass ich geradeso gut fünfzig sein könnte wie fünfunddreißig. Zu Weihnachten schenkten sie mir Faltencremes und Lotionen gegen Zellulite, die ich pflichtschuldig benutzte. Ich zwängte meinen Hintern in formende Slips, wie es sich für eine richtige Frau gehört. Ich versuchte, ansprechend auszusehen.

«Entschuldigen Sie, dass ich störe, aber könnten Sie mir einen Film empfehlen? Ich hätte Lust, ins Kino zu gehen, aber ich hab keine Ahnung, was sehenswert ist.»

Der Mann drehte seinen Stuhl und stützte sich auf meinen Tisch, er kam mir plötzlich viel zu nah.

«Einen Film? Ich weiß nicht … Ich habe bestimmt einen ganz anderen Geschmack als Sie.» Mein Mund war trocken, ich nahm schnell einen Schluck Cidre.

«Ich mag keine Actionfilme, sondern solche, in denen es um Beziehungen geht, am liebsten finnische.» Er schob mir die Kinoseite der Zeitung hin.

Ich mochte nicht zugeben, dass ich sehr selten ins Kino ging. Ich wartete lieber, bis die Filme als Video zu haben waren oder im Fernsehen kamen. Ich hasste die Unruhe im Kino, die umschlungenen Pärchen, die knisternden Bonbontüten, die fluchenden Teenager. Ich mochte Geschichten, die glücklich ausgingen, und jedes Happy End brachte mich zum Weinen. Deshalb genierte ich mich im Kino. «Titanic» hatte ich mir angesehen, weil die Frauen im Chor es so gelobt hatten, aber ich war schon bei der Kartenspielszene am Anfang in Tränen ausgebrochen, weil der arme Held nicht weiß, dass er eine Fahrkarte in den Tod gewonnen hat.

«Ein paar finnische laufen gerade. Eine Klamotte und irgend so ein Film für Jugendliche. Den ‹Flößerkönig› haben Sie ja sicher schon gesehen.»

«Ich glaube nicht …» In seiner Stimme lag plötzlich Unsicherheit.

«Der ist wahnsinnig populär.»

«Haben Sie ihn schon gesehen? Kriegt man davon gute Laune?»

Wenn ich jetzt lügen würde, dass ich ihn noch nicht gesehen habe, würde er mich dann einladen? Der Gedanke war zugleich aufregend und beängstigend. Ich sagte, mir hätte der Film gut getan. Das bedeutete, dass ich drei Taschentücher nass geweint hatte, als ich ihn mit den Klientinnen des Schutzhafens auf Video gesehen hatte.

«Also vielleicht den», meinte der Mann und leerte sein Glas in einem Zug. «Er fängt erst um viertel nach sieben an, da hab ich noch Zeit für ein Bier. Soll ich Ihnen was mitbringen?»

«Danke, ich hab noch», sagte ich und zeigte auf mein halb volles Glas. Der Mann ließ die Zeitung auf dem Tisch liegen. Ich las noch einmal mein Horoskop und fragte mich, ob mit dem Menschen, der mein Leben umkrempelt, vielleicht doch nicht ich gemeint war. Vielleicht war der Mann mit dem schwarzen Bart auch Fisch, und ich war in seinem Horoskop der wichtige Mensch? Sollte ich ihm sagen, dass ich mir den «Flößerkönig» gern noch einmal ansehen würde? Wenn ich mein Glas schnell austrank und mir noch ein viertes holte, würde ich es vielleicht wagen.

Er kam zurück und sah mich fragend an. «Darf ich mich an Ihren Tisch setzen?»

«Bitte.»

Das Schweigen war mir unheimlich und der Mann zu groß. Unbeholfen nahm ich das Gespräch wieder auf: «Haben Sie die anderen Filme von Pölönen gesehen?»

«Nur diese Tangogeschichte, auf Video. Dabei bekam ich Lust, tanzen zu gehen, obwohl ich gar nicht richtig Tango tanzen kann … Warm ist das hier!» Als er sein graues Sakko auszog, konnte ich feststellen, dass er seine breiten Schultern nicht etwa Schulterpolstern verdankte. Bestimmt ging er regelmäßig zum Bodybuilding. Er hängte das Sakko sorgfältig über den Stuhl, nahm die Geldbörse aus der Innentasche und legte sie auf den Tisch. Da sah ich es.

Den linken Unterarm zierte ein schwarz-grüner Drache. Das war nicht das Werk eines modebewussten Tätowierers, sondern eines Gefängnisinsassen. Männer mit dieser Art von Hautschmuck waren auf dem Sozialamt meine Stammkunden gewesen und hatten wütend an den Türen des Frauenhauses gerüttelt. Einmal hatte einer sogar geschossen, aber zum Glück nur die Wand getroffen.

Mein Gegenüber war im Knast gewesen! Daher die blasse Gesichtsfarbe und die Unwissenheit über aktuelle Filme. Ich beschloss, mir keinen vierten Cidre mehr zu bestellen. Am besten ließ ich auch den dritten stehen. Ich stand abrupt auf.

«Oje, ich hab gar nicht gemerkt, dass es schon nach sechs ist. Ich darf meinen Bus nicht verpassen», stammelte ich.

«Sie haben es aber auf einmal eilig», wunderte sich der Mann. Dann warf er einen Blick auf seinen Arm. Er begriff, was los war.

«Viel Spaß im Kino!» Ich band nicht einmal den Gürtel meines Popelinemantels zu, sondern rannte mit wehenden Schößen auf die Straße, die jetzt nicht mehr im Sonnenschein lag. An der Ecke blieb ich stehen, knöpfte den Mantel zu und merkte, dass ich unbedingt zur Toilette musste, bevor ich in den Bus stieg. Es blieb mir nichts anderes übrig, als auf dem Weg zum Busbahnhof einen Abstecher ins Kaufhaus Stockmann zu machen. Dort spülte ich mir auch gleich den Mund aus und kramte vergeblich in der Handtasche nach meiner Puderdose. Die roten Flecken in meinem Gesicht waren schlimmer als je zuvor.

Als ich frierend an der Bushaltestelle stand, kam mir in den Sinn, dass der Mann, den ich gerade getroffen hatte, womöglich im Gefängnis gewesen war, weil er seine Frau umgebracht hatte. Es war dumm von mir gewesen, mich auf ein Gespräch einzulassen. Garantiert hatte er mich für leichte Beute gehalten. Es war mir ja schon von weitem anzusehen, dass ich nichts von

Männern wusste. Oder höchstens von solchen, die ihre Frauen verprügelten. Sicher, ich hatte einen Vater und Brüder, und im Chor waren mehr als ein Dutzend ganz gewöhnliche Männer, die nur gute Angewohnheiten hatten. Mit zwei Ausnahmen waren sie alle verheiratet, und die beiden Junggesellen waren zwanzig Jahre älter als ich.

Die Übelkeit setzte ein, als der Bus vom Westring auf die Finnoontie abbog. Mit Müh und Not hielt ich bis zu meiner Haltestelle durch. Dort musste ich mich einen Augenblick hinsetzen und tief durchatmen. Ich hätte diesen säuerlich-süßen Cidre nicht trinken sollen.

Auf dem Weg von der Haltestelle nach Hause duftete es nach Äpfeln. Die alte Fichtenhecke, die ich mir so gern vom Schlafzimmerfenster aus ansah, schwankte im Wind. Die Treppe in den ersten Stock des Reihenhauses kam mir heute länger vor als sonst.

Es war immer schön, nach Hause zu kommen, denn hinter der Tür wartete Sulo. Ich nahm ihn auf den Arm, und er leckte mit seiner nach Hering riechenden Zunge über meine Backe. Aus seinem gesunden Auge starrte er mich fordernd an. Sulos Mutter war die Stallkatze meines Onkels. Er konnte ein Auge nicht öffnen. Die Katzenmutter und die anderen Jungen aus dem Wurf hatten den Krüppel verstoßen, und mein Onkel war drauf und dran gewesen, ihn zu ertränken. Ich war zufällig zu Besuch in meiner Heimatstadt, und das Mitleid hatte über die Vernunft gesiegt. Ich hatte den kleinen Kater nach Helsinki mitgenommen und es in den letzten acht Jahren kein einziges Mal bereut. Sulo war ein vorbildlicher Hausgenosse, weich, warm und still.

«Ich muss mich erst ausruhen, dann gehen wir nach draußen», sagte ich zu dem Kater, der sich nur unwillig absetzen ließ. Ich zog den Mantel aus, ging ins Schlafzimmer und warf mich aufs Bett. Sulo rollte sich neben mir zu einem grauen flauschigen Ball ein. Die Übelkeit kam für einen Moment zurück, gleichzeitig sah ich Irja Aholas zerschlagenes Gesicht vor mir. Ich hätte sie retten müssen!

Als das Telefon klingelte, schrak ich auf. Ich schaffte es gerade noch bis ins Wohnzimmer, bevor sich der Anrufbeantworter einschaltete.

«Hallo, hier ist Anneli», hörte ich die besorgte Stimme meiner Kollegin. «Ich hab es schon am Handy versucht, aber da komm ich nicht durch.»

«Oje, Entschuldigung.» Ich hatte mein Handy ausgeschaltet, als ich zur Polizei ging, und nachher vergessen, es wieder einzuschalten. Das sah mir gar nicht ähnlich. «Was ist los?»

«Ari Väätäinen ist ans Tor gekommen und hat so lange den Finger auf den Klingelknopf gehalten, bis Sirpa nervös wurde. Sie hat mich gebeten, ihn hereinzulassen. Er wollte seine Familie nach Hause holen.»

«War er betrunken?»

«Den Eindruck hatte ich nicht, aber er wirkte ziemlich aggressiv. Er sagte, wir sollten uns nicht in seine Familienangelegenheiten einmischen.»

«Sirpa ist doch wohl nicht mitgegangen? Gut. Wenn Ari nochmal auftaucht, rufst du die Polizei.»

«Die Polizei? Das können wir nicht … Außer wenn Sirpa es will.»

«Du rufst die Polizei. Und lass Sirpa nicht mit Ari gehen.»

«Aber wenn sie es will …» Anneli schien verblüfft über meinen scharfen Ton.

«Du lässt sie nicht gehen. Sag ihr, die Kinder müssen die Nacht durchschlafen. Ich komme um halb acht, morgen früh rede ich mit ihr. Hoffentlich hast du eine ruhige Nacht!»

Sulo miaute ungeduldig, er wollte seinen Abendspaziergang machen, aber ich musste zuvor etwas Joghurt essen. Sonst goss ich ihn meistens in eine kleine Schüssel, aber diesmal nahm ich es nicht so genau, sondern trank gleich aus dem Becher. Außer mir aß ja sowieso niemand davon. Dann legte ich Sulo an die

Leine. Ich wagte nicht, ihn frei laufen zu lassen, um keinen Ärger mit den Nachbarn zu bekommen, und er hatte sich längst daran gewöhnt.

Es war kaum halb acht, aber schon dunkel. Sulo lief zum Ackerrand, er hoffte wohl, eine Wühlmaus zu schnappen. Sein Auge funkelte begehrlich, das weiche Bündel hatte sich plötzlich in ein beutegieriges Raubtier verwandelt. Er würde überleben, auch wenn ich nicht da wäre, er würde sich zu verteidigen wissen. Sein Katzeninstinkt sagte ihm, dass Sanftmut sich nicht auszahlte. Ich sollte zum Jäger werden, wie er. Irja Ahola konnte ich nicht mehr helfen, aber Sirpa Väätäinen konnte ich noch retten. Ich musste handeln, bevor Ari sie erschlug. Ich wollte nichts mehr dem Schicksal überlassen, sondern selbst entscheiden.

Zwei

Das Frauenhaus Schutzhafen befand sich mitten in einer friedlichen Eigenheimsiedlung. Es war vor vier Jahren mit dem Geld gegründet worden, das Anna Hautala, die Gemeindeschwester von Espoonlahti, testamentarisch dafür bestimmt hatte. Sie hatte keine näheren Angehörigen gehabt und wollte ihr Haus und ihr Vermögen dafür verwendet wissen, gegen Gewalt in der Ehe zu kämpfen und Familien zusammenzuhalten. Träger war eine Stiftung, in deren Vorstand Vertreter der Kirchengemeinde, des städtischen Sozialamts und der Familien saßen, die ihre Gewaltprobleme überwunden hatten. Natürlich gehörte auch Pauli Peltola, der Leiter, dem Vorstand an. Das Haus hatte zehn Belegplätze und einschließlich Haushaltspersonal sieben Mitarbeiter.

Als ich mein Fahrrad am Ständer im Hof abstellte, fielen von den Ahornen, die das Haus umstanden, orangegoldene Blätter auf mich herab. Es war ein strahlender Morgen, aber ich wusste, der Sonnenschein war trügerisch. Er würde nur ein paar Stunden wärmen und die Welt dann dem Frost und der Fäulnis überlassen. Ich hatte den Herbst nie gemocht. In meiner Kindheit verband ich damit lange, dunkle Abende beim Beerenpflücken und auf den Feldern, erdverkrustete steife Finger, Hirschlausfliegen in den Haaren. Jetzt rief meine Mutter jeden zweiten Tag an und bat mich, zur Kartoffelernte nach Hause auf den Hof zu kommen, der inzwischen auf meinen Bruder Aimo übergegangen war. Der Gedanke, ein Wochenende mit meinen schnatternden Schwägerinnen zu verbringen, war entsetzlich, aber ich konnte kaum Nein sagen, nachdem ich mich schon vor der Heuernte gedrückt hatte, unter dem Vorwand, ich hätte beruflich so viel zu tun. Dabei hatte ich meinen Urlaub in Wahrheit ausnahmsweise mitten im Sommer genommen und meine Kollegen angeschwindelt, ich müsste nach Kuusjärvi zur Heuernte.

Es war ein ganz normaler Morgen im Schutzhafen. Wir hatten zurzeit sieben Gäste: Sirpa Väätäinen mit ihren Kindern und drei weitere Frauen, von denen zwei nur deshalb im Frauenhaus waren, weil sie keine Wohnung hatten. Die dritte, Anja Jokinen, war ein trauriges Beispiel für die Ungerechtigkeit des Lebens. Anja war etwas über sechzig und verwitwet. Der ältere Sohn der Familie hatte vor rund fünf Jahren seinen Vater umgebracht, weil der ständig die Mutter verprügelte. Jetzt verweste Teuvo Jokinen im Grab, sein Mörder, der vierunddreißigjährige Kaarlo, saß im Gefängnis, und der zwei Jahre jüngere Sohn Heikki hatte angefangen, seine Mutter zu schlagen, wenn sie seine Sauftouren nicht finanzierte. Anja, die es nach mehr als zehn Prügeljahren gerade erst geschafft hatte, die Reste ihres Selbstbewusstseins zusammenzukratzen, war im Nu völlig kaputt.

Ich setzte mein fröhliches, ermutigendes Morgenlächeln auf. Die Sonne schien, die Nacht war vorüber, blaue Flecken würden verheilen, wir konnten etwas tun.

Nur glaubte ich nicht mehr daran. Nach Irja Ahola nicht mehr.

Marjo Väätäinen löffelte lustlos ihren Brei. Minna, die Köchin, würde Marjo und Matti zur Schule fahren müssen, denn ich hatte keinen Führerschein und Pauli keine Zeit. Inzwischen konnte ich das Frühstücksgeschirr in die Spülmaschine stellen. Ich würde für den vierjährigen Toni ein Video von den Mumins laufen lassen, und dann würde ich mit Sirpa ein ernstes Wort sprechen. Mit dem Prügeln musste Schluss sein.

Es entsprach nicht den Grundsätzen des Schutzhafens, Familien auseinander zu reißen. Was Gott zusammengefügt hat, das soll der Mensch nicht scheiden – diese Worte aus der Trauformel standen in der Stiftungsurkunde. Meistens wollten unsere

Klientinnen wieder nach Hause, sobald ihre Wunden verheilt waren. Sie hatten vor Veränderungen noch mehr Angst als vor ihrem Ehemann. Manche hatten sogar Angst, von ihrem Mann umgebracht zu werden, wenn sie auszogen.

Für die Ehemänner war es eine Erleichterung, dass unser Haus von einem Mann geleitet wurde. Pauli war klein, untersetzt, um die fünfzig; er strahlte väterliche Autorität aus. Seiner Meinung nach verdiente jeder Sünder die Chance, zu sühnen und ein neues Leben zu beginnen. Seine religiös gefärbte Wortwahl irritierte einzelne Klientinnen, aber die meisten empfanden sie als tröstend. Wir hatten andere Wertvorstellungen als das zweite Frauenhaus in Espoo: Dort wurden die Frauen ermutigt, sich von ihren prügelnden Männern zu trennen.

Toni Väätäinen ließ sich von der Auseinandersetzung zwischen Mumin und Schnüferl gefangen nehmen. Ich führte Sirpa aus dem Fernsehraum in das Arbeitszimmer, das ich mit meiner Kollegin Maisa teilte. In Maisas Hälfte waren die Wände mit bunten Patchworkbildern und Kinderzeichnungen geschmückt, meine Hälfte war dezenter. Auf dem Fußboden lag ein Flickenteppich, den meine Mutter gewebt hatte; das naturweiße Spitzendeckchen hatte ich beim Fernsehen gehäkelt. Leuchtende Farben machten mich unruhig, und ich hätte mir nicht vorstellen können, wie Maisa in einem blutroten Kleid oder in einer Bluse in aggressivem Orange zur Arbeit zu kommen.

Sirpa setzte sich in den Sessel und strich sorgfältig den Rocksaum glatt. Ari hasste Unordnung und verknautschte Kleider. Wenn sie mit einem Fleck auf dem Mantel vom Einkaufen zurückkam, bildete Ari sich ein, sie hätte sich von einem anderen Mann betatschen lassen. Sirpa war eine hübsche Frau, ihr Gesicht war symmetrisch und fein geschnitten, obwohl Ari ihr einmal den Kiefer ausgerenkt hatte. Sie hielt den schmalen Körper stets leicht gebeugt, wie um sich vor den Schlägen zu schützen, die ihr schon dreimal die Rippen gebrochen hatten.

Sirpa hatte blonde schulterlange Locken gehabt, bestens geeignet, um schmerzhaft daran zu reißen. Ihre Haare waren immer glänzend und gepflegt, sie wusch sie fast jeden Tag. Jetzt waren sie auf der einen Kopfhälfte millimeterkurz geschnitten, am Scheitel glänzten kahle Stellen, und über der Stirn standen ein paar Zentimeter lange, ungleichmäßige Fransen in die Höhe. Zwar hatte sie diesmal kein blaues Auge und keine geschwollene Lippe, aber die ruinierten Haare wirkten genauso demütigend.

«Soll ich dir den Friseur bestellen?», fragte ich als Erstes. «Die Arja vom Salon Aaltonen kann herkommen und deine Haare einigermaßen herrichten, so brauchst du nicht unter die Leute zu gehen.»

«Das wäre mir peinlich … Vielleicht könnte mir eine von euch mit dem Schneiden helfen, den Rest mache ich dann selbst. Ich habe auch gar kein Geld. Ari zählt das Essensgeld neuerdings genau ab.»

«Hast du denn kein eigenes Konto?»

Ich wusste, dass Sirpa nicht arbeiten ging, obwohl sie für den Vierjährigen kein Erziehungsgeld mehr bekam. Ari war der Meinung, mit seinem Busfahrergehalt könne er die Familie allein ernähren, und außerdem müsse die Mutter zu Hause sein, weil Matti gerade erst mit der Schule angefangen hatte.

«Uns gehört alles gemeinsam», sagte Sirpa ausdruckslos.

«Bestellen wir den Friseur! Das ist mein Namenstagsgeschenk für dich. Du hast doch heute Namenstag, herzlichen Glückwunsch!» Ohne mich um ihre Einwände zu kümmern, griff ich zum Telefon. Arja versprach, um halb drei zu kommen. Sie war schon öfter im Schutzhafen gewesen, um kahle Stellen zu überkämmen und Frisuren zu zaubern, die blau geschlagene Augen verdeckten.

«Um halb drei … Schafft sie das? Ari kommt um drei von der Arbeit. Er holt uns bestimmt ab.»

«Darüber reden wir gleich noch. Was ist gestern eigentlich passiert?»

Sirpa verzog das Gesicht wie ein Kind, dem man verboten hat, das Süßigkeitenregal im Laden anzurühren.

«Unser Matti ist doch in der ersten Klasse. Er hat einen Mann als Lehrer. Die Schule war gestern schon um zwölf aus, ich habe ihn mit Toni abgeholt, wie immer. In der letzten Stunde hatten sie Sport gehabt, der Lehrer war auf dem Hof, und wir haben ein paar Worte gewechselt. Als wir nach Hause kamen, wartete Ari schon, er hatte die Schicht gewechselt und war an der Schule vorbeigefahren. Da hatte er gesehen, wie ich den Lehrer anlächelte … Dann hat er die Schere geholt», schluchzte Sirpa.

«Diesmal erstattest du Anzeige. Wir versuchen dir eine Wohnung zu besorgen. Mit dem Prügeln ist jetzt Schluss!» Ich merkte, dass ich brüllte. Sirpa fuhr zusammen.

«Anzeige? Weil er mir die Haare abgeschnitten hat? Das ist doch kein Verbrechen.»

«Doch, das ist es. Und Ari hat sowieso schon genug auf dem Kerbholz. Wir wenden uns direkt an Kommissarin Kallio.» Ich warf einen Blick auf die Liste mit den Telefonnummern der Polizei und des Sozialamts. «Soll ich zuerst mit ihr sprechen?»

Bevor Sirpa antworten konnte, ging die Tür auf. Pauli klopfte nie an.

«Tag, Sirpa», sagte er lächelnd. «Ari hat angerufen. Wir haben für viertel nach drei ein Familiengespräch vereinbart. Bis dahin ist doch Marjo aus der Schule zurück?»

«Geht nicht», warf ich ein. «Sirpa hat um halb drei einen Friseurtermin.»

«Friseurtermin?» Paulis Stimme war plötzlich schneidend.

«Die Haare können so nicht bleiben. Verschieb das Familiengespräch auf morgen. Es wird Väätäinen gut tun, eine Weile über seine Taten nachzudenken.»

Pauli trat näher an meinen Stuhl heran, er sah restlos verblüfft aus.

«Seit wann bestimmst du über die Termine in diesem Haus?»

«Seit heute.»

Es war schwer, dem starren Blick der kleinen dunkelblauen Augen standzuhalten. Pauli mochte es nicht, wenn man ihm vor den Klientinnen widersprach. Ich stand auf. Pauli war ein paar Zentimeter kleiner als ich und hatte diesmal keine aufgedoppelten Schuhe an.

«Ari Väätäinen hat schon zu viele Chancen bekommen. Reden hilft jetzt nichts mehr. Die Kinder leiden ja auch darunter. Marjo erbricht sich andauernd, und Matti macht fast jede Nacht ins Bett. Meiner Meinung nach wäre es für sie das Beste, vorläufig hier zu bleiben.»

Pauli starrte mich an und versuchte sich zu beherrschen. Als er sich endlich zu Sirpa umdrehte, war seine Stimme wieder väterlich und besänftigend:

«Natürlich können Sirpa und die Kinder hier bleiben, solange sie wollen, aber das schließt doch ein Treffen mit Ari nicht aus. Nicht wahr, Sirpa?»

Sirpa nickte vorsichtig, in ihren Augen stand die Furcht. Ich wusste, was passieren würde. Ari würde tränenreich bereuen und Besserung geloben. Das hatte ich bereits zweimal erlebt, und beim ersten Mal war es ihm gelungen, mich zu überzeugen. Beim zweiten Mal war ich schon skeptischer gewesen, obwohl ich ihm immer noch glauben wollte.

«Sirpa und ich sind mitten in einem Gespräch. Es geht um vertrauliche Dinge unter Frauen. Würdest du uns bitte allein lassen, Pauli?»

Es war mir selbst ungewohnt, mich so kühl und entschieden reden zu hören, meine Stimme klang plötzlich mehrere Lagen tiefer als mein normaler, weicher und verständnisvoller Mezzosopran. Pauli wandte sich abrupt zu mir um, ich straffte den Rücken, um ihn wenigstens einen Zentimeter weit von oben herab ansehen zu können. Ich hätte den Willenskampf verloren, hätte nicht genau in diesem Moment Paulis Handy geklingelt. Seinem Tonfall nach zu schließen war der Anrufer eine wichtige Persönlichkeit.

«Einen Augenblick bitte, ich gehe in mein Büro.» Pauli versuchte noch, mir einen «Wir-sprechen-uns-noch»-Blick zuzuwerfen, aber anstatt mir Angst einzujagen, verstärkte er nur meine Entschlossenheit.

«Hör mal, Sirpa, ich finde, es ist höchste Zeit, über eine Trennung nachzudenken. Mit Ari sind schon genug Gespräche geführt worden. Er ist nicht bereit, eine Therapie zu machen, und selbst wenn er bereit wäre, dauert es lange, bevor etwas dabei herauskommt. Meiner Meinung nach solltest du nicht mehr nach Hause gehen. Wir können uns an das Sozialamt wenden, die sollen euch eine neue Wohnung besorgen. Ihr wohnt doch zur Miete?»

«In Aris Dienstwohnung.»

«Also bist du praktisch obdachlos. Damit müsstest du auf der Warteliste ziemlich weit nach oben rücken, zumal du drei Kinder und kein eigenes Einkommen hast.»

«Aber das geht doch nicht!», rief Sirpa mit schriller Stimme. «Du weißt ja nicht, was Ari …» Jetzt weinte sie doch. Zwischen den Schluchzern holte ich aus ihr heraus, dass Ari gedroht hatte, sie und die Kinder umzubringen, wenn sie ihn verließ.

«Auch das musst du unbedingt der Polizei erzählen. Wir haben Beweise genug. Ab Anfang nächsten Jahres gibt es ein Kontaktverbotsgesetz, dann kann die Polizei Ari verbieten, sich euch zu nähern. Das schaffen wir schon», beschwichtigte ich Sirpa, die auf einmal völlig hysterisch war. Ich hielt das für eine weitaus gesündere Reaktion als die Apathie, die sie bei ihren früheren Besuchen gezeigt hatte.

«Ich wusste gleich, das gibt Ärger, als ich hörte, dass Matti einen Mann als Lehrer hat. Ich darf ja nicht mal mit den Nachbarn reden», seufzte sie schließlich. «Als ob ich die ganze Zeit nur Männer und Sex im Kopf hätte, dabei widert mich das Ganze doch nur an.» Sirpa versuchte zu lächeln, aber das Ergebnis fiel genauso gekünstelt aus wie bei mir. Wir spielten das Spiel «Alles in Ordnung», obwohl wir beide wussten, wie minimal die

Gewinnaussichten bei diesem Spiel waren. Der Verlierer jedoch würde vielleicht mit dem Leben bezahlen.

«Soll ich jetzt bei der Polizei anrufen?», fragte ich. Sirpa nickte. Dummerweise erreichte ich weder Hauptkommissarin Kallio noch Kriminalmeister Wang, aber ich bat um Rückruf.

Sirpa war bereit, vorläufig im Frauenhaus zu bleiben, hatte aber nicht genug Kleidung mitgebracht.

«Ich traue mich nicht, welche zu holen. Wenn Ari nun doch zu Hause ist.»

«Wir könnten die Polizei um Begleitung bitten.»

«Was denken da die Nachbarn?», wimmerte Sirpa. Ich gab keine Antwort, dachte aber, dass der Anblick von Polizisten die Nachbarn wohl kaum überraschen dürfte. Sie mussten mitgekriegt haben, was bei den Väätäinens passierte, aber als typische finnische Hochhausbewohner hielten sie Augen und Ohren verschlossen. Jedenfalls hatten sie nicht ein einziges Mal die Polizei alarmiert.

Ich beschloss, die Gelegenheit beim Schopf zu packen.

«Was braucht ihr?», fragte ich und nahm Block und Kugelschreiber zur Hand. Sirpa zählte Kleider und Spielzeug auf und beschrieb, wo ich alles finden würde. Ich war früher schon einmal bei den Väätäinens gewesen, um ein Antibiotikum für Matti zu holen, das Sirpa vergessen hatte, aber damals kannte ich Ari noch nicht so gut wie jetzt. Sirpa meinte, ihr Mann habe jetzt Dienst, er müsse mit seinem Bus auf dem Weg von Matinkylä ins Zentrum von Helsinki sein. Ich nahm mir vor, mich per Telefon zu vergewissern, bevor ich die Wohnung betrat, denn ich hatte nicht die geringste Lust, Ari in seinem eigenen Revier zu begegnen. Nicht dass ich geglaubt hätte, er würde mich angreifen, eher misstraute ich mir selbst.

«Ja, und dann noch etwas.» Sirpa wirkte verlegen. «Ich habe gestern so eine Frauenzeitschrift gekauft, weil da ein Interview mit Marco Bjurström drin ist. Könntest du die auch mitbringen? Ich habe sie oben im Küchenschrank versteckt, in einer Schachtel mit einer flachen Glasschüssel. Ich habe Angst, dass Ari sie findet und einen Wutanfall kriegt. Er kann es nämlich nicht ausstehen, wenn ich mir Marcos Sendung angucke. Letztes Mal hat er das Antennenkabel durchgeschnitten, weil ich angeblich so leuchtende Augen hatte. Aber er hat es gleich am nächsten Morgen repariert, weil die Formel I übertragen wurde. Beinah wäre es allerdings gleich wieder kaputtgegangen, als Mika Häkkinen das Rennen abgebrochen hat.» Sirpa kicherte nervös und nahm sofort die Hand vor den Mund. Sie hatte gelernt, über Ari nicht zu lachen. Ich gickelte mit, um ihr Mut zu machen. Wenn sie erst einmal über Ari lachen konnte, lernte sie eines Tages vielleicht, sich zu behaupten.

Sirpa ging, um mit Toni zu spielen, und ich befasste mich mit meinen chronischen Klientinnen, zwei Quartalssäuferinnen, die eigentlich nicht ins Frauenhaus gehörten. Aber wo sollten sie sonst hin? In den letzten Jahren hatten Alkoholprobleme bei Frauen erschreckend zugenommen, die wenigen Therapieplätze waren belegt. Die Jüngere der beiden, die 40-jährige Mirja, schien sich allmählich zum Glauben zu bekehren, und Pauli bestärkte sie mit großem Geschick. Vielleicht war das ihre Rettung. Heute wollte sie zur Kirche und zum Sozialamt. Ich gab ihr Geld für den Bus, aber keinen Pfennig mehr. Wenn sie das Geld vom Sozialamt versoff, war das nicht unser Problem. Betrunken wurde niemand in den Schutzhafen eingelassen.

Die Mittagspause dauerte von zwölf bis eins. In dieser Zeit gab es keine Gesprächsrunden oder Therapiesitzungen. Im Allgemeinen aßen die Mitarbeiter zusammen mit den Klientinnen in häuslicher Atmosphäre am Esszimmertisch. Als ich sagte, ich ginge in der Mittagspause aus dem Haus, stellte mir niemand Fragen. Unsere Köchin Minna hatte letzte Woche lauthals verkündet, ich machte bestimmt eine Abmagerungskur. Tatsächlich saß meine Hose seit einiger Zeit lockerer, mochten sich meine Kolleginnen also darüber freuen, dass ihre Theorie richtig war, auch wenn ich es nicht zugab.

Sirpa wollte ziemlich viel mitgebracht haben, also nahm ich außer den Packtaschen meinen Rucksack mit. Er lag in meinem Zimmer, seit ich darin zwei Paar Gummistiefel für den Pilzausflug des Frauenhauses von zu Hause mitgebracht hatte. Ich besaß nämlich drei Paar, denn meine Brüder hatten die Angewohnheit, mir immer wieder neue zu schenken. Als Kind hatte ich kurz hintereinander zwei Paar kaputtgemacht, womit sie mich immer noch aufzogen. Ich hatte ihnen nie erzählt, dass ich in der Schule wegen meiner schwarzen Gummistiefel Marke Kontio gehänselt worden war. Alle anderen trugen blaue oder gelbe Stiefel Marke Hai. Obwohl ich mit einer Tracht Prügel rechnen musste, hatte ich mich zweimal der verhassten Stiefel entledigt. Beim dritten Paar gab ich dann auf. Damit endete die Rebellion einer Dreizehnjährigen, mein erster und letzter Versuch zu pubertieren.

Mit dem Fahrrad brauchte ich nach Soukka nur eine Viertelstunde. Zweihundert Meter vor dem Haus, in dem die Väätäinens wohnten, hielt ich an und rief die Busfirma an, bei der Ari arbeitete. Der Schichtmeister gab mir die Auskunft, Ari sei bis halb drei im Fahrdienst. Trotz des Kontrollanrufs hatte ich Angst, als ich das Treppenhaus betrat. Die Wände waren mit Graffiti verunziert, die einem Sauberkeitsfanatiker wie Ari zuwider sein mussten. Die Väätäinens wohnten in einer Dreizimmerwohnung im ersten Stock.

Ich hatte schon früher gelegentlich Sachen meiner Klientinnen holen müssen. Nur allzu oft verrieten schon die Wohnungen, dass ein Familienmitglied die anderen verprügelte: Die Türen hatten Dellen, die Spiegel waren zerschlagen, die Gardinen zerfetzt, die Sofas blutbefleckt. Die Wohnung der Väätäinens ließ allerdings nicht erkennen, dass die Mutter der Familie in diesen vier Wänden um ihr Leben fürchten musste. Die Schuhe standen sauber aufgereiht im Flur, das Wachstuch lag akkurat auf dem Esstisch in der Küche, die fünf Stühle waren ordentlich an den Tisch geschoben. Auch die geblümte Tagesdecke im Elternschlafzimmer war glatt gezogen, und die Nippes im Wohnzimmer standen in Reih und Glied. Die Bilderrahmen mit den Fotos der Kinder und dem Hochzeitsbild der Väätäinens hatten auch keine Schrammen. Auf dem Bücherregal standen Aris Schätze, Autogrammfotos von der Langläuferin Marjo Matikainen und den Skispringern Matti Nykänen und Toni Nieminen. Die Rahmen glänzten wie frisch poliert.

Nur im Kinderzimmer lagen ein paar Spielzeugautos auf dem Boden, und am Spice-Girls-Poster war eine Ecke eingerissen. Im Kleiderschrank der Kinder fand ich sorgfältig gebügelte Kleidungsstücke. Der Wäscheschrank hätte sogar vor den Augen meiner Mutter Gnade gefunden.

Ich holte Kleidung für die Kinder aus dem Schrank, dazu für Matti alle Schlafanzüge, die ich finden konnte. Ich bemühte mich, alles so sauber zu hinterlassen, wie ich es vorgefunden hatte, Ari sollte nicht merken, dass ich da gewesen war. Sirpas Illustrierte fand sich tatsächlich in ihrem Versteck im Küchenschrank, Marco Bjurström lächelte fröhlich vom Titelblatt. So einen warmherzigen, netten Mann hätte Sirpa verdient. Aber Ari würde Sirpa eher umbringen, als sie einem anderen zu überlassen. Pauli und die anderen Mitglieder der «Männergruppe gegen Gewalt» hatten mit Ari geredet und versucht, ihn zu ändern. Ich war mir sicher, er gehörte hinter Gitter, aber womit würde Sirpa dafür bezahlen müssen? Mit einer schweren Körperverletzung? Mit dem Leben? Die Zeit, die Ari absitzen müsste, wäre lächerlich kurz, danach würde er umso mehr auf Rache sinnen.

In dem Moment hörte ich im Treppenhaus schwere Schritte, die im ersten Stock Halt machten. Ari war doch wohl nicht wie gestern mitten am Tag von der Arbeit weggegangen? Die Angst schnürte mir die Kehle zu, instinktiv rannte ich ins Badezimmer, das konnte man wenigstens abschließen. Ich hörte ein Klirren, waren es Schlüssel? Gleich würde er aufschließen und meinen Rucksack und meine Lederhandschuhe im Flur entdecken. Die verriegelte Badezimmertür würde ihm nicht lange standhalten.

Der Briefschlitz klapperte, es raschelte, irgendetwas aus Papier fiel auf den Boden. Die Schritte entfernten sich, an der nächsten Wohnungstür klapperte der Briefschlitz. Ich kam mir blöd vor. Ich hatte keinen Grund, mich zu fürchten, selbst wenn Ari nach Hause kam, schließlich war ich auf Sirpas Wunsch in der Wohnung.

Trotzdem wurde ich den Gedanken an blaue Flecken und gebrochene Rippen nicht mehr los. Sirpa hatte mich gebeten, die Salbe gegen Tonis Ekzem mitzubringen. Das Medizinschränkchen war im Badezimmer. Unter dem Waschbecken stand ein Abfalleimer, voller blonder Locken. Sirpas Haare.

Mein erster Gedanke war, sie einzusammeln. Ich zog eine dreißig Zentimeter lange Strähne aus dem Eimer, sie war weich und glänzend und duftete nach Apfelshampoo. Auf dem Hochzeitsbild im Wohnzimmer lächelte Sirpa glücklich. Damals hatte sie nicht ahnen können, dass ihr Prinz in Wahrheit ein Monster war, das seine schöne Braut innerhalb von zehn Jahren zu einem willenlosen Wesen prügeln würde. An der nächsten Locke klebte Blut. Ich ekelte mich.

Sirpa hatte die Zahnbürsten mitgenommen, aber die Kinderzahncreme vergessen. Die Tube lag auf der Ablage unter dem Spiegel, neben Aris Rasierer. Das Kabel vom Rasierapparat steckte in der Steckdose, es war leicht abgerieben. Auf einem Schildchen neben der Steckdose stand: «Elektrogeräte nicht in nassem Zustand berühren!»

Ich zögerte nur einen Moment. Dann holte ich meine Lederhandschuhe aus dem Flur und streifte sie über. Vorsichtig zog ich den Stecker heraus. Im Rucksack hatte ich ein Pilzmesser. Ich wischte die Klinge an einem Stück Klopapier ab, das ich anschließend in der Toilette herunterspülte. Dann schabte ich etwas mehr von der Isolationsschicht ab, achtete aber darauf, dass die beschädigte Stelle nicht auffiel, wenn man nicht ganz genau hinsah. Ich steckte den Stecker wieder ein und arrangierte das Spiralkabel so, dass die abgeschabte Stelle verdeckt war. Dann zog ich die Handschuhe aus, packte die Sachen ein, die ich holen sollte, und verließ die Wohnung.

Wenn alles gut ging, bekam Sirpa ein viel besseres Namenstagsgeschenk von mir als nur einen Friseurbesuch. Ari Väätäinens Schicksal lag nun in seinen eigenen Händen. Vielleicht bemerkte er die abgeschabte Stelle. Vielleicht war er vorsichtig und ließ den Wasserhahn zu, während er sich rasierte. Wenn nicht, bräuchte Sirpa nie mehr Angst zu haben.

Die Sonne schien fast sommerlich warm, und als ich zurückfuhr, flog ein Zitronenfalter vor mir her. Ich hörte mich einen Schlager pfeifen.

Drei

Arja, die Friseurin, hatte Sirpas Haare in Ordnung gebracht. Die Nackenhaare hatte sie auf einen halben Zentimeter kürzen müssen, aber an den Schläfen war so viel stehen geblieben, dass Sirpa nicht wie ein KZ-Häftling aussah, und die längeren Strähnen hatte Arja über die kahlen Stellen gekämmt. Die Frisur war asymmetrisch, man konnte glauben, das wäre die neueste Mode aus London.

«Wenn dich jemand fragt, sag einfach, dass du Friseurmodell gewesen bist», meinte Arja. Dann wandte sie sich an mich: «Hör mal, Säde, deine Haare sehen auch ziemlich schlimm aus. Sind dünner geworden, seit ich dich zuletzt gesehen habe. Außerdem haben sie überhaupt keinen Glanz. Höchste Zeit für eine Tönung und eine leichte Dauerwelle, findest du nicht?»

Ich lehnte ab, obwohl ich wusste, wie entsetzlich meine Haare aussahen. Stattdessen flocht Arja der kleinen Marjo, die aus der Schule zurückgekommen war, ganz umsonst eine wunderschöne Zopffrisur. Inzwischen sprach ich noch einmal mit Sirpa. Ich erklärte ihr, dass sie nicht an Familiengesprächen mit Ari teilzunehmen brauchte, auch wenn Ari darauf drängte und Pauli sie zu überreden versuchte.

«Natürlich liegt die Entscheidung bei dir», sagte ich zum Schluss, wie es Vorschrift war. Die Familiengespräche gehörten zu den wichtigsten Therapieformen im Schutzhafen. Es wurde über die Situation gesprochen, die die Gewalttätigkeit ausgelöst hatte, und überlegt, wie solche Dinge in Zukunft zu vermeiden wären. Dabei ging es nicht um Schuldzuweisung, sondern um Verständnis. Dem Mann wurde nicht automatisch die Schuld zugeschrieben, vielmehr sah man in der Gewalt ein Problem der ganzen Familie, über das gemeinsam gesprochen werden musste. Bei den Gesprächen sollten immer zwei Mitarbeiter des Frauenhauses anwesend sein, Pauli und eine Kollegin, damit weder der Mann noch die Frau sich in der Minderheit fühlten.

Die Gespräche mit den Väätäinens verliefen immer nach dem gleichen Muster. Ari erklärte als Erstes, wie Leid es ihm täte und wie sehr er Sirpa liebte und welche Angst er hätte, sie zu verlieren. Als Grund für die Misshandlungen führte er seine Eifersucht an: Sirpa sei so schön, und er ertrage es nicht, wenn andere Männer seine Frau begehrten. Sein stockender Monolog dauerte lange, Pauli unterbrach ihn selten. Dann war Sirpa an der Reihe. Sie versicherte, andere Männer nicht einmal anzusehen und sich nicht vorstellen zu können, Ari zu betrügen. Danach ging es um die Situationen, die Aris Eifersuchtsanfälle auslösten. Ein Nachbar hatte Sirpa angelächelt, oder der junge Verkäufer an der Fleischtheke im Supermarkt hatte ihre Hand gestreift, als er ihr das Paket mit Hähnchenkeulen reichte. Das war ein hinreichender Grund für ein blaues Auge oder eine gebrochene Rippe. Anders als die meisten unserer männlichen Klienten verprügelte Ari seine Frau nicht im Rausch. Er war auch ohne Alkohol gefährlich.

Zu Familiengesprächen war er bereit, zu einer Therapie nicht, schließlich sei er nicht verrückt. Er liebe seine Frau eben mehr, als Durchschnittsmänner es täten. Eine solche Liebe sei sehr qualvoll. Ob wir überhaupt fähig wären, eine solche Liebe zu verstehen? Seinem Gesichtsausdruck nach war er überzeugt, dass zumindest ich zu solchen Gefühlen nicht fähig war. Außerdem käme niemand auf die Idee, mich derart leidenschaftlich zu lieben. Ich wusste, er hatte Recht.

Falls Sirpa zum Familiengespräch ging, würde ich Ari diesmal kein Verständnis mehr entgegenbringen. Ich nahm mir vor, ihm geradeheraus zu sagen, wofür ich ihn hielt: für einen kranken Idioten, der Besitzanspruch mit Liebe verwechselte.

Sirpa hatte nicht viel über ihre Kindheit gesprochen, aber ich hatte aus ihr herausbekommen, dass sie das Kind eines gewalttätigen Vaters war, wie Ari auch. Die Ehe, die sie mit knapp zwanzig geschlossen hatten, war für beide eine Flucht aus dem streiterfüllten Elternhaus gewesen. Sirpa hatte sich bei Ari in Sicherheit gefühlt, weil er nicht trank wie ihr Vater. Als Ari trotzdem gewalttätig wurde, glaubte Sirpa, das sei ein normaler Teil des Ehelebens. Sie kannte es nicht anders.

Als ich nach Hause gehen wollte, fing Pauli mich auf der Treppe ab.

«Säde, war das deine Idee, dass Sirpa heute nicht mit Ari zusammentrifft?»

«Nein», antwortete ich und wollte mich an ihm vorbeidrängen.

«Sirpa hat sich bisher nie geweigert, am Gespräch teilzunehmen. Hast du vergessen, dass wir im Schutzhafen nach dem Prinzip handeln, die Entscheidungen der Klienten zu respektieren, anstatt feministische Manipulation zu betreiben?»

Ich stieg eine Stufe höher, damit ich Pauli von oben herab ansehen konnte. «Offenbar hat niemand daran gedacht, Sirpa zu sagen, dass die Teilnahme an den Familiengesprächen freiwillig ist. Ich habe ihre Entscheidung respektiert. Zu Hause wartet eine hungrige Katze auf mich, ich muss gehen. Bis morgen!»

Ich fuhr so schnell ich konnte nach Hause. Als ich ankam, hämmerte mein Herz, und Übelkeit machte sich bemerkbar. Auf dem Weg von den Väätäinens zum Frauenhaus hatte ich am Kiosk ein großes Eis gekauft, aber als Mittagessen hatte das offenbar nicht ausgereicht. Ich schaffte es gerade noch, Schuhe, Jacke und Fahrradhelm auszuziehen, dann fiel ich aufs Bett und döste ein.

Das Telefon weckte mich. Meine Mutter fing sofort an, mit schriller Stimme ihre Sorgen abzuladen, ich brauchte nur zuzuhören.

«Hat Tarmo dich angerufen, der braucht Rat. Tarja is einfach unmöglich, die will ihn die Kinder nich sehen lassen, eh er seinen Unterhalt nich bezahlt hat. Die Werkstatt is fast pleite, aber dafür hat sie kein Verständnis. Und von unserer kleinen Rente geht das doch nich, und Aimo hat auch kein Geld, wo doch fast die ganze Ernte verregnet ist …»

Die zweite Scheidung meines Bruders Tarmo war sehr kompliziert gewesen. Die Töchter waren bei ihrer Mutter geblieben, und das Gericht hatte hohe Alimente festgesetzt, die Tarmo irgendwie zusammengekratzt hatte, bis er wieder heiratete. Seine dritte Frau pflegte einen aufwendigen Lebensstil, das Geld reichte einfach nicht mehr. Tarmo war mit den Unterhaltszahlungen mehrere Monate im Rückstand.

Ich hatte meinen Brüdern immer wieder aushelfen müssen. In Aimos Kasse herrschte chronische Ebbe, also hatte ich ihm die nach der Hofübernahme fällige Auszahlung gestundet. Tarmo hatte mit seinem Anteil eine Autowerkstatt gegründet, die sich nicht rentierte. Reima verspielte alles, was er in der Tasche hatte, daher hatte ich ihm öfter Geld geben müssen, damit seine Familie den Wohnungskredit abzahlen konnte. Meine Brüder führten jedes Mal ihre Kinder ins Feld: Als Single hätte ich ja keine Ahnung, wie teuer Kinderkleidung und Spielzeug wären. In der Schule würde man gehänselt, wenn man nicht den richtigen Ranzen hatte.

Ich lebte mehr als vierhundert Kilometer von ihnen entfernt, sie waren in Nordkarelien geblieben, ich war so verwegen gewesen, nach Helsinki zu ziehen. Trotzdem hatte ich nicht so viel Distanz von meiner Familie gewonnen, wie ich wollte. Manchmal wünschte ich mir, zwischen uns läge ein Ozean.

«Der arme Tarmo is ganz deprimiert, der weint bloß noch, na klar, der vermisst die Mädchen», jammerte meine Mutter weiter. «Wann kommst du denn mal, die Kartoffeln müssen aus der Erde, und die Preiselbeeren verfaulen im Wald, ich kann doch nich so gut pflücken, meine Beine machen nich mehr mit.»

«Ich kann jetzt nicht, zu viel Arbeit. Und Ende des Monats ist die nächste Rate vom Studiendarlehen fällig, da geht mein ganzes Geld drauf», log ich. Tatsächlich hatte ich das Darlehen schon vor einem Jahr zurückgezahlt.

«Ja aber, was wird denn aus Tarmo, und wie soll ich die Preiselbeeren …»

«Ich muss jetzt los, ich will noch in die Stadt», bog ich weiter die Wahrheit zurecht. «Ich darf den Bus nicht verpassen, der fährt hier so selten. Nein, nicht mit einem Mann, ich bin bei einer aus dem Chor eingeladen. Tschüs!»

Sulo strich mir um die Beine, ich schleppte mich zum Kühlschrank und trank ein Glas Buttermilch. Auf etwas anderes hatte ich keinen Appetit. Später musste ich auch noch einkaufen, zum Glück war der Laden bis neun Uhr geöffnet. Ich warf einen Blick auf das Fernsehprogramm: nichts Besonderes heute Abend.

Ob Ari Väätäinen schon nach Hause gegangen war? Hatte er die schadhafte Stelle am Kabel bemerkt? Ich hätte einen Zettel mit einer Warnung hinterlassen sollen, statt noch mehr daran zu schaben.

Als ich die Stelle im Frauenhaus angetreten hatte, war ich darauf vorbereitet gewesen, der dunkelsten Seite des Lebens zu begegnen. Schon auf dem Sozialamt hatte ich alle denkbaren Arten von Elend erlebt. Ich dachte, ich wäre abgehärtet und trotzdem noch weich genug für meinen neuen Job. Aber ich konnte mich nicht an die blauen Flecken und ausgeschlagenen Zähne gewöhnen, an die verängstigten Kinder, die seit Wochen nicht mehr richtig geschlafen hatten, an die Frauen, die gelernt hatten, sich selbst für so schlecht zu halten, dass man sie verprügeln durfte. Irja Ahola war nicht die erste meiner Klientinnen, die von ihrem Ehemann umgebracht worden war. Die Beerdigung sollte in zehn Tagen sein, ich hatte Pauli gesagt, ich könne als Vertreterin des Frauenhauses hingehen.

Vor ein paar Jahren hatte eine meiner Klientinnen gewartet, bis ihr Mann, ein Alkoholiker, der sie jahrelang misshandelt hatte, eingeschlafen war, dann hatte sie ihn erstochen. Der erwachsene Sohn war am nächsten Tag in die Wohnung gekommen und hatte die Polizei alarmiert. Die Mutter hatte schlafend neben der Leiche gelegen, vor der Polizei hatte sie ausgesagt, sie hätte im letzten Monat alles in allem nur zehn Stunden geschlafen. An der Leiche hatte man siebenundfünfzig Stich- und Schnittwunden gefunden, und Kriminalhauptmeister Lähde, der die Ermittlungen leitete, hatte im Interview mit einer Boulevardzeitung gesagt, es gebe nichts Schrecklicheres als die Wut einer Frau. Ich hätte Lähde darüber aufklären können, dass die ständige Angst vor Schmerzen und vor dem Tod noch schlimmer ist. Viele Klientinnen hofften, ihr Mann würde sie endlich umbringen. Sie hielten nur aus Sorge um die Kinder durch; was sollte aus ihnen werden, wenn die Mutter im Grab lag und der Vater hinter Gittern saß?

Ich zwang mich, zum Einkaufen zu fahren: Schokolade, meinen Lieblingsfruchtsaft und eins von diesen herrlichen Klatschblättern, die nur über glückliche Menschen berichteten. Sulo versprach ich Krabben, seine Leibspeise. Die Nachbarskinder spielten auf dem Hof, im Haus gingen hier und da Lichter an. Fast alle Wohnungen hatten mehr als einen Bewohner, ganz gewöhnliche Familien in einer friedlichen Vorortsiedlung. Statistisch gesehen lebte in mindestens fünf dieser Wohnungen eine Frau, die irgendwann einmal von einem nahen Angehörigen misshandelt worden war.

Ich kannte die Leute aus dem Haus nicht besonders gut, obwohl ich an den gemeinsamen Aufräum- und Verschönerungsaktionen auf dem Hof teilnahm und bei den direkten Nachbarn die Blumen goss, wenn sie verreist waren. Ich hatte keinen Anlass, mich an den Gesprächen am Sandkasten zu beteiligen oder mich den verheirateten Frauen anzuschließen, die abends gemeinsam spazieren gingen. Im Chor waren noch ein paar andere alte Jungfern, mit denen ich manchmal ins Kino und zu einem Glas Wein ging. Als ich dreißig wurde, hatte ich aufgehört, daran zu glauben, einen Mann zu finden. Wahrscheinlich war es klug gewesen, allein zu bleiben. Bei mir zu Hause gab es niemand, vor dem ich mich fürchten musste.

Aber die Einsamkeit schützte nicht vor allem.

Ich schaffte es kaum, meine Einkäufe zum Fahrrad zu tragen, so müde war ich. Nach dem Abendessen schlief ich über der Fernsehdiskussion ein. Die Wirtschaftskrise in Russland war weit weg. Gegen drei Uhr nachts wurde ich wach, zog mich aus, putzte mir die Zähne und kroch ins Bett.

Am Mittwochmorgen hatten wir unsere wöchentliche Besprechung. Wir gingen die momentane Situation unserer Klientinnen und ihre Rückkehrmöglichkeiten durch und berieten, ob es notwendig war, uns mit den Angehörigen in Verbindung zu setzen. Früher hatte Pauli die Sitzung immer mit einer Morgenandacht begonnen, aber im Sommer vor einem Jahr hatten wir eine neue Putzfrau bekommen, eine Somalin, die aus religiösen Gründen nicht an der Andacht teilnehmen konnte. Als Pauli in Urlaub ging, hatte Maisa, seine Vertreterin, einfach mit den Andachten aufgehört. Abdulkadir ging inzwischen auf die Haushaltsschule, aber wir waren nicht auf die Idee gekommen, wieder wie früher um Segen für unsere Arbeit zu bitten. Vielleicht glaubten wir nicht mehr an die Wirksamkeit von Gebeten.

Ich hatte befürchtet, Pauli würde wieder mit mir über die Väätäinens streiten, aber zu meiner Überraschung erklärte er, Sirpa und die Kinder bräuchten Zeit, um sich zu überlegen, wie ihr Leben weitergehen sollte. Als ich für den Nachmittag einen Termin bei Kriminalmeister Wang ankündigte, sagte er: «Na gut, wenn Sirpa es will.»

Hatte er endlich angefangen, mich ernst zu nehmen? Hielt er mich nicht mehr für ein willenloses Geschöpf, das sich seinen Anordnungen fügte? Oder hatte Ari Väätäinen gestern etwas gesagt, was ihn umgestimmt hatte?

Am Ende der Besprechung zog Pauli mit gequälter Miene einen braunen DIN-A4-Umschlag hervor.

«Äh … eine Einladung zu einem Seminar. Von den anderen.»

Der Schutzhafen hatte keine guten Beziehungen zum anderen Frauenhaus in Espoo, Pauli sah bei «den anderen» nur männerfeindliche Familienzerstörerinnen, denen es nicht um Heilung, sondern um Schuldzuweisung ging. Ich kannte die Tätigkeit meiner Kolleginnen nicht gut genug, um zu beurteilen, ob er Recht hatte.

«Was für ein Seminar ist das?», fragte Maisa. Sie hatte von uns allen am wenigsten Vorurteile gegen die anderen.

«Da wird die neue Statistik über Gewalt in der Familie vorgestellt. Die kann man ja wohl auch ohne Seminar lesen», meinte Pauli geringschätzig.

«Wann und wo?», hörte ich mich fragen. «Ich habe in diesem Jahr noch keine Fortbildung gemacht. Ich würde gerne hingehen.»

Pauli zog die leicht ergrauten, buschigen Augenbrauen zusammen, seine Stimme war eine Spur lauter als gewöhnlich: «Am sechsten Oktober im Tapiola-Saal. Wir legen deinen freien Tag auf den Sechsten, dann kannst du hingehen.»

«Berufliche Fortbildung wird auf die Arbeitszeit angerechnet.»

Es war mir immer schwer gefallen, jemandem zu widersprechen. Wenn es sich gar nicht vermeiden ließ, sprach ich im Allgemeinen undeutlich und leise. Jetzt war meine Stimme kühl und klar wie ein Gebirgsbach im November und ich blickte Pauli fest in die Augen. Am anderen Tischende sagte Maisa, ich sei tatsächlich an der Reihe und würde natürlich in der Arbeitszeit hingehen. Maisa hörte selbst nicht gern Widerspruch. Jetzt freute ich mich über ihre Unterstützung.

Pauli reichte mir den Briefumschlag, als könnte er ihn gar nicht schnell genug loswerden. Erst jetzt kam ich auf die Idee, im Kalender nachzusehen. Der sechste Oktober … Ja, da hatte ich Zeit. Anfang Oktober würde alles ganz leicht sein.

Sirpa war überrascht, als sie Kriminalmeister Wang sah, sie

hatte wohl nicht damit gerechnet, vor einer chinesisch aussehenden Frau Anzeige zu erstatten. Ich hatte vergessen, sie vorzuwarnen, mir war vor allem wichtig gewesen, dass wir mit einer Frau sprachen. Allerdings würde Hauptkommissarin Kallio auch ihren männlichen Ermittlern nicht erlauben, Opfer häuslicher Gewalt geringschätzig zu behandeln, davon war ich überzeugt.

«Ari hat Sie schon dreimal krankenhausreif geschlagen», las Wang aus ihren Unterlagen ab. «Verstehen Sie mich nicht falsch, ich mache Ihnen keinen Vorwurf daraus, dass Sie keine Anklage erhoben haben. Hoffentlich halten Sie diesmal durch. Das Urteil im letzten Herbst ist aus verschiedenen Gründen unerhört milde ausgefallen. Anfang nächsten Jahres tritt das Kontaktverbotsgesetz in Kraft, am besten stellen Sie gleich den Antrag. Aber erledigen wir zuerst die Anzeige.»

Als Wang fragte, wie das mit dem Haareausreißen und Kahlscheren genau vor sich gegangen war, glaubte ich in ihren tiefschwarzen Augen ein wütendes Funkeln zu sehen. Die Polizei darf nicht Partei ergreifen, aber ich war mir sicher, hier stand sie auf unserer Seite.

«Wir holen Ari zum Verhör, und mit Ihren Kindern müssen wir auch sprechen, zumindest mit der Ältesten. Ich kann ja verstehen, dass Sie Ihr Aussehen verbessern wollten, aber es wäre hilfreich, wenn wir wenigstens ein Foto von dem Ergebnis des gewaltsamen Haarschnitts hätten. Sie haben im Schutzhafen nicht zufällig eins gemacht?»

«Nein», seufzte ich, daran hatte ich nicht gedacht. «Sirpas Kopfhaut ist aber immer noch wund und voller Narben, darüber können wir sicher ein ärztliches Attest bekommen.» Die blutigen Haare im Abfalleimer kamen mir in den Sinn. Hoffentlich hatte Ari sie noch nicht weggeworfen.

«Es ist Ihnen im Schutzhafen doch wohl bekannt, dass Gewaltopfer so schnell wie möglich ärztlich untersucht werden sollten», mahnte Wang, und ich kam mir immer dümmer vor.

Natürlich wusste ich das, aber als Sirpa am Montag kam, war ich wegen Irja Ahola so durcheinander, dass ich nicht sorgfältig genug gearbeitet hatte. Ich hatte plötzlich das gleiche bohrende Gefühl wie auf dem Sozialamt, wo ich für die einen ein geiziges Miststück war, das sich weigerte, armen Leuten zu geben, was ihnen zustand, und für die anderen eine lächerlich naive Sozialtante, die das Geld, das rechtschaffene Steuerzahler im Schweiße ihres Angesichts erarbeitet hatten, an alle möglichen Betrüger verteilte.

Ich dachte an Ari Väätäinens Rasierapparat und begriff, wie kindisch ich gewesen war. Niemand war so sorglos, das beschädigte Kabel zu übersehen oder beim Rasieren den Wasserhahn aufzudrehen.

Sirpa unterschrieb die Anzeige. Ein Sonnenstrahl fiel zum Fenster herein und ließ ihre kurzen Haare glänzen wie reifes Getreide. Die Frisur stand ihr, sie betonte das zierliche Kinn und den schmalen Hals, der noch keine Altersmerkmale zeigte. Wenn ich mich richtig erinnerte, wurde sie im nächsten Sommer erst dreißig.

Es klopfte. Kriminalhauptmeister Koivu kam herein, ein blonder Teddybär von einem Mann, der trotz seiner Größe sanftmütig wirkte. Er war der einzige Mann in Kallios Abteilung, vor dem ich keine Angst hatte.

«Entschuldige die Störung», sagte er hastig, ohne Sirpa und mich recht wahrzunehmen. «Dauert es bei dir noch lange? In der Alakartanontie ist eine Leiche gefunden worden. Offenbar unser alter Bekannter Ari Väätäinen.»

Einen Moment lang war ich völlig taub. Ich sah Koivus Gesicht. Sein Mund bewegte sich, er sprach weiter, hörte dann plötzlich auf, als ihm klar wurde, wer da im Zimmer saß. Wangs rundes Gesicht nahm die Farbe von blassem Wildleder an. Dann fing Sirpa an zu schreien.

Ich ging zu ihr, strich ihr an der Stelle übers Haar, wo es am kürzesten war. Der Schrei ging in hysterisches Weinen über. Ich suchte ein Taschentuch und ließ in meiner Verwirrung den halben Inhalt meiner Handtasche auf den Boden fallen. Koivu stand hilflos mitten im Zimmer, Wang behielt als Einzige die Beherrschung.

«Ist er eindeutig identifiziert worden?», fragte sie.

«Der Nachbar und der Hausmeister schienen sich sicher zu sein. Komm auf den Flur, ich erzähle es dir.»

«Wie ist … Ari …?» Sirpa blickte zu Koivu auf, in ihren Augen sah ich eine ganze Gefühlsskala, von Hoffnung bis Entsetzen.

«Wir wissen es noch nicht genau», wich Koivu aus. «Äh … mein Beileid.»

«Wo ist er? Ich will ihn sehen! Ich will mit eigenen Augen sehen, dass es unser Ari ist!» Sirpa stand auf, ich versuchte vergeblich, sie daran zu hindern.

«Zuerst müssen wir uns vergewissern, um wen es sich handelt. Von wem hast du die Nachricht?», fragte Wang ihren Kollegen, der seine Verblüffung überwunden hatte und so ernst aussah, wie es sich für einen routinierten Polizisten gehörte.

«Streife hundertfünf hat die Meldung durchgegeben. Der Nachbar in der darunter liegenden Wohnung hat den Hausmeister alarmiert, weil in seinem Flur Wasser von der Decke tropfte. Der Hausmeister hat erst bei Väätäinens geklingelt, aber als niemand aufmachte und auch keiner ans Telefon ging, ist er mit dem Universalschlüssel in die Wohnung. Im Badezimmer hat er ein überlaufendes Waschbecken, einen voll aufgedrehten Wasserhahn und die Leiche von Ari Väätäinen vorgefunden.»

Wang unterbrach Koivu und schob ihn zur Tür hinaus. Sie hatte mit Sicherheit das Schuldgefühl bemerkt, das ich ausstrahlte. Ein laufender Wasserhahn und eine Leiche im Badezimmer. Warum hatte Koivu nichts von dem Rasierapparat gesagt? War es doch nicht so passiert, wie ich es geplant hatte?

Während mir eine Frage nach der anderen durch den Kopf schoss, streichelte ich Sirpa, die wieder auf ihren Stuhl gesunken war, und redete tröstend auf sie ein. Am liebsten hätte ich ihr gesagt, es lohne nicht, um einen Schurken wie Ari zu weinen. Aber das würde sie sicher bald selbst einsehen.

Nach ein paar Minuten kamen Wang und Koivu zurück. Sie sagten, Sirpa könne mit ihnen fahren. Sie fragten mich gar nicht erst, ob ich mitkommen wollte, sie hielten es wohl für selbstverständlich. Die Frau, die gestern an Ari Väätäinens Rasierapparat herumgepfuscht hatte, war eine andere Säde Vasara als die, die jetzt mit Sirpa und den Beamten in die Tiefgarage ging und in einem Polizeifahrzeug Platz nahm. Die Säde Mielikki Vasara, die da im Auto saß, war zuverlässig, vernünftig und empathisch. Sie stellte die Bedürfnisse der anderen immer ihren eigenen voran. Sie würde die versengte Leiche identifizieren, um Sirpa den Schock zu ersparen, und sie würde sich um alle praktischen Angelegenheiten kümmern. Sie war ohne Fehl und Tadel.

Die andere Säde hatte ein Verbrechen begangen und würde irgendwann dafür bezahlen müssen.

Vor dem Haus standen zwei Streifenwagen und ein Rettungswagen sowie Scharen von Neugierigen. Wang bat uns, im Auto zu bleiben. Koivu leistete uns Gesellschaft. Etwas später wurde er von einer uniformierten Polizistin abgelöst, die sich als Hauptwachtmeister Liisa Rasilainen vorstellte. Sie wusste nur, dass es sich offenbar um einen Unfall handelte.

Es dauerte fast eine halbe Stunde, bis Wang kam, um uns zu holen.

«Säde, würden Sie kurz aussteigen?», fragte sie. Ich stieg ganz ruhig aus dem Wagen. Die Säde Vasara, die vor dem Haus der Väätäinens stand, hatte nichts getan.

«Halten Sie es für richtig, dass Sirpa hineingeht? Sie braucht die Leiche nicht zu sehen, wenn sie es nicht unbedingt will. Die Identifizierung ist hundertprozentig sicher. Es ist tatsächlich Ari Väätäinen.»

«Sieht er sehr schlimm aus?»

«Nein. Die wahrscheinliche Todesursache ist Herzstillstand,

ausgelöst durch einen Stromschlag. Für die endgültige Bestätigung müssen wir die Obduktion abwarten.»

«Es kann eine Erleichterung für Sirpa sein, wenn sie mit eigenen Augen sieht, dass Ari tot ist», antwortete ich, aber ich erschrak vor der Verantwortung, die mir aufgebürdet wurde. Womöglich wurde Sirpa von einem Albtraum in den nächsten gestoßen.

Wir gingen in den ersten Stock hinauf. Der Flur war voller Polizisten, die Sanitäter klappten ihre Trage auf. Sirpa presste meine Hand, als wir das Bad betraten. Aris Leiche lag unter einer dunkelgrünen Plane auf dem feuchten Fußboden. Am Rand der Kloschüssel klebte Blut.

«Zeigt ihn mir», wisperte Sirpa. Koivu hob vorsichtig die Plane an. Ich schloss die Augen, zwang mich dann aber hinzusehen.

Ari Väätäinens verzerrtes Gesicht erinnerte mich an den ausgestopften Wolf, der in unserer Schule in einer Vitrine gestanden hatte. Aris nackter Oberkörper war zusammengekrümmt. Sirpa schluchzte und wandte sich ab. Ich brachte sie in die Küche, riss ein Blatt von der Küchenrolle ab und gab es ihr als Taschentuch. Erst danach kam ich auf den Gedanken, Wang zu fragen, ob ich überhaupt etwas anfassen durfte.

«Wegen der Fingerabdrücke? Da wo es drauf ankommt, haben wir schon alles untersucht. Ein Glas Wasser würde Sirpa sicher gut tun.»

Ein paar Minuten später fragte Wang, ob Sirpa fähig sei, ein paar Fragen zu beantworten. Danach dürften wir gehen.

«Um welche Tageszeit hat sich Ari normalerweise rasiert?»

«Morgens. Zuerst hat er immer gefrühstückt, dann kam die Dusche und dann das Rasieren. Danach hat er sich angezogen. Immer die gleiche Reihenfolge. Wenn er Frühschicht hatte, ist er so aufgestanden, dass er eine Stunde Zeit hatte, ehe er zur Arbeit musste. Er hat es gehasst, sich zu beeilen.»

«Wissen Sie, wann er heute im Dienst sein sollte?»

«Um halb sieben. Diese Woche hat er Frühschicht.»

«Also hat er sich gegen sechs rasiert?»

Sirpa gab einen zustimmenden Laut von sich.

«Hat er sich nach dem Rasieren immer am Waschbecken gewaschen?»

Sirpa schien ratlos, offenbar hatte sie Ari bei seiner morgendlichen Körperpflege nie zugeschaut. «Meistens hat er geduscht, glaube ich …»

«Wann hat Ari den Rasierapparat gekauft?»

«Den hab ich ihm vor zwei Jahren zum Vatertag geschenkt. War das die … Ist er nicht in Ordnung?»

«Wir nehmen ihn mit, unsere Techniker werden ihn untersuchen. Können Sie sich vorstellen, weshalb Ari so unvorsichtig war, mit einem angeschlossenen Rasierer in der einen Hand die andere Hand ins Waschbecken zu halten?»

«Ich weiß nicht … Oder … vielleicht …» Sirpa zeigte auf das Bügelbrett, auf dem noch das Bügeleisen stand. Daneben lag ein frisch gebügeltes Hemd.

«Ari hat es sicher so eilig gehabt, dass ihm zum Duschen die Zeit nicht gereicht hat, weil ich nicht da war, um Frühstück zu machen und ihm das Hemd zu bügeln», sagte Sirpa mit gepresster Stimme, ihre Erschütterung war nicht zu überhören. Sie brauchte die Hilfe eines Therapeuten. Sobald wir wieder im Schutzhafen waren, würde ich mich darum kümmern. Das war ich ihr schuldig.

Dann wandte sich Wang an mich. Ich sei doch gestern in der Wohnung gewesen, in der nachweislich zu der Zeit keine Leiche gelegen hätte. Ob sich der Rasierer auf seinem gewohnten Platz vor dem Spiegel befunden habe?

«Darauf habe ich nicht geachtet. Ich habe nur die Kinderzahnpasta mitgenommen», antwortete ich unschuldig. Das war alles. Als ich mich neben Sirpa auf die Rückbank setzte, war mir schwindlig.

Ich hatte einen Mord begangen.

Vier

Ari Väätäinens Tod wurde offiziell zum Unfall erklärt, verursacht durch ein defektes Elektrogerät und Unachtsamkeit. Sirpa blieb mit den Kindern im Schutzhafen, bis die Wasserschäden beseitigt waren. Dann zogen sie in ihre alte Wohnung. Sirpa, die von Beruf Köchin war, sah sich nach Arbeit um und bekam bald eine Vertretungsstelle in der Küche der Schule, die Marjo und Matti besuchten. Für Toni fand sich ein Kindergartenplatz.

Ich ging sowohl zu Irja Aholas als auch zu Ari Väätäinens Beerdigung und hatte bei der ersten viel mehr Schuldgefühle als bei der zweiten. Pauli deutete an, Ari Väätäinens Tod sei Gottes Wille gewesen. Das hätte ich auch gern geglaubt. Aber den Gott, den ich aus der Sonntagsschule kannte, hatte ich irgendwann in diesem Sommer verloren, und Paulis Gott schien mir kein verlockender Ersatz. Ich musste in meinem Leben ohne höhere Mächte auskommen.

Zu der tötenden Säde, die das Kabel an Ari Väätäinens Rasierapparat angeschabt hatte, konnte ich nicht lange auf Distanz bleiben. An den langen, von Übelkeit erfüllten Abenden und in den Nächten, in denen der Tod wirklicher war als das Leben, brachte sie mich in ihre Gewalt. Die Oktoberdunkelheit schlug mir aufs Gemüt, ich wusste kaum, wie ich die Arbeitstage überstehen sollte. An dem Seminar über häusliche Gewalt konnte ich nicht teilnehmen, weil die Hälfte des Personals mit einer schweren Darmgrippe im Bett lag. Ich blieb verschont, Pauli ebenfalls, daher überlegte ich, ob der Virus wohl nur Menschen befiel, die gesund und reinen Herzens waren.

Im Chor begannen die Proben für das Weihnachtskonzert,

was für mich zusätzliche Arbeit bedeutete. Ich hatte mit Pauli vereinbart, dass ich den Kopierer des Frauenhauses für die Noten benutzen durfte; die Kosten wurden dem Chor in Rechnung gestellt. Natürlich war es verboten, Noten zu kopieren, und ich hatte früher oft gewitzelt, ich würde wegen der vielen illegalen Kopien eines Tages in der Hölle landen. Jetzt, wo ich ein Menschenleben auf dem Gewissen hatte, erschien mir das Kopieren nicht unbedingt als schwere Sünde.

Im vorigen Jahr waren wir so ehrgeizig gewesen, für alle Chormitglieder die gesammelten Weihnachtslieder von Sibelius, arrangiert für gemischten Chor, anzuschaffen. Sie hatten mehr als hundert Finnmark pro Heft gekostet. Ich hatte alle Hefte nummeriert und mir wie immer aufgeschrieben, wer welches Heft bekommen hatte. Fast alle hatten ihr Exemplar nach Weihnachten zurückgegeben, aber einige fehlten.

Als ich bei der Probe die Notenhefte verteilte, nahm sich Timo Takala, unser erster Tenor, unverfroren ein neues Heft.

«Timo, ich fürchte, du hast das vorige noch nicht zurückgegeben», sagte ich freundlich.

Timo Takala ließ sich von keinem etwas sagen. Er wusste genau, wie wichtig er für den Kirchenchor von Süd-Espoo war. An Tenören herrschte chronischer Mangel, vor allem an solchen, die wie Timo von Natur aus eine hohe Stimmlage hatten und das eingestrichene A ungequetscht hervorbrachten. Timo wäre jederzeit in einen der bekannten Chöre aufgenommen worden. Zwar hätte er dort nicht so viele Solopartien bekommen wie bei uns, aber dafür wären ihm die schleppenden anderen Tenöre und die alternden Soprane erspart geblieben, deren Vibrato den Umfang eines Halbtons hatte.

«Wirklich nicht?» Entrüstet verzog Timo das rundliche, aber immer noch ganz hübsche Gesicht. Nicht einmal der Chorleiter wagte ihm zu widersprechen. Wenn Timo meinte, eine Stelle müsse *forte* gesungen werden, dann wurde sie *forte* gesungen.

«Nein. Ich erinnere mich, du hast gesagt, du hättest die Noten Weihnachten bei deinen Schwiegereltern vergessen. Sind sie immer noch dort?»

Timos volle Lippen verzogen sich zu einem Lächeln. «Du bist aber gut informiert, Schätzchen. Wahrscheinlich hast du Recht. Da muss ich wohl meine Schwiegermutter bitten, mir die Noten zu schicken. Für die Probe kannst du mir doch ein Heft leihen, oder? Auswendig kann ich die Partie nach einem Jahr nicht mehr, das ist selbst für mich zu viel.» Er sah mir tief in die Augen und machte genau das Gesicht, das alle Frauen zum Seufzen brachte, wenn er in «Die Höhen Kareliens» das Solo sang.

Folgsam reichte ich ihm die Noten, aber ich vergaß keineswegs, was wir abgemacht hatten. Es war schlechte Luft im Proberaum, und es kam mir lächerlich vor, mitten im verregneten Oktober Weihnachtslieder zu singen. Die Worte berührten mich nicht. Ich wusste, ich würde die Lieder dieses Jahr zum letzten Mal in der Öffentlichkeit singen.

Nach der Probe steckte Timo Takala die Noten ein und ging.

«Timo, was ist mit den Noten?» Ich lief ihm nach und holte ihn an der Tür des Gemeindesaals ein.

«Was ist denn?»

«Die Sibelius-Noten», keuchte ich.

«Ich hab's eilig. Du bekommst sie nächstes Mal zurück.» Er griff nach der Klinke, und ich packte seinen Arm.

«Die nimmst du nicht mit nach Hause! Das sind teure Noten! Der Chor kann es sich nicht leisten, dauernd neue zu kaufen.»

«Wieso bist du denn auf einmal so kleinlich? Das sind nicht deine Noten, die gehören dem Chor. Wenn du nicht ein bisschen flexibel sein kannst, müssen wir uns eben einen anderen Notenwart suchen», knurrte Timo. Er wusste ganz genau, wer von uns beiden unersetzlich war. Ein paar Chormitglieder waren näher gekommen, sie standen auf Timos Seite, das war mir klar. Stille, brave Altstimmen wie mich gab es in jedem Chor massenweise. Niemand würde mir nachweinen. Der Gedanke versetzte mich in Rage.

«Gib die Noten her! Ich hab die Nase voll davon, dass du sie ständig verlierst. Vom Chorbuch hast du auch mindestens drei Stück, rate mal, was die kosten!»

Timo machte ein gequältes Gesicht. Seufzend bückte er sich und öffnete seine Aktentasche.

«Manche Frauen kommen früh in die Wechseljahre! Du solltest dir einen Mann zulegen, Säde, dann wärst du nicht so zickig. Hier hast du deine kostbaren Noten!» Er gab mir das Notenheft mit so wütendem Schwung, dass es mir schmerzhaft gegen die Brust schlug. Ich schwankte, fiel aber wenigstens nicht hin.

Auf dem Heimweg überlegte ich, ob ich sofort aus dem Chor austreten sollte. Von der Arbeit einmal abgesehen, war neben Sulo das Singen mein einziger Lebensinhalt. Ich genoss es, gemeinsam mit anderen zu singen, ich fühlte mich den anderen nahe, ich war ein Teil des unvollkommenen, aber ehrgeizigen Instruments, das unsere Stimmen bildeten. Bei einem Konzert hatte ich einmal ein paar alte Leute weinen sehen, es war ein grandioses Gefühl, bei etwas mitzuwirken, das Menschen zu Tränen rührte.

Ich beschloss, nicht aufzugeben. Immerhin hatte ich Ari Väätäinen erledigt und Pauli dazu gebracht, mich für voll zu nehmen. Von so einem eingebildeten Tenor ließ ich mir doch mein liebstes Hobby nicht wegnehmen! Im Gegenteil, ich würde auch alle anderen Zweit- und Drittexemplare zurückfordern. Ich wusste, dass auch andere Timos Selbstgefälligkeit satt hatten. Es war meine letzte Saison im Chor, aber ich würde nicht kleinlaut gehen, sondern mit ordentlichem Getöse.

Mitte Oktober lag ein Zettel von der Hausverwaltung im Briefkasten. Die Heizungen sollten überprüft und gegebenenfalls entlüftet werden. Die Bewohner wurden gebeten, die Möbel vor den Heizkörpern wegzuschieben und die Männer der Wartungsfirma auf Haustiere aufmerksam zu machen.

Der Gedanke, dass in meiner Abwesenheit jemand in meine

Wohnung kommen würde, war mir unerträglich, gerade als würde mir jemand zu nahe treten. Ich dachte an Ari Väätäinen und das Kabel an seinem Rasierapparat. Woher sollte ich wissen, was die Heizungsleute anstellten?

Außerdem machte ich mir Sorgen um Sulo. Er versuchte immer zu entwischen, sobald die Tür aufging. Während die Männer ihre Werkzeugkisten in die Wohnung brachten, würde Sulo bestimmt weglaufen. Ich wäre an dem festgesetzten Tag gern zu Haus geblieben, aber das ging nicht. Am nächsten Tag wollte der Bürgermeister für Gesundheit und Soziales das Frauenhaus besuchen. Und ich hatte versprochen, zusammen mit der Köchin karelische Piroggen zu backen.

Ich klebte große Zettel an die Wohnungstür und an die Türen zum Flur, zum Wohnzimmer und zum Schlafzimmer: BITTE AUFPASSEN, DASS DIE KATZE NICHT WEGLÄUFT! Hoffentlich waren die Heizungsleute keine Katzenhasser. In meiner vorigen Wohnung hatte der Mann vom Reparaturdienst nach Sulo getreten, weil ihm die Katze um die Beine strich, während er den Wasserhahn reparierte. Der arme Sulo war nur an mich gewöhnt. Er begriff nicht, dass manche Menschen unfreundlich sein konnten.

Das Piroggenbacken klappte bestens. Minna war nicht besonders geschickt, wenn es darum ging, den Teig über der Füllung nach der traditionellen Art zu fälteln, aber sie rollte ihn hauchdünn aus. Zwei Klientinnen halfen mit. Die eine, Tiina Leiwo, war am Vorabend ins Frauenhaus gekommen, zum ersten Mal. Sie erwies sich als geborene Fältlerin, obwohl sie nicht gut sehen konnte: Das eine Auge war zugeschwollen. Ich war am Morgen mit ihr beim Arzt gewesen. Unsere Klientinnen gingen im Allgemeinen in das kommunale Ärztezentrum, aber Tiina hatte darauf bestanden, in eine Privatpraxis gebracht zu werden, wo sie nicht so lange zu warten brauchte und nicht so vielen Leuten begegnete. Ich war nicht mit ins Behandlungszimmer gegangen, wusste also nicht, wie sie dem Arzt ihr blaues Auge und die blauroten Würgemale am Hals erklärt hatte. Tiina hatte das nicht zum ersten Mal erlebt, schien aber zu glauben, ihr Ehemann würde mit dem Prügeln aufhören, wenn sie ihm mit Trennung drohte. Frauen wie sie suchten oft in einem Hotel Zuflucht, aber Tiina fürchtete, auf Bekannte zu stoßen. Diese Gefahr bestand im Frauenhaus nicht.

«Es fängt immer auf die gleiche Weise an. Pasi geht mit Kunden essen und versucht dabei natürlich, Geschäfte abzuschließen. Wenn er mit dem Ergebnis nicht zufrieden ist, lässt er seine Wut an mir aus», erklärte Tiina nach dem Arztbesuch im Taxi. Mittlerweile tat es ihr Leid, Hals über Kopf in den Schutzhafen gerannt zu sein, denn in Frauenhäusern landeten ihrer Meinung nach nur Loser aus der Unterschicht. Anzeige wollte sie nicht erstatten, weil das sowohl Pasis als auch ihrer eigenen Karriere schaden könnte. Sie hatte in der Bank, wo sie arbeitete, angerufen und erzählt, sie hätte beim Aerobic eine Hantel aufs Auge bekommen und wäre wegen Verdacht auf Gehirnerschütterung ein paar Tage krankgeschrieben. Die Geschichte wirkte ungewöhnlich überzeugend. Ich hatte über die Jahre hinweg alle möglichen Erklärungen gehört, fast immer klangen sie erlogen. Allerdings sind die meisten Menschen gutgläubig. Schließlich ist es bequemer zu denken, die Tochter sei die Treppe hinuntergefallen als vom Lieblingsschwiegersohn verprügelt worden.

Obwohl ich mir ein Tuch umgebunden hatte, musste ich vor dem Backen einige Haare von den Piroggen zupfen. Als ich mich noch einmal kämmte, bevor ich nach Hause fuhr, hingen mehr Haare im Kamm als je zuvor. Es war wohl Zeit für eine Vitaminkur. Ich beschloss, auf dem Heimweg einen Abstecher zum Einkaufszentrum zu machen, obwohl ich so schnell wie möglich nach Hause wollte, um mich zu vergewissern, dass mit Sulo alles in Ordnung war.

«Was verursacht denn den Haarausfall?», erkundigte sich die übereifrige Verkäuferin im Reformhaus.

«Wahrscheinlich Stress. Vielleicht benutze ich auch das falsche Shampoo.» Ich ärgerte mich, denn nun musste ich mir einen Vortrag über Vitamine, Antioxidantien und sonstige Wirkstoffe anhören. Ich hoffte inständig auf andere Kunden, damit die Verkäuferin von mir abließ. Meistens ging es mir gerade umgekehrt: Die Verkäufer übersahen mich. Mitunter hatte ich mich schon für unsichtbar gehalten, weil ich an der Fleischtheke immer zehn Minuten warten musste, ehe sich jemand herabließ, mich zu bedienen.

Schließlich entschied ich mich für ein Multivitaminpräparat und für Siliziumtabletten, die Haare und Haut stärken sollten. Beides war eigentlich viel zu teuer für mich. Es dämmerte schon, als ich auf der Landstraße zwischen Feldern nach Hause radelte. Ein schlappohriger Hase konnte mir und dem hinter mir fahrenden Auto gerade noch ausweichen. Fast jedes Mal, wenn ich nach Helsinki fuhr, sah ich auf der Autobahn tote Hasen und Eichhörnchen liegen. Die Autofahrer versuchten nicht einmal zu bremsen.

Im Briefkasten lag nur Reklame. Vor dem Haus roch es nach modrigem Laub: Die Treppe schien länger geworden zu sein, obwohl sie natürlich zwanzig Stufen hatte wie immer.

Ich schloss auf. Niemand kam mir entgegen.

«Sulo!», lockte ich und erwartete ein wütendes Miauen. Vielleicht hatte der Heizungsmann die Katze versehentlich im Bad eingesperrt.

Kein Laut. Ich knipste das Licht an und rief noch einmal. Dann sah ich in der Sauna und im Kleiderschrank nach. Sulo war nirgends zu finden.

Da bemerkte ich auf dem Küchentisch einen der Zettel, die ich aufgehängt hatte. «Die Mieze ist rausgeschlüpft», hatte jemand eilig darauf gekritzelt. Ich schluckte, meine Kehle fühlte sich plötzlich trocken an. Sulo draußen – wie lange schon? Seit Stunden. Ich nahm Mantel und Schlüssel, stürzte auf den Balkon. Keine Spur von Sulo.

Ich ging auf sämtliche Höfe unserer Hausgemeinschaft und der Nachbarhäuser und rief nach der Katze, aber vergeblich. Ich fragte die Kinder auf dem Hof nach Sulo, aber niemand hatte etwas gesehen. Nach einer guten Stunde war ich so erschöpft von der Suche, dass ich aufgeben musste.

Westlich von den Häusern lagen Felder, dahinter begann der Wald. Vielleicht war Sulo auf der Jagd nach Wühlmäusen. Ob er allein nach Hause finden würde? Er war es nicht gewohnt, frei herumzulaufen. An die Möglichkeit, dass er in Richtung Osten gerannt war, mochte ich gar nicht denken. Zweihundert Meter weiter verlief die stark befahrene Finnoontie, wenn er die zu überqueren versuchte, hatte er kaum Überlebenschancen.

Ich holte Vanilleeis aus dem Gefrierschrank und zwang mich, davon zu essen, obwohl mir beim Schlucken der Hals wehtat. Nach ein paar Löffeln spürte ich, dass mich neben der Angst um Sulo rasende Wut überkam. Wie konnten die Männer vom Reparaturdienst trotz aller Warnungen die Katze entwischen lassen? Hatten sie es absichtlich getan, um mich zu ärgern?

Als ich bei der Firma anrief, um nach der Nummer des Klempners zu fragen, lief nur ein Band mit der Handynummer des Schlüsseldienstes. Meine Strafpredigt musste bis morgen warten. Ich aß noch etwas Eis und eine Pirogge, die ich von der Arbeit mitgebracht hatte. Schließlich musste ich meine Energievorräte aufstocken, um weiterzusuchen. Der Gedanke, dass Sulo die Nacht im Freien verbrachte, von Füchsen, Eulen und betrunkenen Autofahrern bedroht, war unerträglich.

Sulo trug in der Wohnung kein Halsband, weil ich Angst hatte, er könnte sich damit erdrosseln. Sollte ihn jemand finden, würde er also nicht wissen, wem die Katze gehörte. Es blieb mir nichts anderes übrig, als in der Nachbarschaft Zettel auszuhängen. *Entlaufen: Grau getigerter, einäugiger kastrierter Kater, hört auf den Namen Sulo.* Wusste Sulo denn, wie er hieß? Ich war nicht sicher, ob er auf den Namen oder auf meine Stimme reagierte. «Einäugig» musste sein, obwohl es sich anhörte, als wäre Sulo irgendwie minderwertig. Meiner Meinung nach war er kein Stück schlechter als zweiäugige Katzen.

Ich fügte Adresse und Telefonnummer hinzu und schrieb das Ganze zwanzigmal ab. Natürlich hätte ich zum Frauenhaus fahren und den Zettel kopieren können, aber ich wollte mich nicht weiter von der Wohnung entfernen als unbedingt nötig. Sulo konnte jederzeit miauend vor der Tür stehen.

Mit einer Rolle Tesafilm und einer Heftmaschine bewaffnet ging ich nach draußen. Der Wind hatte aufgefrischt, er ließ die Fichtenhecke tanzen und heulte so laut im Weidengestrüpp am Feldrand, dass alle anderen Geräusche untergingen. Ich klebte meine Zettel an die Mülltonnen auf dem Hof und erwartete die ganze Zeit, Sulos Miauen zu hören oder sein funkelndes Auge unter einem parkenden Auto zu sehen. Aber nein – meine Rufe blieben ohne Antwort. Ich ging in der Nachbarschaft herum und brachte meine Zettel an. Dass jeder Verrückte meine Adresse und Telefonnummer lesen konnte, machte mir Angst, aber es gab keine andere Möglichkeit.

Als Nächstes rief ich bei der Tierklinik und der Kleintier-Poliklinik an. Sulo war weder in der einen noch in der anderen eingeliefert worden, aber ich konnte meine Telefonnummer hinterlassen. Die Sprechstundenhilfe in der Tierklinik meinte tröstend, wahrscheinlich sei die Katze auf der Mäusejagd. Ich musste plötzlich weinen und legte abrupt auf.

Ich traute mich nicht unter die Dusche, um nur ja Sulos Miauen nicht zu überhören. Ich wusste, ich musste schlafen, um den nächsten Tag zu überstehen, aber konnte ich es wagen? Und wenn Sulo nun zurückkam und ich ihn im Schlaf nicht hörte? Schließlich schob ich das Sofa aus dem Wohnzimmer in den Flur und ließ die Tür zum Windfang offen. Hinter die Tür stellte ich Sulos Fressnapf und seine Wasserschüssel, für den Fall, dass ich nicht wach wurde. Ich wälzte mich die ganze Nacht unruhig hin und her, in meinen wirren Träumen sah ich Ari Väätäinen, wie er mit hoch erhobenem Beil auf Sulo losging. Nur der Wind heulte und jammerte auf dem Balkon, und als ich gegen sechs Uhr aufstand, waren die Schüsseln draußen unberührt.

Ich konnte nicht zu Hause bleiben. Also sprach ich einen neuen Text auf meinen Anrufbeantworter, in dem ich meine Handynummer und meine Durchwahl bei der Arbeit angab. Dann setzte ich ein Inserat auf, das ich an die Lokalzeitung faxen wollte.

Nachdem ich endlich im Frauenhaus angekommen war und meine Anzeige aufgegeben hatte, konnte ich mich auf nichts konzentrieren. Das ganze Haus stand Kopf, weil der Bürgermeister kommen sollte. Pauli erhoffte sich kommunale Unterstützung, obwohl die Stadt nicht einmal genug Geld hatte, um ihren sonstigen Verpflichtungen nachzukommen. Die Kindertagesstätten waren hoffnungslos überbelegt, und in den Altersheimen war so viel Personal eingespart worden, dass man den alten Omas nur noch einmal am Tag die Windel wechseln konnte. Außerdem saßen in der Stadtverordnetenversammlung mindestens zwanzig kluge Männer, die der Meinung waren, Gewalt in der Ehe käme hauptsächlich daher, dass die Weiber ihren Mund nicht halten konnten. Der Besuch war im Grunde nur eine freundliche Geste, die sowohl dem Schutzhafen als auch dem Bürgermeister Publicity einbrachte. Ein Journalist und ein Fotograf von der Lokalzeitung begleiteten den Bürgermeister, während Pauli ihm beflissen unsere Arbeit erläuterte. Natürlich war keine Frau bereit, sich fotografieren zu lassen, aber Pauli überredete eine Dauerklientin, dem Journalisten anonym ein Interview zu geben. Minna und ich kümmerten uns um die Bewirtung, allerdings lief ich bei jedem Klingeln ans Telefon. Vielleicht hatte jemand Sulo gefunden?

Ich half unserer zweiten Dauerklientin, ihre Rückerstattungsanträge an die Krankenkasse auszufüllen, und verrechnete mich andauernd. Auf Tiina Leiwos Überlegungen, ob Pasi sich wohl schon Sorgen machte, weil er nicht wusste, wo seine Frau steckte, konnte ich mich auch nicht konzentrieren. Ich ging eine Viertelstunde vor Feierabend nach Hause, ohne mich zu entschuldigen.

Sulo hatte sich nicht blicken lassen. Der Fressnapf und die Wasserschüssel standen unberührt an ihrem Platz, niemand hatte eine Nachricht auf dem Anrufbeantworter hinterlassen. Die Wohnung war schrecklich leer. Ich pflückte ein Bündel Katzenhaare vom Sofa, legte sie an die Wange und bemühte mich, die Tränen zurückzuhalten. Meine Anrufe beim Tierarzt, im Tierasyl und in der Kleintier-Poliklinik brachten nichts Neues. Wurden überfahrene Katzen bei der Polizei gemeldet? Wohl kaum. Wenn es um ein teures Exemplar einer kostbaren Katzenrasse ging, mochte das anders sein. Aber Sulo war finanziell wertlos, er hatte nur Gefühlswert, und dafür interessiert sich die Polizei eben nicht.

Ich aß einen Teller von der Krabbensuppe, die ich in einem meiner seltenen Anfälle von Energie literweise gekocht und eingefroren hatte. Dann machte ich mich wieder auf die Suche. Es war Probentag, aber der Chor musste diesmal ohne mich auskommen. Ich machte mir nicht die Mühe, mich abzumelden. Da keine neuen Noten gebraucht wurden, würde sowieso niemand merken, dass ich fehlte.

Der Himmel war sternenlos und grimmig, der Wind fegte mir Birkenblätter ins Gesicht. Ich wickelte mich fester in den Mantel und wünschte, ich hätte Wollsocken angezogen. Mit der Taschenlampe leuchtete ich ins Gebüsch am Straßenrand, darauf gefasst, eine kleine, grau getigerte Leiche zu entdecken, aber ich fand nur einen Haufen halb verfaulter Äpfel und einen einsamen Handschuh.

Sulo war spurlos verschwunden.

Wieder schlief ich unruhig und schwitzte vor Albträumen. An der Tür zog es, um Viertel nach sechs erwachte ich mit Halsschmerzen. Ich kochte mir heiße Milch, in die ich zwei Knoblauchzehen presste. Pauli war allergisch gegen Knoblauch, ich könnte ihn anhauchen, wenn er mir zu nahe kam. Eine Weile spielte ich mit dem Gedanken, mich krankzumelden, ging dann aber doch zur Arbeit. Es konnte sein, dass ich den Krankenurlaub später noch brauchte.

Tiina Leiwos linkes Auge begann sich allmählich zu öffnen. Ihre Stimmung schwankte extrem: Im einen Moment weinte sie, im nächsten erledigte sie am Handy mit selbstbewusstem Ton berufliche Dinge. Gegen Mittag fuhr ich mit ihr zum Einkaufen. Sie brauchte frische Unterwäsche und Kosmetika, wollte aber nicht in ihre Wohnung gehen und auch keine von uns hinschicken. Pasi sollte sich ordentlich Sorgen machen.

«Glaubst du, dein Mann geht zur Polizei?», fragte ich sie, als wir an der Bushaltestelle standen. Wenn Ehefrauen als vermisst gemeldet wurden, rief die Polizei auch bei uns an, gab aber die Information natürlich nicht an die Angehörigen unserer Klientinnen weiter.

«Schwer zu sagen. Ich meine … was tun Männer denn in so einer Situation? Sie werden doch wohl nicht zur Polizei gehen und sagen, ich habe meine Frau geschlagen und jetzt ist sie verschwunden.»

«Meistens telefonieren sie erst alle Bekannten und Verwandten durch. Vielleicht ruft Pasi auch bei deiner Arbeitsstelle an …»

«Bloß das nicht!» Tiina war entsetzt. Der Beruf war das Wichtigste in ihrem Leben. Sie hatte Betriebswirtschaft studiert und war Leiterin der Auslandsabteilung bei der Merita-Nordbank. Am Tag zuvor hatte sie gemeint, ein Grund für Pasis gewalttätiges Verhalten wäre vielleicht sein Minderwertigkeitsgefühl gegenüber seiner besser ausgebildeten und besser verdienenden Frau.

«Pasi weiß natürlich nicht, was du der Bank erzählt hast, aber er wird sich denken können, dass du nicht die Wahrheit gesagt hast. Das solltest du übrigens tun, finde ich.»

«Nein! Du hast ja keine Ahnung, worauf es in dem Job ankommt! Wenn man Karriere machen will, muss im Privatleben alles in Ordnung sein. Geschiedene Frauen gelten als unzuverlässig.»

«Tatsächlich?», seufzte ich, als der Bus endlich kam. Tiina hatte mir schon erzählt, dass sie und ihr Mann beschlossen hatten, sich vorläufig keine Kinder anzuschaffen. Sie hatten es ja nicht eilig, Tiina war erst siebenundzwanzig, Pasi ein paar Jahre älter. Zuerst wollten sie reisen, ihren Wohnungskredit abzahlen und einen Zweitwagen kaufen. In ungefähr acht Jahren könnte Tiina sich eventuell vorstellen, Mutterschaftsurlaub zu machen.

In acht Jahren war Tiina so alt wie ich jetzt. Dann war es auch für sie vielleicht zu spät, Kinder zu bekommen. Das sagte ich allerdings nicht laut.

Im Einkaufszentrum schaute ich verdattert zu, wie Tina in einer Wäscheboutique einen Slip aus Spitze für zweihundert und zwei BHs für je dreihundertfünfzig Finnmark erstand. Im Kosmetikgeschäft blätterte sie ein Vermögen hin, aber das war es ihr wohl wert, denn die Grundierung deckte die blauen Flecken so vollkommen ab, dass die Passanten sie nicht mehr anstarrten.

«Du schminkst dich wohl kaum?», fragte Tiina, während sie Nagellack aussuchte.

«Ich hab es nie richtig gelernt.»

«Reine Übungssache. Ich kann es dir beibringen. Deine Haut ist schuppig und gerötet, mit Make-up würdest du viel gepflegter aussehen. Nimm doch die gleiche Creme wie ich. Du siehst ja, wie gut sie abdeckt.» Sie redete wie eine verkaufstüchtige Kosmetikerin. Ich schämte mich, ihr zu sagen, dass ich mir die Creme nicht leisten konnte.

«Du bist nicht verheiratet?», fragte sie mich, als wir von der Bushaltestelle zum Schutzhafen zurückgingen. Ich gab zu, allein zu leben.

«Dann bist du also geschieden? Machst du deshalb diesen Job?» Sie schien zu glauben, dass im Frauenhaus ehemalige Gewaltopfer arbeiteten, nach dem Muster von Weight Watchers und Anonymen Alkoholikern.

«Ich war nie verheiratet. Ich bin eben nie dem Richtigen begegnet», sagte ich leichthin. Das war gelogen, ich war vielen begegnet, die mir gefallen hätten. Einem noch im Gymnasium, dem Zweiten beim Studium, dem Dritten in meiner ersten Arbeitsstelle. Leider hatte mich keiner für die Richtige gehalten, vermutlich hatten sie mich gar nicht als Frau wahrgenommen. Ich wiederum legte keinen Wert auf die Nachbarjungen, die immer noch im heimatlichen Dorf hockten, oder auf die Kunden im Sozialamt, die mich zum Kaffee oder zum Tanzen einluden, nachdem sie die Sozialhilfe quittiert hatten. Auf Tarmos dritter Hochzeit hatte mir ein Freund meines jüngeren Bruders, der zum zweiten Mal auf Brautschau war, schöne Augen gemacht, aber ich war davongelaufen.

Über Tiinas Gesicht glitt ein belustigtes Lächeln. Mach mir doch nichts vor, schien sie zu denken, eine, die so aussieht, will keiner haben. Plötzlich versetzte mich ihre selbstsichere Schönheit in Wut. Sie musste allmählich lernen, dass ein attraktives Äußeres sie nicht vor allem schützte. Im nächsten Moment bereute ich meinen Gedanken: Es war nicht Tiina, die etwas zu lernen hatte, sondern der Mann, der sie schlug.

«Ist Pasi in einem gewalttätigen Elternhaus aufgewachsen?» Ich hielt Tiina das Tor zum Schutzhafen auf und schloss hinter mir ab. Einige unserer Klientinnen empfanden die Schlösser und Videokameras als bedrückend, aber sie boten Schutz gegen drohende und neugierige Ehemänner.

«Na ja, sein Vater … Mein Schwiegervater ist Unternehmer, da hat er eben manchmal schwere Zeiten. Dann trinkt er zwei Flaschen Schnaps, und meine Schwiegermutter hat die Folgen zu tragen.»

«Es ist gut, wenn ihr die Spirale durchbrecht, bevor ihr Kinder bekommt», sagte ich, wie ich es gelernt hatte, und schloss die Haustür auf. Ich ließ Tiina mit ihren Einkäufen allein und erkundigte mich, ob Anrufe für mich gekommen waren. Nichts. Was für eine Miene hätte Tiina wohl aufgesetzt, wenn ich ihr erzählt hätte, dass das einzige Wesen, das mir wirklich am Herzen lag und das mich brauchte, ein einäugiger Kater war? Wahrscheinlich wäre es ihr schwer gefallen, ihre mitleidige Belustigung zu verbergen, ihre Zufriedenheit, trotz allem besser dran zu sein als ich.

Falsche Einstellung, hätte Pauli bestimmt gesagt. Es war nicht unsere Aufgabe, uns in den Klientinnen zu spiegeln oder uns gar mit ihnen zu identifizieren. Als Therapeutinnen sollten wir neutrale Resonanzböden für die Gefühle und Bedürfnisse der Klientinnen sein und unsere eigenen Empfindungen ausschalten.

Ich rief meinen Anrufbeantworter an, aber es hatte immer noch niemand eine Nachricht hinterlassen. Die Lokalzeitungen erschienen erst am Samstag. Ob ich es mit einer Anzeige in der überregionalen Tageszeitung versuchen sollte? Ich schrak auf, als Maisa ins Zimmer kam.

«Die Polizei hat angerufen», sagte sie. Ein eisiger, erdrückender Schreck befiel mich.

«Ist er tot?»

«Wer? Wieso?»

«Sulo!»

«Wer ist Sulo? Der Mann einer Klientin?»

«Nein … Schon gut, vergiss es.»

«Pasi Leiwo hat seine Frau als vermisst gemeldet. Seine Geschichte klang so verworren, dass Kriminalhauptmeister Koivu es für besser hielt, ein bisschen nachzuforschen. Für einen Mann scheint er ganz vernünftig zu sein. Er ist gern bereit, eine Anzeige wegen Körperverletzung aufzunehmen.»

«Ich glaube, das wird Tiina nicht mitmachen. Sie ist sehr besorgt um ihren guten Ruf beim Arbeitgeber.»

«Aha, einer dieser Fälle», seufzte Maisa. Mit unseren insgesamt zehn Jahren Frauenhauserfahrung konnten wir die Frauen, die weiter mit einem gewalttätigen Mann lebten, in ein paar Grundtypen einteilen. Solche wie Tiina, die sich davor fürchteten, von anderen Menschen verachtet und für erfolglos gehalten zu werden, waren eher selten. Mütter, die glaubten, sich von ihren eigenen Kindern alles gefallen lassen zu müssen, waren besonders schwierige Fälle, vor allem, weil die erwachsenen Söhne ihre Brutalität oft damit entschuldigten, dass sie eine schlechte Mutter hatten. Auch Anja Jokinens Sohn betätigte sich als Amateurpsychologe und schaffte es, seiner Mutter Schuldgefühle einzureden: Du hast mich zum alkoholsüchtigen Schläger erzogen, also gib mir gefälligst Geld, oder ich schlage zu.

Frauen wie Sirpa Väätäinen wagten aus begründeter Angst um ihr Leben und um ihre Kinder nicht, sich von ihrem Mann zu trennen. Oft genug waren sie zu gelähmt, um eigene Entscheidungen zu treffen. Zu dieser Kategorie gehörten die meisten unserer Klientinnen.

«Ich finde es ganz richtig, Pasi Leiwo eine Weile schmoren zu lassen. Vielleicht lernt er es im ersten Durchgang. Aber wer ist denn dieser Sulo, um den du dir Sorgen machst? Hast du nicht eine Katze, die so heißt? Ist ihr was zugestoßen?»

Ich wandte das Gesicht ab. Zum Glück klingelte das Telefon. Wieder nicht für mich. Maisas Mann wollte wissen, welchen Wein er zum Abendessen kaufen sollte.

«Irgendeinen fruchtigen Weißwein, meinetwegen australischen Chardonnay. Der Dorsch schmeckt ziemlich mild …»

Ich versuchte wegzuhören, damit ich nicht wieder anfing, Maisa um ihren Mann zu beneiden, der ihr Blumen kaufte, sie ins Theater begleitete und Abendessen bei Kerzenlicht für sie vorbereitete. Den Rest des Tages quälte ich mich mit Akten herum. Mit Verwaltungsdingen gab sich Pauli nicht gern ab, die delegierte er am liebsten an seine Mitarbeiterinnen.

Auf dem Heimweg schlug das Große, Schwarze, Schreckliche zu, dessen Namen ich nicht laut aussprechen konnte. Ich schaffte es gerade noch bis in den Flur, dann brach ich in haltloses Weinen aus. Es dauerte zehn Minuten, ehe ich in der Lage war, den Anrufbeantworter abzuhören und den Fressnapf zu inspizieren. Keine Nachricht über Sulo, nur die Ankündigung meines Bruders Raimo, er fahre nächste Woche mit seiner Frau nach Tallinn und brauche eine Unterkunft für eine Nacht.

Den Rest des Abends lag ich auf dem Sofa und weinte. Meine großen Pläne, mich zu ändern und ein neues Leben zu beginnen, schienen plötzlich sinnlos. Sulos Tod war die Strafe für das, was ich Ari Väätäinen angetan hatte. Aber warum musste eine unschuldige Katze darunter leiden, warum war es nicht ich, die einem betrunkenen Fahrer unter die Räder kam? Was war mit Sulo passiert? Vielleicht hatte der Katzenhasser aus dem Haus C ihn vergiftet. Der Gedanke an meine Katze, die qualvoll zuckte, während sich das Rattengift in ihre Eingeweide fraß, war so entsetzlich, dass ich die Augen schloss und mir die Ohren zuhielt, aber das half nichts. Die Vorstellung hatte sich in meinem Kopf eingenistet.

Da klingelte es. Gleichzeitig glaubte ich, ein leises Miauen zu hören. Ich rannte zur Tür und riss sie auf.

«Mi-au», maunzte Sulo und sah mich aus seinem gesunden Auge an, das fast auf der Höhe meiner eigenen Augen war.

«Sulo!» Ich brach wieder in Tränen aus und lachte gleichzeitig, die Katze sprang in meine Arme und leckte mir vorsichtig das salzige Gesicht.

«Es tut mir Leid, dass ich die Katze jetzt erst gefunden habe», sagte der Mann, der vor der Tür stand und den ich erst jetzt sah. «Ich war ein paar Tage verreist, sie muss in meine Wohnung geschlüpft sein, als ich wegging.»

Ich erkannte ihn sofort. Es war der ehemalige Häftling, dem ich in dem Lokal begegnet war.

Fünf

Sulo schnurrte zufrieden auf meinem Arm. Ich sah ihn mir aufmerksam an. Er schien nicht verletzt zu sein und wirkte weder leidend noch verängstigt. Über unser Wiedersehen freute er sich eindeutig, aber keineswegs unmäßig.

«Wahrscheinlich hat sich die Katze in meine Wohnung geschlichen, als ich vorgestern gelüftet habe, weil die Heizungsmonteure geraucht hatten», sagte der Mann, der immer noch an der Tür stand. «Ich war zwei Tage in Tallinn, bin gerade erst zurückgekommen. Ich habe mich erst über den Gestank gewundert, und dann fand ich das Kerlchen hier auf dem Sofa.»

Natürlich, er war wütend und wollte eine Entschädigung. Er hatte kein Katzenklo, also hatte Sulo auf dem Fußboden seine Pfützen hinterlassen. Ich ließ ihn nur ungern in meine Wohnung, aber immerhin hatte er Sulo zurückgebracht.

«Kommen Sie herein, lassen Sie uns überlegen, was ich Ihnen schuldig bin», sagte ich.

«So hatte ich es nicht gemeint! Der Fußboden war doch im Nu aufgewischt.» Er trat ein, sein großer, breitschultriger Körper schien den Flur fast auszufüllen. «Die Katze wird hungrig sein. Ich hatte einen Kochtopf im Spülbecken eingeweicht, daraus hat sie Wasser getrunken, aber bestimmt hat sie seit zwei Tagen nichts zu fressen bekommen als das Stück Lachs, das ich ihr vorhin gegeben habe.»

«Wie groß war denn das Stück?»

«Ungefähr wie eine Ratte.» Der Mann setzte sich unaufgefordert auf das Sofa. «Witzig, Ihre Wohnung ist das genaue Spiegelbild von meiner. Ich wohne auf der anderen Seite, im Erdgeschoss.»

Warum hatte das Schicksal ausgerechnet einen entlassenen Häftling in unser Haus geführt? Jetzt war es aus mit dem ruhigen Wohnen. Bald würden sich womöglich Junkies, Säufer und Hehler im Haus herumtreiben.

Ich füllte für Sulo eine Schüssel mit Wasser, eine mit Sahne und eine dritte mit Krabben, die beim Auftauen in der Mikrowelle Funken sprühten. Sulo strich mir um die Beine, fast wäre ich gestolpert. Ich hätte ihm gern gesagt, wie sehr er mir gefehlt hatte, aber ich genierte mich vor dem Mann.

«Sie müssen sich furchtbar Sorgen gemacht haben. Zu dumm, dass ich verreist war. Ich hatte früher auch eine Katze, Kalervo hieß sie. Die ist auf dem Hof von der Müllabfuhr überfahren worden. Ich war damals beim Militär und hab den harten Mann gespielt, aber geheult hab ich trotzdem. Sulo ist eine richtige Persönlichkeit, ein prächtiger Kerl. Ich habe Ihren Zettel bei den Mülltonnen gesehen und bin gleich gekommen, als ich in Ihrer Wohnung Licht gesehen habe.»

«Was schulde ich Ihnen für den Lachs und das Putzen?», unterbrach ich ihn. Ich wollte ihn so schnell wie möglich loswerden.

«Gar nichts. Ihre Katze war eine angenehme Überraschung. Übrigens habe ich mich noch gar nicht vorgestellt. Kalle Jokinen.»

Er streckte mir die Hand entgegen, mir blieb nichts anderes übrig, als sie zu ergreifen. Sein Händedruck war beinahe heiß.

«Säde Vasara», antwortete ich. Er reagierte mit einem zurückhaltenden «Sehr-erfreut»-Lächeln. Vielleicht war er ein Heiratsschwindler, der im Gefängnis gelandet war, weil er seine Tricks bei der falschen Frau probiert hatte. Natürlich nahm er jetzt kein Geld, die Zeit würde später kommen. Deshalb war es besser, gleich zu zahlen.

«Ich will kein Geld!», versicherte er ungeduldig, als ich noch einmal fragte. «Wenn Sie mir eine Tasse Tee oder Kaffee anbieten, sind wir quitt. Und du, Miezekatze, darfst mich gerne wieder besuchen kommen, aber vorher musst du dein Frauchen um Erlaubnis fragen», sagte er und hob Sulo, der sich zur Abwechslung an seinen Beinen rieb, auf den Schoß.

Ich wusste nicht, was ich tun sollte, ich stand mitten im Zimmer und starrte den Mann an. Vielleicht machte er gerade eine Bestandsaufnahme, überlegte, was in meiner Wohnung zu holen war. Fernseher, Video und CD-Spieler waren billig und alt, für die Heimorgel würde er vielleicht ein paar Tausender kriegen. Mein Silberbesteck war so gut wie wertlos, außer dem Goldkettchen mit Kreuzanhänger, das ich zur Konfirmation bekommen hatte, und dem Diamantring, den mir meine Oma zum Abitur geschenkt hatte, besaß ich keinen wertvollen Schmuck. Für mein Handy bekam man unter der Hand höchstens zweihundert.

«War es das, was Sie im Lokal erschreckt hat?», fragte der Mann und zog den linken Ärmel seines grünen Baumwollhemds hoch, bis der Drache sichtbar wurde. «Ich hatte mir eingebildet, dass niemand darauf achten würde, weil Tätowierungen jetzt Mode geworden sind, aber dieses Ding schreit wohl geradezu ‹Made im Knast›. Arbeiten Sie bei der Gefängnisverwaltung oder bei der Polizei, haben Sie es deshalb gleich erkannt?»

«Ich war jahrelang beim Sozialamt angestellt.»

Ich bewegte mich in Richtung Küche, vielleicht sollte ich doch Tee …

«Tja, so ist das wohl, ich hab sieben Jahre bekommen und vier abgesessen, aber in Wahrheit bin ich zu lebenslänglich verurteilt.»

Seine Stimme klang müde, Selbstmitleid konnte ich darin nicht erkennen. Er lächelte wieder, jedoch zurückhaltender als bisher. Als er aufstand, wäre er beinahe mit dem Kopf an die Deckenlampe gestoßen.

«Ich gehe wohl besser, Sie wollen sicher mit Sulo allein sein. Alles Gute, Säde!»

Bevor ich etwas sagen konnte, war er weg.

Ich sank auf das Sofa, neben die Stelle, wo der Mann, der sich als Kalle vorgestellt hatte, gerade noch gesessen hatte. Sulo sprang auf meinen Schoß, ich streichelte ihm den Rücken und kam mir vor wie eine Idiotin. Nicht einmal bedankt hatte ich mich. Knastbruder oder nicht, es gehörte sich einfach, danke zu sagen. Er hatte allen Grund, beleidigt zu sein. Oder spielte er ein geschicktes Spiel, um mich nachgiebig zu stimmen?

Das Telefon riss mich aus meinen Überlegungen. Sulo guckte beleidigt, als ich ihn absetzte.

«Säde Vasara.»

Eine Weile waren nur Atemgeräusche zu hören. Dann sagte eine gewollt heisere Männerstimme: «Schau an, die alte Jungfer hat ihre Katze verloren. Das Biest ist tot, und du lebst auch nicht mehr lange. Fahrt zur Hölle, alle beide!»

Ich zitterte so heftig, dass mir der Hörer aus der Hand fiel. Mir war klar, ich hätte, ohne die Verbindung zu unterbrechen, mit dem Handy bei der Polizei anrufen müssen, aber das brachte ich nicht fertig. Ich wollte niemandem von diesem schrecklichen Vorfall erzählen.

Ich kam mir vor, als wäre ich durchsichtig und würde bei der geringsten Berührung in Millionen kleine Splitter zerbersten. Fielen da von meiner zitternden Hand nicht schon Stückchen auf den Boden, Hautfetzen, Knochensplitter, Blut …

Wieder klingelte das Telefon. Ich riss den Stöpsel so ungestüm heraus, dass die Steckdose halb aus der Wand hing. Als Nächstes klingelte das Handy. Meine Hände zitterten so stark, dass ich es kaum aus der Handtasche bekam. Auf der Anzeige sah ich die Nummer des Anrufers: mein Bruder Reima. Ich drückte die Taste und schaffte es, einen Laut von mir zu geben.

«Reima hier, hallo! Noch bei der Arbeit?»

«Nein.» Es fiel mir schwer, auch nur ein Wort zu sagen, mein Hals war wie ausgedörrt.

«Haste meine Nachricht gekriegt? Das geht doch klar mit nächster Woche?»

Eigentlich passte mir sein Besuch überhaupt nicht, ich wusste aus Erfahrung, dass ich nächste Woche mehr tot als lebendig sein würde. Vergeblich suchte ich nach einer Ausrede.

«Kommt ihr zu zweit, du und Tupu?»

«Ja. Das Schiff fährt so früh ab, ich hab keine Lust, die Nacht durch zu fahren. Da ist am Ende die ganze Kreuzfahrt im Eimer. Zurück fahren wir nachts, da kann ich dann aber auf dem Schiff höchstens zwei Bier trinken.»

Reimas Gerede wirkte beruhigend, anschließend konnte ich wieder klarer denken. Der unbekannte Anrufer hatte behauptet, Sulo wäre tot, also wusste er eigentlich nichts. Aber wie hatte er herausgefunden, dass ich ledig war? War es jemand, der mich kannte?

Meine Nummer stand nicht im Telefonbuch, weil die Männer unserer Klientinnen auf die Idee kommen könnten, uns mit Drohanrufen zu belästigen. Der Kerl konnte die Nummer nur vom Suchzettel haben. Ich musste die Dinger heute noch abreißen. Bevor ich wieder hinausging, zog ich wollene Strumpfhosen und einen zweiten Pullover an. Es war fast Vollmond und so windstill, als hätte jemand den Wind abgewürgt.

Als der letzte Zettel abgerissen war, konnte ich kaum noch bis nach Hause gehen. Ich hatte nichts gegessen, seit ich von der Arbeit gekommen war, nun schmeckte das Roggenbrot seltsam kräftig, als ob Preiselbeeren eingebacken wären. Ich dachte, eigentlich wäre es spannend, wenn man vorher nicht wüsste, wonach einzelne Speisen schmeckten, wenn Eis womöglich salzig, Hefeteilchen sauer und Fleischklößchen süß wären.

Sulo war wieder da, ich hätte also überglücklich sein müssen. Stattdessen kam es mir vor, als existierte ich gar nicht. Ich sah aus dem Fenster. Ein vergessener Kinderstuhl in Neonpink stand mitten im Sandkasten und leuchtete im Dunkeln wie ein surreales Kunstwerk. Ich würde nie ein Kind haben, dem ich Stühle und Sandschäufelchen kaufte. Ich wollte nicht daran denken, aber es nagte an mir, schuf eine leere Stelle neben dem Herzen, plagte mich wie ein Phantomschmerz.

Schon in den letzten Klassen des Gymnasiums hatte ich es gewusst: Eine unscheinbare graue Maus wie ich würde nie im Leben einen Mann abkriegen. Ich hatte dicke Oberschenkel, war picklig und schüchtern, und obwohl ich drei kleine Brüder hatte, konnte ich mit gleichaltrigen Jungen nicht unbefangen umgehen. Ich schwärmte immer nur für irgendwen. Als ich während des Studiums die intensive Paarungszeit meiner Kommilitonen beobachtete und im Sommer auf den Hochzeiten meiner Brüder tanzte, dachte ich manchmal, bald selbst an der Reihe zu sein. Aber dazu ist es nie gekommen.

Es war ein Fehler gewesen, in diese Gegend zu ziehen, wo fast nur Familien mit Kindern lebten. Meine Ersparnisse hatten ausgereicht, um eine Zweizimmerwohnung zu kaufen, und die günstige Lage in der Nähe des Arbeitsplatzes hatte den Ausschlag gegeben. Aber als allein stehende Frau – die Bezeichnung Single bezog sich meiner Meinung nach auf jüngere, schönere Menschen, die ihre Lebensweise freiwillig gewählt hatten – hätte ich im Zentrum von Helsinki leben müssen, in der Nähe der Geschäfte, Restaurants, wo ich dem Richtigen hätte begegnen können. In Stadtteilen wie Töölö oder Vallila waren alle anderen auch allein stehend. Hier aber war ich sicher die Einzige in der ganzen Hausgemeinschaft, die kein Auto und keinen Gartengrill besaß. In den anderen Zweizimmerwohnungen lebten junge Pärchen oder Rentner, deren Kinder schon aus dem Haus waren.

Aber da war ja noch Kalle, er lebte offenbar auch allein. Jedenfalls hatte er nichts von Mitbewohnern gesagt, und an seinem langen Ringfinger mit den stark ausgeprägten Gelenken hatte ich keinen Ring gesehen. Sollte ich ihm eine Dankeskarte in den Briefkasten stecken, oder würde er das als Einladung verstehen?

Und wenn er der heisere Anrufer von vorhin war? Ich wusste ja nicht, wofür er verurteilt worden war. Vielleicht wegen Drohanrufen und Erpressung. Womöglich hatte er Sulo mit dem Lachs vergiftet, den er ihm gegeben hatte. In Tallinn wollte er gewesen sein. Was ein Exsträfling in Tallinn trieb, konnte man sich ja denken. Wahrscheinlich hatte er Beziehungen zu dubiosen Pillenhändlern, die noch ganz andere Sachen auf dem Kerbholz hatten als das Vergiften von Katzen.

Sulo schlief am Fußende meines Bettes, er atmete friedlich und sein Herz schlug gleichmäßig. Ich schaltete das Handy aus, nahm das Schlafmittel, das mir der Arzt verschrieben hatte, wusch mich, kroch unter die Decke und nahm mir einen alten, verlässlichen Krimi vor, einen, wo der schnurrbärtige Detektiv am Ende den Verbrecher entlarvt und die Liebenden zusammenführt. Schon auf Seite fünfunddreißig schlief ich ein.

Am Morgen war Frostwetter, die gleichgültige Sonne gab sich keine Mühe, den Reif auf dem Rasen zum Schmelzen zu bringen. In der Kälte beschlug meine Brille, ich musste sie abreiben, bevor ich mein Fahrrad an den Ständer beim Schutzhafen kettete. Dabei sah ich zufällig zu der Anhöhe hinter dem Zaun hinüber und entdeckte einen Mann, der mich mit einem Fernglas beobachtete. Als er merkte, dass ich ihn gesehen hatte, verschwand er im Gehölz.

Ich ging schnell ins Haus und klopfte bei Pauli. Er telefonierte und winkte mich aus seinem Zimmer. Ich nahm das Fernglas aus dem Regal und schloss die Tür. Vom Dielenfenster in der oberen Etage hatte man einen guten Blick auf den Teil des Wäldchens, in dem der Mann verschwunden war. Ich sah eine Weile durch das Fernglas, konnte aber keine Bewegung feststellen.

In Gedanken ging ich unsere derzeitigen Klientinnen durch: Es konnte sich bei dem Mann mit dem Fernglas nur um Pasi Leiwo handeln. Sollte ich die Polizei rufen? Allerdings traute ich mich nicht, ohne Pauli vorher zu fragen. Ich hörte das Telefon in meinem Zimmer klingeln und lief hin.

«Frauenhaus Schutzhafen, Sozialtherapeutin Säde Vasara.»

«Hier ist Pasi Leiwo. Ich möchte mit meiner Frau sprechen, mit Tiina.»

«Ohne Zustimmung unserer Klientinnen geben wir keine Auskunft.»

«Sie ist also bei Ihnen?»

«Das habe ich nicht gesagt. Wir geben keine Auskunft, ob jemand hier ist oder nicht.»

«Ich kann doch sicher vorbeikommen und nachsehen, ob sie da ist oder nicht?»

«Wir lassen niemanden ins Haus, außer auf Wunsch einer Klientin.»

«Aber wenn sie dort ist, kann sie doch nicht wollen, dass ich nicht eingelassen werde. Verdammt nochmal, nun machen Sie keinen Zirkus! Ich weiß, dass Tiina da ist!»

Tiina hatte ihr Handy dabei, aber sie antwortete nur, wenn das Display nicht Pasis Nummer anzeigte.

«Ich habe Tiina auf dem Hof gesehen», fuhr Leiwo fort. «Hören Sie, ich muss mit ihr sprechen und diese bedauerliche Sache klären.»

«Ach, Sie waren das also, der mit dem Fernglas hinter dem Zaun gestanden hat. Da werde ich wohl Anzeige erstatten müssen. Lassen Sie den Schutzhafen in Ruhe!», zischte ich und legte auf. Als Therapeutin hätte ich natürlich nicht die Beherrschung verlieren dürfen, sondern ruhig und bestimmt mit dem Anrufer sprechen sollen. Pasi Leiwo war nicht der Erste, der hinter dem Haus auf seine Frau lauerte. Bei den meisten wirkte schon die Drohung mit der Polizei, bei den Hartnäckigsten nur die Polizei selbst.

«Wäre es vielleicht an der Zeit, Pasi mit Tiina reden zu lassen?», überlegte Pauli, als ich ihm von dem Anruf berichtete.

«Will Tiina ihren Mann denn sehen?»

«Eigentlich nicht. Sie war gerade bei mir und hat gefragt, ob sie weiter hier wohnen kann, wenn sie wieder zur Arbeit geht. Sie meint, sich keinen längeren Krankenurlaub leisten zu können.»

«Vielleicht ist das eine gute Lösung. Wir sollten sie aber nicht zu einem Gespräch mit Pasi drängen», sagte ich kühl. Nach der Arbeit hatte ich einen Termin bei der Staatsanwältin, die für den Mordfall Irja Ahola zuständig war. Der Prozess sollte in wenigen Wochen beginnen. Ich hatte Irjas Foto in meinem Zimmer an die Wand gehängt, als Mahnung, keine zweite Tragödie mehr zuzulassen.

Die Torklingel schlug an, Pauli und ich blickten gleichzeitig auf den Überwachungsmonitor. Am Tor stand ein mittelgroßer, sportlich wirkender Mann mit kurz geschnittenem, sandfarbenem Haar. Er hatte ein angenehm symmetrisches Gesicht, das aber keinen bleibenden Eindruck hinterließ. Sein hellbrauner Mantel hatte mehr gekostet, als ein Arbeitsloser im ganzen Monat bekam. Die Schuhe waren auf Hochglanz poliert, die Bügelfalten in der dunklen Hose tadellos.

«Guten Tag. Sie wünschen?», fragte Pauli über die Gegensprechanlage.

«Mein Name ist Pasi Leiwo. Ich möchte mit meiner Frau sprechen.»

«Meines Wissens ist kein Treffen vereinbart.»

«Aber ich weiß doch, dass sie da ist. Lassen Sie mich alles erklären!»

«Ihre Frau wird sich sicher mit Ihnen in Verbindung setzen, wenn die Zeit dafür reif ist.» Paulis Stimme war freundlich und verständnisvoll, er erinnerte mich an den Pfarrer im Konfirmandenunterricht, der es ganz raffiniert angestellt hatte, unsere Hoffnungen und Sünden in Erfahrung zu bringen. Mit deren Hilfe hatte er uns junge Leute dann äußerst geschickt manipuliert. Erst als Erwachsene hatte ich das Schema kapiert. Was wie ehrliches Interesse gewirkt hatte, war purer Machthunger gewesen. Schon damals hatte ich gelernt, Privatangelegenheiten besser für mich zu behalten. Was immer ich anderen erzählte, konnte gegen mich verwendet werden.

Pauli wollte eine Welt herbeireden, in der Ehegatten einander nicht schlugen – er sprach immer von misshandelnden Ehepartnern statt von Männern. Seiner Ansicht nach litten prügelnde Männer im Allgemeinen unter schwachem Selbstbewusstsein, das sich am besten durch ermutigende Worte eines anderen Mannes kurieren ließ. Hoffentlich konnte er mit seiner Methode Pasi Leiwo dazu bringen, stolz auf die Karriere seiner Frau zu sein.

Als ich am Morgen aus dem Haus gegangen war, hatte ich das Telefon wieder eingestöpselt und eine neue Ansage auf den Anrufbeantworter gesprochen, in der ich meine Handynummer nicht mehr nannte. Wenn weitere Drohanrufe kamen, würde ich die Polizei benachrichtigen. Ich hatte beschlossen, mir keine Angst mehr einjagen zu lassen.

Tiina Leiwo saß im Esszimmer und lackierte sich die Fingernägel. Die Schwellung in ihrem Gesicht war zurückgegangen, der blaue Fleck unter dem Make-up verborgen.

«Guten Morgen, Tiina. Du siehst prima aus.»

«Guten Morgen.» Sie machte sich nicht die Mühe, das Kompliment zurückzugeben; es wäre sowieso geschwindelt gewesen. «Kannst du mir sagen, was ich tun soll? Ich nehme Pasis Anrufe nicht an, aber wenn ich das Handy ausschalte, hinterlässt er eine Nachricht nach der anderen. Der Anrufbeantworter muss laufen, wegen dienstlicher Sachen. SMS schickt er auch, heute Morgen sind schon drei gekommen.»

«Was für Nachrichten hinterlässt er denn?»

«Er entschuldigt sich. Er sagt, er liebt mich, und fleht mich an, nach Hause zu kommen. Kann ich ihm glauben?»

Sie trug die letzte Schicht dunkelvioletten Nagellack auf und spreizte die Finger wie eine Pianistin vor dem Spiel.

«Das kommt darauf an, was du glauben willst.»

«Wie geht es denn normalerweise in solchen Fällen weiter?» Mit ihren ausgestreckten Händen erinnerte Tiina an einen Rassehund, der um einen Leckerbissen bettelt. Vermutlich wollte sie von mir hören, dass sie Pasi glauben konnte, dass ihr Verschwinden ihm einen Schrecken eingejagt hatte und er sich bessern würde.

«Ich kann dir keine Garantien geben. Eine gemeinsame Therapie wäre sicher nützlich.»

«Aber wir sind doch nicht verrückt!» Tiina zog die Hände zurück, der Nagellack hatte den gleichen Ton wie ihr Lippenstift.

«Gewalt gehört nicht zu einem normalen Eheleben.»

«Pasi ist gestresst! Er ist beruflich furchtbar eingespannt, weil seine Firma den Aufschwung nützen und ihren Marktanteil erweitern will. Das ist der ganze Grund.»

Die Verletzungen im Gesicht waren überschminkt, und mit ihnen war offenbar auch Tiinas gesunder Menschenverstand verschwunden. Es würde mich gar nicht wundern, wenn sie schon am Nachmittag zu einem Treffen bereit wäre. Sollte ich ihr von Irja Ahola erzählen, sie in mein Zimmer führen und ihr Irjas Foto zeigen? Ihr verschüchtertes, faltiges Gesicht, die krause Dauerwelle im dünnen Haar, die zerstochenen Finger der Näherin? Nein, Tiina würde sich nicht mit Irja identifizieren können.

Pauli kam herein und berichtete Tiina von Pasis Anruf. Nach einigen Worten erklärte sie sich bereit, um drei Uhr am Partnergespräch teilzunehmen.

In der letzten Nacht war eine unserer Stammkundinnen gekommen; ihr Mann war Quartalssäufer, und sie flüchtete sich alle paar Monate ins Frauenhaus. Nüchtern war er ein ganz normaler Mann, in den ersten Tagen seiner Trinkphase verwandelte er sich in einen gewalttätigen Irren, dann war er fünf Tage lang das heulende Elend, bis er schließlich so deprimiert war, dass er eine Entziehungskur anfing. Die Kinder waren schon aus dem Haus, und die strenggläubige Ehefrau ergab sich in ihr Schicksal, solange sie in den Trinkphasen bei uns Zuflucht fand. Der Mann ging zwar zu den Anonymen Alkoholikern, schaffte es aber nicht, ganz trocken zu werden. Das Spiel ging schon seit Jahren so. Prügel hatte Enni Aalto schon seit langem nicht mehr erdulden müssen, denn sie war schlau genug, bei den ersten Anzeichen einer neuen Tobsuchtsphase wegzulaufen.

Mein Vater hatte die Angewohnheit gehabt, samstags abends nach der Sauna eine Flasche Schnaps zu leeren. Dann hatte er eine Weile mit Mutter oder uns Kindern geschimpft und war auf dem Sofa eingeschlafen. Wenn der Nachbar zu Besuch kam, gab es manchmal eine Prügelei. Einmal hatten wir die Polizei rufen müssen, und mein Vater hatte die Nacht in der Ausnüchterungszelle verbracht. Die soziale Schande war so schlimm gewesen, dass er danach monatelang keinen Tropfen anrührte. Aimo hatte von unserem Vater neben dem Hof auch die Trinkgewohnheiten geerbt. Vermutlich hatten es seine ersten beiden Frauen irgendwann satt gehabt, sonntags morgens zum Melken aufstehen zu müssen, während der Bauer seinen Rausch ausschlief. Ehefrau Nummer drei trank selbst tüchtig mit, wie ich von meiner Mutter wusste.

In der Welt, in der ich aufgewachsen war, galt es als akzeptabel, seine Frau samstags abends oder nach einer Niederlage der eigenen Eishockeymannschaft zu verprügeln. Man witzelte darüber, die Frauen spielten ihre blauen Flecken herunter und beschimpften sich gegenseitig als Nörglerinnen. Als Kirsti vom Nachbarhof einmal besonders schlimm verprügelt wurde, schnaubte meine Mutter: «Kirsti meckert schon seit einem Jahr, dass Asko endlich das Garagendach reparieren soll. Da platzt auch dem geduldigsten Mann der Kragen.»

Das Partnergespräch mit den Leiwos verlief ungewöhnlich ruhig und kultiviert. Pasi Leiwo zeigte keine kriecherische Reue, sondern gab seine Fehler zu und erklärte, er wolle sie loswerden. Er hatte sich schon zu einem Kurs im Bogenschießen angemeldet, um seine Selbstbeherrschung zu trainieren, und außerdem seinem Arbeitgeber vorgeschlagen, ihn zu einem Kurs über Selbstmanagement zu schicken. Tiina versprach er einen Flitterurlaub auf einer Pazifikinsel, sobald es die berufliche Situation zuließ. Auf Paulis Vorschlag stellten die beiden ein Acht-Punkte-Programm auf, das ihnen helfen sollte, Gewalt zu vermeiden. Als Tiina den Raum verließ, um ihre Sachen zu holen, sagte Pauli, er wolle mit Pasi von Mann zu Mann sprechen. Fügsam ging ich auf den Flur, wo ich die Blumen goss und verwelkte Blüten von den Begonien abzupfte. Das würde der Putzfrau die Arbeit erleichtern.

«Kommt zu Gesprächen hierher oder geht zur Eheberatung im Familienzentrum oder in der psychologischen Beratungsstelle», sagte ich zum Abschied. Ich sah den Leiwos an, dass sie meinem Rat nicht folgen würden. Jedenfalls nicht vor dem nächsten Mal.

«Findest du es vernünftig, sie gehen zu lassen, ohne Kontrollbesuche zu vereinbaren?», fragte ich Pauli, als die Leiwos das Haus verlassen hatten.

«Wir können niemanden zwingen! Wir gehen immer von unseren Klienten aus. Die Leiwos sind doch kluge junge Leute, wenn die Frau auch ein bisschen zu selbstbewusst ist. Der Mann hat das Gefühl, sich nur mit den Fäusten durchsetzen zu können.»

«Solche Leute darf man nicht einfach gehen lassen! Wir hätten mindestens Anzeige erstatten müssen!»

«Hör mal, Säde.» Pauli trat ganz nah an mich heran und legte die Hand auf meine Schulter. «Du führst dich in letzter Zeit so komisch auf. Ist die Arbeit zu belastend für dich? Vielleicht brauchst du Urlaub. Wenn du dir eine Weile freinehmen willst, werde ich mich dafür einsetzen.»

Ich hätte natürlich Ja sagen sollen. Das wäre in jeder Hinsicht vernünftig gewesen. Aber ich sagte Nein. Ich wollte nicht zu Hause bleiben, allein mit meinen Gedanken, die immer wieder im Kreis liefen. Außerdem hätte meine Mutter garantiert darauf bestanden, dass ich die Hälfte meines Urlaubs bei ihnen verbrachte. Nach der Hofübergabe hatten meine Eltern sich eine Zweizimmerwohnung in meiner Heimatstadt gekauft, aber es fiel ihnen schwer, sich an das Leben in der Stadt zu gewöhnen. Den Sommer verbrachten sie immer in der Dachkammer auf dem Hof.

Ich dachte an den Geruch auf dem Hof meiner Eltern, an die Kühe und den frischen Roggen. Seit ich zehn war, hatte ich abends beim Melken geholfen, aber als ich in die vorletzte Klasse ging, bekam ich einen schweren Hautausschlag an den Händen. Es hieß, ich wäre vermutlich allergisch gegen Kühe. Mein Körper hatte in Symptome umgesetzt, was mich innerlich bedrückte, ich war nämlich fest überzeugt, dass ich trotz allen Waschens nach Stall roch und dass in der Schule alle über mich lachten.

Ich ließ mein Fahrrad im Zentrum von Espoo stehen, um den Bus zu nehmen, denn ich hätte es auf keinen Fall geschafft, den ganzen Weg mit dem Rad zu fahren. An der Bushaltestelle fühlte ich mich sehr weit weg von den Kühen und dem Kleinstadtgymnasium. Die ganze Umgebung war mit Fertighäusern aus Beton zugebaut, an deren Wänden Graffiti prangten, auf einer Bank hatten ein paar Penner ihr Lager aufgeschlagen, auf der nächsten saßen heftig diskutierende Somali. Am Rathaus fuhren schlangenweise schwarze Autos vor, in der Zeitung hatte gestanden, dass irgendeine Technologiekommission der EU Espoo besuchte. Das so genannte Zentrum meines derzeitigen Wohnorts war schlicht und einfach hässlich. Früher hatte ich gedacht, die von Supermärkten und Discountläden gesäumte Hauptstraße meiner Heimatstadt sei an Hässlichkeit nicht zu übertreffen, aber damals kannte ich das Zentrum von Espoo noch nicht, ein wahres Spottbild eines zweckmäßigen Stadtzentrums.

Manchmal sehnte ich mich in meine alte Heimat zurück. Ich vermisste den Schwefelgeruch, der abends bis zu unserem Haus drang, vermisste die Lichter an den Bergwerkstürmen und sogar den nordkarelischen Dialekt, für den ich mich so lange geschämt hatte. Auf der Fortbildungsveranstaltung im Frühjahr hatte ich plötzlich weinen müssen, als ein Psychologe, der aus der gleichen Stadt kam wie ich und einen Vortrag über neue Ideen für die Arbeit im Frauenhaus hielt, genau meine Sprache sprach. Das Heimweh hatte mich gepackt, hatte sich ausgebreitet wie Wasser in einem Wattebausch, und ich konnte für einen Moment nachempfinden, was ein Flüchtling fühlt, der in einem fremden Land plötzlich seine eigene Sprache hört.

Ich war mit Staatsanwältin Katri Reponen im Büro von Hauptkommissarin Kallio verabredet. Die Voruntersuchung im Fall Ahola war fast abgeschlossen, nur meine Aussage fehlte noch. Die Staatsanwältin bezeichnete mich als ihre Kronzeugin und nannte die Tat vorsätzlichen Mord. Sie wollte lebenslänglich beantragen.

«Die Verteidigung plädiert auf Totschlag», sagte die Staatsanwältin. Sie hatte eine warme, lebendige Stimme, die gut zu ihrer gerundeten, fraulichen Figur passte. Katri Reponen war hoch gewachsen, Hauptkommissarin Kallio, die ich so fürchtete, schrumpfte neben ihr auf menschliches Maß zusammen. Es war nicht zu übersehen, wie gut die beiden Frauen miteinander auskamen. Mich hatten sie als Werkzeug ausersehen, aber diese Rolle übernahm ich gern. Ich hatte dasselbe Ziel wie sie, zumindest, was Pentti Ahola betraf.

«Das Schicksal hat Ari Väätäinen passenderweise abserviert», sagte Kallio, als das Gespräch sich dem Ende näherte. «Hast du nach der Beerdigung noch etwas von Sirpa gehört?»

«Sie hat eine Stelle gefunden, es geht ihr wohl ganz gut. Matti macht auch nicht mehr ins Bett.»

«Ist dir je der Gedanke gekommen, dass Sirpa an Aris Rasierer herumgepfuscht haben könnte?»

Mir kam es vor, als ob Kallios grüne Katzenaugen mich zwingen würden, etwas zu sagen, was ich nicht sagen wollte. Deshalb schaute ich lieber aus dem Fenster.

«Sirpa? Nein. Sie war wie gelähmt, sie wäre nicht fähig gewesen, sich so etwas auszudenken. Eher wäre sie eines Nachts mit dem Brotmesser auf Ari losgegangen.»

«Koivu und Wang haben Sirpa vernommen. Sie wirkte unschuldig. Ein unachtsamer Bursche, dieser Väätäinen. Obwohl es einem als Außenstehende wirklich schwer fällt, um so einen Scheißkerl zu trauern», griente Kallio.

Schweißgebadet verließ ich das Polizeigebäude.

Ich war sicher, Kommissarin Kallio wusste alles.

Sechs

Am Freitagabend klingelte ich endlich bei Kalle. Ich hatte den Tag frei gehabt, weil ich in der Nacht von Samstag auf Sonntag arbeiten musste. Nachdem ich bis mittags im Bett gefaulenzt hatte, war ich nach Tapiola gefahren, um ein Geschenk für Kalle zu kaufen. Es wäre mir seltsam vorgekommen, einem fremden Mann Blumen zu schenken, daher dachte ich zuerst an eine Flasche Wein. Aber das war auch keine gute Idee, wahrscheinlich konnte ein Knastbruder sowieso nicht zwischen verschiedenen Sorten unterscheiden wie Maisas Mann. Schokolade war etwas für Frauen, und etwas zum Anziehen kam für einen Fremden auch nicht infrage.

Schließlich entschied ich mich für einen Kalender mit Katzenbildern, den ich ihm sozusagen in Sulos Namen geben konnte. Das Kätzchen vom Mai sah Sulo sehr ähnlich, abgesehen davon, dass es natürlich zwei Augen hatte. Zuerst wollte ich das Päckchen einfach in den Briefkasten werfen, aber dann beschloss ich, es doch lieber persönlich abzugeben.

Kalles Wohnung lag im Erdgeschoss, deshalb hatte er ein eigenes Gärtchen. Die vorigen Bewohner hatten es gut gepflegt, auch Kalle hatte das Herbstlaub vom Rasen gerecht. Die Ahornblätter waren in diesem Herbst durch irgendeine Pflanzenkrankheit schwarz gesprenkelt und sahen dadurch nur umso dekorativer aus. Im Sommer hatte ich an einem Busch hellrote Galläpfel entdeckt, die ich zuerst für Blüten hielt, bis mir aufging, dass es sich um ein krebsartiges Geschwür handelte.

Ich stieg die Stufen hoch und klingelte. Vor dem kleinen Guckfenster hing ein einfacher schwarzer Vorhang, Kalle konnte also nicht sehen, wer vor der Tür stand. Als er aufmachte und mich sah, strahlte er.

«Na so was … Hallo, Säde!»

«Hallo … Ich habe mich noch gar nicht bei Ihnen bedankt. Also danke. Und das hier ist ein kleines Geschenk von Sulo.»

«Aber das wäre doch nicht nötig gewesen. Vielen Dank. Kommen Sie doch rein», sagte Kalle, während er den Kalender auspackte. «Wie hübsch.»

Ich blieb zögernd stehen. Mein Geschenk war vollkommen idiotisch. Nur kleine Mädchen hängen sich Katzenkalender an die Wand. Kalle hatte sich im Gefängnis sicher an Fotos von ganz anderen Miezen gewöhnt. Geh nach Hause, sagte ich mir, du hast deine Pflicht getan, jetzt halt Abstand von diesem Kerl. Aber als Kalle mich noch einmal aufforderte, trat ich ein. Ich wollte ihn nicht schon wieder enttäuschen.

Er besaß nicht viele Möbel. Im Wohnzimmer standen nur ein Sofa, ein Esstisch und ein Bücherregal mit Hunderten von Büchern, die aussahen, als wären sie gelesen worden. Auf einem uralten Ecktisch stand ein tragbares Fernsehgerät. Ich schnüffelte im Flur, aber es stank nicht nach Katzenpisse. Offensichtlich hatte Sulo keinen größeren Schaden angerichtet.

«Bitte, setzen Sie sich doch.» Kalle zeigte auf das Sofa, auf dem eine Gitarre lag. Auf dem Fußboden stapelten sich die Noten. Diverse Sammelbände, Verschiedenes von den Beatles und von Juice Leskinen. «Schritte klingen in den Straßen, alles Leben führt zum Tod», las ich auf einem Notenblatt. Ich kannte das Lied, wollte aber nicht an die nächsten Zeilen denken.

«Möchten Sie etwas trinken? Ich habe Tee, Kaffee trinke ich nicht. Bier wäre auch da.»

«Ich weiß nicht … Ein Bier vielleicht», sagte ich, obwohl ich Bier nicht besonders mochte.

Kalle holte aus der Küche ein Tablett mit zwei Bierflaschen und zwei Gläsern. Er öffnete die Flaschen und ließ das dunkle, schäumende Getränk vorsichtig in die Gläser fließen.

«Bitte sehr», sagte er und reichte mir eins der Gläser. Durch den dicken Schaum hindurch probierte ich das Bier, es schmeckte stark und süßlich, ganz anders als die Biersorten, die ich kannte.

«Wohnen Sie schon lange hier?» Kalle schob den Stuhl vom Esstisch näher an das Sofa heran.

«Seit vier Jahren.» Plötzlich spürte ich wieder Panik in mir aufsteigen. Was, zum Teufel, hatte ich in der Wohnung eines Fremden zu suchen? Was, wenn er ein Vergewaltiger war?

«Nette Gegend, nur die Geschäfte sind so weit weg. Meine Mutter wohnt in Kuitinmäki, das ist nicht weit von hier. Wie geht's Sulo?»

«Danke, gut.» Ich nahm noch einen Schluck Bier, es stieg mir schnell zu Kopf, weil ich selten Alkohol trank. Vielleicht würde es mir über meine Angst hinweghelfen. «Spielen Sie Gitarre?»

Blöde Frage. Bildete ich mir etwa ein, die Gitarre und die Noten lägen nur zur Dekoration da?

«Für den Hausgebrauch. Im Gefängnis habe ich oft gespielt, es war ein guter Zeitvertreib.» Er beugte sich vor und nahm die Gitarre, seine Finger bewegten sich sanft und sicher über die Saiten. Ich wollte weder zuschauen noch zuhören. Ich hatte immer schon eine Schwäche für den Klang der akustischen Gitarre. In der Musik-AG in der Unterstufe hatte ich Blockflöte gespielt und mich in einen schmalgesichtigen, ständig grinsenden Jungen verguckt, der Gitarre spielte. Seitdem reichten drei Akkorde und eine sanfte Singstimme aus, um mir den Kopf zu verdrehen: im Konfirmandenlager, bei den wenigen Studentenpartys, auf die ich mich gewagt hatte, bei den Adventsfeiern am Arbeitsplatz. Ich hatte die Gefahr erkannt und hielt mich deshalb von Gitarristen fern. Und nun hatte ich schon wieder einen vor mir.

Kalle zupfte eine eigentümliche Melodie. Bei mir klingelten die Alarmglocken. Natürlich wusste er, wie eine Gitarre auf Frauen wirkt. Es würde nicht lange dauern, bis er mich bat, ihm

Geld für neue Saiten oder ein Mikrofon zu leihen. Am besten ging ich sofort. Ich trank noch einen Schluck Bier. Zum Glück legte er die Gitarre weg.

«Entschuldigung», lächelte er. «Ich musste meine Hände irgendwie beschäftigen, weil ich so nervös bin. Abgesehen von meiner Mutter sind Sie die erste Frau in dieser Wohnung. Aus gegebenem Anlass habe ich in den letzten Jahren nicht viel Umgang mit Frauen gehabt.»

Mich schauderte. Natürlich, er hatte so lange keine Frau gehabt, dass ihm jede recht war, selbst ein Exemplar wie ich. Hatte er mir etwa K.-o.-Tropfen ins Glas getan?

«War es schlimm?», piepste ich.

«Im Gefängnis? Ja, besonders am Anfang. Aber man gewöhnt sich an alles. Sie haben gesagt, dass Sie diese Knastorden vom Sozialamt kennen. Arbeiten Sie immer noch da?»

«Nein.» Ich wollte nicht über meinen Job reden, also wechselte ich das Thema. Ich erzählte ihm vom Chor, und Kalle fragte nach unserem Repertoire.

«Vielleicht komme ich mal zum Probesingen», grinste er. «Obwohl – ich kann wohl kaum im Gemeindechor singen, wenn ich nicht an Gott glaube. Im Gefängnis habe ich versucht, gläubig zu werden, aber dafür bin ich wohl nicht gebaut. Ich bin ein geborener Skeptiker, wissen Sie. Leichter wäre es schon, wenn man nicht ganz auf sich allein gestellt wäre. Haben Sie einen Gott, Säde?»

Ich wusste nicht, was ich antworten sollte. Wenn ich ehrlich gewesen wäre, hätte ich gesagt, dass mir mein Gott abhanden gekommen war, aber ich wollte keine großen Dinge über mich erzählen, die nur zu weiteren Fragen führten. Mein Glas war leer, ich stand auf.

«Ich muss noch mit Sulo an die frische Luft, bevor es regnet.» Das war nicht mal gelogen. «Danke für das Bier.»

«Danke für den Besuch. Kommen Sie mal wieder.»

Das Bier war mir zu Kopf gestiegen, mir war erschreckend

lustig zumute, aber das kam wahrscheinlich nur von der Gitarre. Gut, dass er nicht auch noch Leskinens «Herbstmelodie» gesungen hatte; das hätte ich nicht ausgehalten. Ich holte Sulo und schlich mit ihm auf den Hof, blickte in den mondlosen Himmel und dachte über Kalles Frage nach. Über Gott spricht man eigentlich nicht mit Fremden.

Ich war mit einem doppelten Gott aufgewachsen, denn die Familie meines Vaters stammte aus Suojärvi und gehörte der orthodoxen Kirche an, während meine Mutter eine ganz gewöhnliche nordkarelische Lutheranerin war. Bei der Heirat hatten meine Eltern beschlossen, ihr erstes Kind nach der Konfession der Mutter zu taufen, wenn es ein Mädchen, und nach der des Vaters, wenn es ein Junge wäre. Auch deshalb war mein Vater bei meiner Geburt enttäuscht. Wir waren abwechselnd in die beiden Kirchen gegangen, und ich wartete jedes Jahr auf den orthodoxen nächtlichen Ostergottesdienst, auf den Vollmond und den nach schmelzendem Schnee riechenden Kirchhof, auf dem in meiner Heimatstadt einige Dutzend Gläubige an der Prozession teilnahmen. Obwohl ich die falsche Konfession hatte, wurde ich nicht davongejagt, denn ich stand unter dem Schutz der Verwandten meines Vaters.

Ich hielt mich nicht für gläubig, obwohl ich auch als Erwachsene gewohnheitsmäßig mein Abendgebet aufsagte. Zur Kirche ging ich, wenn unser Chor dort sang, also nur gelegentlich. Der Gott meines Vaters und der meiner Mutter waren beide aus meinem Leben verschwunden.

Am Sonntagnachmittag raffte ich mich auf und machte einen Spaziergang. Das Wetter war die ganze Woche wechselhaft gewesen: Morgens schien oft die Sonne, aber dann färbte sich der Himmel urplötzlich schwarz und es regnete heftig. Nach fünf Minuten war der Schauer meistens vorbei. Jeden Tag waren Regenbogen zu sehen, manchmal sogar zwei auf einmal. Ich nahm den Regenschirm mit, und tatsächlich musste ich ihn schon auf halber Strecke aufspannen. Ich suchte in der Unterführung

Schutz und wagte mich erst hervor, als die Sonne wieder hinter einer dunkelvioletten Wolke hervorspähte und ein besonders leuchtender Regenbogen eine Brücke über den Himmel schlug. Das andere Ende des Regenbogens schien über meinem Haus zu stehen.

Die folgende Woche war furchtbar. Die Hälfte des Personals, darunter auch Pauli, hatte Grippe, und Espoo wurde von einer wahren Welle familiärer Gewalt heimgesucht. Ich wusch mir geradezu hysterisch die Hände mit Desinfektionsmittel, um mich nur ja nicht anzustecken. Am Mittwoch fragte Maisa, die Paulis Vertretung übernommen hatte, ob ich am nächsten Tag nicht schon um acht statt um elf Uhr kommen könnte, weil Anneli drei Nächte hintereinander Dienst gehabt hatte und die zusätzlichen Stunden am Morgen nicht mehr verkraftete.

«Das geht nicht», sagte ich entschlossen.

«Nun sei doch ein bisschen flexibel!» Geduld war nicht Maisas Stärke.

«Ich habe morgen früh etwas anderes vor.»

«Was denn?»

«Das geht dich nichts an», erwiderte ich und ging. Wie oft hatte Maisa mich ermahnt, ich sollte mich zusammenreißen und mich gegen Pauli behaupten. Jetzt, wo ich es endlich gelernt hatte, war sie auch nicht zufrieden.

Bei der Chorprobe hatte ich das Gefühl, aus meiner trockenen Kehle keinen Ton mehr herauszubekommen. Die Hälfte des Chors fehlte wegen Grippe, auch Timo Takala hatte es erwischt. Ich hoffte, dass er für längere Zeit die Stimme verlor, und der gehässige Gedanke bereitete mir nicht einmal ein schlechtes Gewissen. Den Donnerstag überstand ich nur noch mit Willenskraft. Obendrein musste ich nach der Arbeit noch für Reima und Tupu Essen kochen. Sie kamen an, als der Nachrichtensprecher im Fernsehen gerade die neuesten Entwicklungen der russischen Wirtschaftskrise erläuterte. Reima, mein jüngster Bruder, war einunddreißig, ein breitschultriger, gut aussehender Mann.

Er arbeitete in einer Wurstfabrik als Fleischer und freute sich, wenn er andere mit seinen blutrünstigen Geschichten schockieren konnte. Als Mitbringsel überreichte er mir eine Tüte mit Wurst und Schlachtresten für Sulo, der das Fleisch wütend attackierte, als ob der Blutgeruch, der von dem Päckchen aufstieg, ihn wild gemacht hätte.

Reima machte sich ein Bier auf. Ich hatte für ihn ein paar Flaschen von der dunklen Sorte mit dem interessanten Geschmack gekauft, die ich bei Kalle getrunken hatte. Tupu, Reimas derzeitige Frau, redete gern und viel, sodass ich mich um das Gespräch gar nicht zu kümmern brauchte. Sie hatte einen genauen Plan gemacht, welche Märkte und Geschäfte sie in Tallinn besuchen würde, während Reima sich auf das Einkaufen von billigem Bier konzentrieren wollte. Ich versuchte, mir nicht anmerken zu lassen, wie müde ich war und wie schwer es mir fiel, das Gulasch herunterzuschlucken. Kurz nach neun klingelte es.

«Wer kommt denn um diese Zeit noch?», wunderte sich Tupu, bevor ich die gleiche Frage stellen konnte.

Durch das Türfenster sah ich Kalles bärtiges Gesicht. Ich machte ihm auf, weil er mich gesehen hatte und weil ich dank Reima und Tupu einen Vorwand hatte, ihn nicht hereinzubitten.

«Guten Abend, Säde. Ich wollte Sie zu einem Spaziergang einladen. Es ist ein herrlicher Sternenhimmel.» Das Lächeln in seinen braunen Augen war selbst wie ein Stern, flackernd und verwirrend nah.

«Ich habe Besuch von meinem Bruder und seiner Frau», sagte ich erleichtert.

«Vielleicht ein andermal?»

«Mal sehen», meinte ich. Dabei hätte ich ihm natürlich besser gleich klargemacht, dass ich keinen Wert auf seine Gesellschaft legte, auch wenn keine geheimnisvollen Drohanrufe mehr gekommen waren und ich eigentlich auch nicht glaubte, dass Kalle dahinter gesteckt hatte.

«Wer war das?», fragte Tupu mit vollem Mund.

«Bloß ein Nachbar.»

«Was ist denn das für ein Nachbar, der dich zum Spaziergang unter Sternen abholt?» In der Stimme meiner Schwägerin lag unverhohlene Neugier. Die Nachricht, dass ich womöglich einen Verehrer hatte, würde in der ganzen Verwandtschaft herumgehen.

«Irgendein Nachbar eben. Er interessiert mich nicht.»

«Eine schöne Stimme hat er jedenfalls.» Tupu schien sich zu ärgern, keinen Vorwand gefunden zu haben, Kalle in Augenschein zu nehmen. Ich löffelte verzweifelt meinen Kartoffelbrei, der nach Mörtel schmeckte, und überlegte, ob meine Schwägerinnen sich wirklich freuen würden, wenn ich endlich einen Mann fände. Die Menschen haben das Bedürfnis, sich mindestens einem ihrer Nächsten überlegen zu fühlen, das hatte ich früh gelernt. Mit meinem breiten Hintern und meinem farblosen Gesicht war ich meinen Schwägerinnen gerade recht, ich stärkte ihr Selbstbewusstsein.

Reima ging nach draußen, um zu rauchen, und führte gleichzeitig Sulo aus, obwohl er es komisch fand, eine Katze an der Leine zu halten. Ich spülte ab, während Tupu in der Zeitung blätterte und die Todesanzeigen ebenso kommentierte wie die Frisur von Ministerin Siimes. Es war ein seltsames Gefühl, zu hören, wie die Stimme eines anderen Menschen meine Wohnung in Besitz nahm.

Am nächsten Morgen war die Übelkeit schlimmer als je zuvor. Ich versuchte, sie zu überwinden, musste aber schließlich doch Hals über Kopf ins Bad rennen. Die Tür war abgeschlossen, Reimas Rasierapparat brummte. Das Waschbecken in der Küche war meine letzte Rettung.

«Um Himmels willen!», rief Tupu aus dem Wohnzimmer. «Was ist denn los? Du bist doch nicht etwa schwanger?»

«Nee! Bei der Arbeit geht die Magen-Darm-Grippe um, jetzt hab ich sie wohl», keuchte ich und spülte das Becken aus, so gut ich konnte.

«Hoffentlich kriegen wir sie nicht auch, ausgerechnet auf der Reise!», sagte Tupu vorwurfsvoll.

«Die Inkubationszeit beträgt ein paar Tage, und das Becken kann ich ja vorsichtshalber desinfizieren.»

«Ich fand gestern schon, dass du ziemlich blass aussiehst.» Tupu stand naserümpfend auf. Es überlief mich abwechselnd heiß und kalt, ich musste alle Kräfte zusammennehmen, um nicht mit dem Oberkörper auf den Tisch zu sacken. Reima und Tupu waren so entsetzt, dass sie beschlossen, ihren Kaffee lieber im Hafen zu trinken. So konnte ich mich auch ein wenig aufrappeln, bevor ich zur Arbeit ging.

Es war ein zweitklassiger Tag, einer, an dem nichts Wichtiges anstand und an dem es egal war, wie ich aussah. Also zog ich einen zweitklassigen Kunstfaserslip an, der nichts unternahm, um meine Taille zu formen oder meinen Bauch flacher zu machen. Er war, um es nett auszudrücken, puderfarben und schlotterte über dem Po. Ich hatte eindeutig abgenommen. Eigentlich hätte ich mich darüber freuen müssen. Mein ganzes Leben lang hatte ich Schokoladenriegel als meine schlimmsten Feinde betrachtet, denen ich allzu oft unterlag. Es war ein strahlend sonniger Morgen, an den Bäumen glänzten die Tautropfen in allen Farben wie verfrühte Weihnachtslichter.

Der erste Mensch, den ich im Schutzhafen zu Gesicht bekam, war Anja Jokinen. Sie saß im Esszimmer und löffelte ihre Grütze. Wie ich im Bericht las, war sie am späten Abend aufgenommen worden, diesmal nicht wegen Misshandlungen, sondern weil sie seit drei Tagen nichts gegessen hatte. Ihr Sohn Heikki hatte ihr vor einer Woche alles Geld abgenommen, und ihre Rente wurde erst Ende des Monats überwiesen. Nachdem sie die letzten Kartoffeln und die letzte Erbsensuppe aufgegessen hatte, hatte Anja gehungert, bis sie schließlich klein beigab und im Frauenhaus Schutz suchte. Zum Glück war ihre Monatskarte für den Bus noch gültig.

«Anja, jetzt erstattest du aber Anzeige! Du bist nicht verpflichtet, auf Kosten deiner eigenen Gesundheit einen erwachsenen Menschen durchzufüttern», sagte ich, als wir, von sanften, flachsfarbenen Vorhängen abgeschirmt, in meinem Zimmer saßen.

«Das kann ich doch nicht … meinen eigenen Sohn. Ich hab sonst niemanden.» Anja rang die Hände. Sie war klein und mager, ausgezehrt von ihrem Leid und vom Rauchen. «Ein Sohn ist schon im Gefängnis gelandet wegen mir. Ich kann den zweiten nicht auch noch dahin schicken.»

Ich wusste, meine Worte konnten nichts ausrichten. Anja würde ihren Sohn niemals anzeigen, und da die Beteiligten eng miteinander verwandt waren, würde der Staatsanwalt ohne Zustimmung des Opfers keine Anklage erheben. Heikki drohte seiner Mutter abwechselnd mit Gewalt und mit Selbstmord. Auch wenn ich Selbstmord eigentlich nicht billigte, ertappte ich mich bei dem Wunsch, Heikki möge seine Androhung wahr machen. Anja hatte es verdient, wenigstens ein paar Jahre in Frieden zu leben. Als ihr Mann noch lebte, hatte es nicht einmal ein Frauenhaus gegeben, in das sie sich flüchten konnte. Als bleibende Erinnerung an den Verstorbenen hatte sie ein zerquetschtes Fingerglied am kleinen Finger der linken Hand und eine mehrfach gebrochene Höckernase behalten. Durch die ständigen Prügel war Anja so ausgelaugt, Heikki brauchte nur die Hand zu heben, und schon gab sie ihm ihr ganzes Geld. War kein Bargeld im Haus, zwang er seine Mutter, zur Bank zu gehen. Maisa hatte Anja überredet, die Karte für den Bankautomaten, die Heikki ihr immer wieder abgenommen hatte, der Bank zurückzugeben.

«Heikki ist zweiunddreißig. Du bist ihm nichts schuldig.»

«Doch! Er sagt, ich habe ihm die Kindheit verdorben, weil ich mich nicht von Teuvo getrennt habe. Weil Teuvo getrunken und geschlagen hat, ist Heikki auch so geworden.»

An sich hatte Heikki Jokinen Recht, die Gewaltspirale setzte sich sehr oft in der nächsten Generation fort. Andererseits war

Heikki ein erwachsener Mann, der selbst entschied, was er tat. Ich bemühte mich vergeblich, Anja begreiflich zu machen, dass sie zur Polizei gehen musste und dass kein anderer es an ihrer Stelle tun konnte.

Von Tag zu Tag war es länger dunkel, wir alle warteten auf den Schnee, der ein wenig Helligkeit bringen würde, aber im November schneite es in der Hauptstadtregion selten. Maisa kaufte im Großhandel Dutzende einfache weiße Kerzen und organisierte eine Färbeaktion. Bei dieser Beschäftigung konnten selbst die Ungeschicktesten ihrer Kreativität freien Lauf lassen. Unseren Klientinnen und ihren Kindern machte es Spaß, auch ich färbte mir ein paar Kerzen: leuchtend rote, tiefgrüne und violett-goldene. Eine der roten Kerzen stellte ich auf den Tisch in meinem Arbeitszimmer und merkte plötzlich, wie matt und langweilig die Vorhänge und Sesselbezüge aussahen. Mit ungewohnter Energie ging ich nach der Arbeit in ein Geschäft und kaufte von meinem eigenen Geld einen dunkelroten Sesselbezug und grün gemusterte Vorhänge. Als Maisa am nächsten Tag zum Dienst kam und die neue Inneneinrichtung sah, war sie mindestens drei Minuten ganz still. Schließlich fragte sie:

«Hast du irgend so einen Lebensratgeber gelesen?»

«Ich bin es einfach satt, flachsfarbig zu sein. Ich würde mir gern eine neue Bluse kaufen, irgendwas Auffälliges. Am liebsten eine blutrote, aber die Farbe macht mich blass. Was meinst du?»

Maisa, die es nicht gewohnt war, mit mir über Kleider zu reden, starrte mich wieder eine Weile an, bevor sie sich gesammelt hatte und sagte, Kirschrot könnte passen. Am Wochenende fuhr ich nach Helsinki, um zu shoppen, zu essen und ins Kino zu gehen. Im Kaufhaus Stockmann vertraute ich einer Verkäuferin meine Bedenken wegen der Blässe an, und sie wählte einen pflaumenroten und einen himbeerroten Pulli für mich aus. Als ich gerade den zweiten anprobierte, zog sie überraschend den Vorhang vor der Umkleidekabine auf. Ich kreischte erschrocken auf und zog hastig den Pullover herunter.

«Oh, Entschuldigung!» Es war der Verkäuferin furchtbar peinlich. «Ich dachte, Sie hätten mich um Hilfe gebeten.»

«Ich habe nur ‹Hilfe› gesagt, weil ich so furchtbar aussehe», fuhr ich sie an.

«Aber nein! Himbeerrot steht Ihnen, Sie haben schöne Schlüsselbeine, die bei diesem Ausschnitt gut zur Geltung kommen. Wenn Sie den Pulli mit einem graphitgrauen Rock kombinieren und einen Lippenstift im gleichen Rot nehmen, sehen Sie blendend aus.»

Ich probierte den Rock an, den sie meinte, und staunte, weil mir Größe vierzig passte. Himbeerroten Lippenstift kaufte ich aber doch nicht. Für jemanden, dessen einziger Lippenstift den Farbton «nude» hatte, war das doch zu gewagt.

In der zweiten Novemberwoche kam ein Anruf aus dem Krankenhaus in Jorvi.

«Wir haben hier eine Patientin, die zu Ihnen ins Frauenhaus verlegt werden möchte. Sie war wegen Gehirnerschütterung und einigen anderen Verletzungen bei uns. Das Sprechen fällt ihr schwer, weil das Kinn gebrochen ist, aber sie braucht keine Krankenhauspflege mehr. Sie hat das Pflegepersonal schriftlich gebeten, mit dem Frauenhaus Schutzhafen Verbindung aufzunehmen.»

«Wodurch sind die Verletzungen verursacht worden?»

«Die Patientin ist nicht bereit, darüber Auskunft zu geben. Der Arzt hat zuerst Verlust des Kurzzeitgedächtnisses vermutet, aber darum handelt es sich wohl nicht. Wir möchten sie nicht ohne Begleitung entlassen, aber sie ist nicht mehr behandlungsbedürftig, und wir haben keinen Platz …»

«Bei uns ist Platz genug. Ich kann sie sofort abholen. Wie heißt die Patientin?»

«Tiina Marjaana Leiwo.»

Tiina war in einem fürchterlichem Zustand. Das gebrochene Kinn entstellte ihr hübsches Gesicht, alle Selbstsicherheit war aus ihrem Blick verschwunden. Ich fragte im Krankenhaus nach, ob die Polizei benachrichtigt worden war. Nein. Auf Tiinas Bitte hatte die Klinik in der Bank angerufen und mitgeteilt, Tiina habe einen Unfall gehabt. Ihr Chef war zum Krankenbesuch gekommen, aber sie hatte ihn nicht sehen wollen.

Die Krankenschwester meinte, Tiina könnte schon sprechen, wolle aber offenbar noch nicht. Die Schweigepflicht hinderte mich daran, ihren früheren Aufenthalt im Schutzhafen zu erwähnen. Am liebsten hätte ich sofort bei der Polizei angerufen, aber ich konnte nichts anderes tun, als sie abzuholen. Sie hatte nichts weiter bei sich als die halb zerrissenen Kleider, in denen sie angekommen war. Nach Auskunft der Klinik war sie vor einer Woche eingeliefert worden, abends gegen halb elf. Sie hatte sich ein Taxi bestellt, aber der Taxifahrer hatte nicht gewagt, die blutende und verwirrte Frau zu fahren, sondern hatte einen Krankenwagen alarmiert.

«Ihre Angehörigen haben sie nicht besucht?»

Die Krankenschwester schüttelte den Kopf. Tiina hatte auf dem Aufnahmeformular keine Angehörigen angegeben und darauf bestanden, dass nur ihr unmittelbarer Vorgesetzter von ihrem Aufenthalt in der Klinik unterrichtet wurde.

Ich brachte sie in den Schutzhafen und gab ihr das beste Zimmer, mit Blick auf den Wald hinter dem Haus, wo sich die Eichhörnchen tummelten. Ich sagte ihr, ich wäre für sie da, wenn sie reden wollte, und bat sie, mir aufzuschreiben, was sie brauchte, Zahnbürste, Nachthemd und so weiter. Tiina nickte nur, ihre Augen waren rot gerändert und furchtsam.

Im Allgemeinen scheute ich vor körperlichen Berührungen zurück. Ich hielt den Klientinnen die Hand, wenn sie es wollten, aber ich drängte ihnen keine Zärtlichkeiten auf. Jetzt konnte ich nicht anders, als Tiina zu umarmen. Ich war wütend auf mich selbst und auf Pauli, weil wir die Leiwos hatten gehen lassen, ohne sie zur Familientherapie zu verpflichten. Daher tat ich etwas, wofür Pauli mich gefeuert hätte: Ich rief Hauptkommissarin Kallio an.

«Säde Vasara vom Frauenhaus Schutzhafen, guten Tag. Wir haben hier eine Klientin, die möglicherweise schwer misshandelt worden ist. Sie war eine Woche im Krankenhaus, sie hatte eine Gehirnerschütterung und ihr Kinn ist gebrochen.»

«Will sie Strafanzeige erstatten?»

«Sie kann noch nicht richtig sprechen, deshalb haben wir uns darüber noch nicht unterhalten.»

«Weißt du mit Sicherheit, dass eine Misshandlung vorliegt?»

Ich musste zugeben, es nicht zu wissen, und verfluchte die Schweigepflicht, die mich daran hinderte, weitere Angaben zu machen.

«Tut mir Leid, aber ohne Anzeige können wir keine Vernehmung durchführen, dazu reichen unsere Ressourcen nicht», erklärte Kallio. Empört knallte ich den Hörer auf.

Ich hätte zu gern Pasi Leiwo angerufen und ihn zur Sau gemacht, aber ich durfte ihm nicht verraten, wo sich Tiina befand. Dann kam mir ein furchtbarer Gedanke: Und wenn Tiina Pasi umgebracht hatte? Wenn es gerade das war, was sie vergessen wollte?

Die Telefone im Frauenhaus hatten eine eingebaute Sperre. Dadurch konnte der Empfänger eines Anrufs die Nummer nicht erkennen. Also wählte ich unbesorgt Pasis Handynummer, die ich von der Auskunft bekam. Als er beim ersten Läuten antwortete, legte ich beruhigt auf.

Auf Tiinas Wunschliste standen Zahnbürste, Deodorant, Reinigungsmilch, Gesichtscreme und einige Kleidungsstücke, die ich aus unserem Lager holte. Schick würde sie darin nicht aussehen. Aber sie zeigte keine Anzeichen von Unzufriedenheit, als ich ihr die billigsten Hautpflegemittel aus dem Supermarkt und ein verwaschenes, zu kurzes Nachthemd brachte.

«Wir können in deine Wohnung gehen und deine eigenen Sachen holen», schlug ich vor. Tiina schüttelte den Kopf.

Bevor ich Feierabend machte, versuchte ich noch einmal mit ihr zu sprechen, bekam aber nur ein paar mühsam gemurmelte

Worte zur Antwort. Sie wollte keine Anzeige und keinen Anwalt. Ihrem Arbeitgeber hatte sie ein ärztliches Attest geschickt. Sie war zwei Wochen krankgeschrieben, ohne Angabe von Gründen. Was genau passiert war, wollte sie mir nicht sagen.

«Du kannst hier bleiben und Kräfte sammeln. Wenn Pasi anruft, wissen wir nicht, wo du bist», tröstete ich. Während ich nach Hause fuhr, dachte ich nach. Falls Tiina mich bitten sollte, Sachen aus ihrer Wohnung zu holen, würde ich den Trick mit dem Rasierapparat nicht noch einmal ausprobieren. Pasi Leiwo musste ich auf andere Weise loswerden.

Er hatte mich nur einmal gesehen und nicht besonders auf mich geachtet. Vielleicht sollte ich ihn beobachten? Ein absurder Gedanke. Wie sollte ich mit dem Rad einen Mann im Auto verfolgen? Dennoch musste ich herausfinden, wie gefährlich Pasi Leiwo wirklich war.

Noch als ich mit Sulo Gassi ging, dachte ich darüber nach. Es war kalt, das gefrorene Gras raschelte, mein Gesicht brannte. Plötzlich schreckte mich eine Stimme hinter meinem Rücken auf.

«Hallo, Säde.» Es war Kalle, eine Abfalltüte in der Hand. Er war abends oft zufällig zur gleichen Zeit draußen wie Sulo und ich. Einmal hatte er auch seine Einladung zum Spaziergang wiederholt, aber ich war ausgewichen.

«Guten Abend. Schon ziemlich kalt», sagte ich. Kalle hatte keinen Mantel an, nur einen Pullover.

«Ja. Kommen Sie doch mit Sulo auf eine Tasse Tee zu mir.»

«Ich weiß nicht ... Sulo hat immer Hunger, wenn er vom Spaziergang kommt, und ...»

Warum wich ich schon wieder aus?

«Kommen Sie doch stattdessen zu uns», hörte ich mich auf einmal sagen und war davon so verblüfft, dass ich am liebsten im Boden versunken wäre.

Natürlich nahm er die Einladung an. Solange ich Tee kochte, Brötchen schmierte und Kekse servierte, brauchte ich nicht viel zu reden. Kalle ließ Sulo mit einem Grashalm spielen. Auf seinem Arm schimmerte der tätowierte Drache. Wofür hatte Kalle sieben Jahre bekommen? Auf Mord stand lebenslänglich, also brauchte ich wohl nicht um mein Leben zu fürchten. Worum dann? Um meinen Körper oder mein Eigentum?

Ich erzählte Neuigkeiten vom Chor und berichtete von Sulos Streichen, Kalle sprach über einen neuen finnischen Film, den er gesehen hatte. Es ging um die Liebe zwischen Geschwistern, die im Zirkus aufgewachsen waren. Ich kannte keinen anderen Mann, der sich so einen Film freiwillig angesehen hätte.

«Ich bin ein bisschen nervös wegen morgen», wechselte er plötzlich das Thema. «Ich muss kurz ins Gefängnis.»

«Warum?» Die Spannung schnürte mir wieder die Kehle zu.

«Einen Freund besuchen. Er muss mindestens noch drei Jahre absitzen. Er hat wie ich sieben Jahre bekommen, für das gleiche Verbrechen. Ich muss aufpassen, dass er keine Dummheiten macht, denn wenn er sich benimmt, kommt er nach vier Jahren raus.»

Ich schluckte, versuchte, so viel Feuchtigkeit in meiner Kehle zu sammeln, um meine Frage stellen zu können.

«Wofür haben Sie eigentlich gesessen?»

Kalle sah mir gerade in die Augen und sagte ernst:

«Für das Allerschlimmste. Ich habe einen Menschen getötet.»

Sieben

Obwohl ich auf alles gefasst war, schwappte mir der Tee über.

«Soll ich gehen?», fragte Kalle.

«Ich weiß nicht», antwortete ich und versuchte vergeblich, den Teefleck mit Haushaltspapier wegzuwischen. Das Tischtuch musste in die Wäsche.

«Es war Totschlag, ich habe es nicht vorsätzlich getan. Ich bin bei einem Streit dazwischengegangen und habe mit der Bratpfanne zugeschlagen, die da herumstand. Ich wollte niemanden umbringen, aber …»

Ich wagte nicht, ihn anzuschauen. Aus den Augenwinkeln sah ich, dass er seinen Tee austrank und aufstand.

«Ein Teil der Strafe ist der Blick, der jetzt in Ihren Augen liegt. Ihr unbescholtenen Bürger werdet mich nie mehr wie einen von euch behandeln. Damit muss ich leben.»

Ich dachte an Ari Väätäinens Rasierapparat und wusste, ich hätte Kalle aufhalten müssen, um ihm die Enttäuschung aus dem Gesicht zu wischen. Ich konnte es nicht. Die Tür fiel ins Schloss, er war weg.

An seiner leeren Teetasse meinte ich noch die Wärme seiner Hände zu spüren. Mir war elend zumute, so vieles bedrückte mich, Kalle, Tiina Leiwo, sogar die morgige Chorprobe. Darum genehmigte ich mir ein Schlafmittel, das die schlimmsten Gespenster vertrieb.

Am nächsten Morgen war es zur Abwechslung ruhig. Ich machte einen kleinen Spaziergang mit Anja Jokinen, fragte sie nach ihrer Arbeit und nach ihren Erinnerungen an Heikki und Kaarlo als Kinder. Kaarlo war früh ausgezogen, um dem trinkenden Vater zu entkommen, während der jüngere Bruder Heikki ängstlicher war und den Absprung nicht geschafft hatte. Die Welt war immer gegen ihn gewesen: In der Schule hatte man ihn verspottet und gequält, bei der Armee war er schikaniert worden, seine Freundinnen hatten ihn verlassen. Anja grämte sich, weil es ihr nicht gelungen war, ihre Söhne zu anständigen Menschen zu erziehen. Ich versuchte sie davon zu überzeugen, dass nicht sie allein an den Misserfolgen ihrer Kinder schuld war. Das war ungefähr so leicht, wie in Filzpantoffeln einen vereisten Hügel hinaufzugehen.

Nach dem Mittagessen kam Pauli mit einem Brief in mein Zimmer.

«Erledige du das, bitte.»

Der Brief kam von der städtischen Erziehungsberatungsstelle. Wir wurden gebeten, alle unsere Aufzeichnungen über die Kinder von Ari und Sirpa Väätäinen zur Verfügung zu stellen; eine von Sirpa unterschriebene Freigabeerlaubnis lag bei. Ich rief die Psychologin an, die den Brief unterschrieben hatte.

«Säde Vasara, Frauenhaus Schutzhafen. Wegen der Väätäinen-Kinder. Wir haben keine schriftlichen Aufzeichnungen, aber ich kann bei Bedarf ein mündliches Gutachten geben. Werden die Kinder in der Beratungsstelle behandelt?»

Die Psychologin bestätigte es, obwohl sie damit eigentlich die Schweigepflicht verletzte. «Sie haben die Familie seit Jahren im Schutzhafen behandelt. Ist Ihnen denn nicht aufgefallen, dass die Kinder unter schweren Angstzuständen leiden?»

«Doch, das haben wir bemerkt.»

«Und nichts getan?»

«Gegen den Willen unserer Hauptklientin Sirpa Väätäinen konnten wir nichts unternehmen.»

«Sie hätten den Kinderschutz einschalten können!»

«Dann hätte man Sirpa die Kinder weggenommen, weil ihr Mann gewalttätig ist! Das hätte keinen Sinn gehabt! Sie haben doch nicht etwa vor, Fürsorgeerziehung anzuordnen?»

«Das ist nicht mehr nötig, die Angstzustände sind eindeutig als Folge der Gewaltsamkeit des Vaters diagnostiziert. Der Heilungsprozess hat viel versprechend begonnen. Diesen Kindern können wir noch helfen.»

«Gut zu hören. Ich kann Ihnen natürlich Kopien von den Familiengesprächen der Väätäinens schicken, bei denen die Kinder anwesend waren. Sie könnten nützlich sein.»

Als ich den Hörer auflegte, triumphierte ich. Am liebsten wäre ich auf den Hof gerannt und hätte die rotgelben Laubhaufen durcheinander gewirbelt. Ich hatte richtig gehandelt! Mir war es zu verdanken, dass vier Menschen ohne Angst leben durften.

Mir und dem Tod eines anderen Menschen.

Ich hüpfte doch nicht durch das Laub, sondern arbeitete weiter. Auf meinem Tisch lag ein Stapel Anträge und Berichte. Pauli und Maisa schoben sie immer mir zu, weil sie glaubten, als ehemalige Sozialamtsangestellte wären mir sämtliche Formulare vertraut.

Gegen drei Uhr rief Pasi Leiwo an.

«Ist meine Frau Tiina da?»

«Solche Auskünfte geben wir nicht.»

«Aber ich mache mir Sorgen, ich …»

«Was haben Sie ihr diesmal angetan?» Ich hatte gar nicht gewusst, wie eisig meine Stimme klingen konnte.

«Sie haben sie also gesehen?»

«Das habe ich nicht gesagt. Da Sie im Frauenhaus anrufen, gehe ich davon aus, dass Sie Ihre Frau geschlagen haben.»

Pasi Leiwo knallte den Hörer auf die Gabel. Ich ließ den Papierkram liegen und ging eine Treppe höher, um nach Tiina zu sehen. Sie hatte mit den anderen zu Mittag gegessen, hielt sich aber sonst abseits. Sie trug einen grauen College-Anzug aus dem Frauenhaus, der überhaupt nicht saß, einer der schwarzen Strümpfe hatte ein Loch. Ich holte ein neues Paar aus dem Lager, und da sie nicht darauf bestand, allein zu sein, blieb ich in ihrem Zimmer und stopfte den Strumpf. Darin hatte ich Routine, immerhin hatte ich das schon mit zwölf für meine kleinen Brüder getan.

Tiina schaute hinaus zum Fichtenwäldchen, wo ein Eichhörnchenpaar an den Baumstämmen Nachlaufen spielte.

«Hat Pasi das getan?», fragte ich beim Stopfen.

«Ja.» Die Stimme war gepresst. «Ich hatte ihm einen Tausender für die nächste Rate vom Autokredit gegeben. Am Abend ist er dann beschwipst nach Haus gekommen, war mit irgendeinem wichtigen Kunden im Casino gewesen und hatte das Geld verspielt. Da bin ich wütend geworden, und Pasi …»

Tiina konnte nicht weiterreden.

«Dann solltest du jetzt Anzeige erstatten, meinst du nicht?»

Sie schüttelte den Kopf. «Ich will nicht, dass sich die Polizei in unsere Angelegenheiten einmischt. Was bringt das schon?»

Ich atmete tief durch, anstatt ihr eine Predigt zu halten. Im gleichen Moment klopfte es, Pauli wollte mit Tiina sprechen. Ich verzog mich gehorsam auf den Flur. Wieder klingelte mein Telefon, ich rannte in mein Arbeitszimmer und schaffte es noch, bevor der Anrufer auflegte. Es war der Chorleiter.

«Wir brauchen heute Abend die Noten von Lied 620 aus dem Gesangbuch und von Bachs Choral ‹Wenn ich einmal soll scheiden›. Leena Huttunen ist gestorben, wir sollen am Samstag auf der Beerdigung singen.»

Leena war die Frau von Hannu Huttunen, dem ersten Bass im Chor. Sie hatte Eierstockkrebs und siechte seit zwei Jahren dahin. Hannu war schon Wochen nicht mehr zu den Proben erschienen.

«‹Wenn ich einmal soll scheiden› steht im Chorbuch, in Band 1.»

«Aber daraus singen wir sonst nichts, also wird es kaum jemand mitbringen.»

Natürlich hatte ich die Noten nicht bei mir. Ich würde nach Hause fahren müssen, um sie zu holen, dann zurück zum Kopieren und anschließend direkt nach Olari zur Probe. Anders ging es nicht.

Als ich alle Noten kopiert hatte, war es schon dunkel. Über Nacht blieben zwei Mitarbeiterinnen im Frauenhaus, eine Krankenschwester und eine Sozialpädagogin, die vorwiegend Nachtschichten machten. Zwei waren manchmal zu viel und manchmal zu wenig, man konnte nie vorhersehen, wie die Nacht verlief. Feiertage, große Sportveranstaltungen und die Spiele des lokalen Eishockeyfavoriten Espoo Blues waren kritisch. Letzten Sonntag war es hektisch zugegangen, weil einige Männer die Nerven verloren hatten. Sie fanden, ihre Frauen jubelten nicht laut genug über Mika Häkkinens Weltmeistertitel. Zum Glück verstand die Bereitschaftspolizei im Allgemeinen keinen Spaß mit Störenfrieden, die den Schutzhafen bedrohten. Außerdem wussten alle Mitarbeiter, dass in einem verschlossenen Schrank in Paulis Zimmer eine geladene Waffe lag.

Trotzdem erschrak ich, als sich plötzlich ein Schatten aus dem Dunkel löste und mir direkt vor das Fahrrad sprang. Ein untersetzter Mann um die dreißig, stockbetrunken.

«Is meine Mutti da drin?»

Er packte mich am Arm, Alkoholschwaden stiegen mir in die Nase.

«Lassen Sie mich los!» Ich befreite mich mit einem Griff, den ich vor ein paar Jahren beim Selbstverteidigungskurs gelernt hatte. Der Mann hielt sich am Gepäckträger fest. Ich trat nach ihm. Er schwankte, und ich konnte aufsteigen und davonfahren.

Bis zur Martinsillantie strampelte ich, so schnell ich konnte. Erst dann traute ich mich, anzuhalten und die Polizei anzurufen. Ich beschrieb den Mann so genau wie möglich. Es musste Heikki Jokinen sein, das war mir sofort klar gewesen, denn von unseren derzeitigen Klientinnen hatte nur Anja einen Sohn in diesem Alter. Die Polizisten baten mich natürlich, zum Frauenhaus zurückzukommen, aber ich weigerte mich, ich musste zur Probe.

Die Stimmung war gedrückt, alle mochten Hannu Huttunen und seine Frau Leena. Die Huttunens hatten den Chor ein paar Mal in ihr Haus zur Sauna eingeladen. Ich war davon ausgegangen, bei der Beerdigung nicht gebraucht zu werden, aber überraschenderweise hatten sich nur zwei Altsängerinnen gemeldet. Alle anderen hatten etwas vor. Bei manchen hörte man deutlich, dass sie sich nur eine Ausrede zurechtgelegt hatten. Der Tod eines gleichaltrigen oder jüngeren Menschen war so bedrückend, da gingen sie lieber auf Distanz.

«Ein paar Altstimmen brauchen wir aber noch», sagte der Chorleiter ungeduldig. «Säde, du kannst doch bestimmt?»

Eigentlich hatte ich nicht hingehen wollen, aber ich sagte zu. Endlich nahm man einmal Notiz von mir.

Am Donnerstag begann Tiina zu sprechen. Wir saßen in meinem Zimmer, die neuen Vorhänge schufen eine angenehme Atmosphäre. Draußen regnete es leise, ich hatte eine Kerze angezündet und im Radio sanfte Barockmusik gefunden.

«Das Sprechen tut weh», sagte Tiina, als ich sie fragte, warum sie so lange geschwiegen hatte.

«Psychisch oder physisch?»

«Beides. Ich habe mir immer eingebildet, ein gutes Urteilsvermögen zu besitzen. Schon als Schülerin wusste ich genau, was für einen Mann ich später wollte. Er sollte ehrgeizig sein und mit Geld umgehen können. Sportlichkeit und ein gepflegtes Äußeres fand ich auch wichtig.»

«Pasi war also von der richtigen Sorte?»

«Ja, schon … Anfangs habe ich noch gezögert, weil er nur die Wirtschaftsfachschule besucht hatte und ich immerhin Diplombetriebswirtin werden würde. Aber er war ehrgeizig. Wir waren uns über fast alles einig, auch darüber, uns erst Kinder anzuschaffen, wenn alle Schulden abbezahlt sind. Wir mochten antike Möbel, Whitney Houston und thailändisches Essen. Beim Partnerquiz im Fernsehen bekämen wir garantiert die maximale Punktzahl.»

«Immer noch?»

«Ja … Es hat sich nichts geändert, außer dass Pasi mich schlägt und dass ich anfange, Angst vor ihm zu haben.»

«Trinkt Pasi viel?»

«Eigentlich nicht, nur mit seinen Kunden. Mit Verkaufsgesprächen tut er sich schwer, glaube ich, jedenfalls ist er vorher immer total nervös.»

Tiina hatte sich frisiert und die Prellungen am Kinn mit Puder abgedeckt, den Maisa ihr geliehen hatte.

«Was passiert, wenn ich Anzeige erstatte? Wird er dann verhaftet? Müssen wir vor Gericht?»

«Ich glaube nicht, dass er verhaftet wird, wahrscheinlich wird er zuerst nur vorgeladen. Ich finde, du solltest mit der Polizei sprechen. Beim Gewaltdezernat in Espoo arbeiten zwei vernünftige Frauen, Hauptkommissarin Maria Kallio und Kriminalmeister Anu Wang.»

Tiina runzelte die Stirn. «Ich weiß nicht … Es fällt mir so schwer, mich zu entscheiden. Als Pasi mich das erste Mal geschlagen hat, dachte ich, das kann nicht wahr sein. Menschen wie mir passiert so was nicht.»

Diese Worte hatte ich schon oft gehört, von den unterschiedlichsten Frauen. Keine Frau rechnete damit, von ihrem Liebsten verprügelt zu werden.

Nach Tiinas Aussage war Pasi erst zum dritten Mal handgreiflich geworden, seine Brutalität nahm also sehr schnell zu. Das war im Allgemeinen ein schlechtes Zeichen.

«Ich würde das Haus nicht gern aufgeben, aber unser Ehevertrag schreibt vor, dass die gemeinsame Wohnung bei einer Trennung verkauft wird. Allein könnte ich mir so ein Haus auch gar nicht leisten. Und überhaupt …» Tiina ließ sich darüber aus, welche Schande eine Trennung wäre. Es fiel mir schwer, ihr zu folgen. Sie stammte zwar aus einer streng pietistischen Gegend in Ostbottnien, aber das erklärte nicht alles. Auch in meiner Heimatstadt herrschten ausgesprochen strenge Moralvorstellungen, und trotzdem ließen sich die Leute scheiden, ohne groß darüber nachzudenken. Meine Brüder zum Beispiel.

Tiina war offenbar genauso ein ordentliches, pflichtbewusstes Mädchen gewesen wie ich, nur viel extrovertierter und unternehmungslustiger. In den letzten Jahren vor dem Abitur hatte sie in den Sommerferien schon bei einer Bank gearbeitet und später schnell Karriere gemacht, denn sie wusste, was sie wollte. Sie pflegte nur mit Gleichgesinnten Umgang, Loser interessierten sie nicht. Jeder hatte sein Schicksal selbst in der Hand, das Wichtigste war, die richtigen Entscheidungen zu treffen.

Nur bei der Wahl ihres Ehemannes hatte sie einen Fehler gemacht. Sie war in eine Sackgasse geraten.

Nachdem ich von ihr erfahren hatte, wo Pasis Firma war, fuhr ich nach der Arbeit direkt hin. Ich rief seine Büronummer an, um mich zu vergewissern, ob er dort war. Als er antwortete, legte ich auf; natürlich hatte ich mein Handy vorher so eingestellt, dass die Rufnummer unterdrückt wurde. Das Firmengebäude lag im Zentrum von Tapiola, wo ich einigermaßen unauffällig vor dem Schaufenster eines Bekleidungsgeschäfts stehen konnte, als wäre ich mit jemandem verabredet. Tiina zufolge machte Pasi meistens zwischen sechs und halb sieben Feierabend.

Als er sich um zwanzig vor sieben immer noch nicht blicken ließ, wurde ich langsam nervös. Gab es noch einen zweiten Ausgang, vielleicht eine Direktverbindung zur Tiefgarage? Oder hatte Pasi alle Anrufe auf sein Handy umgeleitet und sich Gott weiß wo gemeldet?

Gerade in dem Moment trat ein mittelgroßer Mann im eleganten hellbraunen Mantel aus der Tür der Computerfirma: Pasi. Er ging mit schnellen Schritten zum Kaufhaus Stockmann. Ich folgte ihm in die Feinkostabteilung. Er nahm einen Einkaufswagen, ich einen Korb. Bei der Gelegenheit konnte ich gleich ein paar Becher Joghurt kaufen, und Hackfleisch für Sulo.

Pasi blieb zuerst an der Obsttheke stehen und suchte ein paar rote Grapefruits und zwei Avocados aus. Dann waren Tomaten an der Reihe, zwei Stück, auch dafür nahm er wieder eine eigene Tüte. Ich hätte alles in eine Tüte gesteckt, der Umwelt zuliebe.

In der Fischabteilung kaufte er ein Zanderfilet, an der Fleischtheke Putenaufschnitt. Ich musste mich beeilen mit meinem Hackfleisch. Zum Glück blieb er lange bei den Konserven stehen, besah sich ausgiebig die verschiedenen Olivensorten und entschied sich schließlich für grüne Oliven mit Kern. Ich nahm hastig eine Dose Thunfisch in Tomatensauce, auf die ich beinah Appetit hatte. Dann ging es zu den Milchprodukten, in der Kühltheke entdeckte ich zu meiner Freude Vanillejoghurt. Pasi legte eine Packung fettfreie Dickmilch in seinen Wagen.

Ich nahm noch eine Tafel Schokolade, die im Regal nach mir zu rufen schien. Ich wagte nicht, mich an derselben Kasse anzustellen wie Pasi, aber ich hatte Glück. An meiner Kasse ging es schneller, und ich konnte in der Schuhabteilung warten, bis er bezahlt hatte.

Er ging zurück in die Tiefgarage der Firma, wo sein BMW stand. Ich rannte zu meinem Fahrrad. Aber am Tor zur Garage wartete ich vergebens: Pasi war schon weg.

Zuerst wollte ich einfach nach Hause fahren, denn es war kalt und Sulo wartete. Aber ein Abstecher zur Kaskenkaatajantie war kein großer Umweg. Ich würde schnell nachsehen, ob Pasi nach Hause gefahren war.

Kaum zehn Minuten später stand ich vor der Wohnung der Leiwos. Leider hatte ich keine Werbeprospekte dabei, oder einen Hund, mit dem ich am Haus vorbeispazieren konnte. Ich musste auf meine Unauffälligkeit vertrauen. Im dunkelblauen Mikrofaseranzug war ich unter den Bäumen kaum zu sehen, solange kein Licht auf die reflektierenden Streifen fiel.

Die Leiwos wohnten am Ende einer Reihenhaussiedlung aus den sechziger Jahren. In den Fenstern sah ich Licht. Sollte ich es wagen, näher heranzuschleichen? Ich kettete das Fahrrad an ein Verkehrsschild und näherte mich vorsichtig dem Haus.

Problemlos schaffte ich es in das Gärtchen hinter dem Haus,

wo ich hinter der Thujahecke Schutz suchte. Von dort konnte ich genau in die Küche sehen. Pasi war gerade dabei, seine Einkäufe auszupacken, anschließend setzte er routiniert Kartoffeln auf und würzte den Fisch. Dann holte er eine halb volle Flasche Weißwein aus dem Schrank und goss sich davon ein. Er schwenkte das Glas eine Weile in der Hand, schnupperte daran und probierte vorsichtig. Er machte ein zufriedenes Gesicht. Ich kam mir vor wie im Theater, wo Pasi mutterseelenallein die Rolle des anständigen Mannes spielte.

Mein ganzes Leben lang war ich Zuschauerin gewesen. Ich hatte meine kleinen Brüder bestaunt, als sie im Kinderbettchen strampelten, hatte sie im Sportwagen geschoben und mit dem Schnuller beruhigt, wenn meine Mutter keine Zeit hatte. In der Unterstufe hatte ich die anderen Mädchen um ihre schönen Kleider beneidet, um ihre glänzenden Haare und ihre kleinen Romanzen mit den Jungen aus unserer Klasse. Beim Krippenspiel in der Schule war ich kein einziges Mal die Maria oder ein Engel. Einmal durfte ich im Chor mitsingen, aber auch da stand ich versteckt hinter dem Klavier, während sich die mutigeren Kinder nach vorn drängten. Ich hatte unter Bäumen gestanden und meinen Brüdern beim Tarzanspiel zugeschaut, ihre Geschmeidigkeit und Tollkühnheit bewundert, hatte Bücher gelesen, in denen ich einen Blick auf ein anderes Leben werfen konnte, ein Leben, das bunter, spannender, abenteuerlicher war als meines.

Ich war nie besonders beliebt gewesen, aber in den mittleren Klassen und in der Oberstufe hatte ich immerhin Freundinnen gefunden, denn ich war eine gute Zuhörerin. Ich hatte es verstanden, den anderen genau das zu sagen, was sie hören wollten: «Der Lidschatten steht dir prima.» – «Lauri ist furchtbar verknallt in dich, merkst du nicht, wie er dich immer anguckt?» Und so weiter.

Zum Studium war ich absichtlich nach Helsinki gegangen, um meine alte Rolle loszuwerden, aber ohne Erfolg. Den Studienplatz bekam ich schon beim ersten Anlauf, denn ich hatte mir schon in der Schule angewöhnt, fleißig zu lernen. Im Unterricht war ich nämlich selten zu Wort gekommen, weil die Lehrer mich übersahen, wenn auch nur ein Einziger von den anderen sich meldete. Gute Noten hatte ich nur bekommen können, indem ich bei den Klassenarbeiten alles wusste. Ich büffelte wie eine Wahnsinnige für die Aufnahmeprüfung zur staatswissenschaftlichen Fakultät, und als ich sie dann bestand, war meine Familie erstaunt: «Unsere Säde wird Magister!»

Eine lange Ausbildung war in meiner Familie nicht üblich. Aimo ging nach der mittleren Reife noch ein Jahr aufs Gymnasium, wechselte dann aber auf die Landwirtschaftsschule, meine jüngeren Brüder schafften mit Ach und Krach den Schulabschluss. Heute verdienten sie besser als ich, hatten aber auch viel mehr Ausgaben.

Während des Studiums engagierte ich mich in der Fachschaft und sang eine Weile im Chor, wurde es aber bald leid, den anderen bei ihrer hemmungslosen Paarbildung zuzuschauen oder mir anzuhören, wie sie sich in ihren Cliquen amüsierten. Ich sang nicht übermäßig gut und vertrug nicht genug Schnaps, um mithalten zu können. Ich studierte gewissenhaft, machte nach viereinhalb Jahren den Abschluss, und um das Studiendarlehen möglichst bald abzahlen zu können, nahm ich den ersten Job an, den ich fand: als Sozialarbeiterin im Sozialamt Helsinki-Mitte.

Schon das riesige Gebäude wirkte damals Respekt gebietend, ich hatte das Gefühl, mich in seinen Fluren zu verlieren. Ich war eine kleine, mausgraue Vierundzwanzigjährige, demütig und anpassungsfähig, es dauerte nicht lange, bis man mich so zurechtgebogen hatte, dass ich nicht nur meine eigene Arbeit erledigte, sondern auch den Kollegen das eine oder andere abnahm.

Auf dem Sozialamt konnte ich tagtäglich lebensnahe Theateraufführungen verfolgen. Da ich brav zuhörte und für niemanden Partei ergriff, war ich bald über die Cliquen innerhalb des Hauses informiert, über heimliche Beziehungen, Ressentiments und Schwärmereien. Ich hatte das Gefühl, mitten in einer Seifenoper zu leben, als ich den Finanzdirektor und die Leiterin der Altenpflegeabteilung beim Liebesakt auf dem Kopierer überraschte.

Die Klienten wiederum führten meistens Tragikomödien auf. Ich hatte nie ein besonders rosiges Bild von den Menschen und von der Gerechtigkeit des Lebens gehabt, aber nun kamen mir auch die letzten idealistischen Vorstellungen abhanden: Das Leben war grausam und absurd und alle versuchten zu betrügen, wie sie nur konnten. Ich war Voyeurin, Beobachterin, Kontrolleurin, selten aktiv beteiligt an dem aberwitzigen Varieté.

Einmal wäre ich beinahe kurz auf die Bühne gelangt, für eine Todesszene wie in einer Tragödie von Shakespeare. Ein Mann, der im Drogenrausch seine Sozialhilfe abholen wollte, hielt mich für den Teufel und zückte sein Messer. Ich schrie so laut, dass ich dieses eine Mal gehört wurde. Zur Heldin des Stücks wurde meine Kollegin, die dem Drogensüchtigen einen Stuhl über den Schädel zog und mir das Leben rettete. Im Schutzhafen hatte ich wenigstens eine Sprechrolle und entschied manchmal sogar selbst, was ich sagte.

Vielleicht sollte ich jetzt in Pasi Leiwos Schauspiel eindringen. Was würde er wohl sagen, wenn ich das Fenster einschlug, die hell erleuchtete Küche betrat und seinen Wein austrank? Oder wenn ich ihm das Glas über den Kopf schüttete?

Pasi hatte das Essen fertig und setzte sich an den Tisch. Das Zander-Kartoffel-Gericht schmeckte offenbar. Ich sah ihm eine Viertelstunde beim Essen zu, dann räumte er das Geschirr in die Spülmaschine, knipste das Licht aus und verschwand.

Ich schlich zurück auf die Straße und tat, als ob ich bei Leiwos etwas in den Briefkasten steckte. Hinter den Büschen sah ich Pasis Scheitel und das bläuliche Licht des Fernsehers. Offenbar wollte er einen gemütlichen Abend zu Hause verbringen und sich die Krankenhausserie anschauen. Als einer der Nachbarn seinen Hund Gassi führte, musste ich gehen.

Es war unter null, und der Mond, der am Vorabend ganz rund gewesen war, leuchtete gleichgültig am südlichen Himmel. Ich hatte noch nie mit einem Mann im Mondschein auf einer Bank gesessen.

Zu Hause wollte Sulo unbedingt auf den Hof, aber ich aß erst einen Joghurt und zog mir einen zweiten Pullover über, bevor ich mit ihm nach draußen ging. Er zog und zerrte zum mittleren Hof, in den Sandkasten durfte er nicht. Er rannte weiter, zu Kalles Wohnung, und da die Jalousien heruntergelassen waren, ließ ich ihm seinen Willen.

Das Fenster stand offen, ich hörte Gitarrenklänge und Gesang.

Nun geh ich,
Gevatter Tod, den fürcht ich nicht.
Mit ihm will ich jetzt gehen,
Seelenglocken läuten schon,
Ich gehe, zurück sehn ich mich nicht.

Mich packte das Grauen, als stünde der Sensenmann persönlich neben mir. Hastig hob ich Sulo hoch, er versuchte kratzend und fauchend, sich loszureißen. Das Lied war zu Ende, eine Frauenstimme sprach gedämpft, und ein schlanker weiblicher Schatten bewegte sich in der Wohnung. Kalles breitschultrige Silhouette tauchte auf, dann sah ich die beiden Schatten miteinander verschmelzen.

Ich ging nach Hause und weinte.

Acht

Am nächsten Morgen kam ich kaum aus dem Bett. Es war noch dunkel, durch das Fenster sah ich den sternlosen Himmel und windgepeitschte nackte Weidenbüsche. Warum sollte ich mich nicht auch einmal unter der Decke verkriechen und die anderen arbeiten lassen? Ein paar Minuten delektierte ich mich an dem Gedanken, dann zwang ich mich aufzustehen, obwohl ich wusste, wie lächerlich es war, die Tapfere zu spielen. Dem Rest der Welt war es völlig egal, ob ich aufstand oder nicht.

Der Fußboden war so kalt, dass ich schleunigst die Flauschsocken anzog. In der Nacht hatte es gefroren, ein Nachbar schabte mit einem hoffnungslos kleinen Kratzer an seinem Auto herum.

Leena Huttunens Todesanzeige stand in der Zeitung. Als ich sie im Frühjahr das letzte Mal gesehen hatte, glich sie einer Spinne. Der Krebs hatte ihre Gliedmaßen ausgezehrt und sich in Leber und Milz ausgebreitet, sodass ihr Bauch sich blähte, als wäre sie schwanger.

Der Vers *Gevatter Tod, den fürcht ich nicht* war mir vor dem Einschlafen unablässig durch den Kopf gegangen. Für wen hatte Kalle so ein Lied gesungen? Die ganze Nacht hindurch hatte der Wind in den Geißblattstängeln geraschelt, die sich an der Hauswand emporrankten, und ich war sicher gewesen, dass der Tod an meine Tür klopfte.

Sulo tapste mir nach in den Flur und stupste mir an die Waden. Ich nahm ihn auf den Arm und drückte das Gesicht in sein Fell. Die Wärme der Katze half. Ich schaffte es, ein Stück Brot und etwas Joghurt zu essen und mich über vereiste Straßen auf den Weg zu machen, zu Menschen, die das Leben zerbrochen hatte.

Die Frau vom Nachtdienst berichtete, Pasi Leiwo habe während der Nacht zehnmal angerufen und erst Ruhe gegeben, als sie ihm mit einer Anzeige wegen Hausfriedensbruch drohte. Anja Jokinen wollte gerade aufbrechen. Maisa hatte bei der Sozialfürsorge Essensgeld für sie besorgt und das Schloss an ihrer Wohnungstür auswechseln lassen. Ich fürchtete nur, Anja würde gegenüber Heikki nicht lange stark bleiben. Die Polizei hatte ihn am Abend nicht gefunden, und ich ließ die Sache auf sich beruhen. Ich hatte keine Lust, die Vernehmungen über mich ergehen zu lassen, und außerdem ließ Heikki womöglich seinen Ärger an seiner Mutter aus, wenn er festgenommen würde.

Weil Maisa Therapiesitzungen hatte, erklärte ich mich bereit, mit Anja das Geld und die neuen Schlüssel zu holen. Es war anstrengend, neben einem Menschen herzugehen, der verängstigt vor jedem männlichen Passanten erschrak. Wahrscheinlich hatten die jahrelangen Schläge Anjas Gehirn in Mitleidenschaft gezogen. Der Gedanke machte mich wütend, und die Wut gab mir Kraft, die anstehenden Dinge zu erledigen. Wir gingen aufs Sozialamt, dann fuhren wir nach Kuitinmäki, wo Anja wohnte, und kauften dort ein. Sie nahm billige, haltbare Lebensmittel: Reis, Erbsensuppe, Knäckebrot, Trockenhefe und Milchpulver. Es war, als ob sie sich für eine Atomkatastrophe eindeckte.

Der Monteur war gerade dabei, das neue Schloss einzubauen, die Tür war zerbeult, als hätte jemand dagegengetreten. Auf der Innenseite hing eine halb abgerissene Sicherheitskette: Sie hatte Heikkis letztem Ansturm nicht standgehalten. Die Einzimmerwohnung war voll gestopft mit abgenutzten Möbeln. In seiner Alkoholgier hatte Heikki unter anderem das Radio und das Videogerät verkauft. Anja hatte jetzt ein altes Transistorradio, ein schmutzig weißes altes Telefon mit Wählscheibe und einen Schwarzweißfernseher, alles Dinge, für die man nirgendwo eine müde Mark bekam.

Als ich den Monteur bat, die Sicherheitskette zu reparieren, maulte er, das sei nicht seine Aufgabe, dafür sei die Firma zuständig, die die Kette angebracht hatte.

«Dann leihen Sie mir mal Ihren Schraubenzieher», sagte ich wütend, obwohl ich keine Ahnung hatte, was ich damit anfangen sollte. Das half. Der Mann machte sich an die Arbeit. Ich hatte wahrhaftig mein Leben damit vergeudet, zu allen freundlich zu sein. Immer hatte ich überlegt, was die anderen denken mochten, aber jetzt war es mir vollkommen egal, mit welchen Schimpfwörtern der Monteur mich im Stillen verfluchte. Hauptsache, die Sicherheitskette wurde repariert.

«Wenn Heikki vor der Tür steht und dich bedroht, rufst du sofort bei der Polizei und im Schutzhafen an. Mach auf keinen Fall die Tür auf! An dem Tag, an dem du deine Rente abheben kannst, musst du auch im Schutzhafen anrufen. Wir begleiten dich dann zur Bank und in den Laden.»

Durch Heikkis ständige Drohungen war Anja praktisch zu Hausarrest verurteilt. Wir konnten nicht für jeden Gang zur Bank oder zum Einkaufen eine Begleitung schicken, außerdem hätte gegen Heikki Jokinen keiner von uns etwas ausrichten können, selbst Pauli nicht.

«Am ersten Januar tritt das Kontaktverbotsgesetz in Kraft. Wenn du Anzeige erstattest, kann der Richter Heikki verbieten, in deine Nähe zu kommen.»

«Ich kann doch meinen eigenen Sohn nicht verraten! Kaarlos Leben ist auch schon verpfuscht, durch das Gefängnis. Kaarlo war ein anständiger Junge, er hat die Schule zu Ende gebracht und Arbeit gefunden. Er hat auch nicht getrunken, wie sein Vater und sein Bruder. Eine Freundin hatte er auch, aber die hat nicht auf ihn gewartet, die hat einen anderen geheiratet. Ich trau mich gar nicht, ihm zu erzählen, wie Heikki sich aufführt, sonst gibt es noch mehr Ärger, wenn Kaarlo wieder rauskommt …» Anja weinte leise in sich hinein. Seltsam, dass sie von Kaarlo sprach wie von einem Heiligen, dabei hatte er doch seinen Vater umgebracht. Vielleicht hielt Anja die Mordtat für gerechtfertigt.

Ich hatte mich bemüht, nicht an Leena Huttunens Beerdigung zu denken, aber das war ein Fehler gewesen. Der Samstag kam zu schnell, ich schaffte es nicht mehr, mich auf die Situation einzustellen. Im Bus hatte ich eine Panikattacke, die mir fast den Atem abschnürte. Die Beerdigungsfeier fand in der Kirche von Olari statt, in einem von Autogeschäften umringten Gebäude, das nur durch das weiße Kreuz an der roten Backsteinwand als Kirche zu erkennen war. Ich ging auf die Toilette, setzte mich und legte den Kopf auf die Knie. Dann atmete ich tief durch und zählte bis zehn. Dies war nicht meine Beerdigung! Plötzlich hatte ich das Gefühl, eigentlich ganz woanders zu sein. Diejenige Säde, die gleich auf Leena Huttunens Beerdigung singen würde, war nur eine Puppe.

Wir sangen uns im Gemeindesaal ein. Alle waren niedergeschlagen, die Trauer umhüllte uns wie nasse schwarze Wolle, sie machte blind und erstickte die Stimme. Zu Beginn des Gottesdienstes sangen wir ein Lied aus dem Gesangbuch, «Mit Fried und Freud ich fahr dahin». Zwar sang ich mit, aber in meinem Innern tat sich ein Abgrund auf, der mich zu verschlingen drohte. Ich sang ruhig und sicher, als wäre meine Stimme ein separater Körperteil, ohne Verbindung zu meinen Gedanken und Gefühlen. Bald merkte ich, dass ich die Altpartie allein sang, denn Leila neben mir schluchzte nur noch, und Iiris brachte auch kaum einen Ton heraus. Nachher würden sie mich als gefühllos bezeichnen, aber wir waren nicht hier, um zu trauern, sondern um die Angehörigen mit unserem Gesang zu trösten. Als der Chorleiter besorgt zu der Altgruppe hinsah, sang ich ein wenig lauter. So war ich eben, auf mich konnte man sich verlassen.

Der Pfarrer sagte, der Tod habe Leena von ihrem Leid erlöst, wir sollten uns also freuen, weil sie jetzt der himmlischen Freuden teilhaftig werde. Ich hätte gern gewusst, weshalb Gott

Leena krank gemacht hatte, aber das sagte der Pfarrer nicht. Vielleicht war er der Meinung, dass sein Gott immer richtig handelte.

Ich wusste, das stimmte nicht.

Die ganze Gemeinde weinte, als die Familie Huttunen ihre Blumen auf den Sarg legte. Es waren drei Kinder, das älteste acht, das jüngste vier. Hannus Hände reichten nicht für alle drei, er hielt die beiden Jüngeren an der Hand, und das älteste Kind hatte das allerkleinste an der anderen Hand gefasst. Hannu sah jung und hilflos aus und doch wie jemand, dessen Leben vorüber war. Eine Stimme in mir sagte, dass Leena immerhin in ihren Kindern und später womöglich auch in deren Kindern weiterlebte. Man würde sich an sie erinnern, die Familie würde gemeinsam Mutters Lieblingsspeisen kochen, sie würde Tücher, die nach ihr dufteten, sorgsam verwahren und ihre Pantoffeln unter dem Bett stehen lassen. Die älteste Tochter würde Fotos von ihrer Mutter betrachten, die Gesichtszüge vergleichen, nach Ähnlichkeiten suchen.

An mich würde sich niemand erinnern.

Der Gedanke war niederschmetternd. Ich brachte es kaum fertig, Bachs Choral zu Ende zu singen. Irgendwann hatte ich mir einmal diesen Choral für meine eigene Beerdigung gewünscht. Damals dachte ich, wer Bachs Passionen sang, der könne gar nicht anders, als zu glauben, was er sang, aber inzwischen hatte sich mein Glaube in nichts aufgelöst. Die Musik war noch da, genial aneinander gereihte Klänge, eine Polyphonie wie aus dem Lehrbuch des Kontrapunkts. Die Worte sagten mir nichts mehr.

Bei der Leichenfeier brauchten wir nicht aufzutreten, also behauptete ich, ich müsse zur Arbeit, und ging nach Hause. Ich dachte nach. Dass ich die Väätäinens vom prügelnden Vater befreit hatte, war die einzige echte Leistung in meinem Leben. Daher beschloss ich nachzusehen, was Pasi Leiwo so trieb. Ich zog mich um und fuhr nach Tapiola. Es war eine vergebliche

Fahrt, in den Fenstern brannte kein Licht. Auf dem Heimweg betrachtete ich Einfamilienhäuser und Wohnungen mit hell erleuchteten Fenstern und mit Schornsteinen, aus denen Rauch aufstieg, wenn die Sauna angeheizt wurde. In einem Haus holte die Mutter gerade Gebäck aus dem Ofen: Nach der Sauna bekamen die Kinder warme Milch und frische Hefeteilchen. In einigen Fenstern schimmerte das kühle Blau des Fernsehers, aber vor dem Bildschirm saß sicher ein Pärchen oder eine ganze Familie, man kabbelte sich um die Lieblingssendungen, bereitete in der Mikrowelle Popcorn zu. Eine Tüte war genau die richtige Menge für vier Leute.

Ich war noch nie so glücklich über Sulos Anwesenheit wie an diesem Abend.

Am Sonntag war Vatertag, ich musste meinen Vater anrufen. Wie üblich reichte er nach einigen Sätzen den Hörer an meine Mutter weiter.

«Du bist krank gewesen, hat Tupu gesagt.»

«Nur eine Magen-Darm-Grippe, ist schon vorbei. Hoffentlich haben sich Reima und Tupu nicht angesteckt.»

«Reima hat beim Vatertagskaffee ziemlich blass ausgesehen, aber das war eher die Schnapskrankheit aus Tallinn. Wann kommste denn mal?»

Wieder musste ich Ausreden aufsagen. Ich erfand ein Konzert mit dem Chor und einen Theaterbesuch mit den Kollegen. Am besten schrieb ich mir meine gesammelten Lügen auf, damit ich mir nicht widersprach.

Meine Mutter fing an, die Wehwehchen aufzuzählen, die sie selbst, ihre Nachbarn und die Verwandten plagten, und erzählte von einer Messerstecherei in der Innenstadt, bei der ein ehemaliger Klassenkamerad von Aimo verletzt worden war. Ich hörte nur mit halbem Ohr zu. Ich hatte Nachtdienst, und am Abend des Vatertags herrschte stets Alarmstufe eins. Die Väter tranken die Flaschen leer, die sie geschenkt bekommen hatten, und wetterten anschließend über den mangelnden Respekt ihrer Familie, und die erwachsenen Söhne beschlossen, ihrem Vater endlich mal zu sagen, was sie von ihm hielten. Diesmal verlief die Nacht allerdings ohne besondere Vorkommnisse. Ich verschlief den halben Montag, und am Dienstag traf ich Tiina Leiwo geschminkt, munter und fast unversehrt an. Sie war auf dem Weg zur Arbeit.

«Ich war gestern schon da, auf meinem Schreibtisch stapeln sich die Faxe. Ich muss einfach zurück an die Arbeit. Pasi, der Blödmann, hat meinem Chef erzählt, er wüsste nicht, wo ich bin. Ich habe gesagt, wir hätten uns gestritten und ich hätte vor lauter Aufregung einen Unfall gebaut, aber das hat er wohl nicht ganz geschluckt.»

Tiina hatte am Montag mit Pasi telefoniert, der sich wieder wortreich entschuldigt hatte. Sie meinte, sie würde vielleicht nach Hause zurückgehen, aber heute noch nicht. Pasi hatte am Abend ein wichtiges Kundengespräch, und Tiina wollte ihm lieber nicht in die Quere kommen.

«Pauli hat euch sicher vorgeschlagen, regelmäßig hier im Haus Gespräche zu führen.»

Tiina nickte und sagte, sie wollten keine Familientherapie, sie würden ihre Probleme selbst lösen. Vergeblich versuchte ich, sie umzustimmen. Sie fürchtete sich immer noch vor Pasi, aber eine makellose Fassade und ein gesicherter Lebensstandard schienen ihr wichtiger zu sein als das eigene Leben.

Am Abend zog ich meinen elegantesten Hosenanzug an und kramte mein spärliches Make-up hervor: Feuchtigkeitscreme, Puder, Mascara und einen hellen, unauffälligen Lippenstift. Ungeschickt schminkte ich mich und betrachtete das Ergebnis im Spiegel. Meine Haut war immer noch gerötet und fleckig, die Wimpern waren zwar länger, aber mit kleinen Klümpchen verklebt. Zum ersten Mal gestand ich mir ein, dass mein Lippenstift dunkler sein könnte und dass ich mir die Augenbrauen nachziehen müsste. Ich schrieb mir auf: *Neuen Lippenstift und Augenbrauenstift kaufen!* Dann fuhr ich ins Zentrum von Espoo, zum Hotel Kuninkaantie, wo Pasis Kundengespräch stattfand. Ich fragte den Portier nach dem Konferenzraum, ging aber nicht hinein, sondern setzte mich an die Bar im Foyer, von wo ich alle sehen konnte, die das Hotel verließen.

Ich bestellte Orangensaft und versteckte mich hinter der Boulevardzeitung, die auf der Theke gelegen hatte. An der Bar war wenig los, aus den Lautsprechern dröhnten englischsprachige Songs. Ich versuchte, die Ohren zu verschließen und mich auf die vorbeigehenden Menschen zu konzentrieren. Wer von ihnen kam von der Werbeveranstaltung der Software-Firma? Zwei gepflegt aussehende Männer, deutlich jünger als ich, kamen an die Bar. Waren sie Kunden von Pasi Leiwo? Sie unterhielten sich in einer Sprache, die ich nicht verstand. Es war zwar Finnisch, und zwischendurch schnappte ich auch das eine oder andere bekannte Wort auf, aber die Computerterminologie war mir unbegreiflich. Offensichtlich näherte sich Pasis Veranstaltung dem Ende. Von Tiina wusste ich, dass seine Präsentationen meistens um sechs Uhr begannen. Zuerst führten die Verkäufer die Programme vor, die ihre Firma entwickelt hatte, danach gab es ein Abendessen, bei dem die Gläser immer wieder nachgefüllt wurden. Während des Essens versuchten die Verkäufer, einzelne Kunden ins Gespräch zu ziehen und sie zu Bestellungen zu überreden. Pasi blieb anschließend häufig noch da und spendierte den widerspenstigen Kunden Drinks auf Firmenkosten. Wenn auch das nicht zum Erfolg führte, ließ er zu Hause seinen Frust an Tiina aus.

Kurz nach neun strömten weitere Menschen an die Bar, die in ihrer Geheimsprache redeten. Unix-Betriebssysteme und Java-Anwendungen klingelten in meinen Ohren, und ich zog mich immer tiefer in meine Ecke zurück, obwohl nicht zu befürchten war, dass irgendjemand meine Gesellschaft suchen würde. Für diese noch nicht dreißigjährigen, perfekt getrimmten Typen, die einige tausend Finnmark für ihre Anzüge hinblätterten, war eine Frau wie ich einfach nicht vorhanden. Ich nippte an meinem

Orangensaft und studierte zum dritten Mal den Bericht über die jüngste Verlobung eines Schlagersternchens. Es machte mir Spaß, die Geschichten der Frauenzeitschriften über all die wahnsinnig verliebten Paare zu lesen. Je lauter die Verliebten im Interview von ewiger Treue redeten, desto wahrscheinlicher stand in den nächsten fünf Jahren die Scheidung an, so viel hatte ich schon gelernt. Einmal hatte ich zwei meiner Klientinnen verärgert, indem ich die Dauer einer dieser spektakulären Beziehungen anzweifelte; die beiden fanden es einfach phantastisch, dass die ehemalige Schönheitskönigin endlich einen anständigen Mann kennen gelernt hatte. Vielleicht versuchten sie, ihr Leben nach diesem Muster zurechtzubiegen, sich einzureden, auch sie könnten einen neuen, liebevollen Ehemann finden, oder eine gute Fee würde ihren prügelnden Mann in einen neuen Menschen verwandeln.

Pasi Leiwo erschien an der Bar, begleitet von einem mageren Mann mittleren Alters. Er redete auf den anderen ein, der zu zögern schien. Pasi bestellte den besten Kognak, den das Haus zu bieten hatte, und zündete sich eine dicke Zigarre an. Der Kunde lehnte die angebotene Zigarre ab. Pasi wirkte betrunken.

Vorsichtig schob ich mich näher an ihn und seinen Gesprächspartner heran. Der andere versuchte das Gespräch allmählich zu beenden, aber Pasi hörte nicht auf mit seinem Geschwätz. Er übertönte das Stimmengewirr, ich hörte, wie er den anderen von der Einzigartigkeit und Preiswürdigkeit der Softwarelösung seiner Firma zu überzeugen versuchte. Dabei klopfte er ihm auf die Schulter und fuchtelte mit der Zigarre. Von der Begeisterung, die er in seine Stimme legte, war in seinen Augen nichts zu lesen. Sie wirkten ausdruckslos wie getöntes Milchglas. Viele der anwesenden Männer rüsteten sich zum Aufbruch, auch Pasis Gesprächspartner kippte schnell seinen Kognak herunter und verabschiedete sich.

«Verdammter Idiot», fauchte Pasi jemandem zu, offensichtlich einem Kollegen. «Wenn wir die Typen hier los sind, fahren wir noch in die Stadt. Im ‹Kaivo› ist garantiert was los. Mein Auto steht vor der Tür.»

«Ich kann nicht, ich hab meiner Frau versprochen, pünktlich zu Hause zu sein, damit sie noch ins Fitnesscenter kann.»

«Geht deine Alte mitten in der Nacht ins Fitnesscenter?»

«Tagsüber kann sie ja nicht, wegen des Babys, und sie will doch ihre alte Figur zurückkriegen. An deiner Stelle würde ich mich nicht mehr ans Steuer setzen, du hast immerhin zwei Glas Wein und einige Kognaks intus.»

«Ich kann eben was vertragen. Na, dann geh schon, du Pantoffelheld! Bis morgen!»

Ich zog mich hastig zurück, als Pasi plötzlich neben mir stand. Ich war nicht schnell genug, er hatte mich bemerkt und musterte mich abschätzend. Er schien mich nicht wieder zu erkennen, sein Blick war gleichgültig: Ich entsprach nicht seinen Anforderungen, es lohnte sich nicht, mich anzusprechen. Er bestellte sich noch einen Kognak.

Ich musste unbedingt auf die Toilette. Pasi würde sicher nicht sofort aufbrechen, sein Glas war noch voll, die Zigarre, deren widerlicher Qualm mir in die Nase stieg, erst halb aufgeraucht. Diesen Gestank hatte ich immer gehasst. Mein Vater und alle meine Brüder rauchten, auch in der Wohnung. Als ich in meine erste Studentenwohnung eingezogen war, konnte ich meinen Vater nur davon abhalten, dort zu rauchen, indem ich behauptete, ich bekäme Ärger mit den Mitbewohnern. Ich selbst hatte ein einziges Mal eine Zigarette probiert, das hatte mir gelangt. Von Zigarrenqualm wurde mir regelmäßig schlecht.

Als ich zurückkam, stand Pasi laut lachend mit ein paar Männern zusammen. Ich bestellte noch einen Orangensaft und kam mir blöd vor. Warum hing eine einsame Frau an einer Bar herum und trank Orangensaft, wenn sie das Gleiche zu Hause viel billiger haben konnte? Aber niemand starrte mich an. Nur mein Spiegelbild auf der Toilette war der einzige Beweis dafür, dass ich weder aufgehört hatte zu existieren noch unsichtbar geworden war. In meiner Abwesenheit hatte sich irgendwer meine Zeitung geschnappt, also musste ich mich damit begnügen, in mein Saftglas zu schauen.

Zehn Minuten später begann Pasi sich zu verabschieden. Er gab ein paar Männern die Hand, einem klopfte er auf die Schulter.

Kurz entschlossen ließ ich meinen Saft stehen und eilte an die Garderobe. Ich hatte Glück, Pasi ging vorher noch zur Toilette. Es gelang mir, das Hotel vor ihm zu verlassen und im Dunkel unterzutauchen. Er hatte seinen silberfarbenen BMW praktisch vor dem Eingang geparkt. Ich hatte keine Ahnung, was ich tun sollte. Ich wusste nicht, wann mein Bus fuhr, und der nächste Taxistand war am Bahnhof, ich konnte Pasi also auch nicht im Taxi verfolgen. Das Einzige, was mir einfiel, war, aus der Handtasche einen Stift hervorzukramen, das erstbeste Stück Papier zu nehmen, das ich fand – eine Visitenkarte des Frauenhauses –, und das Kennzeichen des Autos zu notieren: JCC-388.

Ich sah, wie Pasi herauskam und nach dem Autoschlüssel tastete. In dem Moment wusste ich, was zu tun war.

Ich nahm mein Handy, tippte Unterdrückung der Rufnummer ein und rief bei der Polizei an.

«Guten Abend. Ich möchte einen betrunkenen Autofahrer anzeigen», sagte ich hastig, während Pasi einstieg. «Der Mann kommt gerade aus dem Hotel Kuninkaantie im Zentrum von Espoo. Ein silberner BMW, Kennzeichen JCC-388. Er hat mehrere Drinks zu sich genommen. Er wohnt in Tapiola, in der Kaskenkaatajantie.»

«Einen Augenblick. Bleiben Sie bitte am Apparat.»

Der Dienst habende Beamte verschwand aus der Leitung; ich hörte, wie Pasi den Motor anließ und rückwärts aus der Parklücke setzte. Er schrammte gegen die Brüstung, schaffte es aber im letzten Moment auf die Ausfahrtspur.

«Der nächste Streifenwagen ist verständigt. Bitte geben Sie Ihren Namen, Anschrift und Telefonnummer an.»

«Kristiina Kirves. Eestiläistentie 11. 8015588», betete ich herunter. Das Pseudonym hatte ich mir vor gut zehn Jahren ausgedacht, als ich aus lauter Einsamkeit gelegentlich bei Partylines anrief. Kristiina Kirves klang interessanter als Säde Vasara. Wer in der Eestiläistentie 11 wohnte und wem die erfundene Telefonnummer gehörte, war mir eigentlich egal.

Soweit ich wusste, war Pasi Leiwo noch nie wegen Trunkenheit am Steuer festgenommen worden, also würde er vermutlich mit einer Geldstrafe davonkommen, aber das war immerhin ein Anfang. Vielleicht ließ sich Tiina leichter überreden, ihn wegen Körperverletzung anzuzeigen, wenn er erst einmal ein Strafregister hatte. Womöglich empfand sie die Verhaftung wegen Trunkenheit am Steuer sogar als Schande und reichte die Scheidung ein.

Der silberne BMW verschwand hinter den Bäumen, und am liebsten wäre ich ihm hinterhergelaufen. Rasch rief ich die Auskunft an und erkundigte mich nach Pasi Leiwos Handynummer. Dann aktivierte ich die Rufnummerunterdrückung und rief ihn an.

«Hallo», meldete er sich schnaufend.

«Ich hab gesehen, wie du betrunken ins Auto gestiegen bist, und hab dir die Polizei auf den Hals gehetzt.»

«Wer ist da? Was für einen Scheiß redest du da?»

«Die Polizei ist dir auf den Fersen. Am besten hältst du an und bestellst dir ein Taxi, wenn du nicht erwischt werden willst.»

«Leck mich am Arsch, blöde Kuh!»

Gleichzeitig hörte ich durchs Telefon eine immer lauter werdende Polizeisirene. Pasi stieß noch ein paar Flüche aus, dann brach die Verbindung ab.

Ich blieb auf dem dunklen Parkplatz stehen, mit dem Mobiltelefon in der Hand und einem leeren Gefühl im Bauch. Was nützte mir meine Rache, wenn ich sie nicht beobachten konnte? Ich hätte zu gern gesehen, wie Pasi ins Röhrchen pustete, wie er im Streifenwagen saß und man ihm Handschellen anlegte. Hoffentlich leistete er bei der Festnahme Widerstand und bekam mit dem Polizeiknüppel ein paar übergezogen. Ich hörte eine Polizeisirene, dann eine zweite. Welche Strecke hatte Pasi wohl genommen? Hoffentlich versuchte er nicht zu entkommen und überfuhr dabei unschuldige Passanten …

Ich wollte Gewissheit. Ich bestellte mir ein Taxi und nannte als Fahrtziel die Kaskenkaatajantie.

«Da fahren wir am besten über die Turkuer Autobahn», meinte der Taxifahrer. Schweigend legten wir einige Kilometer zurück, dann meldete sich die Funkzentrale: «Durchsage an Taxis und Busse. Turkuer Autobahn Richtung Helsinki am Knotenpunkt Nihtisilta wegen Verkehrsunfall gesperrt. Der Verkehr wird vorläufig auf die Busspur umgeleitet.»

«Oje! Was ist denn da passiert?» Ich tat unbefangen, obwohl sich in meinem Innern wieder das schwarze Loch auftat.

«Das werden wir gleich sehen, wir müssen ja genau da vorbei», grummelte der Taxifahrer und trat das Gaspedal durch, als wollte er sich dafür schadlos halten, dass wir bald im Stau stecken würden. Es war ein Wochentag und schon zehn Uhr abends, aber am Knotenpunkt Nihtisilta stand der Verkehr. Die blinkenden Signallampen der Einsatzwagen waren weithin zu sehen: Feuerwehr, Polizei, Krankenwagen. Die Autoschlange wand sich die Ausfahrtsspur hinauf und kam immer wieder zum Stehen, sodass ich reichlich Gelegenheit hatte, den Streifenwagen und den silberfarbenen BMW zu betrachten, der gegen den Betonpfeiler der Autobahnbrücke geprallt und auf anderthalb Meter Länge zusammengedrückt worden war. Das Kennzeichen konnte ich nicht erkennen, aber das war auch nicht nötig.

Ich sagte dem Taxifahrer, ich hätte es mir anders überlegt, er solle mich an der Abzweigung nach Kauniainen absetzen. Von dort ging ich zwei Haltestellen weit an der Busstrecke entlang, dann rief ich ein zweites Taxi, von dem ich mich nach Hause bringen ließ. Die Einzelheiten des Unfallhergangs erfuhr ich aus dem Lokalradio. Die Polizei hatte um 21 Uhr 48 eine Meldung über einen betrunkenen Fahrer erhalten und die Verfolgung aufgenommen. Der silberne BMW hatte den Haltebefehl ignoriert und auf hundertsechzig beschleunigt. Am Knotenpunkt Nihtisilta hatte der BMW-Fahrer versucht, langsamere Wagen auf der zur Brücke führenden linken Spur zu überholen. Dabei hatte er die Gewalt über sein Fahrzeug verloren und war gegen den Brückenpfeiler geprallt. Der Fahrer, der allein im Wagen gesessen hatte, war auf der Stelle tot gewesen.

Ob man Tiina schon benachrichtigt hatte? Der BMW war meines Wissens auf beide Leiwos zugelassen. Ich überlegte kurz, im Schutzhafen anzurufen, aber dann fiel mir ein, dass ich ja offiziell noch gar nicht wissen konnte, wer bei dem Unfall ums Leben gekommen war.

In dieser Nacht fand ich kaum Schlaf, zahllose Gedanken und Bilder gingen mir durch den Kopf. Konnte die Polizei die Unterdrückung der Nummernanzeige rückgängig machen? Würde man die nicht existierende Kristiina Kirves aufspüren und meine Anrufe bei der Polizei und bei Pasi zurückverfolgen? Obwohl mich niemand beachtet hatte, würde sich vielleicht doch irgendwer erinnern, dass ich in der Bar des Hotels Kuninkaantie gewesen war.

Und wennschon! Ich hatte doch nur meine Pflicht getan, als ich der Polizei einen betrunkenen Fahrer meldete. Es war nicht meine Schuld, dass Pasi wie ein Wahnsinniger davongeprescht war.

Alle Ausflüchte waren sinnlos, ich wusste genau, was passiert war.

Ich hatte zum zweiten Mal getötet.

Neun

Am nächsten Morgen war die Erde weiß, in der Nacht waren ein paar Zentimeter Schnee gefallen. Ich hatte keine Zeit, Winterreifen aufzuziehen, also schlidderte ich, so gut es eben ging, auf meinem Rad zur Arbeit. Maisa, die Nachtschicht gehabt hatte, fing mich mit ernstem Gesicht an der Haustür ab.

«Tiina Leiwos Mann ist heute Nacht im Auto tödlich verunglückt», sagte sie, noch bevor ich sie begrüßt hatte.

«Das kann doch nicht wahr sein! In der Zeitung stand was von einem Unfall auf der Turkuer Autobahn, war es der?»

Maisa nickte und erzählte, Tiina habe am Abend kurz vor elf ihr Handy eingeschaltet, um in einer beruflichen Angelegenheit eine SMS abzuschicken. Auf dem Handy war eine Nachricht von der Polizei, sie solle zurückrufen. Als sie es tat, wurde sie zuerst gefragt, wo sie wäre, dann erfuhr sie, was passiert war.

«Wie geht's Tiina?»

«Sie ist erstaunlich gefasst, wahrscheinlich steht sie noch unter Schock. Sie will jetzt zur Arbeit und anschließend nach Hause, um alles zu organisieren.»

«Wenigstens braucht sie zu Hause keine Angst mehr zu haben», sagte ich gewollt forsch. «Hat Pauli schon davon gehört?»

«Ich habe ihn heute früh angerufen, er musste zur Stiftungssitzung, kommt aber, sobald er kann. Wir haben mit der Sache wohl nichts mehr zu tun. Natürlich müssen wir Tiina auf die Gesprächsgruppen für Trauernde hinweisen.»

Maisa hatte sich schon abgewandt, blieb aber plötzlich stehen und sagte über die Schulter hinweg: «Irgendwie unheimlich, dass in diesem Herbst so viele sterben. Zuerst Irja Ahola, dann dieser Väätäinen und jetzt Pasi Leiwo.»

«Ja, schrecklich», nickte ich und verzog mich auf die Toilette, um die Trainingshose auszuziehen. Ich würde Tiina mein Beileid aussprechen und gleichzeitig herauszufinden versuchen, welche Ermittlungen die Polizei anstellte. Sollte ich mein Handy als gestohlen melden? Ich könnte behaupten, ich hätte es schon seit ein paar Tagen gesucht. Aber lenkte ich damit nicht erst recht die Aufmerksamkeit auf mich? Vielleicht war es besser, ganz still zu sein und erst dann Lügen zu erfinden, wenn es nötig wurde.

Tiina wollte zur Arbeit, sie hatte schon ein Taxi bestellt. Sie war perfekt geschminkt, das schwarze Kostüm und die weiße Bluse sahen frisch gebügelt aus.

«Mein Beileid», sagte ich mit sanfter Stimme. Zu meinem Erstaunen lächelte sie.

«Gib dir keine Mühe. Pasi, der Mistkerl, hat bei der Firmenpräsentation getrunken und damit geprahlt, wie viel er verträgt. Als er dann gemerkt hat, dass die Polizei hinter ihm her ist, ist er wie ein Verrückter losgerast. Zum Glück hat er dabei bloß sich selbst umgebracht!»

Tiina blieb stehen, zog eine Haarsträhne unter dem Riemen ihrer Schultertasche heraus und spitzte die Lippen.

«Es gibt offenbar doch Gerechtigkeit auf der Welt. Ich hatte beschlossen, Pasi noch eine Chance zu geben, weil ich das Haus nicht verlieren wollte. Nur um das Auto tut es mir Leid, bei Alkohol am Steuer zahlt die Versicherung garantiert nicht. Zum Glück war es wenigstens abbezahlt. Ich fahre jetzt zur Arbeit, und ich glaube nicht, dass ich den Schutzhafen jemals wieder brauche. Alles Gute, Säde, und danke für alles!»

Wenn du wüsstest, für was alles, dachte ich und sah ihr nach, wie sie hoch aufgerichtet durch den Schneematsch zum Taxi stiefelte. Wahrscheinlich würde sie mich nicht mehr wiedererkennen, wenn wir uns zufällig auf der Straße oder in der Schlange an der Supermarktkasse begegneten, und sie würde nie erfahren, dass ich der wichtigste Mensch in ihrem Leben war. Die Spuren, die ich hinterließ, blieben anonym. Damit musste ich mich begnügen.

«Glaubst du, Tiina Leiwo wird damit fertig?», fragte ich Maisa am nächsten Tag, als wir beide Spätdienst hatten.

«Gestern wirkte sie sehr stark, aber sie hatte wohl noch nicht begriffen, dass Pasi wirklich tot ist. Der Schmerz kommt sicher erst später, vielleicht an Heiligabend. Aber Tiina wird es schon schaffen, trotz der schlimmen Schuldgefühle, die ganz sicher noch auf sie zukommen.» Maisa zog die Vorhänge zu. Der Schnee war geschmolzen, die Erde braun und nackt. «Eine ganz andere Frage: Kommst du nächste Woche Freitag mit ins Theater? Ich hab eine Karte übrig für ‹Kunst› im Nationaltheater. Pekka muss überraschend nach Brüssel.»

Das Stück hätte mich interessiert, es war sehr schwierig, Karten zu bekommen. Aber ich musste ablehnen, am nächsten Freitag würde ich nicht in Form sein.

Am Samstag schien zum ersten Mal seit Wochen die Sonne, und so brach ich am Morgen zu einem langen Spaziergang durch den Zentralpark auf. Es war stürmisch, der Wind peitschte die Birken und Weiden und wirbelte das trockene Laub am Wegrand auf. Im Frühsommer war mir an einer Wegbiegung eine Joggerin entgegengekommen, es war Hauptkommissarin Kallio. Ich hatte sie nicht gleich erkannt, ihre Haare waren zu einem Pferdeschwanz zusammengebunden und sie trug eine Jogginghose und ein graues T-Shirt, auf dem in großen schwarzen Buchstaben stand «Die Polizei knüppelt». Zunächst glaubte ich, dies sei eine Form von Polizistenhumor. Allerdings erschien mir der Slogan ziemlich heftig für jemanden, der von Berufs wegen Gewaltverbrechen aufklärt. Erst später war mir eingefallen, dass es der Plattentitel irgendeiner Rockband war.

Bei der Erinnerung an Kallio musste ich an den Prozess im Mordfall Irja Ahola denken, der in zwei Wochen beginnen sollte und zu dem ich als Zeugin vorgeladen war. Nur sehr selten wurde ein Angeklagter zu lebenslänglicher Haft verurteilt. Der Prozess würde wahrscheinlich einiges Aufsehen erregen, und ich war eine der wichtigsten Zeuginnen der Anklage, ein beängstigender Gedanke.

Der Wind wehte immer heftiger, mein Mantel war eine oder zwei Nummern zu groß und flatterte um meinen Körper. Ich ertappte mich bei der Überlegung, wen Kalle wohl umgebracht hatte. Bisher hatte ich mir verboten, an ihn zu denken, sein Gesang und die verschlungenen Schatten am Fenster hatten einen seltsamen Schmerz ausgelöst. In letzter Zeit war ich ihm nicht mehr begegnet, denn bei dem kalten Wetter begnügte sich Sulo damit, nur kurz an der Tür zu schnuppern und sich so schnell wie möglich ins warme Zimmer zurückzuziehen. Ein paar Mal hatte ich Licht in seiner Wohnung gesehen, als ich den Abfall wegbrachte, aber den zweiten Schatten hatte ich nicht mehr zu Gesicht bekommen.

Elstern keiften auf dem Feld, auf dem im August Sonnenblumen gewogt hatten. Jetzt ragten die Stängel braun und leblos in die Luft. Ich marschierte so zügig gegen den Wind an, dass ich atemlos und verschwitzt war, als ich den Zufahrtsweg zu unserer Siedlung erreichte. Die kleinen Jungen aus dem Haus spielten auf dem vereisten Bolzplatz Fußball, aber sie waren nicht allein: Ein großer, dunkelhaariger Mann kickte mit ihnen. Ob die Eltern ihre Kinder mit Kalle spielen ließen, wenn sie wüssten, dass er ein Killer war?

«Tag, Säde!», rief Kalle und rannte mir entgegen. «Sind Sie weit gelaufen? Ihre Wangen leuchten wie rote Äpfel!»

«Ein paar Kilometer», antwortete ich leise. Warum hatte er nicht auf dem Spielfeld bleiben können?

«Obwohl der Wind so kalt ist, kommt man ins Schwitzen, wenn man mit den Knirpsen rumtobt. Im Gefängnis habe ich zwar Gewichtheben gemacht, aber ein Ausdauertraining war das nicht. Was machen Sie heute Abend?»

«Ich weiß es noch nicht.» Ich versuchte verzweifelt, mir irgendetwas auszudenken, eine Einladung oder dergleichen, aber diesmal ließ mich meine hoch entwickelte Kunst des Lügens im Stich.

«Kommen Sie doch mit ins Kino. Ich lade Sie ein. Es gibt nämlich etwas zu feiern, ich habe Arbeit gefunden.»

Kalles braune Augen strahlten, der ganze Mann verströmte eine so intensive Wärme, dass ich zurückwich.

«Herzlichen Glückwunsch.» Ich versuchte zu lächeln. «Darf man fragen, wo?»

«Das verrate ich Ihnen heute Abend.» Bei Kalles schalkhaftem Blick musste ich nun tatsächlich lächeln. «Wie wäre es mit ‹Eine anständige Tragödie› um sieben im Kino Tuomarila? Wir können mit meinem Wagen hinfahren. Um halb sieben auf dem Parkplatz?»

«Na ja … okay. Jetzt muss ich gehen, ich friere. Bis heute Abend!»

Ich steckte die Hände tief in die Taschen und lief mit großen Schritten nach Hause. Als ich bei den Mülleimern angekommen war, hörte ich hinter mir lautes Gebrüll. Ich sah mich um, Kalle sprang mit hochgerissenen Armen auf dem Bolzplatz herum, als hätte er gerade das entscheidende Tor bei der Weltmeisterschaft geschossen. Ich musste laut lachen.

Ich hätte auf jeden Fall am Nachmittag einkaufen müssen, weil Sulos Katzenstreu fast aufgebraucht war. Doch ging ich nicht einfach rasch in den kleinen Eckladen, sondern bis zum Citymarket, um mir endlich den himbeerroten Lippenstift zu kaufen und dazu irgendetwas, was mir auch ohne Waldspaziergang Apfelbäckchen verschaffte.

In der Kosmetikabteilung geriet ich in einen Rausch: Ich kaufte Lippenstift, Konturenstift, Rouge, neue Pudercreme und einen Augenbrauenstift. Eine geduldige Verkäuferin beriet mich bei der Wahl der Schattierungen, ohne sie hätte ich viel zu unauffällige Farbtöne genommen. Im Vorbeigehen entdeckte ich an einem Schmuckständer himbeerförmige Ohrclips, die ich auch noch mitnahm. In der Wäscheabteilung erstand ich den ersten Spitzenslip meines Lebens, er war rauchgrau und glänzte seidig.

Zu Hause kam ich mir plötzlich idiotisch vor. Was spielte es denn für eine Rolle, welchen Slip ich trug? Ich wollte doch bloß ins Kino.

Sulo bekam geschnetzelte Nieren, eins seiner Lieblingsgerichte, dann duschte ich und wusch mir die Haare. Das Wasser spülte wieder ein dickes Büschel auf den Boden der Duschkabine, meine gute Laune bekam einen Dämpfer. Ich trocknete mich ab, föhnte die verbliebenen dünnen Strähnen und versuchte ungeschickt, ein wenig Fülle hineinzutoupieren. Ich zog meinen besten BH und den neuen Slip an, stapfte im Bademantel zum Wohnzimmerregal und holte das Buch mit den Schminktipps hervor, das mir Aimos zweite Frau vor ein paar Jahren zu Weihnachten geschenkt hatte. Nachdem ich die Anleitungen sorgfältig durchgelesen hatte, zog ich die himbeerrote Bluse und den dazu passenden Rock an und schminkte mich so, wie es im Ratgeber beschrieben wurde. Als ich fertig war, schaute mir ein ganz neues Gesicht aus dem Spiegel entgegen. Es hatte einen ausdrucksvollen Mund und strahlende Augen hinter den Brillengläsern. Der neue Puder verdeckte die schuppige Röte der Wangen, die dafür in zartem Apfelrot leuchteten. Ich steckte die Ohrclips an. Sie zwickten, sahen aber hübsch aus.

Ich musste an eine eklige, haarige Raupe denken, die sich vor ihrem Tod in eine Eintagsfliege mit glitzernden Flügeln verwandelt. Sie weiß nicht, dass sie bald sterben muss. Eintagsfliege, Aschenputtel, warum nicht? Wenigstens für einen Abend, oder für ein paar Stunden.

Kalle stand auf dem Parkplatz neben einem roten Peugeot, der seine besten Jahre lange hinter sich hatte. Er trug eine abgetragene braune Lederjacke, die sein wildromantisches Aussehen betonte. Ich fühlte mich plötzlich in meinem uralten hellblauen Daunenmantel unwohl, der meinem früheren Ich gehörte. Ich setzte einen neuen Wintermantel auf meine imaginäre Einkaufsliste.

«Sie sind bestimmt überrascht, dass ich ein Auto habe», sagte Kalle stolz und hielt mir die Tür auf. «Es war bei Bekannten untergestellt, ich habe es letzte Woche zurückbekommen.» Er klopfte auf das dunkelrote Armaturenbrett, als ob er einen alten Freund begrüßte. «Einen hübschen Lippenstift haben Sie.»

«Danke», antwortete ich unbeholfen und skeptisch. Wie konnte Kalle im Dunkeln die Farbe meines Lippenstifts erkennen? «Erzählen Sie mir von dem neuen Job.»

«Genau genommen habe ich meine alte Stelle wiedergekriegt. Ich fahre einen Bücherbus. Das hatte ich sieben Jahre lang getan, bevor … vor dem Gefängnis. Dort habe ich zuletzt auch in der Bücherei gearbeitet. Das macht mir einfach Spaß. Jetzt darf ich den Trolljungen fahren, so heißt die Fahrbücherei für die Schulen. Es ist so schön, all die kleinen Leseratten zu sehen.»

Wir hielten an einer Ampel, Kalle sah mich an und schmunzelte. «Ich bin aufgeregt wie ein Kind an Weihnachten. Ich hatte befürchtet, keine Arbeit zu finden, weil ich auf Bewährung draußen bin. Jetzt habe ich allmählich das Gefühl, dass mein Leben an diesem verdammten Osterabend neunzehnhundertvierundneunzig doch nicht zu Ende gegangen ist.»

Kalle fuhr zügig an, als die Ampel umsprang. Ich wunderte mich, wie unbefangen er von seiner Haftstrafe sprach. Wahrscheinlich blieb ihm nichts anderes übrig. Auf längere Sicht konnte er die Sache nicht verschweigen, wenn er Freundschaften schließen wollte.

Ich war noch nie im Kino Tuomarila gewesen. Kalle kaufte die Karten und fragte, ob ich Popcorn oder Schokolade wollte, aber ich hatte keinen Appetit. Das Kino befand sich im Gebäude der Freiwilligen Feuerwehr, der früheren Aula, an deren Stirnseite eine Leinwand aufgespannt worden war. Im Saal roch es genauso wie im einzigen Kino meiner Heimatstadt: nach nassen

Gummistiefeln, Salmiak und nach den Sehnsüchten, die sich die Zuschauer ein paar Stunden lang erfüllten. Die Sitze waren hart, und als ich die Augen schloss, erinnerte ich mich an die freudige Spannung, mit der ich als Kind ins Kino gegangen war. «Aschenputtel», «Schneewittchen», «Dornröschen», ein paar Jahre später «Der weiße Hai» und «Zehn kleine Negerlein». Nach «Saturday Night Fever» war ich wochenlang aus dem Häuschen gewesen. Seltsam, dass die Songs jetzt wieder in Mode waren. Ich zog den Mantel aus und stopfte ihn mir als Kissen in den Rücken. Kalles Schultern waren so breit, dass sie meine immer wieder streiften. Wir unterhielten uns über Filme und über das Buch, dessen Verfilmung wir gleich sehen würden. Kalle hatte es gelesen, ich nicht.

«Ich hab's zu Hause im Regal, ich kann es Ihnen leihen.»

«Danke. Mal sehen.» Ich genierte mich zuzugeben, dass ich mich selten aufraffte, Romane zu lesen, in denen der finnische Alltag geschildert wurde. Ich wurde Tag für Tag mit der dunkelsten Seite dieses Alltags konfrontiert, deshalb flüchtete ich mich beim Lesen am liebsten in andere Länder und Epochen, in Märchen für Erwachsene, die mir ein anderes Leben vorgaukelten als das, das ich führte. Die «Anständige Tragödie» schien ein Frauenfilm zu sein, denn außer Kalle saßen nur wenig andere Männer im Kino, alle in weiblicher Begleitung.

Die Gemälde barbusiger Frauen zu Beginn des Films irritierten mich, aber schon bald wurde ich von den kräftigen Farben und der getragenen Musik mitgerissen. Es war leicht, die Personen des Films zu verstehen, obwohl ich mich darüber ärgerte, dass Elisabet ihrem betrügerischen Mann verzieh. Die verzweifelten Bemühungen der Doktorsfamilie, die ehrbare Fassade aufrechtzuerhalten, erinnerten mich an Tiina Leiwo. Wieder fragte ich mich, ob die Polizei inzwischen wusste, dass ich unmittelbar vor dem Unfall Pasis Handy angerufen hatte. Eine Weile konnte ich mich nicht auf den Film konzentrieren. Ich war erleichtert, dass mich der Ausgang der Handlung nicht zum Weinen brachte, sondern dass ich ihn mit kühlem Interesse betrachten konnte – genauso wollte ich mich Kalle gegenüber verhalten.

Als wir das Kino verließen, hatte der Wind dicke Wolken über Tuomarila geschoben. Schneeschauer trieben über die Stadt. Wir hatten beide keinen Schirm und liefen mit hochgestelltem Kragen zum Auto. Kalle hielt schützend seinen Arm über mich, während er aufschloss. Solche Aufmerksamkeiten war ich nicht gewöhnt. Im Allgemeinen war ich diejenige, die anderen den Schirm hielt, und da ich körperliche Berührungen scheute, beeilte ich mich meistens, meinen Mantel anzuziehen, bevor irgendein Mann auf die Idee kam, den Höflichen zu mimen.

«Möchten Sie noch auf einen Drink irgendwohin?»

«Ich glaube, lieber nicht», sagte ich. Ich wusste nicht recht, was ich eigentlich wollte.

«Dann gehen wir doch zu mir, ich habe Sekt und Quiche. Ich würde mich sehr freuen, wenn Sie mir dabei Gesellschaft leisten.»

Seine Bitte klang so flehentlich, dass ich einfach zusagen musste. Zum Glück konnten wir uns über die «Anständige Tragödie» und andere Filme unterhalten. Kalle mochte auch die alten finnischen Filme mit Tauno Palo, doch aus anderen Gründen als ich. Es war seltsam, vor dem Haus zu stehen und in seine Wohnung zu gehen statt in die eigene. Einerseits hatte ich Angst, die Nachbarn könnten mich sehen, andererseits dachte ich, na wennschon. Ich spürte wieder die Heiterkeit, die mich gepackt hatte, als Kalle über sein Tor jubelte, und wich nicht zurück, als er mir aus dem Mantel half.

«Die Quiche ist fertig, ich wärme sie nur kurz im Ofen auf. Aber zuerst köpfen wir den Sekt. Hoffentlich mögen Sie trockenen. Übrigens, wollen wir nicht du sagen?»

Ich verstand nichts von Sekt, ich wusste nur, dass mir die Bläschen immer in die Nase stiegen. Wir stießen auf Kalles neuen Job an. Er erkundigte sich nach Sulo und wollte wissen, warum er nur ein Auge hatte. Ich erzählte ihm die Lebensgeschichte meiner Katze und merkte plötzlich, dass ich minutenlang über meine Brüder, über Kühe und über das uralte Pferd meines Vaters geschwatzt hatte, das eingeschläfert werden musste, als ich zehn war. Der Duft der Quiche durchzog die Wohnung, und zum ersten Mal seit vielen Wochen hatte ich Hunger.

Kalle summte vor sich hin, während er Teller und eine Schüssel Salat auf den Tisch stellte. Auf einmal dachte ich unvermittelt an die vertraute Verszeile: *Gevatter Tod, den fürcht ich nicht.* Das Zittern und die Atemnot überfielen mich gleichzeitig, mein erster Impuls war, davonzulaufen. Ich stand auf, zwang mich aber, zur Toilette zu gehen, anstatt wegzurennen. Ich setzte mich und legte den Kopf auf die Knie. Es ging doch nicht an, dass ich mich vor einem Lied fürchtete.

«Darf ich zu Tisch bitten?», sagte Kalle, als ich zurückkam. Er hatte zwei Kerzen angezündet, die ganze Situation wirkte irgendwie arrangiert. Kerzen und Sekt, so ein Abendessen konnte doch für mich nicht vorgesehen sein.

«Die Quiche schmeckt phantastisch», rief ich ehrlich begeistert. Das Zittern hatte aufgehört, wahrscheinlich war nur mein Blutzucker zu niedrig gewesen.

«Freut mich, dass sie dir schmeckt. In den letzten Jahren hatte ich ja keine Gelegenheit zu kochen, aber früher konnte ich es ganz gut.» Er schob einen großen Bissen in den Mund, in seinem schwarzen Bart blitzten die Zähne auf.

«Hast du oft gekocht, bevor …»

«Ich war bei uns für die Küche zuständig. Ich habe damals ein paar Jahre mit einer Frau zusammengelebt, mit Mirja. Nimm doch noch ein Stück.» Er schob mir die Platte hin. «Ich koche gern, da sieht man, was man getan hat, genauer gesagt, man schmeckt es. Und essen tu ich auch gern. Es ist toll, endlich wieder selbst entscheiden zu dürfen, was und wann man isst.»

War Mirja die Frau, deren Schatten ich an Kalles Fenster gesehen hatte? War er immer noch mit ihr liiert? Oder war es etwa Mirja, die er umgebracht hatte?

«Ich konnte ja nicht verlangen, dass Mirja sieben Jahre auf mich wartet, natürlich hat sie bald einen anderen gefunden. Sie hat mich seit einer Ewigkeit nicht mehr im Gefängnis besucht, aber immerhin hat sie sich um mein Auto gekümmert. Als sie es zurückbrachte, haben wir uns wieder gesehen. Ich kann nicht abstreiten, dass es immer noch wehtut.»

Ich sah nicht Kalle an, sondern meine Quiche. Der Käse hob sich goldglänzend vom schwarzen Teller ab. Ich war erleichtert und verwirrt zugleich. Seine Freundin hatte er also wenigstens nicht umgebracht. Er hatte einmal erzählt, er wäre bei einem Streit dazwischengegangen. Wahrscheinlich eine der üblichen Auseinandersetzungen zwischen Zechbrüdern. Einerseits war ich neugierig, andererseits hätte ich Kalles Vergangenheit am liebsten vergessen. Jedenfalls wusste ich nicht, was ich sagen sollte. Offenbar bemerkte er meine Verwirrung und wechselte das Thema. Wir tranken noch ein Glas Sekt. Zusammen mit dem Essen und den Kerzen wirkte der Sekt entspannend und lockernd, ich hatte Lust, mich aufs Sofa fallen zu lassen, die Augen zu schließen, mich an Kalles Schulter zu schmiegen und zu probieren, ob sein Mund auch nach Käse und Zwiebeln schmeckte ...

Ich errötete über meine eigenen Gedanken und verscheuchte sie hastig. Ich dachte an die wenigen erotischen Situationen, die ich erlebt hatte, das Gefummel mit einem Fremden, die Mischung aus Furcht und Freude, wenn wir miteinander schliefen, die Scham hinterher, wenn er nicht mehr anrief. Wieder fiel mir die Eintagsfliege ein. Ich wollte Kalle berühren, wollte mehr als das. Aber das war unmöglich.

Kalle bot mir noch einmal von der Quiche an, aber eine dritte Portion schaffte ich nicht.

«Machen wir es uns bequem, setz dich doch aufs Sofa.» Er holte sich einen Stuhl vom Esstisch, und ich war enttäuscht, dass er sich nicht neben mich setzte.

«Jetzt, wo ich wieder Geld verdiene, muss ich mir neue Möbel kaufen. Der Platz reicht wohl für einen Couchtisch und ein paar Sessel. Meine Sachen hat größtenteils Mirja bekommen. Als ich ins Gefängnis musste, konnte ich mir nämlich nicht vorstellen, eines Tages wieder entlassen zu werden.» Er lächelte und trank sein Glas leer. Dann teilte er den Rest aus der Flasche unter uns auf.

«Du hast mir noch gar nicht erzählt, wo du arbeitest», sagte er.

«Wirklich nicht? Im Frauenhaus Schutzhafen.»

«In einem Frauenhaus? Das ist bestimmt hart.»

«Ja. Ich mag nicht darüber reden.»

Wir unterhielten uns wieder über Tauno Palo. In Wahrheit lavierten wir vorsichtig an den Tabuthemen vorbei: das Gefängnis, der Mensch, den Kalle getötet hatte, meine Taten und mein ungelebtes Leben. Als zögen wir, indem wir nicht darüber sprachen, einen Feuerkreis um uns: Diese Grenze darfst du nicht überschreiten, sonst verbrennst du dich und den anderen.

Kalle machte keine Einwände, als ich mein Glas austrank, aufstand und sagte, ich wolle jetzt nach Hause. Ich war ein bisschen wacklig auf den Beinen, meine Nase juckte. Ich ging zur Garderobe, Kalle folgte mir und half mir in den Mantel.

«Danke für den schönen Abend», sagte ich und kämpfte gegen den Wunsch an, ihn zu berühren.

«Ich habe zu danken. Wir sollten ihn bald einmal wiederholen.» Plötzlich zog er mich an sich und küsste mich auf die Wange, ich war zu verblüfft, um zu reagieren. Erst draußen begriff ich, was geschehen war.

Ich lag die ganze Nacht wach, nicht nur, weil der Schneeregen auf das Dachblech trommelte. Es durfte keine Wiederholung geben, denn Kalle begann mir gefährlich zu werden.

Die nächste Woche war noch schrecklicher, als ich erwartet hatte, bei der Arbeit lief ich wie ein lebender Leichnam herum, zu Hause war ich so gut wie tot. Ich ging nicht ans Telefon, und als Kalle ein paar Mal an der Tür klingelte, machte ich nicht auf.

Ich hatte keine Kraft für Erklärungen, und die Fähigkeit zu lügen war mir anscheinend abhanden gekommen. Am Wochenende war ich so matt, dass ich es kaum schaffte, Sulos Katzenklo zu säubern. Am Sonntag stellte ich dummerweise das Radio an, als ein fanatischer Pfarrer gerade die Epistel zum Totensonntag verkündete: Denn der Sünde Sold ist Tod. Ich schaltete schleunigst aus.

Am Dienstag begann der Prozess im Mordfall Irja Ahola. Ich war für neun Uhr vorgeladen, wahrscheinlich würde es den ganzen Tag dauern. Pauli ärgerte sich, aber er konnte mir nicht verbieten, meiner Zeugnispflicht nachzukommen. Ich hatte mir eine Handarbeit mitgenommen: Ich strickte mir einen orangefarbenen Baumwollpullover. Im düsteren Gerichtsflur wirkte die Farbe grell und irreal, sie gehörte einer anderen Welt an, einer Welt, in der es keinen Schneeregen gab, sondern nur Sonnenschein.

Ich musste fast drei Stunden warten, bevor ich aufgerufen wurde. Ein paar Mal wechselte ich den Sitzplatz, weil ich mich vor der Bande kahl geschorener Burschen fürchtete, die auf dem Flur lärmten und auf den Boden spuckten. Sie waren in einem Verfahren wegen Körperverletzung als Zeugen geladen. Offensichtlich ging es um eine Schlägerei zwischen verschiedenen ethnischen Gruppen, denn die Jungen sprachen von verfluchten Kanaken und prahlten, beim nächsten Mal würden sie die Sache voll durchziehen. Der Assistent der Staatsanwältin kam zwischendurch heraus und schaute nach mir. Er fragte, ob ich Kaffee oder ein belegtes Brot wollte. Das tat mir gut, denn ich hatte schon befürchtet, man hätte mich auf dem Gerichtsflur vergessen und meine Aussage wäre ohne Gewicht.

Als ich endlich aufgerufen wurde, waren meine Schultern von den unbequemen Stühlen und vom hysterischen Stricken verkrampft. In drei Stunden kommt man selbst mit dünnem Baumwollgarn ein gutes Stück voran, noch einmal so viel und der Rücken war fertig. Der Gerichtssaal war hell erleuchtet. Pentti

Ahola, im schlecht sitzenden schwarzen Anzug und mit grauen Bartstoppeln, sah aus, als wäre er zusammengeschrumpft. Ich verspürte einen Anflug von Mitleid, das jedoch gleich wieder verschwand, als die Staatsanwältin das Wort ergriff. Ich hatte eine Liste von Irja Aholas Aufenthalten im Schutzhafen zusammengestellt. In fünf Jahren hatte sie sich zwanzigmal zu uns geflüchtet. Die Staatsanwältin sah darin einen Beweis für vorsätzliche und wiederholte Misshandlungen und plädierte auf Mord.

Die Vernehmung durch die Staatsanwältin verlief trotz meiner Nervosität reibungslos. Dem Verteidiger fühlte ich mich dagegen nicht gewachsen. Er war ein gepflegter junger Mann, neben dem ich mir unbedeutend vorkam.

«Sie haben ausgesagt, die Misshandlungen seien seit Jahren erfolgt. Warum wurde kein einziges Mal Anzeige erstattet?»

«Irja Ahola war dazu nicht bereit.»

«Hielt das Frauenhaus Schutzhafen es nicht für angebracht, Anzeige zu erstatten?»

«Es ist unser vorrangiges Prinzip, den Willen unserer Klientinnen zu respektieren.»

«War es nicht vielmehr so, dass keine Anzeige erstattet wurde, weil die Misshandlungen so geringfügig waren, dass sie für eine Anklageerhebung nicht ausgereicht hätten?»

In der Stimme des jungen Anwalts klang unverkennbare Siegesgewissheit, und auf einmal packte mich die Wut. Sollte Pentti Ahola etwa mit einer Verurteilung wegen Totschlag davonkommen, nur weil wir nie Anzeige erstattet hatten? Das durfte nicht sein.

«Es handelte sich nicht um geringfügige Misshandlungen. Irja Ahola kam unter anderem mit folgenden Verletzungen in den Schutzhafen …»

Ich zählte gebrochene Nasen, Rippenbrüche, gequetschte Finger und ausgerenkte Kiefer auf, als ob ich eine Einkaufsliste herunterratterte, und starrte dabei dem Anwaltsbürschchen fest in die Augen. Vielleicht war er frustriert, weil er nach dem Studium nicht sofort eine Stelle in einer großen Kanzlei bekommen hatte, wo die einträglichen Fälle bearbeitet wurden, sondern in einer kleinen Firma arbeitete, die sich mit unbedeutenden Menschen und ihren kläglichen Morden abgab. Vor lauter Wut beschrieb ich jede Prellung, an die ich mich erinnerte, ebenso haarklein wie Irjas bodenlose Angst vor ihrem betrunkenen, tobenden Ehemann.

Als ich meine Aussage beendet hatte, war ich nass geschwitzt. Ich ging auf die Toilette, um mir den Hals und die Achselhöhlen zu waschen. Dummerweise hatte ich keine Bluse zum Wechseln dabei. Ich hörte die Tür aufgehen, konnte aber nicht sehen, wer gekommen war, weil ich mir gerade das Gesicht wusch. Kurz darauf hörte ich die Spülung rauschen, und dann stand Hauptkommissarin Maria Kallio neben mir. Sie trug einen eleganten Nadelstreifenanzug, die roten Haare hatte sie zu einem strengen Knoten aufgesteckt. Bei genauem Hinsehen merkte man, dass das Make-up die dunklen Schatten unter ihren Augen nicht völlig verdecken konnte.

«Tag, Säde! Hast du deine Aussage schon gemacht?»

«Ja.» Ich holte die Puderdose aus der Handtasche, sie warf ein schmuddliges Schminktäschchen auf den Waschbeckenrand und nahm einen golden glänzenden Stift heraus, mit dem sie die unteren Lider bestrich.

«Wie ist es gegangen?»

«Der Verteidiger hat die Misshandlungen bagatellisiert, weil keine Anzeige erstattet worden war. Ich habe versucht klarzustellen, dass es sich nicht bloß um blaue Flecken handelte.»

«Gut. Das gerichtsmedizinische Gutachten hat ebenfalls bestätigt, dass Irja zahlreiche ältere Verletzungen hatte, die von Misshandlungen stammen. Ihr könntet eure Klientinnen allerdings ermutigen, öfter Anzeige zu erstatten.» Sie kramte einen dunklen Konturenstift hervor und schnitt ihrem Spiegelbild eine Grimasse, bevor sie mit sicheren Handbewegungen die Lippen nachzog.

«Bei Gewalt in der Familie muss man sofort einschreiten, damit es nicht eines Tages so weit kommt wie bei Irja Ahola. Daran musste ich vor ein paar Wochen wieder denken, im Zusammenhang mit einem anderen Fall. Eigentlich befasst sich das Gewaltdezernat ja nicht mit Verkehrsunfällen, aber wenn es Todesopfer gibt, unterstützen wir die Ermittlungen, weil Tötungskriminalität ins Spiel kommen kann. Erinnerst du dich an den Unfall auf der Turkuer Autobahn vor ein paar Wochen, ein betrunkener Fahrer, der mit hundertsechzig Sachen gegen eine Brücke gerast ist? Das war der Mann von einer eurer Klientinnen.»

«Woher weiß die Polizei denn das?», fragte ich verdattert. Tiina Leiwo hatte die Misshandlung nicht angezeigt, davon war ich überzeugt.

«Wir haben mit der Witwe gesprochen. Ihrer Aussage nach war sie einige Tage vor dem Unfall auf der Flucht vor ihrem Mann in den Schutzhafen gekommen. Sie vermutet den Grund für den übermäßigen Alkoholkonsum und die wahnsinnige Raserei ihres Mannes in seiner Befürchtung, sie würde sich von ihm scheiden lassen.»

Kallio holte eine Halbliterflasche Cola-light aus der Tasche und nahm einen kräftigen Schluck. Im Spiegel glitzerten ihre grünen Augen wie Sulos, wenn er einer Wühlmaus auflauerte.

«Und?», fragte ich mit unschuldigem Blick, obwohl ich vor Angst fast wahnsinnig war.

«Nichts und. Unserem Dezernat bleibt Arbeit erspart, weil ein Schläger bei einem Verkehrsunfall umgekommen ist», sagte sie und grinste zynisch. «Hoffentlich erstattet ihr beim nächsten Fall Anzeige, damit es nicht noch mehr Tote gibt. Wir nehmen das ernst, das garantiere ich. Auf bessere Zeiten, Säde!»

Die Tür fiel hinter Hauptkommissarin Kallio ins Schloss, ich blieb noch eine Weile.

Ich war schon wieder schweißgebadet.

Zehn

Am Mittwoch musste ich mit dem Bus zur Chorprobe fahren, da es heftig schneite. Es würde einige Tage dauern, bevor mir die vom Schnee verwandelte Landschaft wieder vertraut war. Für das Weihnachtskonzert hatte ich meine Kolleginnen und einige Klientinnen des Schutzhafens beschwatzt und ihnen insgesamt fast zwanzig Eintrittskarten verkauft. Ob Kalle auch eine nahm? Ich fragte ihn lieber nicht. Er war musikalisch genug, um zu merken, wie schlecht unser Chor war.

«Wir haben dich letzte Woche vermisst», sagte Laila, als ich mich zu den Altistinnen stellte.

«Ich musste arbeiten», schwindelte ich bedenkenlos. Was hätte die achtjährige Säde, die in der Sonntagsschule die Beste war und dafür ein Gesangbuch bekam, wohl zu ihrem siebenundzwanzig Jahre älteren Ich gesagt, das eine Lüge an die andere reihte und Menschen ins Jenseits beförderte? Wahrscheinlich hätte sie es aufgefordert, um Gnade für seine Seele zu beten. Ich aber setzte mich einfach hin, und in der Pause zwang ich Timo Takala, mir die letzten überzähligen Noten auszuhändigen.

«Ist doch klar, dass die hier im Chor den Boss spielt, sie hat ja keinen Mann zum Rumkommandieren», zischelte Timo einem anderen Tenor zu. Es war mir inzwischen egal, was er von mir dachte. Dagegen gingen mir auf dem Heimweg Lailas Worte im Kopf herum. Hatte man mich bei der Chorprobe wirklich vermisst?

Das Weihnachtskonzert war ein passender Anlass für eine neue Frisur. Lange dachte ich über Farbe und Schnitt nach, spielte sogar mit dem Gedanken an leuchtendes Kupferrot, entschied mich aber zu guter Letzt für einen Rotgoldton, der etwas heller war als meine eigene Haarfarbe, und für einen Kurzhaarschnitt. Das Ergebnis war verblüffend, ich wirkte viel jugendlicher als mit der Pagenfrisur. Da meine alte Brille zu der neuen Frisur allzu brav aussah, kratzte ich mein letztes Geld zusammen und suchte mir beim Optiker ein neues Gestell aus. Das mit dem Leopardenmuster war mir ein bisschen zu wild, aber wenn ich mir zwei Brillen hätte leisten können, hätte ich sie für besondere Anlässe gekauft. Ich entschied mich für ein Gestell mit leicht asymmetrischen eckigen Gläsern, das gut zu meinem schmaler gewordenen Gesicht passte. Die zwei Tage, die ich auf die Brille warten musste, kamen mir ewig lang vor.

Ich erregte Aufsehen, als ich im orangefarbenen Pullover und mit neuem Haarschnitt zur Arbeit kam.

«Meine Güte, was für eine tolle Frisur!» Die Köchin schlug die Hände über dem Kopf zusammen wie auf einer Karikatur.

«Du siehst mindestens sieben Jahre jünger aus!» Maisa wirkte geradezu schockiert.

«Du hast eine neue Frisur. Steht dir gut», stellte sogar Pauli fest.

An dem Abend, als ich meine neue Brille bekommen hatte, stieß ich im Lebensmittelgeschäft mit Kalle zusammen – buchstäblich: Unsere Einkaufswagen prallten gegeneinander, als ich hinter dem Kaffeeregal in den Mittelgang einbog.

«Entschuldigung», sagte Kalle in der Fünftelsekunde, die er brauchte, um mich zu erkennen. «Ach, Säde, du bist das. Ich hätte dich fast nicht erkannt, du hast eine neue Frisur und …»

«Und eine neue Brille», sagte ich und genoss seine Bewunderung.

«Schick! Ich kann dich im Auto mitnehmen, ich hole nur noch einen Kasten Bier. Mein Bruder kommt heute zu Besuch, wir gehen in die Sauna. Ich dachte, ich serviere ihm eine traditionelle finnische Mahlzeit.» Er zeigte auf seinen Einkaufswagen, in dem Fleischwurst, Roggenbrot und scharfer Senf lagen.

«Ich brauche noch Katzenfutter und Zucker.»

«Bring mir auch ein Paket Kristallzucker mit, wenn du welchen findest.»

Ich holte zwei Pakete Zucker und hielt das für eine höchst bedeutsame Tat. Wir trafen uns an der Kasse, und nachdem er bezahlt hatte, lud Kalle meine Einkäufe mit in seinen Wagen und schob ihn ins Parkhaus. Als wir die Sachen in sein Auto packten, schnürte es mir das Herz ab. Wenn das Leben doch daraus bestehen könnte, gemeinsam alltägliche Besorgungen zu machen: Zucker kaufen, Würstchen braten. Aber sein Alltag überschnitt sich nur für einen Augenblick mit meinem, ein kurzer Zusammenstoß wie vorhin mit den Einkaufswagen, dann ging es in getrennte Richtungen weiter. Die Vorstellung, nie mehr mit Kalle ins Kino zu gehen, tat weniger weh als der Gedanke, nie eine Packung Zucker miteinander zu teilen.

«Ich bin etwas nervös, ich habe meinen Bruder nämlich seit mehr als einem Jahr nicht mehr gesehen», sagte er, als er an der Ampel in die Finnoontie einbog. «Hoffentlich haben wir uns überhaupt noch etwas zu sagen. Mit dir konnte ich von Anfang an gut reden.»

«Unser Chor gibt am Samstag ein Weihnachtskonzert», sagte ich hastig. «Die Karten kosten 50 Mark. Wie viele möchtest du?»

«Wann und wo?», fragte Kalle und bestellte zwei Karten, denn er wollte seine Mutter mitbringen. Ob Mutter und Bruder ebenso groß und dunkelhaarig waren wie er?

Ich machte keinen Versuch, Kalles Bruder zu Gesicht zu bekommen, sondern ging sofort nach Hause, denn im Fernsehen lief mein Lieblingsfilm, «Hilda Juurakko». Sulo auf dem Schoß, eine Tafel Schokolade und eine Flasche Orangensaft in Reichweite, saß ich gemütlich auf dem Sofa und war für den Rest des Abends vollkommen glücklich.

Am Tag des Konzerts schien die Sonne, aber wir hatten fast 20 Grad minus. Mein neuer, preiselbeerroter Wintermantel war angenehm warm. Ich hatte ihn am Abend zuvor gekauft, nachdem die Steuerrückzahlung auf meinem Konto eingegangen war. Beim Einsingen herrschte erwartungsvolle Spannung, denn das Weihnachtskonzert war für den Chor das wichtigste Ereignis des Jahres. Die Konkurrenz um das Publikum war hart, in der Hauptstadtregion fanden am gleichen Abend mindestens acht weitere Konzerte statt, darunter einige, die von Berufsmusikern gegeben wurden. Wir setzten auf bekannte Lieder und einfache Arrangements. Außerdem hatte der Chorleiter einige Studienkollegen überredet, mittelalterliche Weihnachtslieder auf der Flöte zu spielen. Aus taktischen Gründen hatten wir unser Konzert auf vier Uhr gelegt: Unser potenzielles Publikum wollte am Abend, wenn im Fernsehen das samstägliche Unterhaltungsprogramm anfing, zu Hause sein.

Nach dem Einsingen mussten wir uns umziehen. Die meisten Männer waren von vornherein im schwarzen Anzug gekommen und wurden nun aus dem Gemeindesaal gescheucht. Ich reihte mich mit meinem perlgrauen Chorgewand in die Schlange vor der Damentoilette ein.

«Bist du so prüde, dass du dich nicht im Gemeindesaal umziehen kannst wie die anderen?», fragte Timo Takala, als er mich dort stehen sah.

«Das geht dich gar nichts an», gab ich zurück. Timo war bekannt für seine schlechte Laune vor Konzerten, er war nervös wegen seiner Solopartien. Wenn er diesmal bei seinem Solo in «O Heil'ge Nacht» das hohe a nicht traf, konnte er es auf meine freche Antwort schieben.

Endlich war ich umgezogen und sogar geschminkt, obwohl einige Chormitglieder Lippenstift bei Kirchkonzerten missbilligten. Als wir singend in die Kirche einzogen, suchte ich im Publikum unwillkürlich nach Kalle. Er saß in einem dicken Pullover in einer der mittleren Bänke und sah ein wenig verloren aus. Als unsere Blicke sich trafen, lächelte er.

Zwei Drittel des Konzerts lief alles bestens, nie zuvor hatte ich so gut gesungen. Vor allem die tiefen Töne versetzten meinen ganzen Körper in Schwingung, mein Brustkorb erschallte wie der Resonanzboden einer Geige. Kalle saß genau richtig, sodass ich ab und zu nur für ihn singen und ihn dabei ansehen konnte, zwischen den Sängern in der ersten Reihe hindurch und an den Händen des Chorleiters vorbei, die von Lied zu Lied sicherer den Takt schlugen.

Die Katastrophe kam erst beim vorletzten Lied, «O Heil'ge Nacht». Steif dastehen, die Chormappe halten und über eine Stunde fast ununterbrochen singen, all das verlangte Kräfte, die ich nicht hatte. Kalter Schweiß lief mir den Rücken hinab, meine Beine schienen plötzlich aus Schneematsch zu bestehen. Mein Mund wurde trocken, die Arme des Chorleiters verwandelten sich in zwei undeutliche Stöckchen. Ich geriet ins Schwanken. Laila, die neben mir stand, war so geistesgegenwärtig, mich herunterzudrücken, bis ich saß, gerade als Timo Takala zum Höhepunkt seines Solos in der ersten Strophe kam. Ich hockte bis zum Ende des Liedes dort unten, den Kopf auf die Knie gelegt, sodass mein Gesicht einen dunklen, pudrigen Fleck auf dem Chorgewand hinterließ. Zum Glück verbargen mich die Sängerinnen in der ersten Reihe mit ihren langen Röcken vor den Blicken des Publikums. Als der Chor «Schönster Herr Jesus» anstimmte, kam ich immerhin wieder auf die Beine. Während wir die letzte Strophe sangen, zogen wir paarweise aus der Kirche.

«Alles in Ordnung?», fragte Laila, sobald das Publikum uns nicht mehr hören konnte.

«Ja, ja, mich hat nur das Stehen angestrengt.» Ohnmachtsanfälle bei Konzerten waren nicht ungewöhnlich, ich konnte mir weitere Erklärungen sparen.

«Säde, da fragt jemand nach dir!», rief eine Sopranistin von der Tür her.

Ich erwartete, eine Kollegin zu sehen, aber es war Kalle, der mit einer großen, weihnachtlich roten Lilie im Foyer stand.

«Ein schönes Konzert», sagte er und überreichte mir die Blume.

«Danke», stammelte ich verwirrt.

«Ist dir schlecht geworden?» Seine Stimme klang ehrlich besorgt.

«Das Stehen strengt an.»

Ich spürte die Blicke der anderen im Rücken. Kalle war ein gut aussehender Mann, was hatte er mit einem grauen Mäuschen wie mir zu schaffen?

«Ich kann dich nach Hause fahren. Meine Mutter konnte leider nicht mitkommen.»

«Danke, aber wir feiern gleich noch bei unserem Chorleiter. Ich muss mich umziehen. Vielen Dank für die wunderschöne Blume!»

Diesmal war ich diejenige, die ihm einen Kuss auf die Wange drückte. Dann rettete ich mich vor der Neugier der anderen auf die Toilette.

Ganz entkam ich ihnen natürlich nicht. Das Verhör begann bereits in Lailas Auto.

«Wer war denn der gut gebaute Kerl?»

«Der Mann einer Nachbarin», antwortete ich gleichmütig, obwohl ich Lust hatte, mir mit der in Zellophan eingewickelten Lilie über die Wange zu streicheln.

«Der Mann von irgendeiner Nachbarin wird dir doch keine Blumen bringen. Im Übrigen habe ich die Frau Nachbarin nicht gesehen», frotzelte Laila. «Jetzt weiß ich auch, warum du eine neue Frisur und eine neue Brille hast und wieso du dich neuerdings schminkst …»

«Und abgenommen hast du auch», fuhr Terttu fort. «Heißt es nicht, Liebe macht schlank?»

Glaubt, was ihr wollt, dachte ich und weigerte mich, über Kalle zu reden.

Unsere Feier war bescheiden und harmlos, wie es sich für einen Gemeindechor ziemt. Zuerst aßen wir, was die Frau des

Chorleiters gekocht hatte: karelischen Fleischtopf und Kartoffelpüree, ein traditionelles finnisches Gericht, gerade richtig für den Vorabend des Unabhängigkeitstags.

«War mein Solo so schlecht, dass dir schwindlig wurde?», fragte Timo Takala vom Tischende. Seine stechenden blauen Augen lächelten selbstgefällig. Ich wusste sehr wohl, welche Antwort er erwartete: Nein, dein Solo war so wundervoll, dass es mich umgeworfen hat.

«Nein, nein, es war ganz gut, nur ein bisschen zu hoch. Die Übelkeit hatte einen ganz anderen Grund.»

Timos Grinsen fiel in sich zusammen, der Chorleiter wechselte rasch das Thema. Laila, die auch nicht zu Timos Fanclub gehörte, stieß mich unter dem Tisch an. Ich konnte den Schubs nicht erwidern, denn es ging mir immer noch nicht besonders, ich brauchte meine ganze Konzentration, um das Püree herunterzuschlucken.

Nach dem Essen stand Sauna auf dem Programm, die Männer gingen natürlich zuerst. Ich half der Gastgeberin beim Abräumen und Spülen, ich brachte es einfach nicht fertig, zuzuschauen, wenn andere sich abmühten. Außerdem entkam ich so den üblichen Gesprächen über die musikalischen Hobbys der Kinder oder die ärgerlichsten Angewohnheiten der Ehemänner.

«Los, Mädels, die Sauna ist frei!», rief Timo Takala im Flur, als ich gerade die letzten Gabeln abtrocknete. Die Frauen suchten ihre Handtücher, die freisinnigeren holten sich außerdem eine Flasche Bier. Ich ging mit den Männern ins Wohnzimmer, wo die Nachrichten liefen, und hoffte, bald eine Mitfahrgelegenheit nach Hause zu finden.

«Säde, kommst du nicht mit in die Sauna?», erkundigte sich Laila.

«Diesmal nicht.»

«Hast du Angst um deine neue Frisur?» Timo Takala grinste boshaft, und für eine Sekunde glaubte ich, er hätte mich durchschaut. Ich zwang mich, ruhig auf dem Sofa sitzen zu bleiben, obwohl sich mir schon wieder der Magen umdrehte. Zum Glück wollte einer der Bassisten rechtzeitig zur Sportschau zu Hause sein, sodass ich mich auch verabschieden konnte. Daheim stellte ich Kalles Lilie in meine schönste Vase und trug sie ins Schlafzimmer, damit ich sie beim Aufwachen sofort sah.

Ich hatte vielleicht zwei Stunden geschlafen, als das Telefon klingelte.

«Na, alte Jungfer, was treibst du denn gerade? Schläfst natürlich, was Besseres hast du ja nicht zu tun.» Dieselbe boshafte Stimme wie vor ein paar Monaten.

«Deine Mieze hast du ja wohl gefunden, aber freu dich nicht zu früh. Beim nächsten Mal entkommt sie mir nicht. Ich schneide ihr die Ohren und den Schwanz ab, bevor ich sie umbringe. Und dann bist du dran.»

Ich war plötzlich hellwach, spürte die Kälte des Fußbodens an meinen nackten Füßen, sah den Reif auf den Autos im Hof. Eisiges Grauen packte mich, als die Stimme meine Adresse nannte und das Haus beschrieb, in dem ich wohnte.

«So ein Reihenhaus aus hellroten Ziegeln und weißen Brettern. Du wohnst an der Giebelseite im ersten Stock. An deiner Tür ist ein Fenster, das sich leicht einschlagen lässt. Dann brauch ich bloß noch die Hand reinzustrecken und die Tür zu öffnen. Und dann …»

Ein Teil von mir wollte den Hörer auflegen und den Stöpsel aus der Wand ziehen. Dieser Teil war jedoch vor Furcht wie gelähmt und lauschte nur auf Schritte im Treppenhaus.

Ich wollte diesen Teil nicht die Oberhand behalten lassen, darum legte ich leise den Hörer auf den Nachttisch, streifte Socken über und zog den Bademantel an. Dann ging ich ins Wohnzimmer und schaltete das Handy an. Die Liste der Chormitglieder lag in der Notenmappe. Ich tippte Timo Takalas Nummer ein: besetzt, um halb drei Uhr morgens.

Als Nächstes rief ich die Polizei an.

«Ich möchte einen Störer melden. Er hat mich an meinem

normalen Telefon angerufen und spricht immer noch, ich habe die Verbindung nicht unterbrochen.»

Ich gab mir Mühe, ruhig und überzeugend zu wirken. Der Beamte gähnte und entschuldigte sich gleich darauf.

«Welche Art von Störung?»

«Nächtliche Anrufe, er droht, mich und meine Katze umzubringen.»

Der Beamte notierte meine Angaben und versprach, eine Fangschaltung zu veranlassen. Ich müsse während der regulären Dienstzeit vorbeikommen und eine schriftliche Meldung abgeben. Nachdem ich das Handy ausgeschaltet hatte, bückte ich mich, um Sulo zu kraulen, der sich über die nächtlichen Aktivitäten wunderte und offenbar hoffte, ich hätte eine zusätzliche Essenszeit eingeführt. Ich nahm die Katze auf den Arm, ihr Schnurren und ihr weiches Fell brachten auch den letzten Eisklumpen in meinem Magen zum Schmelzen. Leise schlich ich zurück ins Schlafzimmer und hob den Hörer auf.

«Hör zu, Störenfried, ich hab dich bei der Polizei gemeldet. Sie werden deine Nummer ausfindig machen. Außerdem weiß ich, wer du bist. Deine Stimme ist einen Tick zu hoch, unverkennbar. Wir sehen uns vor Gericht!»

Ich zog den Stöpsel heraus und musste beinahe lachen. Für Timo Takala war der Unabhängigkeitstag unabhängig vom Wetter ein grauer Tag: Neben einem ausgewachsenen Kater würde ihn die Angst vor der Polizei plagen. Auf Hausfriedensbruch stand bis zu drei Monaten Gefängnis. Ich kannte Artikel vierundzwanzig Paragraph drei des Strafgesetzbuchs genau, denn ich hatte meine Klientinnen oft genug aufgefordert, sich auf ihn zu berufen, wenn sie von ihren Expartnern per Telefon terrorisiert wurden. Zwei Drohanrufe reichten vermutlich nicht einmal für eine Geldstrafe, zumal der erste nur durch das Anrufregister der Telefongesellschaft nachzuweisen war, das nur auf Gerichtsbeschluss freigegeben wurde. Viel wichtiger war mir, dass Timo Takala ordentlich ins Schwitzen geriet.

Erleichtert kroch ich unter die Decke. Timo bedrohte Sulo und mich, aber seine Drohungen zeigten, dass er eigentlich nichts über mich wusste. Ich sah die schwarzrot leuchtende Lilie auf meinem Nachttisch an. Ob Kalle sie selbst ausgesucht hatte, ob er die Blütenblätter gestreichelt hatte … Die eisige Kälte in meinem Innern wich einer glühenden Hitze, von der ich mich nur befreien konnte, indem ich mit mir selbst das machte, was in meiner Phantasie Kalle tat.

Am Unabhängigkeitstag hatte ich Spätdienst. Der Abend verlief fröhlich, wir saßen vor dem Fernseher und sahen uns die Übertragung vom Präsidentenball an, bewunderten die Abendkleider der eingeladenen Damen und kauten den politischen Klatsch des letzten Jahres durch. Unsere derzeitigen Klientinnen waren verhältnismäßig wenig lädiert, sodass auch ich mich entspannen konnte. Ich strickte an einem neuen Pullover, diesmal in Himbeerrot, Anneli stopfte Strümpfe, Suvi flickte die Hose ihres Sohnes. Das Baby schlummerte in einer Wippe zu ihren Füßen. In einem Korb duftete frisches Hefegebäck, dazu gab es Tee. Auf einmal wurde mir klar: Das hier war meine Familie, diese zerschlagenen Menschen und die Kolleginnen, die gemeinsam mit mir versuchten, sie wieder zusammenzuflicken.

«Da sind Hunderte von Frauen. Denkt daran, dass mindestens hundert von ihnen schon mal verprügelt worden sind, womöglich von dem Mann, in dessen Begleitung sie heute Präsident Ahtisaari die Hand schütteln. Irgendeine von diesen Frauen hat heute ihre Frisur ändern, sich ein hochgeschlossenes Kleid oder extrastarkes Make-up kaufen müssen, um ihre blauen Flecken zu verbergen», sagte ich, ohne von meinem Strickzeug aufzusehen.

Mein Kommentar verdarb nicht etwa die Stimmung, sondern gab den Anstoß zu einem Gesellschaftsspiel. Ist die so eine wie wir, oder vielleicht die? Die Eishockeychefin, die ins Parlament wollte, die Angehörige des Vorstands der Bank von Finnland, die Abgeordnete, die Frau des Aufsichtsratsmitglieds der Finnair?

Keine unserer Klientinnen hätte auch nur einer dieser Auserwählten das gleiche Schicksal gewünscht, das sie selbst getroffen hatte, aber der Gedanke, die Kreationen von Modeschöpfer Jukka Rintala könnten womöglich blaue Flecken verbergen, verringerte die eigene Schande. Blauweiße Kerzen flackerten paarweise an den Fenstern, und eine Weile war es friedlich und behaglich.

Dann klingelte das Telefon.

«Heidi Halonen hier, guten Abend. Ich bin Taxifahrerin und bringe Ihnen einen Fahrgast. Die Frau hat kein Geld bei sich, aber sie behauptet, dass Sie mir die Fahrt bezahlen.»

«Kann ich bitte mit ihr sprechen?»

«Also … sie ist ziemlich übel zugerichtet, sie kann kaum reden. Ich hatte schon überlegt, ob ich die Polizei verständigen sollte.»

«Wie heißt die Frau denn?»

«Anja Jokinen.»

«Bringen Sie sie her. Ich warte an der Tür und zahle Ihnen die Fahrt.»

Ich holte einen Hunderter aus der Notfallkasse, dann zog ich mir den Mantel über, denn die Kälte war wieder schärfer geworden, wir hatten minus zwanzig Grad. Die Erde glänzte stahlhart, die Pflanzen, die aus ihr hervorragten, schienen um eine schützende Schneedecke zu betteln. Vom Mond war nur ein kanuförmiger Streifen zu sehen.

Es war still auf der Straße, ich hörte das Taxi schon von weitem. Eine junge Fahrerin mit der Statur einer Speerwerferin stieg aus und half Anja Jokinen aus dem Wagen. Bei Anjas Anblick verstand ich, wieso sie nicht selbst angerufen hatte. Ihre Oberlippe war extrem geschwollen. Sie trug nur einen Rock, eine Strickjacke und Pantoffeln.

«Sie haben doch hoffentlich einen Arzt im Haus?», fragte die Taxifahrerin besorgt, als ich den Mantel auszog und der zitternden Anja umlegte. «Das macht zweiundsechzig Mark. Ich wäre ja gern umsonst gefahren, aber das geht nicht. Der Chef hat mitgekriegt, dass ich einen Fahrgast habe.»

Sie verzog das Gesicht und zeigte auf Anja: «Sie hat mich mitten auf der Olarinkatu gestoppt und mir die Visitenkarte des Frauenhauses unter die Nase gehalten. Hätte ich vielleicht doch besser die Polizei rufen sollen?»

«Wir kümmern uns schon um sie», sagte ich und gab ihr den Hunderter. Ich hätte ihr das Wechselgeld gern geschenkt, aber auch wir hatten unsere Vorschriften. Nachdem ich achtunddreißig Mark und die Quittung in Empfang genommen hatte, führte ich Anja in das Haus, das sie nur allzu gut kannte. Ich brachte sie in eins der fertig hergerichteten Zimmer, zog ihr die klatschnassen Pantoffeln aus und gab ihr Wollsocken, holte ein Nachthemd und Waschzeug, legte einen Eisbeutel auf die geschwollene Lippe. Andere Verletzungen schien sie nicht zu haben, aber eine innere Blutung war natürlich nicht auszuschließen. Anneli würde sie genauer untersuchen, sie war ausgebildete Krankenschwester.

Anja zitterte immer noch, ich wickelte sie in einen großen wollenen Schal. Als ich sie fragte, ob sie etwas essen oder trinken wolle, schüttelte sie nur den Kopf. Trotzdem brachte ich ihr ein Tablett mit heißem Saft und ein paar Keksen. Als ich gehen wollte, packte sie mich mit überraschend festem Griff am Handgelenk.

«Heikki … Heikki hat mich im Treppenhaus abgefangen. Er hat mich gezwungen, die Tür aufzuschließen. Er war wütend wegen dem neuen Schloss.»

Ihre Finger umschlossen meinen Arm wie eine Handschelle, in den geröteten, wässrigen Augen standen Fragen, auf die ich keine Antwort wusste.

«Schlaf dich erst mal aus. Morgen erstatten wir Anzeige.»

«Nein! Kaarlo ist aus dem Gefängnis raus! Er bringt Heikki auch noch um, wenn er davon erfährt!»

Das wäre die beste Lösung, dachte ich kaltschnäuzig. Es fiel mir schwer, mir den unbekannten Kaarlo Jokinen auch nur einen Deut weniger widerwärtig als seinen Vater und seinen Bruder vorzustellen. Aber wie sollte ich Anja dazu bewegen, Anzeige zu erstatten, wenn mir das früher schon nicht gelungen war, als sie viel schlimmere Verletzungen hatte als diesmal? Natürlich konnte ich selbst Anzeige erstatten, und Hauptkommissarin Kallio würde bestimmt ermitteln, aber laut Gesetz konnte man Anja nicht zwingen, gegen ihren eigenen Sohn auszusagen.

In dieser Nacht fiel es mir nicht schwer, wach zu bleiben, denn Anja und Heikki Jokinen spukten mir im Kopf herum. Gegen drei Uhr kam noch eine Klientin, eine ziemlich betrunkene, etwa zwanzigjährige Studentin. Der Streit mit ihrem Freund war ein bisschen ausgeartet, wie sie es ausdrückte. Pauli hätte sich geweigert, eine derart alkoholisierte Person ins Frauenhaus aufzunehmen, aber ich setzte mich über die Vorschriften hinweg und gab dem Mädchen Kopfschmerztabletten und ein Mittel gegen Übelkeit. Später horchte ich an der Tür auf ihr gleichmäßiges Schnarchen. Auf diesem Flur hatte ich schon zigmal meine Runden gedreht, wie die Mutter einer Großfamilie in ihrem Reich, wie ein Schutzengel.

Anneli versorgte gemeinsam mit der erschöpften Mutter das unter Koliken leidende achtwöchige Baby, ich hörte das Weinen gedämpft durch die Wände dringen, füllte Formulare aus und schaute nach draußen, wo ein halb ergrauter Hase herumsprang. Unser Zaun hatte offenbar irgendwo ein hasengroßes Loch. Ich schrieb unserem Hausmeister einen Zettel mit der Bitte, den Zaun zu kontrollieren, machte die Statistiken fertig und lauschte an Anja Jokinens Tür. Da ich keine Atemgeräusche hörte, spähte ich vorsichtig ins Zimmer und sah, dass sich die Bettdecke gleichmäßig hob und senkte. Anja hatte gelernt, lautlos zu schlafen, um ihren Mann nicht zu stören.

Sie hatte sich damit abgefunden, dass selbst ein ausgewechseltes Schloss Heikki nicht aufhielt. Wie viel Geld hatte er ihr diesmal abgenommen? In Bezug auf Familienangehörige war das finnische Strafrecht überaus nachsichtig, es schien auf der Vorstellung zu beruhen, dass Kinder und Eltern sich immer lieben und dass Ehegatten alles gemeinsam besitzen. Das Gesetz schützte Heikki Jokinen und seinesgleichen, Polizisten und Staatsanwälte konnten nichts gegen sie ausrichten.

Die Kerzen waren fast heruntergebrannt, blaues und weißes Stearin mischte sich auf den von Anna Hautala ererbten silbernen Kerzenständern zu dunklem Türkis. Seit eine junge Drogensüchtige drei Paar geklaut hatte, hatten wir uns abgewöhnt, die wertvollen Kerzenständer im Aufenthaltsraum der Klientinnen aufzustellen. Sie war erwischt worden, weil sie, vor Entzugserscheinungen zitternd, auf dem Hof gestolpert war. «Man darf nicht zu gutgläubig sein», sagte Pauli nach dem Vorfall und trug die Kerzenständer in unsere abschließbaren Arbeitszimmer.

Ich dachte an Paulis Worte und an die zierliche, grauhaarige Frau, die in der oberen Etage schlief, dann pustete ich die Kerzen aus. Der Mond schien auf die Dielenbretter und zeichnete einen durchscheinenden Streifen auf den orangefarbenen Wandteppich. Die Welt dort draußen war so eisig klar wie meine Gedanken.

Von Ari Väätäinen und Pasi Leiwo hatte ich die Welt befreit. Als Nächster war Heikki Jokinen an der Reihe.

Elf

Am Montag schlief ich bis weit in den Nachmittag und nahm gegen vier Uhr einen kräftigen Brunch zu mir. Danach fühlte ich mich so tatkräftig wie seit langem nicht mehr. Ich führte Sulo spazieren und setzte mich dann an den Esstisch, um die Operation Heikki Jokinen zu planen.

Noch hatte ich keine Ahnung, was ich mit ihm machen sollte. Der feste Griff, mit dem er mich gepackt hatte, war mir noch deutlich in Erinnerung. Von Anja wusste ich, dass Heikki sich oft mit seinen Saufkumpanen prügelte, was, wenn er mich schlug? Dann konnte ich ihn immerhin wegen Körperverletzung anzeigen.

Meine Schmerzschwelle war ziemlich niedrig, und obwohl ich bei drei kleinen Brüdern an Knüffe gewohnt war, hatte ich immer Angst, dass mir jemand wehtat. Ich brachte es nicht fertig, mich freiwillig zusammenschlagen zu lassen, nur damit Heikki vor Gericht gestellt wurde. Aber irgendetwas musste ich mir einfallen lassen. Am besten war es wohl, ihn erst einmal zu beschatten. Vielleicht ergab sich die Gelegenheit von selbst, wie bei Ari Väätäinen und Pasi Leiwo. Heikki wohnte in Eestinkallio, nur einen Kilometer entfernt, das erleichterte mein Vorhaben.

Ich zog meinen hellen Steppmantel an und setzte die alte Brille auf, über die Haare zog ich eine dunkelblaue Strickmütze. Nun war ich wieder unauffällig. Ich überlegte, unter welchem Vorwand ich bei Heikki Jokinen klingeln könnte. Sollte ich Geld für die Kinder in Ruanda oder für obdachlose Alkoholiker sammeln? Oder eine Marktanalyse durchführen? Da ich weder eine Sammelbüchse noch einen Fragebogen besaß, verwarf ich beides. Stattdessen rief ich einfach an, um festzustellen, ob Heikki zu Hause war. Niemand meldete sich.

Trotzdem machte ich einen Abendspaziergang. Ich würde mir die Gegend ansehen, in der er wohnte, und bei der Gelegenheit gleich am Kiosk vorbeigehen, denn ich hatte Lust auf Schokolade. Neben dem Kiosk war Heikkis Stammkneipe, eine Bierschwemme namens «Zinnpfeife». Dort landete seit einigen Jahren Anja Jokinens Rente. Wahrscheinlich hing Heikki dort herum, aber ich war mir nicht sicher, ob ich mich hineinwagen sollte. Wenn er sich nun doch an mich erinnerte?

Als ich den steilen Fußgängerweg nach Eestinkallio hinaufging, kam ich aus der Puste. Von oben blickte ich auf ein Band von Lichtern, zwischen den Sternen blinkten die Signallampen am Sendemast von Latokaski. Ein Hund lief schwanzwedelnd auf mich zu, schnupperte an meinen nach Katze riechenden Schuhen und setzte seinen Weg fort.

Es war noch nicht acht, die Haustür also noch offen. Ich stieg in den zweiten Stock hinauf, im Treppenhaus roch es nach Leberauflauf. Aus einer Wohnung in der mittleren Etage drang der neueste Hit von Jari Sillanpää. Mit klopfendem Herzen klingelte ich: Wenn Heikki nun doch schon nach Hause gekommen war? Als niemand öffnete, spähte ich durch den Briefschlitz. Die Wohnung war dunkel und stank nach kaltem Rauch.

Ich verließ das Haus wieder und versuchte festzustellen, welche Fenster zu Heikkis Wohnung gehörten. Das war einfach, denn aus allen anderen Fenstern in seiner Etage fiel Licht. Heikkis Einzimmerwohnung hatte einen Balkon, von dem er Anja einmal hatte baumeln lassen, weil sie ihm den neuen PIN-Code ihrer Bankkarte nicht verraten wollte.

Heikki Jokinen war genau so, wie sich die steuermüden Bürger alle Arbeitslosen vorstellten. In der Volksschule war er kaum mitgekommen, die Berufsschule hatte er abgebrochen, aus dem Militärdienst war er nach sechs Monaten als dienstuntauglich entlassen worden. Danach hatte er gelegentlich als Handlanger auf dem Bau gearbeitet, in der Hochkonjunktur der achtziger Jahre nahm man dafür auch Ungelernte. Er hatte in ein paar Tanzorchestern Schlagzeug gespielt, aber auch da war der Erfolg ausgeblieben.

Seine Hauptbeschäftigung war das Trinken. In den neunziger Jahren hatte er nicht einen Tag lang eine feste Anstellung gehabt, aus ABM-Stellen flog er regelmäßig raus, weil er trank. Heikki hatte eine vierjährige Tochter, mit deren Mutter er zusammengelebt hatte. Das Mädchen wohnte jetzt mit seiner Mutter und deren neuem Mann in Tromsø, Heikki hatte sie seit zwei Jahren nicht mehr gesehen. Anja hatte mir erzählt, dass er im Suff oft nach seiner Tochter weinte und die ehemalige Lebensgefährtin verfluchte, die das Kind seinem alkoholsüchtigen Vater entzog.

Es war sinnlos, noch länger frierend im Innenhof herumzustehen. Ich kaufte am Kiosk den Schokoriegel, auf den ich solchen Appetit hatte, und biss gleich hinein, um mir Mut zu machen. Dann öffnete ich die Tür zur «Zinnpfeife», die gleich nebenan lag.

Für einen Montagabend ging es in dem Pub hoch her. Aus der Jukebox dröhnte ein Schlager von Aarne Tenkanen, einige Männer sangen mit. In einer Ecke wurde Darts gespielt. Mich schauderte beim Gedanken an den Alkoholpegel der Werfer.

Heikki Jokinen saß ganz hinten an der Theke, über ein Bierglas gebeugt. Ich überlegte verzweifelt, was ich trinken sollte, auf Alkoholisches hatte ich keine Lust. Erleichtert entdeckte ich zwischen den Bierflaschen eine einsame Flasche Limonade, ging ans andere Ende der Theke und bestellte.

«Hey, Mädchen. Du bist das erste Mal hier, was?», fragte eine fast nüchtern klingende Männerstimme neben mir, noch bevor ich das Glas in der Hand hatte.

«Ja.» Ich trank einen Schluck und spürte bereits, wie sich der Zigarettenrauch in meinen Haaren und Kleidern festsetzte.

«Was treibt dich denn hierher?» Der Mann im blaugrauen

Jogginganzug ließ mich nicht in Ruhe, obwohl ich mir Mühe gab, nicht zu ihm hinzuschauen.

«Ich hab einen Abendspaziergang gemacht und auf einmal Durst bekommen.»

«Mit Limo kannste aber keinen Durst löschen. Hör zu, Make gibt dir jetzt 'n Bier aus.»

Ich schüttelte den Kopf und bemühte mich, höflich zu lächeln. Ich hatte mich geirrt, als ich glaubte, unsichtbar zu sein. Wie im Hotel Kuninkaantie waren auch hier die Männer in der Überzahl, der Pub war ganz offensichtlich nicht der Ort für Verabredungen unter Freundinnen. Zwei Frauen saßen allein im Lokal, die anderen waren alle in männlicher Begleitung. Ich musste an die Kneipe in meiner Heimatstadt denken, wo meine Brüder zu feiern pflegten. Die Leute, die hier saßen, hätten sich auch dort wohl gefühlt: Mit Jogginganzug und Turnschuhen war man passend gekleidet, und welche Biersorte man trank, war egal.

Neben Heikki Jokinen stand jetzt ein kleiner, untersetzter Mann, der Boots mit zehn Zentimeter hohen Absätzen trug. Seine nackten Arme waren vollständig tätowiert. Er sagte etwas zu Heikki, der ihn wütend von sich stieß.

«Furchtbare Tätowierungen», sagte ich zu Make, der bei mir an der Theke geblieben war, obwohl ich seine Einladung zum Bier abgelehnt hatte.

«Das ist Blomerus, ein alter Gauner, der russischen Fusel verkauft und wer weiß was sonst noch. Dem kommt man besser nicht zu nahe. Er hat öfter Zoff mit Heikki, weil Heikki seinen Schnaps immer auf Pump kauft, und Blomerus treibt seine Schulden ein, da kennt er gar nichts. Jetzt hat Heikki wieder Knete, er sitzt schon den vierten Abend hintereinander hier. Nun trink doch ein Bier, Mädchen, ich lad dich ein!»

«Nein danke.» Ich blieb bei meiner Limonade und lehnte auch die Zigarette ab, die Make mir anbot. Es wäre sicher nicht schwer, mit Heikki Jokinen ins Gespräch zu kommen. Ich wusste bloß nicht, was ich ihm sagen sollte. Heikkis Finger trommelten abwechselnd ans Bierglas und auf die Theke. Seine dunklen Haare standen wirr vom Kopf ab, als hätte er sie seit Tagen nicht gekämmt.

Russischer Fusel, das klang viel versprechend. Heikkis Trunksucht hatte offenbar das Stadium erreicht, in dem er alles trank, wenn nur Alkohol drin war. Konnte ich mir das zunutze machen, ihm illegal eine Flasche verscherbeln, die eine tödliche Dosis Gift enthielt? Aber wo sollte ich eine unversteuerte Flasche auftreiben, oder Gift? Blomerus sah noch Furcht erregender aus als Heikki, und andere Schwarzhändler kannte ich nicht. Meine eigenen Schlaftabletten waren nicht sehr stark, und am Arzneimittelvorrat des Schutzhafens wollte ich mich nicht vergreifen.

Make rauchte eine nach der anderen und erzählte von seiner sechsjährigen Tochter und dem achtjährigen Sohn, die nach der Scheidung bei ihrer Mutter geblieben waren. Ich ließ ihn reden, zog mich nur etwas weiter in den Schatten zurück, sodass ich Heikki Jokinen beobachten konnte, ohne selbst gesehen zu werden. Die meiste Zeit stierte er in sein Bierglas, das er ziemlich schnell leerte. Als ich meine Limo ausgetrunken hatte, bestellte er sich gerade das dritte Bier.

Ich war es leid, Zigarettenrauch einzuatmen und Makes Fragen nach Adresse und Beruf auszuweichen. Mein Steppmantel war zu warm, aber ausziehen wollte ich ihn auch nicht, denn er machte mich so schön unförmig. Ich beschloss, nach Hause zu gehen.

Make versuchte halbherzig, mich umzustimmen. Ich bedankte mich für seine Gesellschaft und ging. In der Kälte war der Gehweg hart geworden und glitzerte. Ein trockener Zweig knackte unter meinem Fuß, überraschend laut in der nun seltsam stillen Umgebung. An meinem Turnschuh war der Schnürsenkel aufgegangen, ich bückte mich, um ihn zuzubinden.

Als ich weiterging, hörte ich hinter mir ungleichmäßige, stockende Schritte wie von einem Betrunkenen.

Der Fußweg war beleuchtet, aber wie ausgestorben. Auf dem Sportplatz war niemand zu sehen, dahinter erstreckte sich zu beiden Seiten des Weges felsiger Wald, in dessen Schatten man sich leicht verbergen konnte. Meine Kondition war schlecht, ich wäre selbst für einen Betrunkenen leichte Beute.

Ich wagte nicht, mich umzusehen, ging aber so schnell ich konnte. Es war idiotisch gewesen, mir einzubilden, dass Heikki Jokinen mich nicht erkennen würde. Natürlich hatte er begriffen, warum ich in den Pub gekommen war, und jetzt wollte er mir eine Abreibung verpassen. Die humpelnden Schritte kamen immer näher, ich fing halb an zu rennen. Zum Glück kam mir aus dem Wald eine Frau entgegen, die zwei Schäferhunde an der Leine führte. Bis wir auf gleicher Höhe waren, war ich in Sicherheit.

Ich ging an der Frau vorbei. Die Schritte hinter mir waren immer noch zu hören, unregelmäßig, aber deutlich. Ich schaute mich um und sah hinter mir eine Gestalt, offenbar ein Mann, das Gesicht konnte ich nicht erkennen. Hinter dem Hügel war ich fast so weit kehrtzumachen. Ausgerechnet an der einsamsten Stelle war die Straßenlampe ausgefallen. Vor mir lagen zwanzig Meter völlige Dunkelheit.

Es wäre das Klügste gewesen, stehen zu bleiben und auf den Nächsten zu warten, der seinen Hund ausführte, aber das brachte ich nicht fertig. Ich wollte nach Hause. Wenn ich es schaffte, auch nur hundert Meter zu rennen, war ich bei den Häusern, die am Hügel standen, und konnte vom einsamen Fußweg in die Wohnstraße abbiegen. Ich beschleunigte meine Schritte und fiel in Trab, obwohl jeder Muskel in meinen Beinen protestierte und ich schon nach zehn Metern Seitenstechen hatte. Doch das Rennen brachte gar nichts. Hinter mir waren jetzt Laufschritte zu hören, sicher und zügig, viel schneller als meine. Ich hatte keine Chance zu entkommen.

Der Läufer holte mich an der dunkelsten Stelle ein. Ich wusste nicht, was ich erwartet hatte, einen Schlag auf den Kopf, einen Würgegriff, ein Messer im Rücken – aber die Schritte zogen an mir vorbei. Als die Gestalt im Lichtkreis der nächsten Lampe auftauchte, erkannte ich die schwingenden Zöpfe einer joggenden Nachbarin. Ich seufzte erleichtert auf, aber ich hatte mich zu früh gefreut.

Die anderen Schritte waren immer noch hinter mir.

Im Schutz der Dunkelheit wagte ich es, mich nach meinem Verfolger umzudrehen. Ich sah eine dunkle Steppjacke und eine schlotternde Hose, eine Mütze von einem halben Meter Länge und eine schlaffe Handbewegung, als er ein Streichholz anriss und sich eine Zigarette ansteckte. Es war bloß ein Teenager, der es genoss, dass eine ältliche Tante vor ihm davonlief.

Den Rest der Strecke kaute ich an meiner Blamage, aber immerhin hatte ich etwas gelernt: Meine Angst vor Heikki Jokinen war so groß, dass ich es nicht wagen würde, ihm Auge in Auge gegenüberzustehen. Ich musste mir etwas anderes einfallen lassen.

Am Dienstag hatte ich Abendschicht, konnte also vormittags Erledigungen machen. Auf der Polizeidienststelle von Espoo erstattete ich Anzeige wegen der Drohanrufe. Der Beamte, der meine Meldung entgegennahm, war ein abgespannt aussehender Mann um die fünfzig, der ein wenig auflebte, als er hörte, dass ich beim letzten Anruf die Verbindung nicht unterbrochen, sondern von einem anderen Apparat aus die Polizei angerufen hatte.

«Wenn das so ist, finden wir die Nummer heraus. Der zuständige Ermittler wird sich mit Ihnen in Verbindung setzen.» Dann trommelte er ungeduldig auf die Tischplatte, hinter mir hatte sich schon eine Schlange gebildet.

Vom Polizeirevier fuhr ich mit dem Bus zum Alko und kaufte eine Halbliterflasche Koskenkorva. Vielleicht konnte ich sie irgendwann gebrauchen. Um nicht wie eine Säuferin zu wirken, erstand ich noch eine Flasche Rotwein dazu, damit es aussah, als bräuchte ich den Schnaps für Glühwein. Immerhin war jetzt die Jahreszeit dafür. Die Weinflasche brachte ich nach Hause, aber den Schnaps nahm ich mit zur Arbeit, obwohl es mir komisch vorkam, eine Schnapsflasche mit mir herumzutragen.

Auf meinem Schreibtisch lag eine beunruhigende Nachricht: Hauptkommissarin Kallio bat um Rückruf.

Ich erledigte zuerst sämtliche Routinearbeiten, bevor ich mir ein Herz fasste und anrief. Zu meiner Erleichterung war Kallio in einer Sitzung. Trotzdem lauschte ich den ganzen Tag auf näher kommende Autos in der Erwartung, dass die Polizei mit einem Haftbefehl auftauchte.

Im Schutzhafen wurde jeder Klientin eine hauptverantwortliche Mitarbeiterin zugeordnet. Anja Jokinen war meine persönliche Klientin, daher verbrachte ich fast den ganzen Nachmittag mit ihr. Offiziell führten wir ein Therapiegespräch, aber in Wirklichkeit versuchte ich, möglichst viel über Heikkis Gewohnheiten herauszufinden. Ich fand das nicht hinterhältig, denn mein Ziel war ja, Anja zu helfen. Ich betrachtete ihre Hände mit den geschwollenen Gelenken – Heikki hatte das Geld für ihr Rheumamittel natürlich versoffen – und nahm mir vor, dafür zu sorgen, dass sie diese Hände nie mehr vor ihr Gesicht zu halten brauchte, um es vor Heikkis Schlägen zu schützen.

«Säde, Telefon!», rief Anneli gegen fünf, als ich mit den Kindern einer Klientin spielte. «Irgendeine Kommissarin», flüsterte sie im Vorbeigehen, und das Herz sank mir blitzschnell in den Magen, wo es wie ein kalter, blubbernder Klumpen liegen blieb.

«Hallo, hier Hauptkommissarin Maria Kallio.» Ihre Stimme klang freundlich, aber heiser, wie erkältet. «Ich dachte, du wüsstest sicher gern, wie das Urteil gegen Pentti Ahola ausgefallen ist.»

«Ach ja, heute war ja Urteilsverkündung.» Erleichterung durchflutete mich, das Pulsieren wanderte vom Magen in die Schläfen. «Und?»

«Mord, volle Zurechnungsfähigkeit. Lebenslänglich.»

«Gut», sagte ich lahm, denn was hatte Irja Ahola noch davon? «Danke für die Nachricht.»

«Du klingst aber nicht gerade begeistert», meinte Kallio und hustete. «Katri, ich meine Staatsanwältin Reponen, öffnet in Gedanken schon den Champagner. Ich bin so wahnsinnig erkältet, dass ich nur die allerwichtigsten Dinge erledigen kann, aber wenn du Lust hast zu feiern, ruf Katri an. Sie meint, das Urteil wäre hauptsächlich deiner Aussage zu verdanken.»

«Na ja, feiern … das käme mir irgendwie so vor, als ob wir auf Irjas Grab tanzten.»

Aus dem Hörer drang ein gedämpftes Lachen, das einen Hustenanfall auslöste. «Trotzdem, vielen Dank für die Zusammenarbeit», fuhr Kallio fort, als sie sich ausgehustet hatte. «Sorgen wir dafür, dass es keine weiteren ähnlichen Fälle gibt.»

Ich legte auf und versuchte, Siegesfreude zu empfinden. Es gelang mir nicht, das Hin und Her zwischen Angst und Erleichterung hatte mich zu sehr mitgenommen. Die Gesellschaft hatte ihre Rache bekommen, aber selbst wenn man Pentti Ahola auf den elektrischen Stuhl setzte, hätte Irja nichts mehr davon.

Trotzdem erzählte ich Anja von dem Urteil, aber das war ein Fehler. Sie fing wieder an, Kaarlos Schicksal zu beklagen, und weigerte sich, Heikki anzuzeigen, damit nicht auch noch ihr zweites Kind im Gefängnis landete. Als ich nach Hause kam, war ich so frustriert, dass ich meine ständige Müdigkeit als Segen empfand, weil sie mich mit der weichen Decke des Schlafs zudeckte.

Am Mittwoch beschloss Pauli, Anja Jokinen rauszuwerfen. So offen drückte er sich natürlich nicht aus, er erklärte nur, Anja brauche das Frauenhaus nicht, weil sie eine eigene Wohnung habe, deren Schloss sie erneut auswechseln könne. In den nächsten Wochen mussten wir mit Hochbetrieb rechnen, denn in der Vorweihnachtszeit und an den Feiertagen kam es traditionell am häufigsten zu Gewalt in den Familien. Friede auf Erden und den Menschen ein Wohlgefallen, das galt nur für wenige. Dennoch durfte man die Menschen nicht vor familiärer Gewalt warnen. Das Ministerium für Soziales und Gesundheit hatte zwar eine präventive Informationskampagne gestartet, aber die Fernsehanstalten hatten die Spots auf Eis gelegt, weil sie zu realistisch waren. Man fürchtete wohl, die Zuschauer zu verstören, wenn man diese Infospots zur Hauptsendezeit vor den Actionserien ausstrahlte. Die gleichen Sender hatten allerdings keine Bedenken, die Prügeleien beim Eishockey in Zeitlupe zu zeigen.

Ich glaubte nicht, dass Pauli Anja wirklich nur wegen Platzmangel loswerden wollte. Seine Lieblingsbeschäftigung war Eheberatung, dabei konnte er vom Pfad der Tugend abweichende Ehegatten väterlich ermahnen, den vor dem Herrn geschlossenen Bund der Ehe nicht zu brechen. Pauli zeigte Verständnis für den gestressten Ehemann wie für die unterdrückte Frau und brachte tatsächlich manche Paare zu der Einsicht, dass sie aus der Spirale der Gewalt ausbrechen mussten. Die Beziehung zwischen einer Mutter und ihrem erwachsenen Sohn hingegen interessierte ihn nicht, denn da hatte er keine Gelegenheit, der kraftlosen Frau mit seinem Standardsatz zu kommen: «Denken Sie doch an Ihre Kinder.» Pauli sah sich vermutlich als angegrauter Cupido, der auseinander driftende Paare wieder zusammenführte. Vielleicht war ihm klar geworden, dass Heikki Jokinen niemals bereuen und Mamatschi singen würde, selbst wenn Pauli sich auf den Kopf stellen würde.

Es gelang mir, für Anja noch zwei Tage herauszuschinden, bis Freitag, aber nun drängte die Sache mit Heikki. Zur letzten Chorprobe der Herbstsaison ging ich nur, weil ich Timo Takala gegenübertreten wollte. Zu meiner Enttäuschung war er zu Beginn der Probe noch nicht da. Er kam erst, als wir mit dem Einsingen schon fast fertig waren. Seine übliche Selbstsicherheit war verschwunden, er entschuldigte sich sogar beim Chorleiter für sein Zuspätkommen, worüber Laila so erstaunt war, dass sie mich knuffte.

Als der Chorleiter fragte, wer von uns am ersten Feiertag in der Kirche singen könnte, log ich, ich würde meine Eltern besuchen. Ich hatte beschlossen, ein einziges Mal den Heiligabend nach meinen eigenen Vorstellungen zu verleben. Ich würde nur die Weihnachtsgerichte essen, die ich mochte, und mir überhaupt kein Weihnachtsgedudel anhören. Ich hatte versprochen, in der Nacht vom ersten auf den zweiten Feiertag zu arbeiten, um einen Vorwand zu haben, nicht zu meinen Eltern zu fahren. Zum ersten Mal seit Jahren freute ich mich auf Weihnachten.

In der Pause winkte mich der Chorleiter zu sich, um zu besprechen, welche Noten für die Frühjahrssaison angeschafft werden sollten, daher hatte ich keine Zeit, Takala zu beobachten. Ende Mai sollte der Chor in Schweden auftreten, in einer Schwestergemeinde in Uppsala. Ich mochte dem Chorleiter nicht sagen, dass ich dann nicht mehr dabei sein würde. Um Ostern herum würde ich gehen, ohne Vorwarnung, ich wollte möglichst wenig neugierige Fragen beantworten. Als ich die Liste mit den Noten für das Frühjahr aufschrieb, spürte ich keine Wehmut bei dem Gedanken, das zum letzten Mal zu tun.

Ich war verlegen, als Laila mir nach der Probe ein kleines Päckchen in die Hand drückte, denn ich hatte nicht daran gedacht, etwas für sie zu besorgen.

«Vergiss nicht, Urlaub zu machen und dich auszuruhen», sagte sie zum Abschied. «Und hör endlich auf abzunehmen. Erzähl mir nichts, ich seh doch, wie deine Hose schlottert!» Laila umarmte mich schnell, ich erwiderte die Umarmung ungeschickt und bemühte mich, nur ihre Wangen und Arme zu berühren. Auf dem Weg zur Bushaltestelle hielt plötzlich ein Auto neben mir.

«Steig ein, Säde, ich fahre dich nach Hause.»

Timo Takala guckte aus dem Seitenfenster seines dunkelgrauen Fords.

«Nein danke, ich nehme den Bus.»

«Nun komm schon, ich möchte mit dir reden.»

Timo sprach hastig, er blickte sich um, offenbar fürchtete er, mit mir gesehen zu werden. Ich hatte keine Angst, sondern amüsierte mich und zog die Sache absichtlich in die Länge, bückte mich und zupfte das Hosenbein zurecht, das sich am Schuh verfangen hatte, klopfte mir den Schnee vom Mantel und öffnete die Tür möglichst langsam. Als ich endlich einstieg, schlugen Timos Finger ungeduldig Triolen auf dem Lenkrad.

«Ich muss mich bei dir entschuldigen wegen Samstag. Das war nur ein Dummejungenstreich, wir waren ziemlich betrunken. Du hast doch nicht wirklich bei der Polizei angerufen?»

«Doch. Mit dem Handy war es kinderleicht.»

Timo beschleunigte und musste gleich darauf voll auf die Bremse treten, weil ein anfahrender Bus sich direkt vor ihn setzte.

«Das war doch nur Spaß! Ich war ein bisschen beleidigt, weil du gesagt hast, ich hätte mein Solo zu hoch gesungen. Wir Künstler sind eben sensibel.»

Ich verkniff mir die Bemerkung, gar nicht gewusst zu haben, dass Fluglotsen Künstler seien. Timo hielt an einer Ampel, seine Augen flogen zwischen meinem Gesicht und der Ampel hin und her.

«Erzähl der Polizei doch einfach, dass es sich um einen kleinen Scherz unter Freunden gehandelt hat», versuchte er mich zu überreden. «Ich verschaffe dir einen Gratisflug in den Süden, den bekomme ich vom Arbeitgeber als Bonus.»

«Nichts zu machen.» Ich klickte den Sicherheitsgurt auf, öffnete die Tür, wünschte mit honigsüßer Stimme frohe Weihnachten und lief zur Bushaltestelle. Der Hunderfünfundneunzig A musste in fünf Minuten kommen, ich würde nicht lange im immer dichteren Schneeregen warten müssen.

Wieder wartete ich vergeblich auf Triumphgefühle. Ich hatte mich noch nicht entschieden, ob ich Timo Takala verklagen wollte. Vielleicht war ein polizeiliches Verhör Strafe genug. Immerhin würde er lernen, dass ich kein Fußabtreter war.

Der Busfahrer hatte das Radio voll aufgedreht, die Reportage vom Eishockey dröhnte durch den Bus, und ich ging ganz nach hinten, um dem Lärm zu entgehen. Auf halbem Weg hielt ich mich abrupt an der Stange fest, denn auf einmal wurden mir die Beine weich.

Heikki Jokinen saß auf der Rückbank.

Das war ein Wink des Schicksals: Ich sollte Heikki erledigen. Ich hatte den Schnaps immer noch in der Tasche, der Köder war also bereit. Der Bus fuhr nicht an Heikkis Wohnung vorbei, er musste durch den Wald gehen, um nach Hause zu kommen. Vielleicht war das meine Chance.

Für einen Augenblick überlegte ich, ihn anzusprechen und zu mir nach Hause einzuladen, aber ich verwarf die Idee, es war zu gefährlich. Schließlich konnte ich ihn nicht in meiner Wohnung umbringen. Es war Viertel nach neun, die meisten Leute hatten ihren Hund um diese Zeit schon ausgeführt. Wenn es mir gelang, Heikki in den Wald zu locken …

Ich spürte, wie mein Adrenalinspiegel stieg. So musste sich ein Sportler fühlen, wenn er sich an der Startlinie bereit machte, um für eine olympische Medaille zu kämpfen. Der Rest der Welt rückte in den Hintergrund, das eigene Ziel beherrschte alle Gedanken. Ich entdeckte keine Nachbarn im Bus, es würde sich also niemand wundern, wenn ich nicht an meiner Straßenecke abbog, sondern weiterging, auf das Waldstück zu, das nach Eestinkallio führte.

Heikki und ich waren die Einzigen, die an der Kreuzung der Finnoontie ausstiegen. Er nahm den hinteren Ausstieg, ich den mittleren. Als wir an der Ampel warteten, nahm ich Biergeruch wahr und bemerkte ein leises Schwanken. Heikki war betrunken. Umso besser für mich.

Ich ärgerte mich, dass ich den neuen roten Mantel trug, der eventuellen Passanten auffallen konnte. Jetzt könnte ich meine ehemalige Unsichtbarkeit brauchen. Ich band mir den Schal um den Kopf und nahm die Brille ab. Es ging auch ohne Brille, nur die ersten Minuten war ich halb blind. Ich beschleunigte meine Schritte, bei diesem Schneeregen würde das niemand wundern. Heikki blieb bald zurück, genau wie ich erhofft hatte. Ich ging an unserem Block vorbei und sah mich verstohlen um. Heikki ging mit den müden Schritten des Betrunkenen etwa zwanzig Meter hinter mir.

Es kamen nur ein paar Leute entgegen, die rasch ihren Hund ausführten. Während ich den Hügel hinaufging, hakte ich in Gedanken den Inhalt meines Rucksacks ab. Neben der Schnapsflasche konnte ich auch den zusammengeklappten Notenständer als Schlagwaffe verwenden. Andererseits hatte Heikki womöglich ein Messer, seine Mutter hatte er damit oft bedroht. Von einer Schusswaffe hatte Anja nie gesprochen.

Bei dem raschen Anstieg kam ich ins Schwitzen. Als ich unter der immer noch nicht reparierten Straßenlampe anhielt, hätte ich am liebsten den Mantel aufgeknöpft. Ich nahm die Schnapsflasche aus dem Rucksack, goss einen Schluck auf die Erde und befeuchtete meine Lippen, damit mein Atem nach Alkohol roch. Der Geschmack war gleichzeitig stark und süßlich, ich konnte mich nicht entsinnen, jemals Schnaps pur getrunken zu haben. Ich wagte nicht, mehr zu trinken, denn ich benötigte bei meinem irrsinnigen Vorhaben alle Kräfte. Als ich den GSM-Sendemast betrachtete, der aus dem Wäldchen aufragte, bildete sich allmählich ein Plan.

Ich ging langsam auf die Stelle zu, an der sich Licht und Dunkelheit trafen. Dort angekommen, hob ich wieder die Flasche an den Mund. Der Schneeregen dämpfte alle Geräusche, ich hörte Heikkis Schritte erst, als er nur noch einige Meter von mir entfernt war.

«Hey, Kleine. Gib mir auch 'n Schluck!»

Ich blickte auf, sah Heikkis aufgedunsenes Säufergesicht, die Mütze mit dem Emblem der Eishockeymannschaft von Espoo und die schäbige Steppjacke.

«Warum nicht.» Ich gab ihm die Flasche, den Verschluss behielt ich. Heikki nahm einen ordentlichen Zug, sah mich abschätzend an und trank noch einen Schluck. Ich nahm ihm die Flasche weg, als wäre sie mein größter Schatz, wandte mich ab und tat, als ob ich trank. Im Wäldchen hinter dem Sportplatz bellte ein Hund. Ich musste rasch handeln, bevor uns jemand sah.

«Warum trinkst du hier ganz allein?» Sein Blick wanderte zu der Flasche in meiner Hand, obwohl er versuchte, mir ins Gesicht zu sehen. Anja hatte mir erzählt, Heikki wäre als kleines Kind so niedlich gewesen mit seinen großen braunen Augen, dass er ständig von fremden Tanten betatscht und abgeküsst wurde. Das war schwer zu glauben.

«Mein Herz ist zerbrochen. Mein Freund hat mich verlassen.»

«Komm mit zu mir, ich tröste dich.»

«Ich trau euch Männern nicht!» Ich steckte die Flasche in die Manteltasche und schlug den Pfad ein, der zur GSM-Station führte. Das Licht der Straßenlampe reichte gerade so weit, dass ich die richtige Abzweigung fand.

«Hey, Mädchen, wohin gehst du?», rief Heikki mir nach.

«Raus aus diesem widerlichen Schneeregen!»

Unter dem Sockel der Leitfunkstelle war eine Art Schutzdach. Wenn man sich mit dem Rücken zum Wind stellte, peitschte einem der Regen nicht ins Gesicht. Ich hatte die Anziehungskraft des Schnapses richtig berechnet, Heikki trottete hinter mir her. Wortlos bot ich ihm die Flasche an.

Die GSM-Leitfunkstelle war ein etwa dreißig Meter hoher, schmaler Turm mit dünnen Metallleitern. Im Licht der Warnleuchte, die an der Spitze blinkte, sah ich auf halber Höhe zwischen den Leitern eine kleine, windumwehte Plattform. Allmählich gewöhnten sich meine Augen an die Dunkelheit, ich konnte bereits einzelne Bäume und Zweige erkennen.

«Hör mal, gehn wir doch zu mir und trinken die Flasche aus, ich wohn hier in der Nähe. Da isses wärmer. Wie heißt du? Ich bin Heikki.»

«Krisse.»

Es war Zeit, wieder zu Kristiina Kirves Zuflucht zu nehmen, zu der Frau, die mit allem fertig wurde. «Ich geh nicht mit. Wer weiß, was du mit mir anstellst.» Ich nahm den Rucksack ab und steckte die Flasche hinein. Heikki verfolgte meine Bewegungen besorgt und mit gierigem Blick, die Flasche war noch mehr als halb voll. Ohne ein Wort zu sagen, fing ich an, die eisglatte Leiter hochzuklettern. Höhenangst hatte ich zum Glück nicht. Heikki rief mir nach:

«Du bist ja wahnsinnig, was willst du denn da oben?»

Als ich die Plattform erreicht hatte, setzte ich mich hin, obwohl das Metall kalt war und der Turm wacklig zu sein schien. Der Schneeregen fiel jetzt so dicht, dass die Straßenlampe vom Turm aus kaum zu sehen war. Ich holte die Flasche aus dem Rucksack.

«Kommst du runter, oder muss ich raufkommen?», rief Heikki halb scherzhaft, halb drohend. Ich hoffte, dass ihn keine Passanten hörten.

«Hier ist es schön, wie in einem Nest», jauchzte ich mit Kleinmädchenstimme und tat, als ob ich trank. «Die wird aber schnell leer.»

Das brachte Heikki dazu, sich in die Höhe zu wagen. Seine Schuhe waren glatter als meine, ich hörte, wie er abrutschte. Ein gutes Zeichen. Er schnaufte, als er sich endlich auf die Plattform zog, er war stärker betrunken, als ich gedacht hatte.

«So ein Quatsch! Gib mir wenigstens was zu trinken, wenn ich schon mal hochgeklettert bin!» Er setzte sich neben mich, ich musste näher an den Rand der Plattform rücken.

Ich ließ ihn einen Schluck trinken, bevor ich fragte: «Hast du eigentlich Kinder?»

«Spielt doch keine Rolle.» Heikkis Stimme klang mürrisch. Ich musste gegen den Impuls ankämpfen, meiner gesunden Furcht nachzugeben und wegzurennen.

«Nun sag schon …» Ich bemühte mich um einen kindlich-quengelnden Tonfall.

«'ne Tochter hab ich, aber die is bei meiner Ex.»

«Ich hätte so gern Kinder gehabt, aber als Make mich verlassen hat …» Ich wischte eine auf der Backe gelandete Schneeflocke ab, als wäre es eine Träne. «Ich muss mal pinkeln.»

Ich bückte mich, um die Flasche in den Rucksack zu stecken. Da packte Heikki mich am Handgelenk.

«Verdammte Hüpfdrossel! Lass die Flasche und den Rucksack hier, dann kannst du besser klettern.»

«Nee, das tu ich nicht!» Ich versuchte mich loszureißen, aber er hielt mich mit eisernem Griff fest. Panik überfiel mich, ich reagierte instinktiv. Mit der freien Hand hielt ich mich an einem der Stahlträger fest und trat zu. Heikki ließ los.

«Du blöde Kuh!»

Obwohl ich das Gefühl hatte, mich nicht bewegen zu können, warf ich den Rucksack hinunter. Tastend setzte ich einen Fuß auf die Leiter, dann griff ich mit der freien Hand nach den Sprossen. Heikki war aufgestanden, im Schein der Warnlampe sah ich sein wutverzerrtes Gesicht und den Fuß, der sich bereit machte, mir das Gesicht zu zertreten.

«Nicht! Du kriegst die Flasche!»

Das Entsetzen in meiner Stimme war echt. Ich wusste, was Anja kurz vor einem Schlag empfand, was jede meiner Klientinnen empfand, wenn sie von einem Stärkeren angegriffen wurde. Beim nächsten Aufblinken sah ich den Triumph auf Heikkis Gesicht. Er beugte sich tief herunter, um die Flasche zu nehmen, aber ich zog sie aus seiner Reichweite. Im Dunkeln beugte er sich noch weiter vor und schlug beim Aufstehen mit dem Kopf gegen eine Querstrebe.

Er schwankte, stieß einen Schrei aus und fiel herunter, ohne dass ich etwas zu tun brauchte.

Zwölf

Eine Weile konnte ich nichts anderes tun, als mich am Geländer festzuhalten und aufzupassen, nicht herunterzufallen. Als das Zittern nachließ, riskierte ich einen Blick nach unten. Auf der grauweißen Erde machte ich ein dunkles Bündel aus, und als die Warnlampe das nächste Mal aufblinkte, sah ich, dass es sich nicht bewegte. Ich steckte die Flasche ein und kletterte ungeschickt die Leiter hinunter. Auf halber Strecke hätte ich mich beinahe in meinem langen Mantel verfangen, mit Mühe unterdrückte ich einen Schrei.

Heikki Jokinen war auf dem Bauch gelandet. Sein Kopf war merkwürdig verdreht, sodass ein Teil des Gesichts zu sehen war. Der Mund und das linke Auge standen offen. Ich zog einen Handschuh aus und hielt die Hand so nah an Heikkis Mund, wie ich konnte, ohne ihn zu berühren. Ich spürte keine Atemwärme auf meinem Handrücken.

Dann schnappte ich mir den Rucksack und rannte weg. Etwa hundert Meter lief ich über felsigen Waldboden, bis ich zu einer Wohnstraße kam, die zur Finnoontie führte. Erst dort dachte ich wieder an die Schnapsflasche, die aus meiner Manteltasche hervorlugte, und versteckte sie schnell im Rucksack. Ich klopfte mir den Schnee ab, kramte die Brille aus dem Rucksack und hoffte, dass niemand aus dem Fenster guckte. In meinem Innern piepste ein bescheidenes Stimmchen, ich sollte sofort die Polizei anrufen. Ich weigerte mich, darauf zu hören.

Ich wusste nicht, welcher Gedanke schrecklicher war: dass Heikki Jokinen tatsächlich tot war oder dass er wieder zu sich kam und sich erinnerte.

Auf dem letzten Stück Weg versuchte ich so auszusehen, als käme ich von einer etwas längeren Chorprobe. Der Schneeregen war in richtigen Schnee übergegangen, an der Windseite der Einzäunung für die Mülleimer lag er schon zehn Zentimeter hoch.

Als ich endlich zu Hause war, sackte ich im Flur zusammen. Der Weinkrampf, der mich überfiel, war so heftig, dass ich laut aufheulen musste. Sulo kam besorgt angelaufen, leckte mir übers Gesicht und stupste mich an der Schulter. Erst nach zwanzig Minuten war ich fähig, aufzustehen und den Mantel auszuziehen. Ich knipste den Saunaofen an und ließ Sulo die Nase in den Schneesturm halten. Nach fünf Sekunden hatte er genug davon.

Ich nahm die Schnapsflasche aus dem Rucksack und kippte den Rest des Inhalts in den Ausguss. Dann spülte ich die Flasche sorgfältig aus und legte sie in einen Topf voll Wasser. Ich wusste nicht viel von DNA-Tests, aber ich stellte mir vor, dass Heikkis Zellen, die vielleicht am Flaschenhals zurückgeblieben waren, durch Auskochen vernichtet würden, ebenso wie Fingerabdrücke. Natürlich würde ich die Flasche in den Glascontainer werfen, aber sie sollte keine Spuren von uns beiden tragen.

Ich zog mich nackt aus und stopfte alle Kleidungsstücke in die Waschmaschine, bis auf den Pullover, den ich mit der Hand waschen musste. Dann fielen mir die Fasern ein, von denen neuerdings in allen Krimiserien die Rede war. Was hatte Heikki angehabt? Steppjacke, Hose, Lederschuhe und Lederhandschuhe, eine verfilzte Wollmütze – von der waren vielleicht Fäden abgegangen.

Ich saugte Rucksack, Mantel und Schal sorgfältig ab, dann setzte ich den Staubsaugerbeutel auf die Liste der Dinge, die ich wegwerfen musste. Anschließend hängte ich Mantel und Schal zum Lüften auf die Terrasse, in die äußerste Ecke, wo der Schnee nicht hinkam. Nach kurzem Überlegen stellte ich auch die Winterstiefel dazu. Wir hatten uns zwar nur einmal berührt, als

Heikki mich am Arm gepackt hatte, aber ich fürchtete trotzdem, dass irgendwelche Spuren von mir an ihm zurückgeblieben waren. Und wenn an Heikkis Handschuhen Fasern von meinem roten Mantel entdeckt wurden? Auf meinen geliebten Mantel würde ich ungern verzichten, außerdem konnte manch einer bezeugen, dass ich einen tiefroten Stoffmantel besessen hatte. Wenn ich ihn zum Flohmarkt trug oder wegwarf, machte ich mich erst recht verdächtig. Aber würde mich überhaupt jemand mit Heikki in Verbindung bringen? Was war denn mit denen, die im gleichen Bus gesessen hatten? Woher sollte ich wissen, wie viele Leute beobachtet hatten, wie wir tranken und in den Wald schlichen, wie viele Heikkis Brüllen gehört hatten oder den überraschten Ausruf, als er abstürzte. Ich konnte es nicht wissen. Es blieb mir nichts anderes übrig, als zu warten.

Wenn Heikki ohne Hilfe aus dem Wald herausgefunden hatte, ging er sicher nicht zur Polizei. Stattdessen würde er wahrscheinlich nach mir suchen. Wenn ihn jemand gefunden und ins Krankenhaus gebracht hatte, saß ich in der Tinte. Dann wurde die Polizei gerufen, und Heikki konnte wer weiß was erzählen. Wem würde die Polizei glauben, ihm oder mir?

Das Wasser, in dem die Flasche lag, kochte. Ich schaltete die Platte ab und machte mir in der Mikrowelle einen Becher Kakao warm. Dann wusch ich den Pullover und hängte ihn auf. Ich ging unter die Dusche und dann in die Sauna, wo ich es so heiß werden ließ, wie es der erbärmliche Elektroofen erlaubte. Ich wusch mir gründlich die Haare und schrubbte mich mit einer harten Bürste ab. Anschließend schaltete ich die Waschmaschine ein. Als ich ein frisches Nachthemd und Bettsocken aus dem Schlafzimmer holte, sah ich, dass mein Anrufbeantworter zwei Nachrichten anzeigte. Hatte die Polizei etwa schon angerufen?

Die erste Nachricht war von meiner Mutter:

«Bist du krank, oder warum gehst du nie dran? Ruf mal an, dein Vater hat Lungenentzündung.»

Vor einigen Jahren hatte man meinem Vater wegen eines Krebsgeschwürs den einen Lungenflügel entfernt. Er selbst führte die Krankheit darauf zurück, dass er als junger Mann im Winter immer im Bergwerk gearbeitet hatte, obwohl der Arzt gesagt hatte, die zwei Schachteln North State, die er täglich rauchte, hätten wohl auch etwas zum Krebs beigetragen. Mein Vater hatte sich erstaunlich gut erholt und rauchte nach wie vor mindestens eine Schachtel pro Tag. Lungenentzündung … Ich machte mir keine Sorgen. Er würde wohl nicht gleich daran sterben.

Die zweite Nachricht war von Kalle.

«Ich hätte dich gern zu einem Spaziergang im Sturm und danach zu einer Tasse Tee eingeladen, aber du bist wohl auf der Chorprobe. Na, dann bis zum nächsten Sturm.»

Kalle. Ob er verstehen würde, weshalb ich Heikki getötet hatte? Würde er mich im Gefängnis besuchen, so wie seinen deprimierten Freund?

Gefängnis. Was dachte ich denn da? Ich kam doch nicht ins Gefängnis!

Ich fütterte Sulo, kochte einen Teller Instant-Gerstenbrei und aß ihn mit Erdbeermarmelade. Ich zog den Telefonstöpsel heraus und sah nach, ob das Handy ausgeschaltet war. Dann nahm ich zwei Schlaftabletten und legte mich mit «Anne auf Green Gables» ins Bett. Bevor die Heldin in Redmond eintraf, schlief ich ein.

Am nächsten Morgen sah die Welt aus, als wäre ein riesiger Beutel Wattebäusche über ihr ausgeleert worden. Der Schnee ließ alle Formen rund und weich erscheinen, und obwohl es bewölkt war, lag über allem ein weiches Licht. Die Autofahrer schaufelten ihre Gefährte verzweifelt aus einem halben Meter Schnee. Der seltsame Mann aus dem Treppenhaus B lief mit seinem Sohn auf Skiern los. Jetzt mochte man schon glauben, dass in zwei Wochen Weihnachten war.

Da ich Abendschicht hatte, konnte ich in aller Ruhe Pläne

schmieden. Ich setzte Kaffee auf und holte die Zeitung. Nervös blätterte ich sie durch, aber zum Glück stand nichts von einem in Eestinkallio aufgefundenen Toten darin.

Sollte ich nachsehen, ob Heikki noch am Fuß des Sendeturms lag? Ich konnte ja behaupten, ich wäre zufällig über die Leiche gestolpert. Aber nein – ich wollte die Aufmerksamkeit der Polizei nicht auf mich lenken. Vielleicht hatte der Schnee Heikki und alle Spuren zugedeckt.

Ich aß, soviel ich konnte, und zog mich an. Ich versteckte meine kurzen Haare unter der Mütze und suchte die alte Brille hervor. In meinem dunkelblauen Schneeanzug war ich wieder ein unauffälliger Niemand. Ich packte die leere Schnapsflasche und den Staubsaugerbeutel in meinen Rucksack, kraulte Sulo ein Weilchen und ging zur Haltestelle. Mit der Elf fuhr ich zur Esso-Tankstelle in Niittykumpu, wo ich den Staubsaugerbeutel in die Mülltonne warf. Dann ging ich zum Glascontainer und ließ die Schnapsflasche hineinfallen. Ich fuhr nach Hause zurück, zog bessere Sachen an und richtete meine neue Frisur. Dann ging ich zur Arbeit.

In der letzten Nacht war es im Schutzhafen ruhig gewesen, keine Neuaufnahme.

«Wie geht es Anja Jokinen?», fragte ich Anneli.

«Anja? Der geht es ganz gut, sie kann heute nach Hause. Ihr Sohn holt sie gegen drei ab.»

«Ihr Sohn? Was soll das denn? Anja ist doch hier, weil sie vor Heikki weggelaufen ist», sagte ich hitzig. In Wahrheit hätte ich Anneli schütteln mögen und sie anschreien, ob Heikki etwa am Leben wäre.

«Nicht der brutale Sohn, sondern der andere. Der gute Sohn. Anja ist schon ganz aufgeregt.»

«Kaarlo? Der gerade aus dem Gefängnis entlassen worden ist?»

Ich wollte sofort mit Anja reden, aber auf dem Flur wurde ich von Pauli aufgehalten. Seine Stimme war ein paar Tonstufen höher als normal, sein Gesicht hatte die Farbe einer halbreifen Tomate.

«Warum intrigierst du gegen den Schutzhafen?»

«Wie bitte?! Was meinst du?»

«Komm in mein Zimmer, dann zeig ich's dir!» Pauli schob mich in sein Direktorenzimmer und nahm einen Brief vom Tisch. Den Knitterfalten nach hatte der Empfänger den Brief zusammengeknüllt, sich dann aber besonnen und das Papier wieder glatt gestrichen.

«Du warst es doch, die Tiina Leiwo bemuttert hat, und du hast ihr auch geraten, nicht zu ihrem Mann zurückzugehen. Hast du sie aufgehetzt, das hier zu schreiben, oder ist das auf ihrem eigenen Mist gewachsen?»

An die Mitarbeiter und den Vorstand des Frauenhauses Schutzhafen

Ich war im Oktober/November dieses Jahres zweimal Klientin des Frauenhauses Schutzhafen. Beide Male bin ich vor meinem gewalttätigen Ehemann Pasi geflohen.
Beim ersten Mal hatte mich Pasi so heftig geschlagen, dass mein Auge zuschwoll. Er versuchte auch, mich zu würgen. Beim zweiten Mal musste ich ins Krankenhaus, von wo ich in den Schutzhafen zog. Ich hatte eine Gehirnerschütterung und ein gebrochenes Kinn.
Von den Misshandlungen war ich so geschockt, dass ich völlig urteilsunfähig war. Ich hatte Angst vor Pasi, aber auch vor der Reaktion der Leute, wenn ich zugäbe, dass er mich schlägt. Ich hoffte, im Frauenhaus Rat zu bekommen.
Erst nachdem ich eine Therapie angefangen habe, ist mir klar geworden, dass Misshandlung ein Verbrechen ist, das immer zur Anzeige gebracht werden muss, selbst wenn der Täter ein Familienmitglied ist. Von den Mitarbeitern des Frauenhauses Schutz-

hafen hat nur eine, Säde Vasara, mich ermutigt, Anzeige zu er-
statten. Sie hat mich jedoch nicht zur Polizeidienststelle ge-
bracht, weil ich es nicht wollte. Im Schutzhafen wird nichts ge-
tan, wenn die Klientin selbst es nicht will, selbst dann nicht,
wenn die Klientin vor Angst nicht bei Sinnen ist und keine ver-
nünftigen Entscheidungen fällen kann.

Beim ersten Mal versuchte Pasi verzweifelt, herauszufinden, wo
ich war. Offensichtlich vermutete er, dass ich in den Schutzhafen
geflohen war, denn er wurde von Mitarbeitern gesehen, als er
vom nahe gelegenen Wald aus das Frauenhaus mit dem Fern-
glas beobachtete. Das Personal hat darüber keine Meldung an
die Polizei gemacht.

Ich habe Erkundigungen eingezogen und festgestellt, dass die
einzelnen Frauenhäuser sehr unterschiedliche Vorgehensweisen
haben. Manche Frauenhäuser ermutigen misshandelte Frauen,
sich von den Tätern zu trennen, und verwehren den Männern
jeden Zutritt. Andere wiederum versuchen die ganze Familie zu
behandeln, die letztlich selbst entscheiden soll, ob sie zusammen-
bleibt.

Das Ziel des Schutzhafens scheint es zu sein, die Familien zu
erhalten, selbst wenn die Ehefrau dafür mit dem Leben bezahlen
muss. Der Leiter des Schutzhafens, Pauli Peltola, hat mich gera-
dezu genötigt, einem Treffen mit Pasi zuzustimmen und nach
Hause zurückzukehren. Beim Familiengespräch schien Peltola
Pasis Versicherung, er werde sich bessern, uneingeschränkt zu
akzeptieren, obwohl er durch seine Tätigkeit gelernt haben soll-
te, wie selten plötzliche Verhaltensänderungen sind. Wir wurden
nach Hause entlassen, ohne dass irgendwelche Kontrollbesuche
vereinbart wurden.

Auch beim zweiten Mal, als Pasi mich krankenhausreif geschla-
gen hatte, war Säde Vasara die Einzige, die mich ermutigte, An-
zeige zu erstatten. Das übrige Personal war zwar freundlich,
aber ich hatte den Eindruck, dass insbesondere der Leiter nur an
dem interessiert ist, was innerhalb des Hauses geschieht. Wäre

*Pasi nicht tödlich verunglückt, wäre ich vielleicht selbst schon
tot. Nur Säde Vasara versuchte mich daran zu hindern, nach
Hause zurückzukehren.*

*Sowohl die Tatsache, dass ich Opfer familiärer Gewalt wurde,
als auch der Unfalltod meines Mannes waren traumatische Er-
lebnisse, die mich veranlasst haben, eine Therapie zu beginnen.
Hoffentlich schicken die Mitarbeiter des Schutzhafens ihre Klientinnen in Zukunft lieber zur Behandlung als zurück in die Fa-
milienhölle.*

*Ich hoffe, die Mitarbeiter des Schutzhafens werden ihre Metho-
den überprüfen, und gehe davon aus, dass der Vorstand der
Anna-Hautala-Stiftung sie dazu verpflichtet.*

*Hochachtungsvoll
Tiina Leiwo*

*Verteiler: Frauenhaus Schutzhafen, Leiter Pauli Peltola
Vorstand der Anna-Hautala-Stiftung*

Als ich den Brief durchgelesen hatte, wagte ich eine ganze Weile
nicht, aufzusehen. Natürlich freute es mich, dass Tiina meine
Auffassung für richtig hielt, aber ich wusste, die Zusammenarbeit mit Pauli würde zumindest nicht leichter werden. Es war ihm
am Gesicht abzulesen, dass er nur mit Mühe einen Wutanfall
unterdrücken konnte. Ich hatte mehrmals an Familiengesprächen teilgenommen, in denen Pauli gewalttätigen Männern beizubringen versucht hatte, wie sie mit einfachen Methoden ihre
Selbstbeherrschung bewahren konnten. Offensichtlich setzte er
jetzt gerade seine Lehren in die Praxis um.

«Wusstest du davon?», fragte er schließlich.

«Nein. Ich habe mit Tiina Leiwo keinerlei Kontakt gehabt,
nachdem sie den Schutzhafen verlassen hat.»

«Natürlich ist sie erschüttert und fühlt sich schuldig am Tod
ihres Mannes.» Pauli setzte seine sanfteste Therapeutenstimme

ein, mit der er im Allgemeinen auch die abgebrühtesten unter den prügelnden Ehemännern erweichte. «Vielleicht bildet sie sich ein, eine Familientherapie hätte Pasi retten können. Natürlich wird sie jetzt von irgendeiner Männerfeindin behandelt, die ihr einredet, Pasi sei an allem allein schuld. Die Sache wäre nicht weiter ernst, wenn sie ihren Brief nur an uns geschickt hätte. Aber der Stiftungsvorstand ist mit dem Fall nicht vertraut und könnte uns Schwierigkeiten machen.»

Die Richtlinien für das Frauenhaus Schutzhafen wurden jeweils im Frühjahr auf der Generalversammlung der Stiftung verabschiedet. Tiinas Brief war zum ungünstigsten Zeitpunkt gekommen, denn Pauli musste gleich nach Weihnachten gemeinsam mit dem Vorsitzenden der Stiftung den Arbeitsplan für das nächste Jahr vorbereiten. Pauli und der Vorsitzende, der pensionierte Oberpfarrer Aarne Tuomikoski, hatten den Stiftungsvorstand lange als Instrument betrachtet, das die Vorstellungen der beiden Herren brav absegnete. Die letzte Generalversammlung hatte überraschend ein neues Mitglied in den Vorstand gewählt, eine «geschwätzige rothaarige Feministenpastorin», so Paulis Urteil über Sanni Voutilainen, die zweite Pastorin der Gemeinde Espoonlahti. Voutilainen stellte Fragen, auf die Pauli keine Antwort geben konnte. Vor ihrem Umzug nach Espoo hatte sie in Joensuu gelebt und dort an der Entwicklung eines neuen, therapeutisch orientierten Frauenhausmodells mitgearbeitet. Sie war über viele Vorgehensweisen ganz anderer Ansicht als Pauli.

«Ich habe oft genug gesagt, dass wir unsere Klientinnen aktiver auffordern sollten, Anzeige zu erstatten», entgegnete ich. Ich hatte nichts zu verlieren, laut Arbeitsvertrag hatte ich drei Monate Kündigungsfrist. Sollte Pauli mich wegen Insubordination feuern, blieb mir wenigstens Zeit, den Rest meines Lebens so zu gestalten, wie ich es wollte.

Paulis Gesichtsfarbe erinnerte nun an eine voll ausgereifte Tomate. Die Ader über seiner linken Augenbraue pulsierte heftig.

«Solche Fragen sollten in der Mitarbeiterbesprechung erörtert werden und nicht mit den Klientinnen. Nächsten Mittwoch hast du Gelegenheit, deine Kritik zu äußern!»

Der nächste Mittwoch. Das würde wieder einer von den Tagen sein, an denen ich kaum die Kraft aufbrachte, auch nur die notwendigsten Dinge zu erledigen, ganz gewiss kein Tag, um im Alleingang die Richtlinien des Schutzhafens zu verändern. Vielleicht konnte ich Maisa auf meine Seite bringen.

In dem Moment rief Anneli auf dem Flur: «Säde, Telefon für dich! Die Polizei.»

«Stell es in mein Zimmer durch!»

Warum machte sich die Polizei die Mühe, anzurufen und mich vorzuwarnen, anstatt mit heulenden Sirenen und gezückter Waffe anzurücken und mich als mehrfache Mörderin zu verhaften? Am liebsten wäre ich überhaupt nicht ans Telefon gegangen, aber in mir schien ein mechanisch funktionierender Roboter zu stecken, der mit ruhiger Stimme meinen Namen nannte.

«Kriminalhauptmeister Erja Kovero, Polizei Espoo, guten Tag. Sie haben Anfang der Woche einen Drohanruf angezeigt.»

«Ja.»

Vor Erleichterung gaben die Gelenke des Roboters nach, ich sackte auf meinen Stuhl und musste mir alle Mühe geben, nicht in hysterisches Lachen auszubrechen.

«Wir haben festgestellt, von welchem Anschluss der Anruf kam. In dem betreffenden Haushalt leben vier Personen. Könnten Sie die Stimme der Person, die Sie angerufen hat, noch einmal beschreiben?»

«Das ist eigentlich nicht mehr nötig. Ich habe selbst herausgefunden, dass der Anruf von einem Mann namens Timo Takala kam. Er singt im selben Chor wie ich und hat gestern nach der Probe zugegeben, dass er der Anrufer war. Ich hätte Ihnen das mitteilen müssen, aber ich hatte am Vormittag sehr viel zu tun.»

Tatsächlich hatte ich Timo Takala völlig vergessen. Kriminalhauptmeister Kovero sagte, sie würde ihn vorladen. Ob Anklage erhoben würde, hinge von mir ab, denn Drohanrufe waren Antragsdelikte. Insgeheim hatte ich mir überlegt, dass die Vorladung als Strafe ausreiche, aber da ich das vorläufig weder Timo noch die Polizei wissen lassen wollte, gab ich mich rachsüchtiger, als ich war. Auf jeden Fall würde sich die Sache bis nach Weihnachten hinziehen.

Nachdem ich aufgelegt hatte, blieb ich am Fenster stehen und schaute auf den Hof, wo Maisa mit den kleinsten Kindern einer Klientin Schneelaternen baute. Die Temperatur war im Lauf des Tages gesunken, jetzt hatten wir schon zehn Grad unter null. Der frische Schnee glitzerte wie ein Feuerwerk in Dutzenden von Farben, die Sonne brach durch die Wolken und ließ die Fichten im Hof silbrig glänzen. Alles war rein: der Schnee, Maisas azurblauer Mantel, die Engelsfigur, die die vierjährige Jessica in den Schnee gedrückt hatte. Nur ich war befleckt und würde nie mehr sauber werden, selbst wenn ich mich im Schnee vergrub.

Anja Jokinen saß im Fernsehzimmer und schaute sich eine Wiederholung von «Dallas» an. Die geschwollenen Finger spielten unruhig mit dem Saum ihrer Bluse. Auch Anja machte beim Fernsehen gern Handarbeiten, die einem das Gefühl gaben, seine Zeit nicht zu vergeuden. Ich fuhr beinahe zurück, als sie mich anblickte, denn ein paar grauenvolle Sekunden lang hatte sie genau denselben Gesichtsausdruck wie Heikki. Als ich genauer hinsah, entdeckte ich die gleichen Augenbrauen, das gleiche vorstehende Kinn und die gleichen schmalen Lippen. Anjas Nase war so oft gebrochen, dass man sich ihre ursprüngliche Form kaum mehr vorstellen konnte.

«Tag, Anja. Geht's nach Hause?»

«Ja. Kaarlo holt mich gegen vier ab, wenn er von der Arbeit kommt. Gerade erst aus dem Gefängnis und schon eine Stelle. Kaarlo war immer ein guter Junge.»

«Er hilft dir sicher, das Schloss auszuwechseln.»

«Bestimmt.» Anja warf einen Blick auf den Bildschirm, wo ein mageres Mädchen mit tadellosen Jacketkronen zum Schokoladenkonsum verleitete. «Ich wollte Kaarlo gar nichts von Heikkis Dummheiten sagen, aber dann musste ich es doch tun. Er war ganz schön wütend, er hat gesagt, er setzt Heikki den Kopf zurecht. Wenn sie sich bloß nicht prügeln, wo doch Kaarlo auf Dingsbums … noch nicht endgültig entlassen ist.»

«Auf Bewährung», ergänzte ich.

«Genau. Heikki behauptet, Kaarlo kommt wieder ins Gefängnis, wenn er sich nicht benimmt. Heikki redet immer so hässlich über Kaarlo, dabei ist Kaarlo doch gar kein Schurke. Er hat seinen Vater aus Versehen getötet und nicht mit Absicht, wie Heikki immer sagt.»

«Hat Heikki versucht, dich hier im Frauenhaus anzurufen?», unterbrach ich Anjas Lamento.

«Diesmal nicht. Ich hab richtig Angst, wie meine Wohnung aussieht. Manchmal hat er da so wüst gefeiert, dass alles kaputt und dreckig war. Aber Kaarlo hat mir versprochen, dass ich bei ihm wohnen kann, bis die Wohnung wieder in Ordnung ist. Jetzt, wo Kaarlo wieder da ist, wird alles anders!»

Ich hielt es eher für wahrscheinlich, dass der Wunderknabe Kaarlo im Knast mit Drogen Bekanntschaft geschlossen und Anja bald einen neuen Abstauber am Hals hatte. Sollte ich dann wieder handeln? Hatte ich noch genug Zeit?

Eine Liebesszene zwischen Pamela und Bobby fesselte Anjas Aufmerksamkeit. Ich ging in mein Zimmer zurück und füllte für Anja und zwei andere Klientinnen Formulare aus, spielte mit Janica und ihren Puppen und bemühte mich, Pauli aus dem Weg zu gehen. Das war nicht schwer, denn er hatte sich in sein Zimmer zurückgezogen, vermutlich um die Vorstandsmitglieder der Anna-Hautala-Stiftung anzurufen und ihnen Tiina Leiwos Brief zu erläutern. Maisa kam mit Janicas Mutter und ältester Schwester vom Arzt zurück. Die Mutter warf ihrem Mann Inzest vor, deshalb war die Zehnjährige untersucht worden. Es stand Maisa ins Gesicht geschrieben, wie sehr das Ganze sie mitgenommen hatte.

«Hast du den Brief von Tiina Leiwo gelesen?», fragte sie nach einer kurzen Meditation vor ihren beruhigenden Steinen. Sie behauptete, das helfe besser als Arzneien oder Gebete.

«Hab ich. Pauli war völlig außer sich.»

«Ich hab ihn heute Morgen aufgemacht, weil er nicht ausdrücklich an Pauli adressiert war. Was wird wohl der Vorstand dazu sagen?»

«Pauli spricht gerade mit den Mitgliedern. Ich finde, Tiina hat Recht. Wir lassen zu viele Menschen einfach gehen. Ich weiß, dass das in diesem Haus Prinzip ist, aber es ist falsch.»

Maisa prustete los.

«Du hast dich wirklich verändert! Was du da sagst, denke ich schon lange, aber allein konnte ich keine Veränderungen durchsetzen. Ich habe es im Schutzhafen nur ausgehalten, weil ich mir einbilde, dass ich den Menschen doch ein kleines bisschen helfen kann. Aber wenn wir jetzt zwei Rebellinnen sind und die Voutilainen im Vorstand sitzt, können wir tatsächlich etwas bewirken.»

Maisa glühte wie eine Kerze im Schnee. Sie war eine ewige Optimistin, gerade das hielt sie vermutlich im Gleichgewicht.

Kurz vor vier ging ich in Anjas Zimmer. Sie saß auf dem Bett, ihre spärlichen Besitztümer gepackt, und machte ein Gesicht wie ein Kind, das auf den Beginn seines ersten Schultags wartet. Ich sagte ihr, dass ich gerne kurz mit Kaarlo sprechen würde, wenn er sie abholte, denn ich hatte den Verdacht, dass Anja ihrem Sohn nicht die volle Wahrheit über Heikkis Gewalttätigkeit gesagt hatte. Sie nickte und trat ans Fenster, in ihrer Vorfreude bewegte sie sich plötzlich flink und lebhaft.

«Da kommt Kaarlo. Guck doch mal, Säde, was für einen hübschen Sohn ich habe!»

Ich ging ans Fenster, darauf gefasst, jemanden wie Heikki Jokinen zu Gesicht zu bekommen, einen kleinen, aufgedunsenen

Typ, aber der Mann, der da über den Hof des Schutzhafens ging, sah wirklich gut aus. Er war groß und muskulös, seine schwarzen Haare ringelten sich über dem Kragen einer abgetragenen braunen Lederjacke, im Bart saßen Schneeflocken.

Es war mein Nachbar Kalle.

Dreizehn

«Hallo, Säde», grüßte Kalle mich in der Eingangshalle des Schutzhafens, als wäre es die natürlichste Sache der Welt, dass er seine Mutter dort abholte. «Wusstest du es die ganze Zeit?»

«Nein. Ich habe es erst begriffen, als ich dich eben auf dem Hof sah. Jokinen ist so ein häufiger Name, und Anja hat immer nur von Kaarlo gesprochen. Ich dachte, Kaarlo wäre erst jetzt aus dem Gefängnis gekommen.»

«Das hat meine Mutter auch gedacht. Ich wollte erst alles wieder ins Gleis bringen, bevor ich ihr erzähle, dass ich nach der Mindeststrafe entlassen worden bin.»

Er klang bedrückt. Ich hatte nicht annähernd begriffen, wie sehr er sich gequält und geschämt hatte, nachdem er seinen Vater getötet hatte und ins Gefängnis gekommen war. Nach der Entlassung erwartete ihn ein neuer Schock: Sein Bruder misshandelte seine Mutter. Sein Bruder, den ich möglicherweise getötet hatte.

Während unseres Gesprächs hatte Anja abwechselnd von einem zum anderen geschaut, als verfolge sie ein Tennismatch. Jetzt fragte sie verwundert: «Kennt ihr euch?»

«Wir wohnen im gleichen Haus.» Kalle lächelte seine Mutter an, auch für mich fiel ein kleines Stückchen Lächeln ab.

«Ich ziehe jetzt für ein paar Tage zu meiner Mutter, bringe die Wohnung in Ordnung und kümmere mich um das neue Schloss, aber wenn ich zurückkomme, möchte ich mit dir sprechen.»

«Ja, gern. Melde dich, wenn du wieder da bist.»

Nachdem Anja und Kalle gegangen waren, rannte ich in mein

Zimmer, schloss hinter mir ab und nahm den Hörer von der Gabel. Ich wollte ungestört sein. Was für ein Idiot ich doch gewesen war! Ich hatte die Übereinstimmungen zwischen Kalles und Anjas Geschichten einfach nicht gesehen. Obendrein war ich zu feige gewesen, Kalle zu fragen, wen er umgebracht hatte. Die Wahrheit war noch schwerer zu ertragen, als ich erwartet hatte.

Obwohl ich nicht an Heikki Jokinen denken wollte, sah ich ihn vor mir, wie er vom Sendemast fiel. Und wenn er nun wirklich tot war? Warum hatte ich einen Tag zu spät erfahren, dass ich nicht die Einzige war, die Anja schützte? Um meine furchtbaren Gedanken auszuschalten, blieb ich nach Dienstschluss noch im Schutzhafen, half der Putzfrau beim Wäschesortieren und brachte Janica zu Bett. Im Laufschritt machte ich mich dann auf den Weg, obwohl die Beine mir den Dienst versagen wollten. Zu Hause desinfizierte ich Sulos Katzenklo, füllte es mit frischer Katzenstreu, bügelte, mangelte und tat alles Mögliche, um richtig müde zu werden, aber es half alles nichts. Heikki Jokinen spukte mir im Kopf herum, es blieb mir nichts anderes übrig, als wieder eine Schlaftablette zu nehmen.

Am Freitag zuckte ich jedes Mal zusammen, wenn das Telefon klingelte. Als ich während der Kaffeepause am Nachmittag die Sirene eines Einsatzwagens hörte, kippte ich meine Tasse um und suchte in der Küche fieberhaft nach dem Wischtuch. Gleich würde der Wagen vor dem Schutzhafen anhalten, gleich würde es klingeln …

Nichts dergleichen geschah. Als ich die Kaffeepfütze aufgewischt hatte, war das Geräusch in der Ferne verklungen. Ich war erleichtert, als Ritva sich krankmeldete, und bestand darauf, ihre Nachtschicht zu übernehmen. Zwischendurch ging ich schnell nach Hause, um Sulo zu füttern, dann kehrte ich ins Frauenhaus zurück. Ich schaffte alles, solange ich nicht an die Familie Jokinen zu denken brauchte. Während der Nacht erledigte ich mehr Schreibarbeit als Pauli in zwei Wochen. Gegen fünf schlich ich mich hinaus und holte die Zeitung, sie brachte keine Nachricht über einen Leichenfund. Am Samstagmorgen war ich so erschöpft, dass ich ohne Tabletten einschlief.

Am Nachmittag ging ich einkaufen. Von einer Telefonzelle aus rief ich bei Heikki Jokinen an. Er meldete sich nicht. Vielleicht sollte ich wirklich zum Sendemast gehen und mich vergewissern, dass seine Leiche nicht unter einer Schneewehe begraben war? Nein, das wäre ein Fehler wie aus dem Lehrbuch! Hieß es nicht, der Täter kehrt immer zum Tatort zurück?

Es blieb mir nichts anderes übrig, als zu warten. Ich sah mir die Filme mit Tauno Palo an, die ich im Lauf des Herbstes aufgenommen hatte, und strickte meinen roten Baumwollpullover fertig. Ich hatte mittlerweile noch mehr abgenommen, die Schlüsselbeine standen hervor und meine Röcke waren mir an den Hüften zu weit. Ich freute mich nicht darüber, im Gegenteil. Woher sollte ich die Energie nehmen, mir neue Kleider zu kaufen?

Gerade als ich überlegte, ob ich in die Sauna gehen sollte, klingelte es. Hastig zupfte ich meine Frisur zurecht. Natürlich war es Kalle. Er trat ein, ohne zu fragen, zog die Schuhe aus und ließ sich auf das Sofa fallen. Sulo sprang ihm sofort auf den Schoß und fing an zu schnurren.

«Magst du einen Tee?»

«Wenn es nicht zu viel Umstände macht. Oder hättest du etwas Stärkeres?»

Ich hatte noch den Rotwein, den ich zusammen mit dem Schnaps für Heikki Jokinen gekauft hatte. Es kam mir makaber vor, Kalle den Wein anzubieten, aber ich tat es trotzdem.

«Gib mal her, ich mach das schon», meinte er, nachdem er meinem vergeblichen Kampf mit dem Korkenzieher eine Weile zugesehen hatte. Mir fehlte die Kraft in den Armen.

«Du solltest dir einen besseren Korkenzieher anschaffen», schnaufte er, als er den trocken gewordenen Korken endlich heraus hatte.

«Ich habe nicht viel Verwendung dafür.»

Die Weingläser auf dem obersten Schrankbrett waren verstaubt. Ich spülte sie aus und trocknete sie ab, bevor ich den Wein eingoss. Meine Hände zitterten, dunkelrote Flüssigkeit rann auf das Holztablett und bildete einen unschönen Fleck. Ich setzte mich in den Sessel und trank Kalle mit ungeschickter Geste zu. Kalle hob ebenfalls sein Glas, dann schüttelte er den Kopf.

«Hast du wirklich nicht gewusst, dass ich Anjas Sohn bin?»

«Nein, ehrlich nicht. Wie geht es Anja?»

«Den Umständen entsprechend gut. Ich habe bei ihr übernachtet, gestern haben wir das Schloss ausgewechselt. Sie hat versprochen, mich sofort anzurufen, wenn sie etwas von Heikki hört. Der ist offensichtlich wieder auf Sauftour. Oder er zieht es vor, nicht ans Telefon zu gehen, nach der bitterbösen Nachricht, die ich ihm hinterlassen habe.»

«Wann war das?», wollte ich wissen.

«Am Mittwoch, gleich nachdem meine Mutter mich angerufen und mir alles erzählt hatte.» Kalle trank einen Schluck. Mit seiner großen Pranke fuhr er sich durch das Haar, dann fing er an, Sulo zu kraulen, der immer lauter schnurrte und sich zufrieden auf den Rücken legte.

«Warum hat Mutter mir nicht früher von Heikki erzählt? Er bedroht und erpresst sie jetzt schon seit zwei Jahren, aber sie hat bei ihren Besuchen kein Wort davon gesagt.»

«Weil sie Angst hatte. Für Anja warst du immer der gute Sohn, und sie hat sehr darunter gelitten, dass du ins Gefängnis musstest.»

«Willst du damit sagen, sie hatte Angst, dass ich auch Heikki umbringen würde?» Kalle streichelte Sulos Bauch, die Falten in seinen Augenwinkeln waren tiefer geworden und sahen nicht so aus, als kämen sie nur vom Lachen.

«Vielleicht.» Das Weinglas in meiner Hand zitterte, ich hatte Schwierigkeiten, es an den Mund zu führen, ohne etwas zu verschütten. «Deine Mutter gibt sich die Schuld daran, dass dein Leben verpfuscht ist.» Ich errötete wegen der unglücklichen Wortwahl und versuchte meinen Fauxpas wieder gutzumachen: «Deine Mutter hat immer sehr liebevoll von dir gesprochen. Sie war sehr stolz auf dich, weil du eine Anstellung bekommen hast.»

«Schuldgefühle», schnaubte Kalle. «Die haben immer die falschen Leute. Meine Gefängnisstrafe war verdient, weil ich nicht rechtzeitig gehandelt habe. Ich hätte Mutter in Sicherheit bringen sollen, statt meinen Vater zu töten. Hat sie erzählt, wie es passiert ist?»

«Sie hat es nicht über sich gebracht, davon zu sprechen.»

«Bringst du es über dich, mir zuzuhören?»

Ich nickte, obwohl ich nicht sicher war, ob ich die Wahrheit hören wollte. Als Kalle zu erzählen begann, sah er nicht mich an, sondern Sulo.

«Mein Alter hat Mutter immer schon geschlagen. Als Kinder hielten Heikki und ich das für normal. Uns hat er auch verhauen, aber ich war mit dreizehn schon so groß wie er, da hat er aufgehört, weil er Angst hatte, ich würde zurückschlagen. Ich bin anders als der Rest der Familie, groß und dunkelhaarig, und das war auch ein Grund, weshalb er Mutter verprügelt hat. Er hatte den Verdacht, ich wäre nicht von ihm. Mutter hat vergeblich versucht, ihm zu erklären, dass in der Familie ihrer Großmutter alle groß und dunkelhaarig waren.

Gleich nach dem Abitur bin ich ausgezogen. Der Alte fand es überflüssig, so lange zur Schule zu gehen, aber Mutter hat mich unterstützt. Von meiner Berufswahl war er auch nicht begeistert. Ich hab die höhere Handelsschule besucht und bin Bibliotheksassistent geworden. Zum Schluss habe ich meine Eltern überhaupt nicht mehr besucht, weil ich es nicht ertragen konnte, wie der Alte soff und wie er Mutter behandelte. Wenn Mutter oder Heikki mich sehen wollten, haben wir uns in der Stadt getroffen. Jahrelang hab ich meinen Alten nur an Weihnachten gesehen, nicht mal zu seinem Fünfzigsten war ich dort. An Mutters Geburtstag bin ich dann doch hin, und da hab ich gemerkt, dass irgendwas faul war.»

Er trank einen Schluck Wein, Sulo schnappte spielerisch nach seiner Hand. Kalle hatte lange, breite Finger, auf dem Handrücken traten die Adern hervor. Er nahm einen zweiten Schluck, bevor er fortfuhr:

«Mutter gab schließlich zu, dass Vater sie ein paar Mal krankenhausreif geschlagen hatte. Natürlich sagte ich ihr, sie solle sofort ausziehen, aber sie hat sich nicht getraut. Mein Privatleben war damals ziemlich konfus, eine langjährige Beziehung war gerade zerbrochen, und dadurch hat sich auch die Band aufgelöst, in der ich in meiner Freizeit gespielt hatte. Erst als ich Mirja kennen lernte und mein Leben ruhiger wurde, habe ich angefangen, mich um Mutter zu kümmern. Einmal hab ich sie gezwungen, mit mir zur Polizei zu gehen und Anzeige zu erstatten, aber daraufhin hat der Alte sie gleich nochmal verprügelt. Mutter hat die Anzeige zurückgezogen, und ich konnte nichts tun. Ich glaube, damals hat sie angefangen, mir zu verschweigen, was er mit ihr anstellte.

An Ostern vierundneunzig wollten Mirja und ich meiner Mutter Weidenkätzchen und Osterglocken bringen, ohne uns vorher anzumelden, es sollte eine Überraschung sein. Es kam niemand an die Tür, aber drinnen hörte man ein fürchterliches Klatschen und Stöhnen. Ich hab die Tür eingerannt und den Alten in der Küche gefunden, wie er gerade Mutter, die in der Ecke zusammengebrochen war, mit Fußtritten traktierte. Die Bratpfanne stand auf dem Herd, ich hab sie genommen und zugeschlagen. Er war sofort tot, Schädelbruch. Ich hab selbst den Krankenwagen und die Polizei alarmiert.»

Kalles Hände zitterten, zum ersten Mal sah er mich an. Ich hielt seinem Blick stand, obwohl es mir schwer fiel.

«Ich wollte früher mal Zivildienst leisten, aber sie haben mich nicht anerkannt, wegen mangelnder Überzeugung. Damals war ich schwer beleidigt. Aber sie hatten mich wohl durchschaut. Schließlich ist ein Killer aus mir geworden.»

Sein kläglicher Versuch zu lachen endete in einem Hustenanfall. Sulo sprang auf und streckte sich beleidigt, weil sein menschliches Kissen auf einmal so wackelte. Ich suchte vergeblich nach Worten, und da mir nichts einfiel, trank ich von meinem Wein. Bald darauf spürte ich eine angenehme Wärme im Bauch und hoffte, sie würde sich auch in meinem Kopf ausbreiten.

«Keine schöne Geschichte, aber in deinem Beruf bist du wohl an solche Dinge gewöhnt», fuhr Kalle fort. «Mutter sagt, du wärst so nett und hilfsbereit gewesen. Vielen Dank für alles, was du für sie getan hast. Ich versuche dafür zu sorgen, dass sie nie mehr ins Frauenhaus zu fliehen braucht.»

Unwillkürlich schrak ich zusammen, als hätte ich meinen eigenen Gedanken gehört. Kalle sah die kurze Bewegung und verstand sie falsch.

«Glaub jetzt nicht, dass ich Heikki auch noch umbringen will! Nein, nein, aber ich werde dafür sorgen, dass er nicht mehr an Mutter und ihre Rente herankommt. Notfalls zieht Mutter zu mir.»

«Wirst du versuchen, sie zu einer Anzeige zu überreden?»

«Ich möchte Heikki nicht ins Gefängnis bringen, obwohl er es verdient hätte. Von da kommt keiner unversehrt zurück. Zum Entzug müsste man ihn kriegen. An dem Abend, als ich mit ihm in der Sauna war, hab ich gesehen, wie der Alkohol ihn im Griff hat. Das liegt bei uns in der Familie, ich hab früher auch mehr getrunken, als gut für mich war. Heikki würde im Gefängnis zuerst mit Alkoholschmugglern in Berührung kommen, dann mit Drogengangs, er würde Schulden machen und käme nicht mehr lebend heraus. Ich will kein zweites Menschenleben auf dem Gewissen haben.»

Kalle hatte sein Glas ausgetrunken, ich goss nach, ohne zu fragen, füllte auch mein eigenes Glas auf und hoffte, der Wein würde mein Herz beruhigen, das ungefähr zweimal pro Sekunde schlug. Warum musste Kalle ausgerechnet Anja Jokinens Sohn und Heikkis Bruder sein?

Sulo sprang auf Kalles Schoß zurück und schlug mit der Tatze nach dem Weinglas. Offenbar fühlte sich die Katze vernachlässigt.

«Kann ich dir irgendwie behilflich sein?» Ich versuchte, meine Berufsstimme einzusetzen, aber meine Sprechweise erinnerte fatal an Paulis selbstzufriedenen Predigtton.

«Es reicht, wenn du mit mir redest. Ich glaube nicht, dass meine Mutter mir die volle Wahrheit über Heikki gesagt hat. Erzähl mir, was passiert ist.»

Ich tat es, aber es kam mir vor, als wollte ich mit dem Bericht nur meine eigene Tat rechtfertigen. Kalles Miene wurde immer düsterer, je weiter ich mit meiner Geschichte kam.

«Und ich saß im Knast und bildete mir ein, jetzt bekäme Mutter wenigstens nie mehr in ihrem Leben Prügel. Der Gedanke hat mir die Kraft gegeben durchzuhalten. Dass sie wegen Heikki tagelang hungern musste, hat sie mir auch nicht erzählt! Und ich egoistischer Idiot musste als freier Mann unbedingt meinen Stolz haben und zuerst mein Leben in Ordnung bringen, bevor ich zu meiner Mutter marschierte. Verfluchte Scheiße!» Kalles Stimme brach, schwer zu sagen, ob vor Trauer oder vor Wut. Sulo leckte mit besorgtem Blick den tätowierten Arm, der ihn unablässig streichelte.

«Ich werde Heikki nichts antun», wiederholte Kalle, als müsse er sich selbst davon überzeugen. «Aber hoffentlich lässt er sich nicht blicken, bevor ich all das verdaut habe. Lass uns über etwas anderes reden. Was hast du an Weihnachten vor?»

«Heiligabend bin ich zu Hause, und am ersten und zweiten Feiertag habe ich Dienst. Und du?»

«Ich bin natürlich bei meiner Mutter. Vielleicht fahren wir Heiligabend zu ihrem Bruder nach Hamina. Obwohl ich nicht weiß, ob ein Mörder dort willkommen ist.» Kalle lachte auf.

«Entschuldige den Anfall von Selbstmitleid. Ich hab getan, was ich getan habe, und natürlich trage ich dafür die Verantwortung. In meinem letzten Jahr im Gefängnis habe ich viel über dieses Thema geredet, mit Mikke, dem Bekannten, den ich immer noch besuche. Er hat seinen Stiefbruder nach einer Rauferei von einem Felsen ins Meer gestoßen. Mikke war über seine Tat so entsetzt, dass er Selbstmord begehen wollte. Er findet, ein Verbrechen gegen das Leben kann nur durch den Tod gesühnt werden. Ich denke anders, auch wenn ich meine Tat nicht gutheiße.»

«Kann es deiner Meinung nach gerechtfertigt sein, jemanden zu töten?», fragte ich in dem Tonfall, den die empathischen Moderatoren im Fernsehen verwenden, wenn sie mit Menschen sprechen, die etwas Schreckliches erlebt haben.

«Nein. Im Knast hört man ja allerlei Geschichten. Einer aus unserem Block hatte dreiundsiebzigmal auf seinen Stiefvater eingestochen, der ihn jahrelang sexuell missbraucht hatte. Die meisten von uns haben versucht, ihre Taten irgendwie zu rechtfertigen, anders hält man das nicht aus. Viele suchen Zuflucht bei Gott oder bei Drogen. Oder beim Schnaps, obwohl gerade der bei Totschlägen so oft eine Rolle spielt», sagte Kalle und nahm einen Schluck Wein.

Was würde er sagen, wenn ich ihm erzählte, was ich getan hatte? Er sah mich aus seinen braunen Augen an, auf Vorwürfe gefasst, aber zugleich freundlich. Wenn er hörte, dass ich drei Männer getötet hatte, würde er nichts mehr mit mir zu tun haben wollen, das stand fest. Ich kam mir vor wie ein verlogenes Monster. Ich hörte mir seine reumütigen Worte an, als wäre ich die große Unschuldige. Trotzdem spielte ich meine Rolle weiter, denn ich wollte nicht, dass er ging.

«Wie bist du eigentlich an deine Wohnung gekommen?»

«Mirja und ich hatten sie gemeinsam gekauft, ein paar Monate bevor ich meinen Vater getötet habe. Anfangs hat sich Mirja um alles gekümmert, sie hat auch ein Jahr lang hier gewohnt, bis sie ihren neuen Freund kennen gelernt hat. Wir haben dann abgemacht, die Wohnung zu vermieten. Mirja hat das Auto übernommen, und ich habe von den Mieteinnahmen ihren Anteil am Kaufpreis bezahlt. Mirja hatte wohl das Gefühl, mich betrogen zu haben, weil sie es nicht geschafft hat, auf meine Entlassung zu warten, daher ging alles viel leichter, als ich es verdient hätte. Mein Leben ist in bester Ordnung, ich habe eine Wohnung und eine Stelle, obwohl ich nur auf Bewährung entlassen bin. Und trotzdem beklage ich mich die ganze Zeit. Jetzt erzähl du aber mal etwas von dir.»

«Über mich gibt's nichts zu erzählen.» Um Kalles Blick auszuweichen, stand ich auf und holte ein Taschentuch, ich hatte das Gefühl, gleich niesen zu müssen. Ich nahm eine Tüte Erdnusskerne aus dem Schrank und schüttete sie in die Schüssel mit dem Kirschmuster.

«Seit wann arbeitest du schon im Schutzhafen?»

Ich aß ein paar Nüsse, bevor ich antwortete.

«Im September waren es vier Jahre.»

«Gefällt es dir?»

Sulo schlug mit der Pfote gegen die Nuss, die Kalle zwischen den Fingern hielt, sodass sie auf den Fußboden flog und in die Zimmerecke rollte. Dann setzte er der Nuss nach, als wäre sie die faszinierendste Beute, die man sich nur denken kann, und spielte eine Weile Pfoteneishockey mit ihr. Kalle prustete vor Lachen, als er sah, wie der Kater mit zuckendem Schwanz den Kopf hin und her bewegte und sein eigenes Spiel beobachtete. Auch ich fing an zu kichern. Sulo war einfach unglaublich: Es war, als hätte er gespürt, dass unsere Unterhaltung gezwungen und viel zu ernst war, und deshalb beschlossen, die Stimmung aufzulockern.

«Wenn du mal jemanden brauchst, der deine Katze versorgt, sag mir Bescheid. Es würde mir wirklich Spaß machen, dem kleinen Racker sein Futter hinzustellen», bot Kalle an und ließ Sulo mit einer zusammengerollten Zeitung spielen. Wie auf Verabredung sprachen wir über weniger schwer wiegende Dinge: Katzen, Bücher, Filme. Kalle hatte offenbar die Hälfte seines Lebens mit Lesen verbracht, und ich kam mir völlig ungebildet vor, weil ich nicht wusste, wer Wisława Szymborska war, und noch nie etwas von Kari Hotakainen gelesen hatte.

«Wer ist denn dein Lieblingsschriftsteller?», fragte Kalle.

«Ich habe keinen.» Ich hatte vom Wein einen heißen Kopf, ich spürte, dass meine Haut anfing, sich zu röten und zu schuppen.

«Wirklich nicht? Gibt es keine Bücher, die du immer wieder liest, so wie ich die von Calvino oder Hotakainen?»

Ich überlegte eine Weile und stellte fest, dass er Recht hatte.

«Schon, aber ich verrate dir nicht, von wem sie sind, du würdest mich nur auslachen.»

«Ich verspreche, nicht zu lachen», lächelte Kalle durch seinen Bart.

«Lucy Maud Montgomery, die Mädchenbuchautorin. Sagt dir der Name überhaupt etwas?»

«Ja, ich habe sogar etwas von ihr gelesen. Wofür genierst du dich denn? In der Bibliothek leihen sich viele erwachsene Frauen ihre Bücher aus.»

Ich war mir sicher, er hielt mich insgeheim für eine kindische alte Jungfer, die sich mit Hilfe von Teenagerbüchern einen Traummann zusammenphantasierte und deshalb unfähig war, eine Beziehung mit einem Mann aus Fleisch und Blut anzufangen.

«Vor ein paar Tagen kam ein Mann mit seinem Sohn und seiner Tochter in den Bücherbus. Alle drei jauchzten vor Freude, als sie den letzten Band der Kalle-Blomquist-Reihe entdeckten. Es muss schön sein, die Lieblingsbücher aus der eigenen Kindheit zusammen mit seinen Kindern zu lesen.»

Meine Hand, die nach der Knabberschale getastet hatte, zuckte zurück, die Schale landete auf dem Teppich, und die Nüsse rollten in alle Richtungen davon. Sulo erschrak zuerst vor der

herunterpolternden Schale, begab sich aber gleich auf die Nuss-
jagd.

«Zum Glück ist die Schale heil geblieben», meinte Kalle und
bückte sich mit mir, um die Nüsse aufzusammeln.

«Ich trinke wohl besser keinen Wein mehr», versuchte ich zu
witzeln. «Oje, ist es schon so spät? Ich muss mir die Lottozie-
hung angucken, ich hab getippt.»

Ich hatte gehofft, Kalle würde gehen, wenn ich den Fernseher
einschaltete, aber er sah sich nach den Lottozahlen auch noch
die Kurzberichte vom Eishockey und die Torparade der engli-
schen Liga an. Ich musste an die Samstage meiner Kindheit
denken, an die Fußballübertragungen, die mein Vater und meine
Brüder mit Andacht verfolgten. Wenn während des Spiels das
Telefon klingelte, durfte meine Mutter nicht drangehen, damit
die Männer nicht gestört wurden. Ein paar Mal wollte ich auch
zuschauen, aber ich wurde aus dem Zimmer gescheucht, weil
ich im falschen Moment hustete oder kicherte, wenn ein Spieler
auf dem schlammigen Spielfeld stolperte. Erst als Erwachsene
merkte ich, dass es auch ein Genuss sein konnte, die Muskeln
der Fußballer zu betrachten.

Da saßen wir also, zwei Mörder vor dem Fernseher, die verzweifelt versuchten, wie normale Nachbarn bei einem Glas
Wein eine normale Samstagabendunterhaltung zu führen. Sulo
lag schlummernd zwischen uns, was mich aber nicht daran hinderte, Kalles Duft und seine Körperwärme wahrzunehmen.
Warum war er mir erst über den Weg gelaufen, als alles zu spät
war?

Gegen zehn begann ich, demonstrativ zu gähnen und mich
zu recken.

«Ich bin müde, ich hatte letzte Nacht Dienst.»

Kalle warf mir einen raschen Blick zu, dann lächelte er.
«Schon kapiert. Entschuldige, dass ich so lange geblieben bin,
aber hier ist es so gemütlich. Und …» Er breitete die Arme aus,
und für einen Augenblick hatte ich wahnsinnig Lust, mich in

seine Arme zu werfen, alles andere zu vergessen und ihm die ganze qualvolle Wahrheit zu erzählen.

«Es hat mir gut getan, über Mutters Situation zu sprechen, noch dazu mit jemandem, der etwas von der Sache versteht. Die letzten zwei Tage war ich kurz davor, den Verstand zu verlieren, aber jetzt habe ich allmählich das Gefühl, darüber hinwegzukommen. Danke, Säde!»

Kalle war mit einem Satz bei mir, umarmte mich und küsste mich auf beide Wangen. Zwischen meinen Beinen quoll Wärme auf, ich wollte seine Lippen auf meinen spüren und seine Hände überall, und gerade deshalb entzog ich mich seiner Umarmung, so schnell ich konnte, ohne allzu unhöflich zu erscheinen. Als er gegangen war, betrachtete ich den von Fußspuren gemusterten Schnee auf dem Hof und dachte über alles nach, was Kalle erzählt hatte. Schließlich brachten mich der Wein und die Absurdität des Lebens so durcheinander, dass ich in ein hysterisches Lachen ausbrach.

In der Woche darauf ging es mir zum ersten Mal so schlecht, dass ich mich drei Tage krankmelden musste. Ich war zu nichts anderem fähig, als im Bett zu liegen und gegen die Übelkeit anzukämpfen. Zum Glück hatte ich ausreichende Vorräte an Katzenfutter und Streu, sodass Sulo bekam, was er brauchte. Mein Zustand besserte sich kaum, als ich hörte, was Kalle am Donnerstag auf meinen Anrufbeantworter gesprochen hatte:

«Hier ist Kalle, hallo. Es wäre schön, wenn wir uns vor Weihnachten nochmal sehen könnten. Ich fahre am Dreiundzwanzigsten mit meiner Mutter nach Hamina. Heikki ist über meine Entlassung scheinbar so erschrocken, dass er sich nicht blicken lässt, und Mutter beruhigt sich allmählich. Ruf mich doch mal an, ich versuche es später auch nochmal. Bis dann!»

Ich brachte es nicht über mich, die Nachricht zu löschen. Stattdessen hörte ich mir Kalles tiefe, warme Stimme wieder und wieder an, bis das Band anfing zu rauschen. Heikki hatte sich nicht blicken lassen. Wo steckte er? Es war mir zu riskant, von meiner Wohnung aus bei ihm anzurufen, stattdessen redete ich mir ein, dass in dem Wäldchen um den GSM-Sendemast viele Leute ihre Hunde ausführten. Wäre Heikki dort liegen geblieben, hätte man seine Leiche inzwischen gefunden. Wahrscheinlich war er nur kurze Zeit bewusstlos gewesen, hatte sich dann aufgerappelt und im nächsten Pub voll laufen lassen, ohne sich zu erinnern, was passiert war.

Aber als ich die Hand vor Heikkis Mund gehalten hatte, hatte ich keinen Atem gespürt.

Am Wochenende ging es mir besser. Ich übernahm die Nachtschicht am Sonntag und kaufte am Montagabend Weihnachtsgerichte und kleine Geschenke für meine Kolleginnen. Kalle kaufte ich eine CD von Juice Leskinen, weil er seine Kassette im Gefängnis so oft gehört hatte, bis sie völlig abgenutzt war. Zwei Tage vor Weihnachten sah ich Licht in seinem Fenster und ging hinüber, um ihm mein Geschenk zu geben. Als er öffnete, merkte ich sofort, dass er nicht allein war. Starker Parfümduft drang mir entgegen, und im Flur standen zierliche Winterstiefel mit hohen Absätzen.

«Bitte schön, ein kleines Weihnachtsgeschenk. Ich will nicht weiter stören, du hast Besuch.»

«Mirja und Juuli sind vorbeigekommen», sagte Kalle, gerade als ein kleines Mädchen auf wackligen Beinen in den Flur getappt kam und mich aus großen dunkelblauen Augen anguckte.

«Komm doch wenigstens für einen Augenblick herein, ich habe auch ein Geschenk für dich. Lass die Schuhe ruhig an. Mirja, das ist meine Nachbarin und Freundin Säde.»

In Schuhen und Mantel folgte ich Kalle ins Wohnzimmer, wo eine kleine, schlanke Frau saß, die wie eine Spanierin aussah. Sie stand auf und gab mir die Hand.

«Mirja Koskinen-Kaitila. Sehr angenehm.»

Mirja hatte ein sinnliches Lächeln und eine weiche Stimme.

Sie war schön und besaß so viel Ausstrahlung, dass ich mir neben ihr plump und farblos vorkam.

«Ich habe gehört, wie sehr Sie Anja geholfen haben. Was für eine schreckliche Geschichte.» Um Mirjas große dunkelblaue Augen bildeten sich Fältchen, sie sah besorgt aus.

«Ich habe nur meine Pflicht getan», erwiderte ich kurz angebunden. Kalle kam mit einem großen, unregelmäßig geformten Paket aus dem Schlafzimmer.

«Frohe Weihnachten, Säde!»

Seine Umarmung war warm, aber diesmal ließ er die Wangenküsschen aus. Ich trug das Paket nach Hause und beschloss, es erst Heiligabend zu öffnen. So kindisch durfte man zu Weihnachten schon sein.

Seit dem Abend, an dem ich Heikki Jokinen auf den Sendemast gelockt hatte, lag Schnee. Für Heiligabend war Tauwetter angesagt. Schade! Einer der Gründe, weshalb ich mich fast jedes Jahr aufgerafft hatte, über Weihnachten zu meinen Eltern zu fahren, war die Tatsache, dass es in Nordkarelien fast immer weiße Weihnachten gab. Ich hasste die milden Winter in der Hauptstadtregion, den Schneematsch, die grauen Tage im Januar mit ihrem ewigen Zwielicht. Am Morgen des Vierundzwanzigsten sah es verdächtig nach Regen aus. Ich zog mir die Decke über die Ohren und sah keinen Grund aufzustehen, bevor um zwölf Uhr der traditionelle Weihnachtsfrieden verkündet wurde.

Zum Frühstück kochte ich Reisbrei, dann schmückte ich den einen Meter hohen Weihnachtsbaum, den ich an der Tankstelle gekauft hatte; auf dem Rückweg im Bus hatten ihn die Leute mitleidig gemustert. Ich befestigte den Stern an der Spitze und hängte ein paar Lamettafäden auf, die Sulo sofort fressen wollte. Es blieb mir nichts anderes übrig, als sie an eine Stelle zu hängen, an die er nicht herankam. So fiel mein Christbaum etwas unproportioniert aus.

«Genau der passende Baum für uns beide», sagte ich zu Sulo.

Ich sah mir im Fernsehen die Übertragung aus Turku an, wo der Weihnachtsfrieden ausgerufen wurde. Als Jorma Hynninen später im Radio «Nicht Reichtum, Macht noch Herrlichkeit» sang, weinte ich ein bisschen. Ich legte eine Platte mit meinen Lieblingsweihnachtsliedern auf, bereitete eine Portion Pflaumencreme zu und stellte sie zum Festwerden in den Kühlschrank. Gegen drei fing es an zu nieseln. Ich zog die Vorhänge zu, weil es sowieso dunkel war, und zündete in beiden Zimmern Kerzen an. Gegen vier rief ich meine Eltern an und schwindelte, ich ginge gleich zur Arbeit. Im Hintergrund hörte ich eine Frauenstimme, die versuchte, die Kinder zur Ruhe zu bringen. Ich hatte fast dreitausend Finnmark für Weihnachtsgeschenke für meine Verwandten ausgegeben, hoffentlich gefielen sie ihnen.

«Kannste nich wenigstens zwischen den Jahren kommen?», jammerte meine Mutter.

«Ich kann mir nicht freinehmen, um diese Zeit haben wir am meisten Betrieb. Vielleicht Ende Januar, mal sehen. Ich würde gern zum Skilaufen kommen.»

Nachdem ich aufgelegt hatte, ging ich in die Sauna. Ich hielt an den Weihnachtsbräuchen meiner Kindheit fest. Rituale geben Sicherheit, vor allem, wenn man sie nach eigenem Geschmack variieren kann.

Durch das Saunafenster sah ich, wie der Regen den Schnee in graubraunen Schlamm verwandelte, es waren sechs Grad plus. Meine Mutter hatte gesagt, sie hätten zehn Grad minus und sternklaren Himmel. Im Kerzenlicht sah meine Einbausauna gemütlich aus, an der Wand zeichnete sich mein Schatten ab und leistete mir Gesellschaft. Meine Mutter saß jetzt zu Hause in der richtigen Sauna, wo es nach dem Birkenholz roch und nach Birkenquasten, die für den Winter im Gefrierschrank aufbewahrt wurden. Das Brunnenwasser war eisig, es würde langsam wärmer werden, wenn es sich mit dem kochenden Wasser aus dem Behälter am Saunaofen mischte. Wer ging wohl mit meiner Mutter in die Sauna, wenn ich nicht da war? Meistens waren wir beide als Erste in die Weihnachtssauna gegangen und hatten dann in aller Eile das Essen zubereitet. Anschließend waren meine Brüder mit ihren Familien an der Reihe, und wenn einer von ihnen gerade keine Frau hatte, ging er als Letzter zusammen mit meinem Vater.

Ich dachte an das Harz, das einem auf den Rücken tropfte, an den Duft des Shampoos meiner Mutter, daran, wie der Schnee im Licht des Feuers glitzerte, das unter dem Saunafenster angezündet wurde. Ich erinnerte mich an das Gefühl, im Bademantel über den Hof zu gehen und schnell in die warme Stube zu schlüpfen. All das würde ich nie mehr erleben.

Ich ging unter die Dusche und schrubbte mich gründlich ab. Dann zog ich frische, bequeme Sachen an und trug die Weihnachtsspeisen für Sulo und mich auf: einen kleinen Rollschinken, selbst gemachten süßen Kartoffel- und Steckrübenauflauf, Hering, Krabben, Leberpastete. In der Flasche, die ich bei Kalles Besuch geöffnet hatte, war noch ein Rest Rotwein, ich trank ihn aus, ehe er zu Essig wurde. An Weihnachten muss man sich den Bauch voll schlagen, es gehört dazu, also aß ich als Zwischengericht Lebkuchen mit Gorgonzola – eine Kombination, von der es meinem Vater und Tupu im vorigen Jahr schlecht geworden war – und zum Nachtisch sahnige Pflaumencreme. Bei meinen Eltern gab es Pflaumenkaltschale, die niemand mochte, die aber gegessen werden musste, weil das schon bei meiner Großmutter Brauch gewesen war.

Nach dem Essen machte ich es mir auf dem Sofa gemütlich. Ich suchte im Fernsehen Weihnachtsmusik, aber auf allen Kanälen lief das gewollt fröhliche Gedudel, das ich so hasste, und ich war zu faul, ins Schlafzimmer zu gehen und das Radio einzuschalten. Also saß ich einfach so im Dämmerlicht, schaute abwechselnd den Weihnachtsbaum und seinen Schatten an der Wand an und horchte auf den Regen, der traurig ans Fenster prasselte. Ich dachte an meine Kindheit, an den Moment zwischen dem Essen und dem Eintreffen des Weihnachtsmanns, wenn noch keine Geschenke verteilt waren, wenn noch alles möglich war. Von meinem Zimmerfenster aus würde ich die funkelnden Sterne sehen und weit weg, im Zentrum, den Turm des alten Bergwerks, auf den sich in Frostnächten silbriger Reif legte. Auf einmal hatte ich schreckliches Heimweh. Es waren nicht meine Eltern oder meine Brüder, die ich vermisste, sondern die Gerüche meiner Heimatstadt: der Duft des verschneiten Kiefernwaldes, der Schwefel- und Kupferqualm über der Stadt. Ich sehnte mich zurück nach dem erwartungsvollen Gefühl, das meinen ganzen Körper erfasste, nach dem Mädchen, das daran glaubte, vom Weihnachtsmann mindestens ein Geschenk vom Wunschzettel zu bekommen, weil es so brav war, vielleicht nicht das, was es sich am sehnlichsten wünschte, aber auf jeden Fall etwas Schönes. Noch letzte Weihnachten hatte ein kleiner Rest von diesem kleinen Mädchen in mir gesteckt.

Ich hatte die Päckchen von meinen Eltern und Kollegen im Garderobenschrank versteckt. Jetzt war es Zeit für die Bescherung.

«Zehn Päckchen. Man könnte glauben, dass ich brav gewesen bin», sagte ich zu Sulo. «Für dich sind auch zwei dabei. Soll ich sie aufmachen?»

Sulo bekam Katzenschokolade und eine Aufziehmaus, der er einige Minuten lang nachsetzte. Ich packte als Erstes die Geschenke aus, die meine Familie geschickt hatte. Von meinen Eltern bekam ich wieder einmal ein langärmliges Baumwollnachthemd, diesmal in Dunkelblau mit hellblauen Herzchen. Tarmos Familie schickte Küchenhandtücher, die Eija mit einer selbst gehäkelten Borte und meinen Initialen SV verziert hatte. Die Kinder hatten eine kleine Tafel Schokolade dazugelegt. Aimo und seine Familie schenkten mir den neuesten Roman von Laila Hietamies und ein besticktes Deckchen, das das älteste Kind in der Schule angefertigt hatte, von Reima und Tupu bekam ich Mütze, Schal und Handschuhe aus grauer Wolle, dem

Aussehen nach in Tallinn gekauft. Meine Patentante schickte ihr traditionelles Weihnachtsgeschenk, die Losungen für das kommende Jahr.

Nun waren die Geschenke der Kollegen an der Reihe. Maisa hatte ein wunderschönes Seidentuch gemalt, orangerot mit strahlenförmigem gelbem Muster. Von Minna bekam ich feines selbst gemachtes Konfekt, von Pauli einen der kleinen Vögel, die zugunsten der Jugendarbeit der Gemeinde verkauft wurden. Ich reichte ihn an Sulo weiter. Über Lailas Geschenk musste ich laut lachen. Es waren silberne Ohrringe, an denen kleine Hämmerchen baumelten. Ich nahm mir vor, mir gleich nach Weihnachten Löcher stechen zu lassen, und fragte mich, wieso ich das nicht längst getan hatte.

Kalles Päckchen hatte ich mir bis zuletzt aufgehoben. Ich befühlte das dunkelgrüne, mit goldenen Girlanden bedruckte Papier, als suchte ich nach Kalles Berührung, dann packte ich das Geschenk vorsichtig aus. Es war ein Weidenkorb, gefüllt mit je einer Flasche Weiß- und Rotwein, zwei Weingläsern, einem soliden Korkenzieher, einem speziellen Verschluss, der verhinderte, dass der Wein in der geöffneten Flasche schlecht wurde, einem Päckchen Salzgebäck, einer Dose schwarze Oliven mit Kern und einer großen Schachtel Pralinen. Ganz zuunterst lagen Picknickbesteck und ein rot kariertes Wachstuch. Unter dem Weihnachtsgruß auf der Karte stand: «Im Winter kann man zum Beispiel auf dem Fußboden im Wohnzimmer picknicken.»

Den Rest des Abends sah ich fern und las zerstreut in dem Buch, das ich geschenkt bekommen hatte. Zwischendurch überlegte ich, ob Kalle am Silvesterabend schon etwas vorhatte oder ob ich ihn zum Picknick einladen konnte. Als ich endlich im Bett lag und langsam in den Schlaf hinüberdriftete, sagte ich mir, dass ich noch nie im Leben so schöne Weihnachtsgeschenke bekommen hatte.

Am ersten Feiertag schlief ich bis gegen Mittag. Ich schaltete das Radio ein, damit ich beim Frühstück Unterhaltung hatte, zufällig war der Lokalsender eingestellt. Als ich mir gerade die zweite Tasse Kaffee eingeschenkt hatte, kamen die Nachrichten. Meine Hand, die die Tasse zum Mund führte, erstarrte mitten in der Bewegung, als ich hörte, dass man in Eestinkallio die Leiche eines unbekannten Mannes gefunden hatte.

Vierzehn

Ich musste zum Dienst. Es regnete nicht mehr, aber über Nacht hatte der Regen den Schnee fast völlig weggespült, und die Temperatur lag immer noch einige Grad über null. Also nahm ich das Fahrrad und rief unterwegs von einer Telefonzelle aus bei Heikki Jokinen an. Wieder keine Antwort.

Auf dem Rest der Strecke versuchte ich mich zu beruhigen. Es musste nicht Heikki sein, den man gefunden hatte. Jeder Erwachsene trug ja wohl irgendetwas bei sich, womit man ihn identifizieren konnte: Monatskarte, Führerschein, Versichertenkarte. Und warum hätte man Heikki erst jetzt finden sollen, zwei Wochen nach seinem Sturz? Der Tote musste jemand anderes sein.

Wie ich mir gedacht hatte, war der Schutzhafen voller alter und neuer Klientinnen. Unser jüngster Neuzugang war ein drei Wochen altes Baby, das nach Milch und säuerlichem Kot roch. Seine Mutter war erst neunzehn. Das erste gemeinsame Weihnachtsfest mit dem Vater des Kindes war in eine Prügelei ausgeartet, weil das junge Paar sich nicht einigen konnte, ob die Bescherung vor oder nach dem Essen stattfinden sollte. Eine Klientin blockierte die Toilette in der oberen Etage, sie musste sich ständig übergeben und hatte offensichtlich einen fürchterlichen Kater. Am meisten Sorge bereitete mir ein spindeldürres Mädchen namens Jonna, dem irgendwer das Gesicht blutig geschlagen und den kleinen Finger der linken Hand gebrochen hatte. Ich war sicher, dass sie Drogen nahm, und das bedeutete Ärger.

Die Hektik hinderte mich daran, an die Leiche in Eestinkallio zu denken. Trotzdem waren meine Nerven die ganze Zeit angespannt, es konnte noch Tage dauern, bevor ich erfuhr, ob der Tote Heikki war.

Kalle und Anja wollten am Sonntag aus Hamina zurückkommen. Wenn es sich bei der Leiche wirklich um Heikki handelte, würde ich es von Kalle erfahren. Bis dahin musste ich eben warten.

Ich kam gerade rechtzeitig von der Arbeit nach Hause, um die Abendnachrichten des Lokalsenders zu hören. «Die Identität des gestern im Espooer Stadtteil Eestinkallio aufgefundenen Toten konnte bisher nicht geklärt werden. Nach Angabe der Polizei trug der Mann keinerlei Ausweispapiere bei sich. Die Polizei hält es für wahrscheinlich, dass die Leiche mehrere Tage im Wald gelegen hat. Der Mann ist dreißig bis vierzig Jahre alt, ein Meter vierundsiebzig groß und vierundachtzig Kilo schwer. Er hat dunkelbraunes, im Nacken leicht gewelltes Haar und bräunliche Augen. Bekleidet war der Mann mit einer hellgrauen Hose, einem braunen Pullover, einer dunkelblauen Steppjacke und Winterschuhen aus braunem Leder. Die Leiche weist Spuren von Gewaltanwendung auf.»

Dunkelblaue Steppjacke und graue Hose … Das klang entsetzlich nach Heikki Jokinen. Die Mütze mit dem Schriftzug des Eishockeyclubs wurde allerdings nicht erwähnt, hatte er sie beim Sturz verloren? Sollte ich der Polizei einen anonymen Hinweis geben? Oder war es besser für mich, wenn die Identität des Toten möglichst lange offen blieb?

Die nächsten zwei Tage waren eine Qual. Sooft ich konnte, hörte ich mir die Lokalnachrichten an, aber erst am Sonntagabend war wieder von der Leiche die Rede. Die Identität des Mannes war weiterhin ungeklärt. Von meinem Fenster aus hielt ich Ausschau nach Kalles Auto, aber als es endlich auftauchte, verließ mich der Mut.

Am Montag hatte ich frei. Trotzdem wurde ich schon um sieben wach, ging gleich zum Briefkasten und holte die Zeitung.

Der Bericht über den Leichenfund stand auf einer der hinteren Seiten und zählte die gleichen Kennzeichen auf, die ich schon im Radio gehört hatte. Schwarz auf weiß wirkte alles noch realer und schrecklicher. Was hatte ich nur getan?

Nach neun klingelte es. Ich war noch nicht fertig angezogen, es dauerte ein paar Minuten, bevor ich an die Tür gehen konnte. Als ich aufmachte, hatte sich Kalle gerade abgewandt und wollte gehen. Er hielt die Morgenzeitung in der Hand.

«Guten Morgen, Säde. Hoffentlich habe ich dich nicht geweckt?»

«Nein, nein. Vielen Dank für das herrliche Geschenk!» Ich bat Kalle herein. Sulo kam sofort angerannt, um ihn zu begrüßen, und sprang ihm auf den Schoß, als er sich an den Esstisch setzte.

«Ich danke auch. Ich bemühe mich, die Platte nicht pausenlos aufzulegen, obwohl es mir schwer fällt. Wie hast du Weihnachten verbracht?»

«Im Dienst. Heute habe ich frei.»

«Das trifft sich gut, ich wollte dich nämlich um einen Gefallen bitten. Hast du heute Morgen in der Zeitung gelesen, dass Heiligabend in Eestinkallio eine Leiche gefunden wurde?»

«Nein. Ich habe die Zeitung nur flüchtig durchgeblättert.»

«Hör zu.» Kalle las mir den Bericht vor. Ich bemühte mich, höflich interessiert zu wirken.

«Das könnte Heikki sein. Seit Mutters letztem Aufenthalt im Frauenhaus hat ihn niemand mehr gesehen. Wir haben vor Weihnachten immer wieder bei ihm angerufen, aber er hat nie abgenommen. Er hat Mutter nicht mal eine Karte zu Weihnachten geschickt. In der Zeitung steht, dass die Leiche vielleicht mehrere Tage im Wald gelegen hat. Es könnte Heikki sein.»

«Wie schrecklich!» Es war eine solche Erleichterung, meine Erschütterung endlich zeigen zu dürfen, dass mein Entsetzensschrei bestimmt übertrieben klang.

«Meine Mutter hat gleich angerufen, als sie es gelesen hatte.

Sie hat sich die ganze Zeit Sorgen um Heikki gemacht. Es ist eine Zumutung, ich weiß, aber würdest du mit mir in Heikkis Wohnung gehen? Vielleicht finden wir da einen Hinweis, was mit ihm passiert ist. Mutter hat mir den Schlüssel gegeben, sie wollte ihn nicht mehr behalten.»

«Jetzt gleich?» Ich stellte mir vor, wie ich reagieren würde, wenn ich nichts von Heikkis Schicksal wüsste. Ich wäre erschrocken, aber nicht zu sehr, denn ich verabscheute Heikki ja.

«Sobald es dir passt.»

«Sollten wir nicht erst bei der Polizei anrufen?» Ich steckte meine Hände in die Taschen des Morgenmantels, damit Kalle nicht merkte, wie heftig sie zitterten.

«Mutter traut sich nicht, sie hat Angst vor der Wahrheit. Und ich hätte ganz gern ein bisschen mehr Gewissheit, bevor ich freiwillig zum Polizeirevier gehe.»

Mein Gesicht brannte, ich stand auf und ging in die Küche, um Kalles Blick zu entgehen. Verdammter freier Tag, ich konnte mich kaum weigern, Kalle zu begleiten. Ich bat ihn, mir eine halbe Stunde Zeit zum Duschen und Anziehen zu lassen, und versprach, ihn abzuholen, wenn ich fertig war.

Ich stand zehn Minuten lang unter der warmen Dusche und versuchte mich zu beruhigen. Die Zeit arbeitete für mich: Selbst wenn jemand unsere Stimmen im Wald gehört hatte, würde er sich nach zweieinhalb Wochen wohl nicht mehr an das genaue Datum erinnern. Noch unwahrscheinlicher war es, dass sich jemand daran erinnerte, dass Heikki und ich im gleichen Bus gesessen hatten. Ich hatte keinen Grund, nervös zu sein.

Dennoch kam mir alles an mir gekünstelt vor, bis hin zum Wimpernschlag, als ich an Kalles Seite nach Eestinkallio ging. Die Temperatur war auf ein paar Grad unter null gefallen, es lag praktisch kein Schnee. Die Sonne versuchte die Farben der Felsen und Baumstämme zum Leben zu erwecken und ließ die Kiefernrinde an manchen Stellen aufglühen. Es wäre schön, hier einen Spaziergang zu machen, den Duft von gefrorenem Moos einzuatmen und das kalte Licht der Sonne zu genießen – in einem anderen Leben. Am Sendemast wurde mir schwindlig, instinktiv ging ich schneller.

Immerhin vergaß ich nicht, so zu tun, als wüsste ich nicht, wo Heikki Jokinen wohnte. Diesmal roch es im Treppenhaus nach Kartoffel-Anchovis-Auflauf. Ich folgte Kalle in den zweiten Stock, wo er ganz korrekt klingelte, bevor er aufschloss.

Das Erste, was ich wahrnahm, war der muffige, verqualmte Geruch, der aus dem wochenlang nicht gelüfteten Zimmer kam. Dann mussten wir über einen Haufen Reklame, Anzeigenzeitungen und Briefe, die nach Rechnungen aussahen, hinwegsteigen. Kalle stieg kopfschüttelnd über den Papierhaufen hinweg, ich folgte ihm.

Die Einzimmerwohnung hatte ungefähr fünfunddreißig Quadratmeter. Für Heikki Jokinen war sie offenbar nur eine Schlaf- und Abstellkammer, um deren Zustand er sich möglichst wenig kümmerte. Im Alkoven stand ein ungemachtes Bett, das Laken lag zwar an seinem Platz, aber das zerlöcherte Kissen war halb aus dem Bezug gerutscht. Die Bettdecke aus ursprünglich hellblauem Satin war offenbar seit Jahren nicht gewaschen worden. Auf dem Fußboden lagen schmutzige Kleider, alte Zeitungen und leere Schnapsflaschen bunt durcheinander. Das Sofa und der Sofatisch waren übersät von Brandlöchern, eine dicke Staubschicht lag auf dem Fernseher und dem Videorecorder. Die Streifen des Flickenteppichs waren schmutzig verblichen.

In der Küche standen ein Tisch und zwei Stühle, am einen war die Rückenlehne abgebrochen. Auf dem Esstisch und auf der Spüle stapelte sich das schmutzige Geschirr. Der saure Gestank von verdorbenem Essen stach mir in die Nase, ich wollte lieber nicht nachsehen, was die ins Spülbecken geworfene Pizzaschachtel enthielt. Kalle hüstelte ein paar Mal und machte schnell das Fenster auf.

«Hier ist seit einer Ewigkeit niemand gewesen», seufzte er. «Ich muss wohl allen Mut zusammennehmen und einen Blick in den Kühlschrank werfen.» Er zog die Tür auf und sprang im gleichen Atemzug beiseite. «Pfui Teufel! Komm bloß nicht näher!»

«Was ist denn drin?»

«Schinken, dem schon Beine wachsen, saure Milch und halb verweste Fleischwurst. Auf der Milch steht der zehnte Zwölfte als Haltbarkeitsdatum. Wollen wir mal sehen, ob das mit den Poststempeln übereinstimmt.»

«Wäre es nicht besser, solche Untersuchungen der Polizei zu überlassen?» Ich hatte die Lederhandschuhe anbehalten. Es spielte keine Rolle, ob ich auf Heikkis Schuh oder auf einem Druckknopf an seiner Jacke einen Fingerabdruck hinterlassen hatte, solange die Polizei ihn nicht mit einem anderen Abdruck vergleichen konnte. Ich wollte in Heikkis Wohnung auf keinen Fall Spuren hinterlassen, sonst hatte die Polizei einen Grund, mir offiziell Fingerabdrücke abzunehmen, um einen Verdacht auszuschließen. Das Gleiche galt für Fasern und DNA. Warum hatte ich meinen roten Wintermantel angezogen? Wenn ich jetzt Fasern verlor und die gleichen an Heikkis Kleidung gefunden wurden? Es war eine Riesendummheit gewesen, Heikkis Wohnung zu betreten.

«Entschuldige, der Geruch ist so furchtbar. Ich muss hier raus», sagte ich mit heiserer Stimme und flüchtete mich auf den Hof.

Ungefähr zehn Minuten musste ich auf Kalle warten. Ich betrachtete die Eiszapfen, die in Dutzenden von kleinen Regenbogen das Sonnenlicht reflektierten. Ein Schwarm Kohlmeisen zupfte die letzten Beeren von den Ebereschen.

«Geht es dir besser?», fragte Kalle, als er aus dem Haus kam. «Im Flur liegen Zeitungen von fast drei Wochen, die älteste ist vom zehnten Dezember. Jetzt bleibt mir nichts anderes übrig, als die Polizei zu benachrichtigen. Ich kann Mutter nicht zumuten, die Leiche zu identifizieren, das muss ich selber tun.»

Ich war am zehnten Dezember mit Heikki am Sendemast gewesen, das war ein Mittwoch. Die beiden Anzeigenzeitungen wurden mittwochabends verteilt, Heikki war also nach seinem Sturz nicht mehr nach Hause gekommen. Wir machten uns auf den Rückweg, vorbei am Sportplatz, auf dem kleine Jungen mit einem Ball Hockey spielten, weil das Spielfeld noch nicht mit Eis überzogen war.

«In diesem Wald ist die Leiche gefunden worden», sagte Kalle, als wir auf der Höhe des Sendemasts waren. «Da hat sie vielleicht zwei Wochen lang gelegen. Komisch, dass sie nicht früher entdeckt worden ist.»

Das fand ich auch seltsam, obwohl es an dem Abend heftig geschneit hatte. Während der Nacht war fast ein halber Meter Schnee gefallen. Das war offenbar genug, um eine Leiche verschwinden zu lassen.

«Danke fürs Mitkommen», sagte Kalle, als wir den steilen Hügel hinuntergingen. «Sieh mal!»

Zwei Eichhörnchen flitzten an einem zehn Meter hohen Fichtenstamm auf und ab. Ich freute mich, dass immer noch welche in dem kleinen Wald lebten, obwohl mitten durch das Waldgebiet eine stark befahrene Straße gebaut worden war. Auch Kalle musste über die Eichhörnchen lächeln, wir schauten ihnen minutenlang zu, um das Unvermeidliche hinauszuschieben. Anja würde Kalle nicht in Ruhe lassen, bevor er bei der Polizei angerufen hatte, mit meiner Ruhe wiederum war es endgültig vorbei, wenn die Leiche als Heikki Jokinen identifiziert wurde. Wie viel Schlaf- und Schmerztabletten hatte ich noch? Genug, um mir das Leben zu nehmen?

«Nochmal, danke fürs Mitkommen. Würdest du mir noch einen Gefallen tun? Komm mit zu mir, bis ich meine Mutter und die Polizei angerufen habe.»

Ich konnte es ihm nicht abschlagen, letzten Endes war das alles ja meine Schuld. Vielleicht hatte Kalle seinen Bruder geliebt, obwohl er ein Säufer und Schläger geworden war.

Er rief zuerst bei Anja an und berichtete ihr kurz, dass Heikki offenbar seit Wochen nicht in seiner Wohnung gewesen war.

«Ja, ich verständige die Polizei», versicherte er ihr. «Wenn nötig, übernehme ich die Identifizierung. Nein, ich lass dich nicht ins Leichenschauhaus. Du brauchst nicht mitzukommen. Es ist besser, wenn du zu Hause wartest. Warte mal, Säde will etwas sagen.» Kalle hatte mein Winken bemerkt.

«Wenn Anja möchte, kann ich so lange bei ihr bleiben.»

Das war wieder mein altes Ich, die Säde Vasara, die sogar ihre Freizeit für andere opferte. Oder war es doch das neue Ich, die mörderische Säde, die möglichst schnell wissen wollte, wer der Tote war?

«Ich setze Säde auf dem Weg zur Polizei bei dir ab. Ich ruf jetzt erst mal da an, vielleicht hat sich ja inzwischen rausgestellt, dass es jemand anders ist. Hoffen wir es. Wenn nicht, sehen wir uns bald!»

Kalle legte auf und sah mich an. Beim Gehen hatte sein Gesicht Farbe bekommen, aber jetzt war es wieder das blasse Gesicht eines Mannes, der jahrelang nur eine halbe Stunde am Tag an der Sonne gewesen war.

«Wenn es doch ein anderer wäre, nicht Heikki! Ich wünschte mir so sehr, dass wir eine Chance hätten, alles zu bereden … Dass es nicht so kommt wie mit dem Alten.» Kalle schlug sich verzweifelt mit den Fäusten auf die Knie. Dann wählte er die Nummer der Polizeidienststelle von Espoo.

«Kaarlo Jokinen, guten Tag. Ich habe Grund zu der Annahme, dass der in Eestinkallio gefundene Mann mein Bruder Heikki Jokinen ist. Bitte? Ja, ich warte.»

Die Pausenmusik drang bis zu mir durch, Kalle zog eine Grimasse und hielt den Hörer von sich. Ich bekam noch mit, dass jemand sich mit «Koivu» meldete, dann hielt Kalle den Hörer wieder ans Ohr.

«Die Kennzeichen meines Bruders Heikki stimmen mit dem überein, was in der polizeilichen Mitteilung steht, und seit zweieinhalb Wochen hat ihn niemand gesehen. Ich war gerade in seiner Wohnung und hatte den Eindruck, dass sie nach dem Elften dieses Monats niemand mehr betreten hat. Ich kann sofort vorbeikommen.»

Nachdem das Gespräch beendet war, wischte sich Kalle mit dem Handrücken über die Stirn.

«Ich soll um halb zwölf dort sein. Kannst du Mutter Gesellschaft leisten?»

«Ja. Hat der Polizist irgendetwas gesagt?»

«Nein. Ich muss ein Foto von Heikki suchen. Ich glaube, ich habe keine neueren. Vielleicht meine Mutter?» Kalle nahm Fotoalben vom Bücherregal und blätterte darin. Ich konnte die Bilder nicht sehen, aber Kalles Gesichtsausdruck verriet mir, welche Gefühle sie in ihm wachriefen. Sein Gesicht sah nie länger als einige Sekunden gleich aus, gerade das machte ihn so attraktiv. Mein Gesicht war nicht so ausdrucksvoll: Das Lächeln war immer gleich schmal, Wut zu zeigen hatte ich nie gelernt. Als ich in der Pubertät war, hatte meine Mutter mich davor gewarnt, nachdenklich die Stirn zu runzeln, damit ich später keine Falten bekäme.

Ein amüsiertes Lächeln flog über Kalles Gesicht, gleich darauf runzelte er die Stirn und schüttelte den Kopf. Dann ein kurzes Auflachen, er blätterte um und lachte schallend.

«Sieh mal, das bin ich am ersten Schultag in der Abiturklasse, natürlich schön altmodisch angezogen, wie es sich gehört!» Er hielt mir das Album hin und zeigte auf einen schmächtigen dunkelhaarigen Jungen in zu kurzem Anzug, einen Filzhut tief in die Stirn gezogen.

«Niedlich. Sind das hier Fotos von der Abiturfeier?» Ich zeigte auf die bunt gekleideten Jugendlichen auf der nächsten Seite.

«Ja. Wir haben uns als Räuber und Gendarm verkleidet. Ich bin der mit den Handschellen.» Kalles Stimme war plötzlich traurig, und ich verstand auch, warum, als ich die fröhlichen Jungen in grob gestreifter Panzerknacker-Kluft sah, die mit Fußfesseln aneinander gekettet waren und in die Kamera grinsten, in der glücklichen Gewissheit, dass alles nur ein Spiel war. Kalle blätterte gleich mehrere Seiten weiter, dabei fiel ein Bild heraus, und ich hob es auf. Es zeigte den mittlerweile bärtigen und muskulösen Kalle in Badehose an einem Palmenstrand, eine Bikinischönheit im Arm, die Mirja auffallend ähnlich sah. Ich gab ihm das Foto, er nahm es kommentarlos entgegen und riss dann die letzte Seite aus dem Album.

«Die Fotos von Mutters fünfzigstem Geburtstag sind vielleicht nützlich, obwohl Heikki damals viel schlanker war als heute. Ich werde Mutter fragen, ob sie eine bessere Aufnahme hat. Gehen wir?»

Kalle fuhr betont langsam und hielt immer an, wenn die Ampel Gelb zeigte, als fürchtete er, beim kleinsten Verkehrsdelikt seine Bewährung aufs Spiel zu setzen. Erst als wir vor Anjas Haus anhielten, sagte er:

«Ich fühl mich so verflucht elend. Ich hab mich immer um Heikki kümmern müssen. Er kam nicht gegen Vater an. Als ich den Alten umgebracht hatte, wirkte Heikki richtig zufrieden. Wenigstens war er kein Killer … Verdammte Scheiße!»

Kalle schlug mit den Fäusten auf das Lenkrad. Ich erschrak vor seinem Gesichtsausdruck und öffnete schnell die Tür, aber er packte mich genauso fest am Handgelenk wie Heikki auf dem Sendemast.

«Säde … Entschuldige. Ich komme jetzt nicht mit zu Mutter. Ich muss mich erst beruhigen.»

Dann ließ er los, und ich konnte aussteigen.

«Ich rufe an, sobald ich etwas weiß!», rief er mir nach.

Anja hatte über die Feiertage ein paar Pfund zugenommen. Ihr Gesicht sah nicht mehr so verhärmt aus, aber sie war immer noch blass.

«Wo ist Kaarlo?», fragte sie beunruhigt.

«Er hatte es eilig, zur Polizei zu kommen. Er will sofort anrufen, wenn er weiß, ob es Heikki ist.»

In Anjas Wohnung standen ein leuchtend roter Weihnachtsstern und eine weiße Hyazinthe, deren Duft das kleine Zimmer erfüllte und mir Übelkeit bereitete. Vor ein paar Jahren hatte meine Mutter an Weihnachten eine Hyazinthe in mein Zimmer gestellt, und in der Nacht hatte mich eine unbeschreibliche Atemnot befallen, die erst nachließ, als ich die Blume ins Erdgeschoss brachte und mein Zimmer eine halbe Stunde lüftete. Ich fand es traurig, gegen die Blume allergisch zu sein.

«Möchtest du einkaufen gehen? Ich kann mitkommen.»

«Sollten wir nicht auf Kaarlos Anruf warten?»

«Das dauert mindestens eine Stunde, er braucht ja schon zwanzig Minuten für den Weg. Schreib einen Einkaufszettel, dann gehen wir los.»

Das konnte ich: Frauen bemuttern, denen alles Selbstbewusstsein mit den Fäusten ausgetrieben worden war, und einen Haushalt führen, kochen, Betten machen, Wäsche waschen. Anja folgte mir wie ein Mensch, der es gewöhnt ist, sich dem Willen anderer zu unterwerfen. Mechanisch machte sie ihre Einkäufe, aber an der Fleischtheke wurde sie plötzlich munter:

«Kaufen wir Hackfleisch. Ich mache Frikadellen für Kaarlo. Mutters Frikadellen sind sein Lieblingsgericht. Mit viel Zwiebeln … Kaarlo isst gern Zwiebeln, aber Teuvo konnte sie nicht ausstehen. Jetzt kriegt Kaarlo endlich wieder die Frikadellen, die er mag …»

Der Gedanke beflügelte Anja, wir überlegten gemeinsam, was es zu den Frikadellen geben sollte: Kartoffelbrei, Gurkensalat, Kopfsalat und Pfeffersoße. In der Schule hatten wir in der Hauswirtschaftsstunde einmal ein orientalisches Nudelgericht gekocht. Ich beschloss, meine Familie zu überraschen, und kochte das Rezept zu Hause nach. Mein Vater und meine Brüder blickten völlig konsterniert auf ihre Teller, als sie in der Fleischsoße Apfelstückchen und Rosinen entdeckten.

«Wenn Liebe durch den Magen geht, bleibt Säde auch dieser Weg versperrt», hatte mein Vater mit düsterer Stimme gesagt. Seither hatte ich brav nach Mutters Rezepten gekocht.

Die Frikadellen standen schon seit einer Stunde auf dem

Tisch, als Kalle endlich kam. Er sah erschöpft und furchtsam aus, sein Versuch zu lächeln scheiterte kläglich.

«Ich habe nicht angerufen, weil es so schwierig war, ein Telefon zu finden. Es hat länger gedauert, ich musste in die Klinik, um die Leiche zu identifizieren.» Kalle nahm seine zitternde Mutter in die Arme, bevor er fortfuhr: «Es ist Heikki.»

Anja maunzte wie eine Katze, die sich die Pfote verletzt hat, dann fing sie an zu weinen, so leise, wie ein Mensch weint, der seine Tränen jahrelang verbergen musste. Kalle führte sie zum Sofa und sah sich suchend um, ich begriff und holte eine Rolle Küchentücher aus der Küche.

«Was haben sie gesagt?», brachte Anja schließlich heraus.

«Sie haben hauptsächlich Fragen gestellt. Irgendein Hundebesitzer hat Heikki in Eestinkallio im Wald gefunden. Kriminalhauptmeister Koivu hat nichts über die Todesursache gesagt, nur dass Heikki mehrere Tage im Wald gelegen hat. Er schien nicht besonders erfreut darüber zu sein, dass ich in Heikkis Wohnung gewesen bin. Ich habe ihm den Schlüssel gegeben, sie gehen heute noch hin. Dich werden sie sicher auch noch vernehmen, Mutter.»

«Aber ich weiß doch gar nichts!»

«Das gehört zur Routine», sagte ich beruhigend und dachte an die allmählich eintrocknende Soße und den kalt gewordenen Kartoffelbrei. Kalle hatte bestimmt keinen Appetit.

«Hat sich Heikki verletzt, als er betrunken war, oder war es sein Herz …», setzte Anja an. Dann weinte sie heftiger, und zwischen den einzelnen Schluchzern stieß sie hervor: «Er wird sich doch nicht selbst …»

«Hat Heikki mit Selbstmord gedroht?», fragte ich begierig. Das war meine Chance. Wenn wir die Polizei davon überzeugen konnten, dass Heikki im Suff vom Turm gesprungen war, würde sie nicht nach einem Mörder suchen.

Anja schluchzte eine ganze Weile, bevor sie antworten konnte: «Er hat ziemlich oft gesagt, dass er stirbt, wenn er nicht bald was zu trinken kriegt. Er hat gedroht, sich aufzuhängen. Da hab ich ihm dann Geld gegeben …» Sie fing wieder an zu weinen, ich ging in die Küche und schaltete die Platte unter dem Soßentopf aus. Kalle schnüffelte wie ein Hund, der Beute wittert, und sagte gewollt munter:

«Mutter, hast du etwa mein Leibgericht gekocht? Ich rieche Frikadellen mit viel Zwiebeln. Vielleicht sollten wir alle etwas essen, damit wir zu Kräften kommen?» Er warf mir einen bittenden Blick zu. Ich kümmerte mich um das Essen, und nachdem ich den Tisch gedeckt hatte, wollte ich nach Hause gehen.

«Bleib doch zum Essen», sagte Kalle so flehentlich, dass ich es nicht fertig brachte, ihn zu enttäuschen. Viel brachten wir allerdings nicht herunter, obwohl die Frikadellen wirklich gut schmeckten.

«Mutter, kommst du einen Moment allein zurecht, während ich Säde nach Hause fahre und meinen Schlafanzug hole?», fragte Kalle. Anja wollte nicht allein gelassen werden, sie kam mit und erzählte unterwegs, wie Heikki als kleiner Junge gewesen war: wie er versucht hatte, der Katze das Schwimmen beizubringen, wie er mit Kalles Fahrrad gestürzt war und es dabei kaputtgemacht hatte. Ich saß hinten und konnte Kalles Gesicht nicht sehen, ich wollte es auch nicht sehen.

Vor dem Haus umarmte Kalle mich kurz, aber so fest, dass ich kaum Luft bekam. Ich versuchte, die Hausarbeit zu erledigen: Staub saugen, Bügeln, Bettwäsche waschen, aber meine Arme waren zu schwach, um den Staubsauger aus dem Schlafzimmer in die Küche zu ziehen, und das Bügeleisen brannte mir ein dreieckiges Mal auf den Daumen. So kauerte ich mich schließlich aufs Sofa und sah mir den «Vagabundenwalzer» an und gleich danach «Die angebliche Ehefrau». Ohne Tauno Palos Filme hätte ich den Abend nicht überstanden.

Am nächsten Morgen stand es in der Zeitung: Der Tote von Eestinkallio war Heikki Jokinen. Wer ihn um den zehnten Dezember herum gesehen hatte, wurde gebeten, sich mit der Polizei in Verbindung zu setzen. Neben dem Text war ein Foto von Heikki abgedruckt. Ob sich von denen, die an jenem Abend im Bus einhundertfünfundneunzig A gesessen hatten, noch jemand an Heikki erinnerte? Und an die Frau im roten Mantel, die an derselben Haltestelle ausgestiegen war?

Im Schutzhafen redeten alle über den Toten, und da Anja meine Klientin gewesen war, konnte ich mich nicht gut heraushalten. Allerdings behielt ich für mich, dass ich Anja am Vortag getroffen hatte, denn sonst hätte ich auch erzählen müssen, dass ich mit Kalle befreundet war.

«Die Sache betrifft uns doch gar nicht. Anja hat nie Anzeige erstattet», sagte Pauli schließlich, als Maisa und Minna überlegten, ob die Mitarbeiter des Schutzhafens sich mit der Polizei in Verbindung setzen sollten.

«Ich habe mit Jonna abgemacht, dass ich sie morgen aufs Revier begleite», sagte Maisa mit fester Stimme. Das rauschgiftsüchtige Mädchen beschaffte sich das Geld für ihre Drogen durch Prostitution. Ihr Zuhälter und Dealer hatte sie zusammengeschlagen, weil sie sich den Heiligabend freinehmen wollte, ausgerechnet an dem Tag, wo am meisten liebesbedürftige Männer unterwegs sind.

Als ich nach Hause kam, legte ich alles für einen Abend vor dem Fernseher bereit. Ich wollte meine Sorgen wieder in Tauno Palos Lächeln ertränken. Vorher musste ich aber noch Sulos Katzenklo und den überquellenden Papierkorb ausleeren. Als ich gerade den Abfall zur Mülltonne tragen wollte, sah ich einen Transportwagen der Polizei auf unseren Hof einbiegen. Ich rannte zurück in meine Wohnung und spähte hinter der Gardine nach draußen. Tränen rannen mir über das Gesicht, als ich begriff, dass jetzt alles aus war.

Das Polizeifahrzeug hielt mitten auf dem Hof. Ich erkannte die beiden Polizisten, die ausstiegen, es waren die Kriminalmeister Anu Wang und Pekka Koivu. Wang las irgendetwas von ihrem Notizblock ab, Koivu nahm die Handschellen hervor.

Glaubten sie etwa, ich hätte die Kraft, bei der Verhaftung Widerstand zu leisten?

Doch die beiden kamen nicht an meine Wohnungstür, sondern marschierten ans andere Ende des Hauses. Von meinem Fenster aus konnte ich nicht sehen, wo sie klingelten, aber als sie zurückkamen, ging Kalle mit gesenktem Kopf zwischen ihnen. Er blickte kurz zu meinem Fenster hoch, während Koivu aufschloss, dann verschwand er im Wagen.

Fünfzehn

Mein erster Gedanke war, auf den Hof zu rennen und Koivu und Wang zu sagen, dass sie auf der falschen Spur waren. Aber ich war feige, ich blieb am Fenster stehen und starrte dem Polizeiwagen nach, der langsam vom Hof rollte. Blaulicht und Sirene blieben ausgeschaltet, sie hatten keine Eile, der Verhaftete hatte sich ja ohne Widerstand abführen lassen.

Natürlich lag es nahe, Kalle zu verdächtigen, Heikki umgebracht zu haben. Auch das Motiv lag auf der Hand, dasselbe wie bei seinem Vater. Die Polizei hatte nur das Strafregister von Heikki Jokinens Angehörigen zu überprüfen, und schon hatten sie einen Tatverdächtigen. Aber woher wussten sie, dass auch Heikki Anja verprügelt hatte? Hatten sie im Schutzhafen nachgefragt? War Anja schon vernommen worden?

Eine Weile stand ich zögernd vor dem Telefon, aber ich brachte es nicht fertig, Anja anzurufen. Es blieb mir nichts anderes übrig, als abzuwarten. Ich hoffte, dass Kalle für den Abend, an dem Heikki gestorben war, ein Alibi hatte. Vielleicht war er mit dem Bücherbus unterwegs gewesen oder hatte einen Freund besucht. Aber wusste die Polizei denn überhaupt, wann Heikki gestorben war? Wie genau konnte der Pathologe die Todeszeit festlegen, nachdem die Leiche wochenlang im Wald gelegen hatte?

Jetzt konnte mir nicht einmal Tauno Palo helfen. Ich wanderte ziellos in meiner kleinen Wohnung herum, einmal nahm ich Sulo auf den Arm und drückte ihn so fest an mich, dass er vor Schmerz laut maunzte. Es war völlig undenkbar, ohne Tabletten Schlaf zu finden. Ich stand vor dem Arzneischränkchen, nahm eine Schachtel nach der anderen heraus. Es kam mir plötzlich überraschend schwer vor, mit Medikamenten Selbstmord zu begehen. Was sollte aus Sulo werden? Ich konnte ihn nicht einfach im Stich lassen.

Also nahm ich nur eine Schlaftablette. In den ersten Morgenstunden schlief ich immer unruhiger, erwachte durstig, trank etwas und schlief wieder ein. Im Traum war ich wieder Kind, ich lief den Pfad zum See hinunter, in dem meine Brüder gerade schwammen. Plötzlich ging Reima unter, ich sprang ins Wasser, das kalt war wie Schnee, und schaffte es, Reima an den Haaren zu packen. Aber als ich versuchte, ihn über Wasser zu halten, verwandelte er sich in Kalle. Ich schaffte es nicht, ihn ans Ufer zu ziehen, gellend rief ich um Hilfe. Am Ufer stand Hauptkommissarin Kallio, sie warf mir ein Seil zu und rief, ich könne Kalle nur retten, wenn ich selbst das Seil losließ und ertrank. «Es tut nicht lange weh!», versicherte sie.

Da wachte ich auf. Es war der Silvestermorgen, stockdunkel, mein Nachthemd war nass geschwitzt. Ich versuchte vergeblich, noch einmal einzuschlafen, ich hatte Abendschicht, und wir mussten wieder mit einer betriebsamen Nacht rechnen. Während einige unserer Klientinnen zu Neujahr von ihren Männern das feierliche Versprechen erhielten, sie würden nie mehr geschlagen, verprügelten andere Männer ihre Partnerinnen zum ersten oder auch zum fünfzehnten Mal. Die Familien hatten über Weihnachten zu Hause gehockt, an Silvester ging man aus und betrank sich. An diesem Abend tranken auch die Frauen, wodurch die Gewalttaten zumindest nicht weniger wurden.

Ich dachte an das Neujahrspicknick, das ich am Weihnachtsabend geplant hatte, und musste weinen. Ich holte mir das Telefon vom Nachttisch ins Bett und wählte Kalles Nummer. Er nahm nicht ab, offenbar hatte er die Nacht in der Zelle verbracht. Vor ein paar Jahren hatte ich die Arrestzellen im Polizeipräsidium von Espoo besichtigt. Die Verschläge hatten eine Fläche von wenigen Quadratmetern, das einzige Möbelstück war ein Bett mit einer stinkenden, durchgelegenen Matratze, aber ohne Kissen und Decke, von einem Laken ganz zu schweigen. Der Betonklotz, der als Tisch diente, war in einem schmutzigen Gelb gestrichen, die Kloschüssel und der Wasserhahn waren aus Aluminium und völlig verbeult. Nach dem Gestank zu urteilen, funktionierte der Abfluss nicht richtig. Das gesetzlich vorgeschriebene Tageslicht fiel durch eine kleine Dachluke, und zum Zeitvertreib konnte man die Kritzeleien früherer Insassen lesen, deren Wortschatz und Rechtschreibung haarsträubend waren. In so einer Zelle saß Kalle jetzt, dabei hätte ich dorthin gehört.

Sulos Miauen trieb mich aus dem Bett. Schneeflocken schwebten vom Himmel, ein Elsternpärchen schackerte im Weidengebüsch. Die Fichtenhecke war von Schnee bedeckt, gleichmütig trugen die Zweige ihre Last. Ich hatte zu unterscheiden gelernt, ob die Zweige vom Wind, von einem Vogel oder einem Eichhörnchen in Bewegung versetzt wurden. Jetzt waren sie völlig regungslos. Es kam mir vor, als wäre für die ganze Welt der letzte Tag angebrochen, dabei ging doch nur ein Jahr zu Ende.

Beim Frühstück überlegte ich wieder einmal, ob ich der Polizei einen anonymen Hinweis zu Heikkis Ermordung geben sollte. Aber was sollte ich nur sagen? Natürlich könnte ich behaupten, ich hätte im gleichen Bus gesessen wie Heikki und einen verdächtigen Kerl gesehen, der ihm folgte. Aber würde die Polizei meinen Hinweis ernst nehmen, wenn ich mich weigerte, meinen Namen zu nennen?

Ich beschloss, Anja anzurufen, mich zu erkundigen, wie es ihr ging, aber so zu tun, als wüsste ich nichts von Kalles Verhaftung. Ich kämmte mich sorgfältig und zog den roten Pullover an. Das Rot erinnerte mich an das Tuch, das der Matador dem Stier vors Gesicht hält, um ihn zu reizen. Es leuchtete, als ich mich jetzt im Spiegel betrachtete, aber meine Gesichtsfarbe war immer noch so grau wie die Wände meiner Wohnung. Ich legte Puder auf, um mir das Gefühl zu geben, gesünder auszusehen. Dann erst wählte ich Anjas Nummer.

«Guten Morgen, hier ist Säde Vasara. Wie geht es dir?»

«Morgen, Säde! Ach, es ist alles so schwer. Hast du Kaarlo gesehen? Ich habe versucht, ihn anzurufen, aber er meldet sich nicht.»

«Ich habe nichts von ihm gehört.»

«Die Polizei war gestern hier, um über Heikki zu sprechen, und dabei ist mir herausgerutscht, dass wir ... Probleme hatten», schluchzte sie.

«Du hast ihnen also erzählt, was Heikki dir angetan hat.»

«Nicht alles. Über Tote sagt man doch nichts Schlechtes. Ich hab vom Schnaps erzählt und dass Heikki mich geschlagen hat, wenn ich ihm kein Geld geben wollte.»

Anja weinte jämmerlich. «Haben sie dir gesagt, woran Heikki gestorben ist?»

Es dauerte eine ganze Weile, bevor sie zu einer Antwort fähig war.

«Sie haben nichts gesagt. Ich hab solche Angst, dass Kaarlo ...»

Ohne es zu wollen, hatte Anja ihren älteren Sohn in Schwierigkeiten gebracht. Sie hatte Kaarlo nichts von Heikkis Gewalttätigkeit erzählt, weil sie fürchtete, er würde wieder die Beherrschung verlieren. Und dann ging sie hin und erzählte es der Polizei ... Nur dank meiner jahrelangen Übung im Verheimlichen von Gefühlen brüllte ich Anja nicht an. Stattdessen sagte ich so beruhigend wie möglich:

«Kalle hat Heikki nicht umgebracht, das steht fest. Er wusste doch gar nicht, was Heikki mit dir gemacht hat.»

«Na ja ... Ich war ziemlich durcheinander, als die Polizei hier war. Vielleicht haben sie einen falschen Eindruck bekommen. Ich kann mich nicht mal erinnern, was ich gesagt habe, es ist alles so schrecklich ...»

«Erinnerst du dich an die Namen der Polizisten? Hast du ein Protokoll unterschrieben?»

«Sie haben keins gemacht. Der eine war so ein blonder junger Mann, die andere eine Frau, die aussah wie eine Chinesin. Ich hab erst gar nicht glauben wollen, dass sie auch Polizistin ist.»

Offensichtlich waren Koivu und Wang für die Ermittlungen über Heikkis Tod zuständig. Ich versuchte herauszubekommen, was die Polizisten sonst noch gesagt hatten, aber Anja erinnerte sich nur an ihre eigene Trauer und ihr Entsetzen.

«Du kannst mich jederzeit anrufen, wenn du es nicht alleine aushältst», versicherte ich ihr. «Meine Büronummer hast du doch?»

Als ich den Hörer auflegte, merkte ich, dass ich die Schnur beim Sprechen zu einem dicken Knoten gewickelt hatte. Gerade als ich das Gewirr aufgedröselt hatte, klingelte das Telefon.

«Kriminalhauptmeister Pekka Koivu, Polizei Espoo, guten Tag.»

Meine erster Impuls war: Flucht. Mit dem Taxi zum Flughafen, das Konto leer räumen und ein Ticket kaufen, irgendwohin. Nur der Gedanke an Sulo hielt mich zurück. Mir ging erstaunlich viel durch den Kopf in den zwei Sekunden, die ich brauchte, um Koivus Gruß zu erwidern.

«Wir untersuchen den Tod eines Mannes namens Heikki Jokinen und würden in diesem Zusammenhang gern mit Ihnen sprechen.»

Man hatte mich mit Heikki gesehen. Aber wie hatten sie so schnell herausgefunden, wer ich war? War der Zeuge einer meiner Nachbarn?

«Wäre es Ihnen recht, am nächsten Montag, dem vierten Januar, um vierzehn Uhr zur Vernehmung zu kommen?»

Erst am Montag? Dann hatte die Polizei keine handfesten Beweise gegen mich. In der Nacht von Sonntag auf Montag hatte ich Dienst, würde also nur ein paar Stunden schlafen können. Schoben sie meine Vernehmung so lange auf, um weiteres Beweismaterial zu sammeln?

«Ja, das ist mir recht», antwortete ich und fuhr in möglichst harmlosem Ton fort: «Ich weiß, wer Heikki Jokinen war, und ich weiß, dass er tot ist, aber ich verstehe nicht, was ich damit zu tun habe.»

«Das wird sich am Montag alles klären», sagte Koivu unverbindlich, fügte dann aber deutlich freundlicher hinzu: «Um zwei Uhr also. Fragen Sie am Eingang nach Kriminalhauptmeister Koivu vom Gewaltdezernat. Einen guten Rutsch!»

«Danke gleichfalls!»

Sollte ich einen Anwalt einschalten? Es wäre vielleicht erleichternd, jemandem zu erzählen, was ich getan hatte und warum. Da ich keine Ahnung hatte, an wen ich mich wenden sollte, verwarf ich den Gedanken. Zwar hatte ich beruflich einige Anwälte kennen gelernt, aber mit keinem von ihnen hätte ich über private Dinge sprechen mögen. Es wurde ohnehin Zeit, aufzubrechen. Sulo schlief auf meinem Bett, genau unter der Leselampe. Ich brachte es nicht übers Herz, die Lampe auszuknipsen, denn ich wusste, wie sehr er es genoss, sich in der Wärme zu aalen.

Im Schutzhafen ging es an diesem Abend so hektisch zu wie erwartet. Zum ersten Mal seit Tagen arbeiteten Maisa und ich in der gleichen Schicht. Sie berichtete, Jonna sei über Silvester zu ihren Verwandten nach Peräseinäjoki gefahren, wo sie sich vor ihrem Zuhälter sicher fühlte.

«Aus der Anzeige ist letzten Endes nichts geworden, weil Jonna Angst hatte, wegen Drogenbesitz und -konsum angeklagt zu werden. Sie versucht allen Ernstes, vom Heroin wegzukommen, deshalb ist sie wohl auch in eine Gegend gefahren, in der der Stoff nicht so leicht aufzutreiben ist.»

«Glaubst du, sie schafft das ganz allein?»

Maisa schüttelte den Kopf: «Nein, aber ich hoffe es. Wir haben einen Termin bei der psychologischen Beratungsstelle vereinbart. Das Mädchen ist völlig kaputt. Hast du übrigens in der Zeitung gelesen, dass Anja Jokinens Sohn, der Saufbold, irgendwo im Wald tot aufgefunden worden ist? Das Schicksal regelt die Angelegenheiten unserer Klientinnen neuerdings mit ziemlich drastischen Mitteln.»

Ich bemühte mich, keine Miene zu verziehen, und sagte, ich hätte am Morgen mit Anja telefoniert.

«Komm doch nach Dreikönig zu uns zum Abendessen, dann können wir uns mal richtig unterhalten und ein paar Intrigen gegen Pauli spinnen», lächelte Maisa. Ich lächelte zurück, ich mochte ihr nicht sagen, dass ich nicht mehr lange im Schutzhafen arbeiten würde. Außerdem hoffte ich, die Polizei käme nicht auf die Idee, Maisa zu vernehmen, denn am Ende plapperte sie dann auch davon, wie viele prügelnde Männer in letzter Zeit zu Tode gekommen waren. Jeder schien jetzt eine Bedrohung darzustellen, entweder für Kalle oder für mich. Wie konnte ich es nur hinkriegen, dass Heikkis Tod keinem von uns beiden zur Last gelegt wurde?

Würde Kalle wegen Mordes verurteilt werden, müsste er den Rest seiner vorigen und die neue Strafe absitzen. Sollte es so weit kommen, musste ich ein Geständnis ablegen. Ich würde ohnehin nicht lange im Gefängnis bleiben.

Paulis Ankunft unterbrach meine Grübelei.

«Na, bist du jetzt zufrieden?», fauchte er. Sein Gesicht leuchtete im gleichen Rot wie mein Pullover.

«Weswegen?» Einen Augenblick glaubte ich, er meinte Heikki Jokinens Tod.

«Pastorin Voutilainen hat den Vorstand der Stiftung wegen Tiina Leiwos Brief zu einer außerordentlichen Sitzung einberufen.»

«Aha.» Ich hatte die ganze Sache vergessen und eigentlich auch keine Lust, mich mit Pauli darüber zu streiten.

«Begreifst du, dass das unsere Tätigkeit gefährden kann?» Er trat so dicht an mich heran, dass mir der sirupartige Geruch seines Rasierwassers in die Nase stieg.

«Das glaube ich nicht. Im Moment läuft doch das Projekt zur Prävention familiärer Gewalt, es wird immer mehr über das Thema gesprochen. Wenn wir Ergebnisse vorweisen können, bekommen wir mehr Geld», sagte ich kühl und ging. Vielleicht konnte ich meine Laufbahn im Schutzhafen damit beschließen, dass ich einen Wechsel in der Leitung herbeiführte. Pauli war nur noch einige Jahre vom Rentenalter entfernt, vielleicht könnte er in Vorruhestand gehen? Maisa würde eine gute Leiterin abgeben. Oder wenn Pauli plötzlich krank würde …

Hör auf!, sagte ich mir. Pauli war ein Hornochse, aber er war nicht gefährlich. Ihn brauchte ich nicht zu erledigen. Trotzdem fielen mir auf Anhieb drei Varianten ein, ihn um die Ecke zu bringen.

Zum Glück gab es den ganzen Tag viel zu tun. Ich machte Überstunden, damit wir mit dem Andrang fertig wurden, und als ich endlich vor meiner Wohnungstür stand, war es fast Mitternacht. Aus dem Innenhof kam Musik, die Hausgemeinschaft feierte Silvester. Ich hatte nicht vorgehabt, daran teilzunehmen, unter all den fröhlich betrunkenen Paaren hätte ich mich doch nur als Außenseiterin gefühlt. Außerdem musste ich am nächsten Morgen wieder arbeiten.

Ich fütterte Sulo und spähte nach draußen, um zu sehen, ob Kalle mitfeierte. Dunkle Gestalten tanzten auf dem von gelben Laternen und dem fast vollen Mond erleuchteten Hof, aber sie schienen mir alle zu klein für Kalle. Ich rief bei ihm an, aber er meldete sich nicht. Kurz vor zwölf drehte jemand die Musik auf dem Hof noch lauter, «It's a final countdown» war bis in meine Wohnung zu hören. Ich stand hinter der Gardine und schaute zu, als Punkt zwölf die Sektkorken knallten. Sollte ich eine der Weinflaschen öffnen, die Kalle mir geschenkt hatte? Ich beschloss, lieber ins Bett zu gehen, und schaffte es tatsächlich einzuschlafen. Im Schlaf hörte ich von draußen das Lied vom Gevatter Tod.

Die Laternen auf dem Hof leuchteten immer noch, als ich mich um Viertel vor sieben aus dem Bett quälte. Es war schwer zu glauben, dass die Tage schon wieder länger wurden. Beim Zeitungholen spähte ich in Kalles Briefkasten. Die Zeitung von gestern und heute und ein paar Briefe lagen darin, er war also noch nicht freigelassen worden. Noch auf dem Weg zur Arbeit sah ich eine Zelle mit gelblichen Wänden vor mir, in der Kalle brüllend an die Tür hämmerte.

Es tat mir gut, mich im Dienst in die Probleme anderer Menschen verbeißen und meine eigenen beiseite schieben zu können. Eine Klientin hatte ihr sechs Monate altes Baby dabei, das gerade sitzen gelernt hatte und das zahnlose Mündchen zu einem breiten Lächeln verzog, sooft es ihm gelang, sich aufzusetzen. Die Mutter war vom ersten schlimmen Streit in der Familie so geschockt, dass sie die Kinderpflege ganz und gar mir überließ. Ich fütterte das glucksende kleine Wesen mit zerdrückten Kartoffeln und Pfirsichpüree. Als es Zeit für das Fläschchen und den Mittagsschlaf wurde, nahm ich das Baby auf den Arm und gab ihm seine Milch. Der kleine Kopf mit den weichen Locken ruhte auf meiner rechten Brust, die Füßchen traten eifrig gegen meine linke Schulter. Es nuckelte eine Weile und schlief dann auf meinem Arm ein. Am liebsten wäre ich mit dem schlafenden Kind im Arm in dem dämmrigen Zimmer sitzen geblieben, hätte das rötliche und dunkelviolette Farbenspiel der untergehenden Sonne betrachtet und den Duft des auf meinem Schoß schnaufenden Wesens eingesogen, aber die anderen Klientinnen warteten. Ich legte das Baby ins Bettchen und fror, als der kleine Kopf meine Brust nicht mehr wärmte.

Anneli sah sich mit ein paar Klientinnen die Übertragung vom Skispringen an. In meiner Kindheit waren Kekkonens Neujahrsansprache und das Skispringen in Garmisch-Partenkirchen heilige Rituale, die niemand stören durfte. Das Mittagessen kam immer auf den Tisch, wenn das Konzert der Wiener Philharmoniker begann, worüber ich mich maßlos ärgerte. Ich hätte so gern das festlich geschmückte Opernhaus und die wunderschön angezogenen Ballerinen bewundert, aber meine Mutter meinte, die Tänzer in ihren Trikots sähen schamlos aus und ich hätte nichts vor dem Fernseher verloren.

Anstatt mir das Skispringen anzusehen, füllte ich ein paar Anträge aus, obwohl sie erst nächste Woche eingereicht werden mussten. An den nächsten beiden Tagen hatte ich Nachtschicht, denn die Kolleginnen mit Familie arbeiteten am Wochenende nicht gern nachts. Sulo war es egal, ob ich nachts oder tagsüber zu Hause war, Hauptsache, ich war irgendwann da.

Als ich nach Hause kam, guckte ich wieder in Kalles Briefkasten. Er war noch voller geworden. Seine Fenster waren dunkel. An der Treppe traf ich die Nachbarin aus der unteren Etage, die mir zuerst ein gutes neues Jahr wünschte und anschließend anfing zu tratschen. Das ganze Haus wusste, dass Kalle von der Polizei abgeholt worden war, aber niemand kannte den Grund. Vermutlich hatte sie mich mit Kalle gesehen und versuchte jetzt, mich nach den näheren Umständen seiner Verhaftung auszufragen, aber ich sagte, ich wisse nichts, und lehnte ihre Einladung zum Kaffee ab. Zum Glück war Sulo zu Hause, bei ihm konnte ich mich über die Schäbigkeit der Menschen beklagen. Bald würde jemand herausfinden, dass Kalle schon einmal wegen Totschlags im Gefängnis gesessen hatte, und dann ging das Gerede erst richtig los.

Es fing wieder an zu schneien, ich fegte den Balkon, obwohl er in einer Stunde wieder genauso weiß sein würde wie zuvor. Dann las ich in dem Buch weiter, das ich zu Weihnachten bekommen hatte, aber meine Gedanken kehrten immer wieder zu meiner eigenen verwickelten Geschichte zurück, aus der ich mich nicht mehr befreien konnte. Gegen sieben stand ich vom Sofa auf, um Tee zu kochen. Da klingelte es. Ich zupfte mir schnell die Haare zurecht und öffnete die Tür.

Es war Kalle. Er klopfte sich den Schnee von den Schultern, als käme er von einem langen Spaziergang zurück. Auf seinen braunen Augen lag ein matter Schleier wie auf abgestandenem Tee. Er war den Tränen nah.

«Darf ich reinkommen?», fragte er.

«Natürlich. Warum hat man dich verhaftet?»

«Das ist doch sonnenklar», schnaubte er, während er den Mantel auszog. «Heikki ist auf dubiose Weise ums Leben gekommen, und ich habe schon mal ein Familienmitglied getötet. Die Polizei war am Dienstag bei meiner Mutter, und sie hat wohl Verschiedenes gesagt, was für mich nicht so günstig war.» Kaum saß Kalle auf seinem Stammplatz auf dem Sofa, hüpfte ihm Sulo auch schon auf den Schoß.

«Ich wollte gerade Tee kochen, magst du auch welchen?»

«Danke, gern. Säde, ich habe den Polizisten erzählt, dass wir in Heikkis Wohnung waren. Du wirst sicher auch noch vernommen.»

«Ich bin für Montag um zwei Uhr hinbestellt.»

Ich stellte Teetassen und die Keksdose auf den Tisch und wich Kalles Blick aus.

«Wie lange haben sie dich dabehalten?»

«Nur die gesetzlich erlaubten achtundvierzig Stunden. Das war schlimm genug. Ich erinnerte mich sofort daran, wie es vor fünf Jahren war, als ich die erste Nacht in der Arrestzelle wach lag und wusste, jetzt ist mein ganzes Leben verpfuscht. Sie haben mich vorläufig freigelassen und wollen sich nächste Woche wieder melden. Letzte Nacht war ich bei meiner Mutter, ich habe versucht, sie davon zu überzeugen, dass ich Heikki nicht umgebracht habe. Ich glaube, es ist mir nicht gelungen.»

Kalle beugte sich zu mir herüber und sah mich inständig an. «Dir sage ich es auch: Ich habe Heikki nicht umgebracht. Dass er gewalttätig geworden ist, habe ich ja überhaupt erst erfahren, als er schon verschwunden war. Du glaubst mir doch?»

«Ja, ich glaube dir», antwortete ich mit belegter Stimme und ging die Teekanne holen, bevor Kalle meine Hand nehmen konnte. «Hat man denn herausgefunden, wie Heikki umgekommen ist?»

«Sie haben mir überhaupt nichts erzählt. Als ich die Leiche identifizieren musste, habe ich an Heikkis Stirn und am Kinn Prellungen gesehen. Von den Schultern abwärts war er zugedeckt. Vielleicht waren unter der Plane Messerstiche oder Einschüsse. Die Polizei geht von Raub aus, weil Heikkis Brieftasche bisher nicht gefunden wurde. So viel habe ich inzwischen mitgekriegt.»

Ich goss uns Tee ein, meine Hände zitterten kein bisschen. Kalle war frei. Das hieß, die Polizei hatte keine echten Beweise gegen ihn. Und wenn ich nur deshalb vernommen wurde, weil ich mit Kalle in Heikkis Wohnung gewesen war, hatte ich nichts zu befürchten.

«Das alles ist ein einziger Albtraum», seufzte Kalle. «Ich hatte schon genug daran zu knabbern, dass Heikki unsere Mutter schlägt, und jetzt ist er obendrein noch tot.» Er trank einen Schluck Tee und verbrannte sich die Zunge, ich holte kaltes Wasser und entschuldigte mich.

«Ich bin es, der hier um Entschuldigung bitten muss, weil ich einfach bei dir eindringe und alles auf dich ablade», erwiderte er.

«Ich bin das Zuhören gewöhnt», wiegelte ich ab. Genau genommen war Kalle einer der wenigen, deren Sorgen ich mir freiwillig und interessiert anhörte, nicht aus beruflichen Gründen oder um gemocht zu werden. In der Schulzeit und während des Studiums war ich eine gute Zuhörerin für alle, die an Liebeskummer litten, weil ich keinen Gegendienst erwartete. Ich hatte keine Liebesbeziehungen. Der eine Kuss vom pickligsten Jungen in unserer Klasse oder die einseitige Schwärmerei für den dunkelhaarigen Leckerbissen im sozialpolitischen Proseminar zählten auf dem Markt der Bekenntnisse nicht.

«Das habe ich gemerkt. Du könntest ruhig auch mal von dir sprechen.»

«Über mich gibt es nichts zu sagen.»

«Das glaube ich nicht.»

«Glaub es lieber.»

«Nein. Ich finde, du hast dich verändert. Die Frau, die ich damals im Lokal kennen gelernt habe, war unglaublich scheu.

Scheu bist du immer noch, aber auf andere Weise. Ich kann ja verstehen, dass du Angst vor mir hast, vor einem, der getötet und im Gefängnis gesessen hat. Mit so einem will niemand sein Leben teilen. Aber dass du mich trotz deiner Angst hier sitzen lässt und behauptest, du glaubst mir, dass ich Heikki nicht umgebracht habe – das kann ich nicht ganz begreifen.»

Ich trank einen Schluck Tee, um nicht antworten zu müssen. Kalle war gefährlich, bald würde er ein Blatt nach dem anderen von mir abreißen wie von einer reifen Artischocke, würde alle meine Geheimnisse aussaugen und meine Seele in Stücke schneiden wie einen weichen Artischockenboden, der nur darauf wartete, verzehrt zu werden.

Ich fing an zu weinen.

Kalle starrte mich nur einen Augenblick an, dann beugte er sich vor und strich mir zärtlich über den Rücken. Ich erlaubte mir, die Berührung eine Weile zu genießen, bevor ich ihn fortstieß. Ich konnte ihm nicht erlauben, meinen Körper in all seiner Hässlichkeit und Erbärmlichkeit zu spüren, von der Erbärmlichkeit meiner Seele ganz zu schweigen. Als ich trotz der Tränen wieder klar sehen konnte, begegnete ich Kalles fassungslosem Blick.

«Herrgott im Himmel, was ist denn bloß los mit dir!», schrie er so laut, dass es mir vorkam, als hätte er mich geschüttelt.

Jetzt hätte ich Gelegenheit gehabt, es ihm zu erzählen. Aber ich konnte es nicht.

Sechzehn

Ich stand im Zentrum von Espoo an der Haltestelle und wartete auf den Bus nach Nihtisilta. Vor Schlafmangel war mein Kopf wie mit Watte gefüllt, meine Augen fühlten sich an, als hätte mir jemand Schlamm unter die Lider gespritzt. Zum Glück war die Wolkendecke so dünn, dass man sich irgendwo dahinter immer noch eine Sonne vorstellen konnte.

Nach meinem Weinkrampf hatte ich Kalle gebeten zu gehen. Er war wütend abgezogen, überzeugt davon, dass ich seinetwegen geweint hatte. Zum Teil stimmte das, denn ich trauerte auch, weil Kalle zum allerfalschesten Zeitpunkt in mein Leben getreten war.

Die Nachtschichten waren anstrengend gewesen, daher hatte ich den ganzen vorigen Tag geschlafen. Nun hatte ich Angst davor, zur Polizei zu gehen. Wenn ich müde war, war ich noch empfindlicher und schreckhafter als sonst. Womöglich war Kalles Verhaftung nur ein Ablenkungsmanöver gewesen, und die Polizei hatte die ganze Zeit gewusst, wer die Täterin war.

Autos rasten vorbei, vom Bus war nichts zu sehen. Wenn er in Sicht kommt, bevor die nächsten zehn Autos vorbeigefahren sind, geht alles gut, sagte ich mir. Dann werde ich nicht verdächtigt, und es gelingt mir, den Verdacht gegen Kalle zu entkräften.

Wenn man in einer der Siedlungen von Espoo wohnte und kein Auto besaß, musste man ständig mit Fahrplänen jonglieren. Meine Kolleginnen wunderten sich, wie ich zurechtkam. Das fragte ich mich mitunter auch. Ich hatte nicht viel Kraft in den Armen, es fiel mir schon schwer, den Sack mit fünf Kilo Katzenstreu die zweihundert Meter von der Bushaltestelle bis zu meiner Wohnung zu schleppen. Wenn ich gleichzeitig noch etwas anderes einkaufen musste, war ich aufgeschmissen. Mit schweren Einkaufstüten Fahrrad zu fahren war eine wacklige Angelegenheit. Natürlich war es gesund, die zwei Kilometer zur Arbeit zu Fuß oder mit dem Rad zurückzulegen, aber bei zwanzig Grad minus oder Sturzregen wünschte ich mir doch, dass zwischen der Siedlung und meinem Arbeitsplatz wenigstens ein einziger Bus führe. In den Jahren, die ich nun schon in Espoo wohnte, hatte ich zahlreiche Methoden ersonnen, mir die Zeit zu vertreiben, während ich an der Haltestelle wartete. Automarken konnte ich nicht voneinander unterscheiden, aber ich zählte Farben oder Kennzeichen und überließ schwierige Entscheidungen dem Schicksal. Wenn das nächste Auto rot ist, darf ich mir eine Tafel Schokolade kaufen. Wenn es grün ist, muss ich mich mit einem kleinen Schokoriegel begnügen, und wenn es blau ist, bekomme ich gar nichts.

Diesmal fuhren sechzehn Autos und ein falscher Bus an mir vorbei, bevor der richtige mit sieben Minuten Verspätung kam.

Ich hatte mir vorgenommen, nur eines zu verschweigen, nämlich dass ich am letzten Abend seines Lebens mit Heikki im gleichen Bus gesessen hatte. Das wäre einfach zu riskant.

In der Eingangshalle des Polizeigebäudes machte sich das Maskottchen der Polizei von Espoo breit, der Polyp, ein Tintenfisch in Polizeiuniform, von dem Kinder, die mit ihren Eltern zum Meldeamt kamen, kaum die Finger lassen konnten. Zwei kleine Jungen befingerten gerade die Fangarme, und die entnervte Mutter drohte ihnen mit der Polizei. Ich meldete mich bei der Aufsicht, und nach ein paar Minuten kam Wachtmeister Koivu, um mich abzuholen.

Pekka Koivu lächelte offen, sein Händedruck war warm. Er wirkte so lieb und sanft, bestimmt ließen sich die Verhörten, vor allem die Frauen, bei ihm hinreißen, mehr zu sagen, als sie eigentlich wollten.

«Gehen wir in mein Büro, da ist es am bequemsten», schlug

Koivu vor. Er öffnete die Tür zum Treppenhaus mit einer Magnetkarte und führte mich zum Aufzug. In der engen Aufzugskabine roch sein Meeresduft-Rasierwasser fast aufdringlich stark, es war irgendwie zu intim. Wir gingen über den unfreundlich weißen Flur des Gewaltdezernats in ein Büro, das Koivu mit einem gewissen Wachtmeister Puupponen teilte.

Anu Wang saß am Computer, sie stand auf, um mir die Hand zu geben, und tippte dann meine Personaldaten ein. Bis zu meinem sechsunddreißigsten Geburtstag waren es nur noch zwei Monate, ein deprimierender Gedanke.

«Sie sind vorgeladen zur Anhörung als Zeugin im Todesfall Heikki Antero Jokinen. Wie gut kannten Sie den Verstorbenen?», begann Koivu.

«Ich habe ihn ein paar Mal flüchtig gesehen. Ich weiß nicht viel von ihm.»

«Was ist Ihr Beruf, und wo arbeiten Sie?»

«Ich bin Sozialtherapeutin im Frauenhaus Schutzhafen.»

«War die Mutter von Heikki Jokinen, Anja Kyllikki Jokinen, Ihre Klientin?»

«Ich bin eigentlich an die Schweigepflicht gebunden.»

«Anja Kyllikki Jokinen hat bei der Vernehmung angegeben, dass sie mehrfach im Frauenhaus Schutzhafen Zuflucht vor ihrem Sohn Heikki gesucht hat, der durch Drohungen und Gewaltanwendung Geld von ihr erpresste», hielt mir Koivu entgegen.

«Wenn Anja das gesagt hat, sehe ich keinen Grund, etwas anderes zu behaupten», antwortete ich unsicher. Koivu fragte mich über Anjas Aufenthalte im Schutzhafen aus, und ich brachte es nicht fertig zu schweigen. Ich schilderte Heikkis Taten in allen furchtbaren Einzelheiten. Obwohl ich ruhig sprach und die Beamten mir schweigend zuhörten, lag plötzlich Spannung in der Luft.

«Wie oft sind Sie Heikki Jokinen begegnet?»

«Nur zweimal. An einem Abend, als ich von der Arbeit nach

Hause gehen wollte, stand er vor dem Schutzhafen auf der Straße. Er fragte mich, ob seine Mutter im Haus sei. Er drohte mir und versuchte mich aufzuhalten. Ich konnte ihm entkommen und habe sofort die Polizei alarmiert, aber als der Streifenwagen kam, war er schon weg. Eigentlich wusste ich auch nicht genau, ob es Heikki war, aber …» Ich verhaspelte mich und wusste, dass ich einen völlig idiotischen Eindruck machte, aber das war besser so. Ein piepsiges Dummerchen würde man nicht so leicht verdächtigen, drei Männer umgebracht zu haben.

«Und das zweite Mal?»

«Beim zweiten Mal habe ich nicht einmal mit ihm gesprochen. Ich hatte einen Abendspaziergang gemacht und war unterwegs in ein Lokal gegangen. Ich habe ihn am anderen Ende der Theke sitzen sehen, glaube aber nicht, dass er mich bemerkt hat. Ich bin auch nicht lange geblieben, denn in dem Lokal hat es mir nicht gefallen.»

Bisher hatte sich Wachtmeister Anu Wang nur durch das gleichmäßige Klappern der Computertastatur bemerkbar gemacht. Jetzt blickte sie mich an und fragte: «Sie kennen auch Kaarlo Jokinen?»

«Er ist mein Nachbar.»

«Da Sie nach Weihnachten mit ihm in der Wohnung von Heikki Jokinen waren, ist er wohl nicht nur Ihr Nachbar, sondern auch ein Freund.» Wangs schwarzbraune Augen sahen mich nachdenklich an.

«Das auch», gab ich zu.

«Haben Sie Kaarlo Jokinen erzählt, dass sein Bruder die Mutter misshandelt hat?»

Hing Kalles Freiheit von meiner Antwort ab? Zum Glück brauchte ich nur die Wahrheit zu sagen.

«Ich habe kein Wort über Anja und Heikki gesagt, erstens, weil ich an die Schweigepflicht gebunden bin, und zweitens, weil ich nicht wusste, dass Kalle zur gleichen Familie gehört.»

In dem Moment klopfte es, und Hauptkommissarin Maria

Kallio trat ein. Sie sah zerlottert aus. Die schwarze Jeans und der dunkelgrüne Pullover waren unpassend für eine Person in ihrer Position, und ihre roten Haare waren völlig verwuschelt, offenbar hatte sie am Morgen vergessen, sich zu kämmen.

«Hauptkommissarin Kallio leitet die Ermittlungen. Sie haben doch nichts dagegen, wenn sie an dem Gespräch teilnimmt?», fragte Koivu formvollendet, aber das Lachen in seinen hübschen braunen Augen war mir nicht entgangen. War das ein sorgfältig einstudiertes Manöver, um mich zu überführen?

«Natürlich nicht», murmelte ich, und Koivu fuhr fort:

«Wussten Sie wirklich nicht, dass Kaarlo Jokinen Anja Jokinens Sohn ist?»

«Nein. Jokinen ist ja ein häufiger Name.» Meine Stimme war wieder piepsig geworden, mir wurde warm im Kostüm. Auch ohne in den Spiegel zu schauen, wusste ich, dass die dünne Puderschicht das Weihnachtsapfelrot, das sich auf meinen Wangen ausbreitete, nicht verdecken konnte.

«Wussten Sie, dass Kaarlo Jokinen auf Bewährung entlassen war, nachdem er wegen Tötung seines Vaters vier Jahre im Gefängnis gesessen hatte?», fragte Koivu mit seiner tiefen, freundlichen Stimme.

«Ja. Oder nein. Das heißt …» Wieder kam ich ins Stottern, es juckte mich am Rücken, wo der Schweiß meinen Pullover feucht werden ließ. «Ich wusste, dass Kalle im Gefängnis gewesen ist, und später erfuhr ich, dass er wegen Totschlags verurteilt worden war. Dass er seinen Vater getötet hatte, hörte ich erst, als sich herausstellte, wer er ist … Dass er Anjas Sohn ist, meine ich.»

Kallio hatte sich auf den Tisch gesetzt, es gab nur drei Stühle in Koivus Zimmer. Sie wippte mit den Füßen, die in hochhackigen Pumps steckten, was zu der Jeans komisch aussah.

«Warum hat Kalle Jokinen dich in Heikkis Wohnung mitgenommen?»

«Er wollte nicht alleine hin.»

Kallio nickte und lächelte andeutungsweise. Dachte sie, dass

Kalle mich mitgenommen hatte, weil er eine vertrauenswürdige Zeugin haben wollte, und dass ich so blöd war, mitzugehen, weil ich mich in Kalle verliebt hatte? Am liebsten hätte ich ihr gesagt, dass ich nicht so leichtgläubig war, sondern dass ich selber Kalle hinters Licht geführt hatte.

«Aber als Sie mit Kalle Jokinen in die Wohnung seines Bruders gingen, wussten Sie da vom Totschlag an seinem Vater?» Diesmal kam die Frage von Wang.

«Ja.»

Ich musste mich konzentrieren, um nicht zu vergessen, was ich wann gewusst haben wollte, sonst würde ich mir früher oder später widersprechen. Ich dachte an die Vogelschlingen, die meine Brüder jeden Winter im Wald ausgelegt hatten. Hinter jeder Frage konnte eine Schlinge verborgen sein, in die ich ahnungslos hineintappte.

Kallio stand auf, verschwand hinter der Stellwand, die den Raum teilte, und kam mit einem Stuhl zurück. Sie setzte sich falsch herum darauf, mit der Brust zur Rückenlehne, die Beine links und rechts vom Sitz gespreizt. Von nahem waren die Augenfältchen deutlich zu sehen, ebenso die roten Äderchen in den Augäpfeln. Hatte sie ein paar Gläser über den Durst getrunken oder die ganze Nacht Jagd auf Heikki Jokinens Mörder gemacht?

«Hattest du keine Angst, mit Kalle zu gehen, obwohl du wusstest, dass er jemanden umgebracht hatte?», fragte sie freundlich.

«Nein. Ich habe keine Angst vor Kalle», sagte ich und versuchte zu lächeln. Jedenfalls nicht, weil er jemanden umgebracht hat, fügte ich in Gedanken hinzu.

«Was haben Sie in Heikki Jokinens Wohnung gesehen?», fragte Koivu und warf Kallio einen Blick zu, als erwarte er ihre Zustimmung. Ich schilderte das Chaos in der Küche und den Zeitungsstapel im Flur. Koivu nickte.

«Waren Sie die ganze Zeit zusammen in der Wohnung?»

«Ja», fing ich an, als mir einfiel, dass mir übel geworden war und dass ich nach draußen gerannt war und die Eiszapfen betrachtet hatte. Kalle war ungefähr zehn Minuten später nachgekommen. Das musste ich erzählen, ich wollte alle meine Karten aufdecken, bis auf das eine As, das ich im Ärmel hatte: den Mord.

«Wenn ich es mir genau überlege, waren wir doch nicht die ganze Zeit zusammen. Der Geruch war so widerlich, dass ich unbedingt an die frische Luft musste. Kalle war ein paar Minuten allein in der Wohnung.»

«Haben Sie irgendetwas aus Heikki Jokinens Wohnung mitgenommen?»

«Nein! Fehlt denn etwas?», fragte ich zurück, obwohl ich wusste, dass die Polizei ihre Erkenntnisse für sich behielt. Tatsächlich gab mir Koivu keine Antwort, er wartete nur, bis Wang den letzten Satz eingegeben hatte.

«Wie hoch schätzten Sie als Mitarbeiterin des Frauenhauses die Wahrscheinlichkeit ein, dass Heikki Jokinen seine Mutter eines Tages umbringen würde?»

«Die Möglichkeit bestand durchaus.»

Der Balanceakt auf der Wippe, mit der Mordanklage gegen Kalle am einen, gegen mich am anderen Ende, ging allmählich über meine Kräfte. Mein Mund war wie ein Pelargonientopf, den seit Wochen niemand mehr gegossen hat.

«Warum seid ihr überhaupt in Heikki Jokinens Wohnung gegangen?», wollte Kallio wissen.

«Kalle machte sich Sorgen, weil Heikki selbst an Weihnachten nichts von sich hören ließ und auch nicht ans Telefon ging. Als er dann in der Zeitung die Meldung über die Leiche in Eestinkallio gelesen hat, kam ihm der Verdacht, das könnte Heikki sein.»

«Ganz recht», sagte Kallio. Wieder tauschte sie mit Koivu einen Blick, auf den ich mir keinen Reim machen konnte. Ich wartete die ganze Zeit auf die Frage, wo ich am Abend des

neunten Dezember gewesen sei und ob ich einen preiselbeer-
roten Mantel besitze. Stattdessen stand Koivu auf und gab mir
die Hand:

«Das ist dann wohl alles. Würden Sie noch einen Moment
warten, bis Kriminalmeister Wang das Vernehmungsprotokoll
ausgedruckt hat? Dann können Sie es gleich unterschreiben.»

Ich nickte. Koivu war schon auf dem Weg zur Tür, als er sich
an seine Kolleginnen wandte: «Ich geh jetzt essen, außer dem
trockenen Brötchen heute früh hab ich noch nichts im Magen.
Kommt ihr nach?»

«Wenn ich hier fertig bin», antwortete Wang, Kallio dagegen
schüttelte den Kopf. Auch sie stand auf und gab mir die Hand,
und ich war erleichtert, als sie das Zimmer verließ. Ich las
Wangs Protokoll durch und wurde rot, denn jedes Stottern und
Stammeln war schwarz auf weiß festgehalten. Ich unterschrieb
in meiner deutlichen, runden Handschrift, die Maisa kindlich
fand.

Als ich auf den Gang kam, hörte ich auf einmal Kallios Stimme:

«He, Säde, warte mal!»

Ich konnte nicht umhin, stehen zu bleiben und mich zu der
Tür umzudrehen, aus der die Hauptkommissarin ihren Wu-
schelkopf herausstreckte.

«Soll ich dich mitnehmen? Ich fahre jetzt nach Hause.»

«In dem Fall gern, vielen Dank», antwortete ich, denn auf die
Schnelle fiel mir keine Notlüge ein.

Kallio öffnete ihren Garderobenschrank und schlenkerte die
Pumps von den Füßen. Dann zog sie schwere Schnürstiefel an
und schlüpfte in eine lederne Motorradjacke, in der ich lächerlich ausgesehen hätte. Zu ihr passte sie. Schweigend folgte ich
ihr die Treppe hinunter. Als sich die Tür hinter mir schloss,
atmete ich auf. Diesmal hatte ich das Gebäude noch verlassen
dürfen.

Auf dem Parkplatz stand ein eleganter dunkelblauer Wagen.

Kallio öffnete die Zentralverriegelung. Ich wusste nicht, ob ich mich nach vorn oder hinten setzen sollte. Schließlich setzte ich mich nach vorn, immerhin war das ein Polizeifahrzeug und kein Taxi, auch wenn es nicht das Emblem der Polizei trug. Die kompliziert aussehenden Funkgeräte und der Einsatzkoffer auf dem Rücksitz verrieten, dass es sich nicht um ein Zivilfahrzeug handelte.

Sie drehte das Autoradio voll auf, schwedischsprachige Punkmusik dröhnte mir in den Ohren. Ich musste beinahe lachen. In diesem Polizeiauto saßen eine Hauptkommissarin in Lederjacke, die Punk hörte, und eine harmlos wirkende Frau im hellblauen Strickkleid, die eine dreifache Mörderin war – niemand hätte uns für das gehalten, was wir waren.

«Stört dich die Musik? Nach einem harten Arbeitstag brauche ich so was zum Abschalten.»

«Nein, sie stört überhaupt nicht», log ich. Es war besser, ihr mein altes, braves Ich zu präsentieren. «Die Musik kenne ich gar nicht. Wer ist das?»

«Ebba Grön. Eine schwedische Punkband, vor zwanzig Jahren.» Sie sang den Refrain des gerade laufenden Songs mit: «Mina tankar är vapen som slåss, mina tankar är vapen för oss, mina tankar är den sista som ni tar.»*

«Du wohnst irgendwo an der Finnootie, nicht wahr?», fragte Kallio, als sie an der Ampel auf die Nihtisillantie abbog. Woher wusste sie das? Die Angst machte sich wieder bemerkbar, bis mir einfiel, dass sie sich natürlich an Kalles Adresse erinnerte.

«Hier ist Pasi Leiwo gegen den Brückenpfeiler geknallt.» Sie scherte abrupt aus und fuhr die Rampe zur Autobahn hinunter. «Der Hauptwachtmeister, der die Verfolgung geleitet hat, war nach dem Unfall mehrere Wochen krankgeschrieben. Er fühlte sich schuldig am Tod des verfolgten Fahrers.»

---

* Meine Gedanken sind Waffen, die schlagen, meine Gedanken sind Waffen für uns, meine Gedanken sind das Letzte, das ihr mir wegnehmt.

«Aber die Polizei hatte doch keine Schuld daran!», rief ich und steckte meine plötzlich kalt gewordenen Hände unter den Mantel.

«Sicher, Pasi Leiwo hat selbst am Steuer gesessen, aber der Unfall hätte nicht sein müssen. Die Frau, die damals den betrunkenen Fahrer gemeldet hat, konnte nicht ausfindig gemacht werden. Vermutlich hat sie unter falschem Namen angerufen, weil sie Angst hatte, mit Leiwo Ärger zu bekommen. Was mag sie wohl empfunden haben, als sie von dem Unfall hörte?» Kallio zog an einem Lieferwagen vorbei, der mit achtzig dahinschlich. «Natürlich hat sie nur ihre Pflicht getan. Leiwo war betrunken und hätte womöglich jemanden überfahren.»

Bei der Erinnerung an den verformten, schrottreifen BMW, den ich vom Taxi aus gesehen hatte, wurde mir übel. Was hatte Pasi empfunden, als der Wagen ihm nicht mehr gehorchte und auf die Betonwand zuraste? Hatte er noch Zeit, irgendwas zu begreifen?

Kallio fuhr ein bisschen schneller als die erlaubten hundert Kilometer, wir kamen zügig voran. Auf das Punklied folgte eine leichtere Melodie mit wiegendem Rhythmus, Kallio sang leise mit. Sie hatte eine dunkle und kräftige, aber ungeschulte Stimme.

«Kalle Jokinen macht einen sehr angenehmen Eindruck. Schwer zu glauben, dass er wegen Totschlag gesessen hat, er ist ganz anders als die Gewaltverbrecher, mit denen ich sonst zu tun habe. Wie hast du ihn denn kennen gelernt?»

«Sulo, das ist meine Katze, war verschwunden, und ich habe sie überall gesucht und im Treppenhaus Zettel aufgehängt und …»

«Ich hab auch eine Katze. Ich würde mir wahnsinnige Sorgen machen, wenn sie länger als eine Nacht wegbliebe. Was für eine Katze hast du?» Kallio drehte die Musik leiser.

«Eine ganz normale, grau getigerte Hauskatze, allerdings hat sie seit ihrer Geburt nur ein Auge. Und du?»

«Meine ist ein riesiger weißer Kater mit schwarzem Schwanz. Er heißt Einstein und hat ursprünglich meinem Mann gehört. Der ist Mathematiker, daher der Name Einstein – außerdem hat er den Namen auch deswegen bekommen, weil er für eine Katze ziemlich dumm ist. Er kriegt die Türen nicht auf und kann auch sonst keine Tricks. Hat Kalle Jokinen deine Katze gefunden?»

«Ja.» Ich erzählte, wie Kalle mit Sulo auf dem Arm vor der Tür gestanden hatte, erzählte von meiner Freude und Verblüffung, und sie hörte mir lächelnd zu. Einen Augenblick lang waren wir als Katzenfreundinnen schwesterlich verbunden.

«Kalle Jokinen und ich haben einen gemeinsamen Freund – wenn man jemanden als Freund bezeichnen kann, den man ins Gefängnis gebracht hat, und das für viele Jahre», sagte Kallio bedrückt. Ihr Blick war der eines Menschen, dem ein Splitter unter dem Nagel sitzt, der nur zu entfernen ist, indem man vorher den Nagel abreißt.

«Ach, dieser Brudermörder?» Ich erinnerte mich an den Mann, von dem Kalle einige Male gesprochen hatte wie von einem guten Freund.

«Da hast du genau das richtige Wort gewählt. Ohne Kalle wäre er wahrscheinlich nicht mehr am Leben. Kalle hat gelernt, die Folgen seiner Tat zu akzeptieren, und er hat auch unserem Typen gezeigt, wie er mit seinem Verbrechen irgendwie weiterleben kann. Es fällt mir schwer zu glauben, dass Kalle den gleichen Fehler noch einmal gemacht hätte.»

Sie beugte sich vor und fummelte am Autoradio herum, bis sie auf der CD einen traurigen Song fand, in dem von der Eiszeit der Seele die Rede war, und stellte die Musik wieder so laut, dass ich mir am liebsten die Ohren zugehalten hätte, obwohl mir die Melodie gefiel. Sie sagte nichts mehr, sondern ließ das Lied gleich noch einmal laufen, bevor wir auf die Finnootie abbogen.

«Sag dann Bescheid, welche Kreuzung.»

Ich gab ihr Anweisungen und wollte sie gerade bitten, mich

am Ende der Straße aussteigen zu lassen, als sie überraschend fragte: «Darf ich mitkommen und Sulo guten Tag sagen? Ich habe noch nie eine einäugige Katze gesehen.»

Der Vorwand war so durchsichtig, dass ich am liebsten Nein gesagt hätte. Aber das ging nicht, ich musste den Eindruck vermitteln, nichts zu verbergen zu haben. Wie sah meine Wohnung überhaupt aus? Nachdem ich in der Nacht nur ein paar Stunden geschlafen hatte, war ich nicht in Aufräumlaune gewesen. In der Küche stand wohl nichts herum …

«Bei mir sieht's furchtbar unordentlich aus», versuchte ich mein Glück.

«Ach, da solltest du erst mal meine Wohnung sehen! Eine Katze plus ein zweijähriges Kind plus zwei Erwachsene, die alles andere lieber tun als putzen, da kannst du dir vorstellen, wie das Resultat aussieht.» Sie grinste, an ihrer Nasenwurzel bildeten sich putzige Fältchen. Ich ging die Vortreppe hinauf, auf der sich über das Wochenende gefährlich vereister Schnee angesammelt hatte. Ich musste unbedingt Sand streuen, damit ich mir nicht den Hals brach wie Heikki Jokinen.

Sulo wartete wie immer an der Tür. Er stupste mich an, ging dann aber dazu über, unseren Gast zu beschnuppern.

«Sulo, das ist Hauptkommissarin Maria Kallio», stellte ich vor.

«Eine hübsche Katze. Kann sie mit dem einen Auge denn auf die Jagd gehen?»

Kallio hob Sulo hoch und trat ein paar Schritte ins Wohnzimmer. Sie streichelte die Katze, aber ich war mir sicher, das sie sich gleichzeitig umsah und meine Wohnung in Augenschein nahm.

«Ich trau mich nicht, sie frei laufen zu lassen, um die Nachbarn nicht zu verärgern.»

«Das Problem kenn ich. Unser Einstein darf zwar allein auf den Hof, aber wir mussten ihm ein Glöckchen umbinden, weil er anfing, Vögel ins Haus zu schleppen. Die Nachbarn trauen sich wahrscheinlich nicht, sich zu beschweren, weil sie wissen, dass ich bei der Polizei bin. Manchmal ist mein Beruf eben doch nützlich.» Sie grinste wieder, dann sah sie mich wie um Entschuldigung bittend an und fragte nach der Toilette.

Sie wollte schnüffeln, das war ganz klar, aber ich konnte nicht umhin, ihr die Badezimmertür zu zeigen. Ich selbst ging in die Küche und trank ein Glas Wasser. Wenn sie doch endlich verschwinden würde, ich musste dringend duschen und luftigere Sachen anziehen. Die Kommissarin trödelte beängstigend lange im Bad herum, aber als sie herauskam, sah ich, dass sie ihre Frisur ausgebessert hatte. Sie nahm Sulo wieder auf den Arm und streichelte ihn, bis er anfing zu schnurren. Du Verräter, schalt ich meine Katze in Gedanken. Ich hatte mir eingebildet, Sulo könnte nette Menschen von blöden unterscheiden, denn vor meinen Schwägerinnen lief er davon und Pauli hatte er einmal gekratzt, aber offenbar hatte ich mich geirrt. Kallio schmuste minutenlang mit Sulo, bevor sie sich verabschiedete.

«War nett, dich kennen zu lernen, Sulo! Du darfst aber nicht mehr weglaufen und deinem Frauchen Kummer machen. Alles Gute für den Rest des neuen Jahres, Säde!»

Es war, als fiele ein bleierner Panzer von mir ab, als sie verschwand. Ich duschte und aß etwas, spielte die Vernehmung in Gedanken noch einmal durch und rief mir alles ins Gedächtnis, was ich sonst noch über Heikki Jokinens Tod wusste. Es kam mir vor, als passte irgendetwas nicht zusammen. Oder führte die Polizei uns absichtlich in die Irre? Ich rief noch einmal bei Anja Jokinen an. Sie freute sich ganz offensichtlich, meine Stimme zu hören, und fing gleich an, über Kalles Verhaftung zu jammern. Ich erzählte ihr von meiner Aussage und fragte:

«Sag mal, Anja, was wollten die Polizisten denn von dir wissen?»

Anja setzte zu einem wortreichen Bericht an, aus dem hervorging, dass die Beamten sich vor allem für die Beziehung zwischen Heikki und Kalle interessiert hatten. Ich ließ ihr Zeit, sich alle Unruhe von der Seele zu reden, dabei schauderte mich, denn Anja schien Kalle für den Täter zu halten. Da sagte sie plötzlich etwas, was mein Interesse weckte:

«Die Polizei wusste nicht gleich, dass Heikki Heikki ist, weil man bei ihm keine Papiere gefunden hatte. Nach der Brieftasche haben sie gefragt, und ich habe gesagt, dass Heikki immer eine Brieftasche bei sich hatte, und da drin war der Führerschein und manchmal auch die Monatskarte, die hat er vom Sozialamt gekriegt. Die Schlüssel hatte er immer im Mantel, in einer Brusttasche mit Reißverschluss, damit er sie nicht verliert, wenn er blau ist. Aber die Polizei hat keine Brieftasche und keine Schlüssel gefunden.»

Das war merkwürdig. Hatte jemand Heikkis Papiere geklaut? Kalle hatte von einem möglichen Raub gesprochen. Was war mit Heikki geschehen, nachdem ich gegangen war?

Siebzehn

Die Januardunkelheit verwob die Wochen zu einem Band, an dem sich Tag und Nacht nicht voneinander unterschieden. Ein paar Mal brachte Schnee ein wenig Helligkeit, wurde aber gleich wieder vom Regen vertrieben, und nachts flimmerten keine Sterne. Maisa flog nach Lanzarote, um Licht zu tanken, und ich rannte mitten in der Mitarbeiterbesprechung nach draußen, als die Sonne eines Nachmittags geruhte, sich kurz am Horizont zu zeigen.

In der ständigen Dämmerung gelangte ich zu der Überzeugung, dass der Mensch nicht dafür geschaffen war, mehr als zehn Stunden täglich wach zu sein. Ich verschlief fast meine ganze Freizeit, Sulo mal zu meinen Füßen, mal als graues Kissen in meiner Armbeuge. Manchmal sah ich sein Auge oben auf dem Bücherregal glühen, wenn die winterstillen Meisen das Futterhäuschen auf dem Balkon anflogen.

Von Zeit zu Zeit traf ich Kalle auf dem Hof. Er wurde weiterhin verhört, da bisher noch keine anderen Tatverdächtigen aufgetaucht waren. Er lud mich ins Kino ein, schlug neue finnische Filme vor, aber ich behauptete, kein Interesse zu haben. Offensichtlich glaubte er, ich zöge mich von ihm zurück, weil ich ihn für schuldig hielt. Ich wollte ihn nicht verletzen, aber ich konnte nicht anders, obwohl ich mich immer noch erschreckend stark zu ihm hingezogen fühlte. Wir waren nicht dazu geschaffen, einander Freude zu schenken.

Zu Heikkis Beerdigung ging ich nicht, obwohl Anja mich eingeladen hatte. Ich tauschte absichtlich mit Anneli die Schicht, damit ich dienstliche Verpflichtungen vorschieben konnte. Trotzdem sah ich im Traum Heikki Jokinens Sarg in die Flammen des Krematoriums gleiten und wusste, auch ich würde eines Tages in diesen Flammen verbrennen. Jedes Mal, wenn ich ein Polizeiauto sah, musste ich gegen aufsteigende Panik ankämpfen. Da aber nichts geschah, ließ die Angst allmählich nach.

Ich ließ mir Löcher in die Ohrläppchen stechen. Es würde noch Wochen dauern, bevor ich die dünnen goldenen Reifen herausnehmen und die Ohrringe mit den Hämmerchen anstecken konnte, die Laila mir geschenkt hatte, aber das machte nichts, so gab es wenigstens etwas Schönes, worauf ich warten konnte. Nach dem Dreikönigstag erfuhr ich, dass Timo Takala aus dem Chor ausgeschieden war. Das Ermittlungsverfahren wegen der Drohanrufe war nicht vorangekommen, aber ich war gern bereit, die Angst vor Überführung und öffentlicher Schande noch eine Weile mit Takala zu teilen.

Schokolade schmeckte mir nun allmählich wieder so wie früher. Unbekümmert aß ich einen Riegel nach dem andern. Gemeinsam mit Minna backte ich eine Sachertorte für die außerordentliche Sitzung der Stiftung, die Pauli seit dem Dreikönigstag mit zunehmender Nervosität erwartet hatte. Der Stiftungsvorstand hatte das gesamte Personal dazugebeten, daher fand die Sitzung im Speisesaal des Schutzhafens statt.

Bisher hatte ich Pastorin Voutilainen, die die Sitzung einberufen hatte, erst einmal gesehen. Sie war eine kleine Person mit ausladendem Busen, feuerrot gefärbter Bürstenfrisur, großen Ohrringen, kirschrot lackierten Nägeln und einem sinnlichen, heiseren Lachen. Sie sah eher nach Kunstlehrerin aus als nach Pastorin. Obendrein lebte sie in Sünde mit einem Mann, der erotische Gedichte schrieb.

Ich versuchte mich im Hintergrund zu halten und beschäftigte mich damit, Kaffee zu kochen und Kuchen herumzureichen.

Pauli gab sich alle Mühe, eine klare Front aufzubauen und die Ideen der Stiftungsgründerin Anna Hautala, die auch die seinen waren, gegen die Auffassungen von Pastorin Voutilainen zu verteidigen. Er berief sich auf die Gründungsurkunde des Schutzhafens, der zufolge die Aufgabe des Frauenhauses darin bestand, die Familie zu bewahren, sodass der vor Gott geschlossene Bund nicht an Gewalt und Alkoholmissbrauch scheiterte.

«Eine Klientin aufzufordern, sich von ihrem Ehegatten zu trennen, verstößt gegen Anna Hautalas Grundsätze!», donnerte Pauli. Sein Gesicht hatte die gleiche Farbe wie das eines achtwöchigen Babys mit Blähungen.

«Die Gründungsurkunde der Stiftung verpflichtet unsere Klientinnen nicht, von einer Strafanzeige Abstand zu nehmen. Außerdem sind Anna Hautalas Formulierungen kein Gotteswort. Die Generalversammlung der Stiftung hat das Recht, die Regeln zu ändern.» Die Pastorin bewegte ihren Kopf beim Sprechen so heftig hin und her, dass ihre Ohrringe klirrten. Pauli war ein erklärter Gegner der Frauenordination, Voutilainen musste aus seiner Sicht geradezu eine Ausgeburt der Hölle sein.

Pauli erinnerte mich an meinen Bruder Tarmo, obwohl beide diesen Vergleich als Beleidigung aufgefasst hätten. Tarmo hielt alles, was mit Religion zu tun hatte, für totalen Quatsch und alle Geistlichen für Clowns, war aber, um es seinen Ehefrauen recht zu machen, nie aus der Kirche ausgetreten. Seiner Meinung nach war der Platz der Frau nicht nur zwischen Bett und Herd: Die Frauen sollten gefälligst auch arbeiten gehen, wenn sie so großen Wert auf Gleichberechtigung legten. Schließlich müssten sie ja genügend Geld für Liftings und Schönheitsoperationen verdienen, ohne die Weiber über fünfunddreißig nun wirklich keine Augenweide mehr wären. Tarmo betete Mika Häkkinen ebenso inbrünstig an wie Pauli seinen Gott, und keiner von beiden ertrug die geringste Kritik.

An einem Wochenende war überraschend ein männlicher Klient im Schutzhafen aufgetaucht, ein junger, schlanker Bursche, der von seinem Freund misshandelt worden war. Anneli und ich waren überrascht, nahmen ihn aber auf, denn in den Satzungen stand nur, dass der Schutzhafen Opfern häuslicher

Gewalt Zuflucht bietet. Vom Geschlecht des Opfers war nicht die Rede. Der Mann interessierte mich, denn ich hatte noch nie wissentlich mit einem Schwulen gesprochen. Als Pauli am Montag im Dienst erschien, schickte er ihn stillschweigend nach Hause. Zu uns sagte er, es sei problematisch, einen Mann in Räumen unterzubringen, die eigentlich für Frauen und Kinder vorgesehen seien. Ich hatte damals das Gefühl, dass Pauli fürchtete, die sexuelle Orientierung des jungen Mannes würde auf ihn übergreifen, wenn er sich auch nur einen Tag im gleichen Gebäude aufhielt.

Es war bestimmt leicht, Pauli zu sein. Da wusste man immer, was gut und was sündhaft war. Was würde er wohl sagen, wenn ich ihm erzählte, was ich getan hatte, und mit der Begründung kündigte, bei längerem Verbleib im Schutzhafen würde ich weitere Morde begehen? Würde er mich der Polizei ausliefern?

Nein, Pauli war nicht der Mensch, dem ich eines Tages die Wahrheit sagen würde. Irgendjemand musste sie erfahren, aber wer? Maisa? Laila aus dem Chor? Pastorin Voutilainen? Hauptkommissarin Kallio? Maisa stieß mich an und riss mich aus meinen Gedanken. Die anderen Sitzungsteilnehmer schauten zu mir hin und erwarteten offensichtlich, dass ich etwas sagte. Sanni Voutilainen sah mich aus ihren runden graugrünen Augen besonders erwartungsvoll an. Zum Glück flüsterte Maisa mir zu: «Tiina Leiwo», es ging also um Tiinas Beschwerdebrief.

Ich fing schüchtern an, wie die alte Säde, die niemals mit einem Mann ins Kino oder zum Schnapstrinken in den Wald gegangen wäre. Dann erkannte ich meine Chance. Meine Stimme gewann Festigkeit und Tiefe, aus dem brüchigen Mezzosopran wurde ein selbstsicherer Alt. Die Frau, die jetzt zum Vorschein kam, hatte schon drei Männer abserviert.

«Ich bin mir durchaus bewusst, dass ich von den Richtlinien abgewichen bin, als ich Tiina Leiwo empfahl, Strafanzeige zu erstatten und Pasi zu verlassen, aber meiner Meinung nach habe ich richtig gehandelt. Ich werde auch in Zukunft so vorgehen und bin bereit zu kündigen, wenn meine Handlungsweise nicht akzeptiert wird. Meiner Meinung nach sollte der Schutzhafen aufhören, Probleme unter den Teppich zu kehren.»

Das Verhör, das nun folgte, war achtmal schlimmer als das, was ich auf dem Polizeirevier oder vor Gericht erlebt hatte, aber das machte mir nichts aus. Ich verhaspelte mich nicht und kam nicht ins Stottern, während Pauli anfing herumzubrüllen und völlig die Kontrolle verlor. Schließlich schlug Pastorin Voutilainen vor, eine Arbeitsgruppe mit dem Entwurf neuer Richtlinien zu beauftragen, die im Frühjahr der Generalversammlung vorgelegt werden sollten. Obwohl Maisa und ich kein Stimmrecht hatten, wurde der Vorschlag mit einer Stimme Mehrheit angenommen. Im Siegestaumel ließ ich mich in die Arbeitsgruppe wählen, der außer mir die Pastorin, Pauli, ein Vertreter der Fürsorge und ein Therapeut des kirchlichen Zentrums für Familienberatung angehörten. Erst als wir nach der Sitzung die Tische abräumten, begriff ich, was ich gerade gemacht hatte.

Ich hatte bewiesen, dass das, was ich in diesem Herbst getan hatte, nicht zu rechtfertigen war. Es gab andere Wege, die Welt zu verändern.

Ich verteidigte mich vor mir selbst mit dem Argument, dass diese Veränderungen für Sirpa, Tiina und Anja zu spät gekommen wären. Paulis zornige Blicke brachten mir Genugtuung. Und irgendetwas veranlasste mich, meine Kündigung aufzuschieben. Ostern war Anfang April, bis dahin hatte die Arbeitsgruppe ihren Entwurf fertig. Wenn ich bis dahin noch durchhielt, dann …

Arme umschlangen mich von hinten, ich nahm Rosen- und Vanilleduft wahr und spürte die Berührung schwerer Brüste am Rücken.

«Danke für deine Unterstützung, Säde», sagte Sanni Voutilainen. «Du bist ein wirklicher Lichtstrahl. Ich hatte befürchtet, wieder nur mit dem Kopf gegen die Wand zu rennen. Können wir uns vor dem ersten Treffen der Arbeitsgruppe mal zusammensetzen, bei mir zu Hause vielleicht? Es ist leichter, etwas zustande zu bringen, wenn man klare Vorschläge hat.»

«Ja, gern», sagte ich und befreite mich aus der Umarmung, die mir aufdringlich erschien. Sanni Voutilainen war nett und kannte sich mit der Arbeit in Frauenhäusern bestens aus. Auf dem Heimweg überlegte ich, was sie wohl bei Beerdigungen sagte. Sie würde vermutlich nicht vom Willen Gottes reden, wenn sie am Sarg einer zu Tode geprügelten Frau oder einer an Krebs gestorbenen Dreißigjährigen stand.

Als ich über den Hof kam, sah ich in Kalles Fenster Licht. Heute war sein Namenstag, aber ich hatte ihm nicht mal eine Glückwunschkarte in den Briefkasten geworfen. Es wäre leichter gewesen, wenn er nicht gleich nebenan gewohnt hätte. Der Gedanke, ihm jederzeit über den Weg laufen zu können, hielt die Wunde im Herzen offen, und das ertrug ich nicht. Zum Glück wollte Sulo bei Frostwetter nicht nach draußen, sondern begnügte sich damit, auf dem Balkon die Nase in den Wind zu halten. Den Abfall trug ich meistens erst weg, wenn Kalles Auto nicht auf dem Parkplatz stand. Allmählich gewöhnte ich mir an, automatisch nachzusehen, ob der Wagen dastand, und Kalle klingelte nicht mehr an meiner Tür.

Seit Anfang des Jahres hatte ich auf die Katastrophe gewartet, aber als sie dann kam, fiel sie ganz anders aus, als ich angenommen hatte. Nach der Sitzung fing Pauli an, mir das Leben schwer zu machen. Er versuchte, die anderen Mitarbeiterinnen auf seine Seite zu bringen und mich aus dem Schutzhafen zu ekeln, aber es gelang ihm nicht. Ohne mein Dazutun fand ich Verbündete. Mitte Februar kam Maisa nach einem routinemäßigen Familiengespräch zu mir; sie schwebte zwanzig Zentimeter über dem Boden und erzählte, dass Pauli der Familie vorgeschlagen hatte, die Therapie fortzusetzen, und der Frau sogar empfohlen hatte, mit dem Baby vorübergehend in eine Sozialwohnung zu ziehen. In der nächsten Woche arbeiteten wir weiter an unserem Richtlinienentwurf. Zum ersten Mal seit Jahren kam mir meine berufliche Tätigkeit nicht sinnlos und vergeblich vor.

Im Februar gab es plötzlich heftige Schneefälle, die ein paar Tage lang alles durcheinander brachten: Die Busse fuhren nicht, Autos blieben stecken. Dann sanken die Temperaturen, es herrschte der stärkste Frost seit Jahrzehnten, und die ganze Welt schien im Winterschlaf zu versinken. Auch im Schutzhafen war es ein paar Wochen lang außergewöhnlich ruhig. Das gefiel mir gar nicht, ich hatte zu viel Zeit, über meine eigenen Angelegenheiten nachzudenken.

Jonna Ritola kehrte Ende Februar in den Schutzhafen zurück. Sie hatte es geschafft, seit Weihnachten clean zu bleiben, aber Jack Halme, ihr Zuhälter und Dealer, ließ sie nicht in Ruhe. Er war in ihre Wohnung eingedrungen und hatte von ihr verlangt, die Drogenschulden in bar oder durch Sexdienste abzuzahlen. Zur Warnung hatte er dem Mädchen die Schamhaare versengt. Der Schutzhafen war der einzige Ort, an den Jonna sich zu flüchten wagte, denn Jack bedrohte auch ihre Familie.

Jonna hatte die Schule ein Jahr vor dem Abitur abgebrochen, nachdem sie im Model-Wettbewerb einer Frauenzeitschrift den zweiten Platz belegt hatte. Als ich sie zum ersten Mal sah, hatte mich ihre strahlende Schönheit geradezu verwirrt. Sie hatte dichte blonde Haare, eine Superfigur und ein ebenmäßiges Gesicht. Als Fotomodell hatte sie nicht genug Aufträge bekommen, um davon leben zu können, daher hatte ihr eine Kollegin erklärt, wie sie auf andere Weise Geld verdienen konnte. Mit Heroin war diese Tätigkeit leichter zu ertragen, aber dafür musste sie noch mehr anschaffen.

Selbst Pauli war der Meinung, dass Jonna zur Polizei gehen sollte. Er fürchtete um unsere Sicherheit: Wenn Jack erfuhr, wo Jonna sich aufhielt, waren Mitarbeiter und Klientinnen des Schutzhafens in Gefahr. Endlich stimmte sie zu, und wir vereinbarten einen Termin mit Ermittlern des Drogen- und des Gewaltdezernats. Wir gaben ihr den Rat, einen Rechtsbeistand mit-

zunehmen, der würde ihr besser helfen können als die Therapeuten des Schutzhafens.

In der Nacht vor Jonnas Vernehmung hatte ich Dienst. Es war
ruhig im Haus. Außer Jonna war nur eine Mutter mit dreijähri-
gen Zwillingstöchtern da, deshalb hatten Anneli und ich beschlossen, abwechselnd zu wachen. Anneli, die abends immer
müde war, durfte als Erste schlafen und legte sich in eins der
leer stehenden Zimmer. Um zwei sollte ich sie wecken. An einem normalen Donnerstag war nicht viel Betrieb zu erwarten,
zumal alle Eishockeymannschaften der Hauptstadtregion ihre
Spiele gewonnen hatten.

Gegen halb eins klingelte das Telefon. Eine verängstigte junge Frau schluchzte, ihr Freund hätte sie geschlagen und sie hätte Angst, in der gemeinsamen Wohnung zu bleiben. Auf meine
Frage nach ihren Verletzungen antwortete sie, ihre Nase blute.
Ich erkundigte mich, ob sie Geld für ein Taxi hätte, und sagte ihr,
sie könne kommen. Ich sah nach, ob das hintere Zimmer in der
oberen Etage in Ordnung war, und legte die Verbandstasche bereit. Wenn die Nase gebrochen war, würden wir zur Notaufnahme fahren müssen. Ich entschied mich, Anneli erst zu wecken,
nachdem ich die Verletzungen unserer neuen Klientin gesehen
hatte.

Eine Viertelstunde später klingelte die Torglocke. Die Überwa-
chungskamera zeigte ein blondes Mädchen, dessen stark ge-
schminktes Gesicht tränenüberströmt war. Ich drückte den Tür-
öffner und wunderte mich, dass auf dem Monitor kein Taxi zu
sehen war. Die meisten Taxifahrer waren so umsichtig, zu warten, bis die Klientinnen durch das Tor gegangen waren. Ich ging
in die Eingangshalle, um das Mädchen in Empfang zu nehmen.
Da erspähte ich plötzlich durch das Fenster zum Hof eine ganz
andere Gestalt als die, auf die ich wartete.

Ein Mann kam auf dem mittleren Gartenweg auf das Haus
zu, langsam und verstohlen wie eine Katze, die sich in ein frem-
des Revier verirrt hat. Er trug enge Jeans und schwere Stiefel,

die seine auffallend dünnen Oberschenkel betonten. Der lange schwarze Mantel reichte ihm fast bis zu den Knöcheln. Unter dem leger über die Schultern geworfenen Mantel war eine knappe schwarze Lederjacke zu sehen. Die dunklen Haare lagen eng am Kopf an, und als der Mann sich umdrehte, sah ich, dass er sie im Nacken zu einem kurzen Pferdeschwanz zusammengebunden hatte. Er sah aus wie einer, der hart gesotten erscheinen will.

Als ich begriff, wer das war, hätte ich mich ohrfeigen können: Jack Halme war gekommen, um Jonna zu holen. Bei einer seiner Bewegungen öffnete sich der Mantel, und ich sah, dass er eine Waffe mit langem Lauf unter dem Arm trug. Schleunigst überprüfte ich die Sicherheitskette an der Vordertür. Was war mit der Hintertür – hoffentlich verriegelt? Und Anneli …

Ich hatte den Gedanken noch nicht zu Ende gedacht, als es schon an der Tür klingelte. Ich rannte nach oben und rüttelte Anneli wach.

«Weck Jonna und ruf die Polizei an! Jack Halme ist auf dem Hof!»

Anneli wachte nur langsam auf, sie murmelte wirres Zeug, bevor sie endlich die Augen aufschlug. Das Klingeln hörte nicht auf. Vom Fenster in Annelis Zimmer sah man die Haustür. Jack Halme hatte sich mit seinem ganzen Gewicht gegen die Klingel gelehnt und drückte die Tasten an seinem Handy. Das Telefon in der Eingangshalle klingelte, ich rannte nach unten und nahm ab.

«Frauen …»

«Ich weiß, dass Jonna Ritola da drin ist. Schicken Sie sie raus, dann passiert Ihnen nichts. Sie haben zwei Minuten Zeit, dann schieße ich.»

Ich legte den Hörer auf und hob gleich wieder ab, um die Polizei anzurufen. Es war nur ein Rauschen zu hören. Jack hatte die Verbindung absichtlich nicht unterbrochen, er versuchte, Zeit zu gewinnen. Pauli hatte einen eigenen Anschluss. Sein Telefon war näher als mein Handy. Ich rannte in sein Zimmer, das zum Glück nicht verschlossen war. Die Deckenlampe wollte ich vorsichtshalber nicht anknipsen, also zog ich das Telefon und die Schreibtischlampe im Dunkeln auf den Fußboden. Ich kauerte mich neben den Papierkorb unter dem Schreibtisch und rief die Polizei an.

«Säde Vasara, Frauenhaus Schutzhafen. Auf unserem Hof ist ein Mann mit einer Maschinenpistole.»

Anneli und Jonna stürmten herein.

«Runter!», zischte ich, denn Paulis Zimmer lag zum Hof, und wenn Jack Halme nur einige Schritte nach Norden machte, hatte er Jonna genau im Visier. «Sie habe ich nicht gemeint», erklärte ich dem Beamten, der nach einigen Rückfragen versicherte, er werde sämtliche verfügbaren Streifenwagen schicken.

Jonna hockte Schutz suchend vor Paulis Safe, Anneli zwängte sich neben mich unter den Schreibtisch. Sie hatte drei Kinder im Schulalter und glaubte fest an Gottes schützende Hand, auch noch, nachdem ihre Patentochter auf dem Schulweg von einem Betrunkenen überfahren wurde und starb. Sie hatte die Hände gefaltet, ihre Lippen bewegten sich im Gebet.

«Anneli, hol die Airaksinens aus dem Obergeschoss. Nehmt warme Kleidung mit und geht in den Kühlraum. Man kann ihn nicht von innen abschließen, also müsst ihr die Tür mit irgendeinem Brett verbarrikadieren. Da drin wird er euch nicht gleich suchen, und vor den Kugeln seid ihr durch mehrere Wände geschützt. Jonna, flach am Boden zum Kühlraum!», ordnete ich an, da klingelte das Telefon schon wieder. Ich wagte nicht, dranzugehen. Gleich darauf zerriss ein Schuss die Stille.

«Jonna, in den Kühlraum! Was für Drogen nimmt Jack?»

«Speed …», wimmerte Jonna. «Der is völlig schizo…»

«Die Polizei ist schon unterwegs», sagte ich so überzeugend wie möglich, während ich langsam über den Fußboden kroch und Paulis Telefon hinter mir herzog. Ich wollte es im Flur haben, außerhalb der Schusslinie. Es war meine einzige Verbindung zur Polizei. Beim Robben stieß ich mir den linken Knöchel am Safe, und da fiel mir ein, dass dort eine Waffe lag.

Als ich meine Stelle im Schutzhafen antrat, hatte Pauli mich in die Arbeit eingeführt und mir auch die Waffe, das Magazin und die Patronen gezeigt, die im obersten Fach des Safes aufbewahrt wurden. Er hatte mir beigebracht, wie man die Waffe lud und entsicherte, und ich hatte einen Waffenschein bekommen, aber ich hatte noch nie im Leben geschossen, wusste also nicht, ob ich es überhaupt konnte. Pauli hatte gesagt, dass die Waffe immer geladen war. Sie war nur für Notfälle gedacht, und dann musste alles schnell gehen.

Es konnte mehr als zehn Minuten dauern, bevor die Polizei eintraf. Bis dahin hatte Jack vielleicht längst das Schloss oder ein Fenster eingeschossen und war ins Haus gekommen. Ich konnte nicht mit den anderen in den Kühlraum gehen, denn irgendwer musste in der Eingangshalle warten, um den Polizisten das Tor zu öffnen. Ein Warnschuss würde Jack vielleicht eine Weile aufhalten. Aber sollte ich es wagen, im Zimmer zu bleiben und den Safe aufzuschließen, obwohl Jack durch das Fenster leicht auf mich schießen konnte? Wenn ich die Jalousien herunterließ, wusste er erst recht, wo ich mich aufhielt.

Ich musste es tun. Schließlich war es meine Schuld, dass Jack Halme auf dem Hof des Schutzhafens herumballerte. Ich war ihm auf den Leim gegangen und hatte ihn hereingelassen.

Die Zahlenkombination hatte ich mir auf dem Kalender in meinem Zimmer notiert. Es lag gegenüber von Paulis Zimmer, die Fenster gingen zur anderen Seite des Hauses. Konnte ich Jack täuschen, indem ich dort Licht machte?

Wieder krachte ein Schuss, diesmal schrie ich auf. Ich hatte vor allen meinen Opfern Angst gehabt, aber längst nicht so wie jetzt. Jack Halme war ein Berufsverbrecher, den das Amphetamin nur noch gefährlicher machte. Ein Teil von mir wollte weinend zu Boden sinken, aber der andere Teil war stärker. Ich schlich vorsichtig in mein Arbeitszimmer, versteckte mich hinter der Stellwand und blätterte im Kalender. Da war sie, die Kombination, getarnt als Telefonnummer von Tarmos erster Frau. Ich riss die Seite ab und knipste das Licht an. Als ich auf den Gang kam, klingelte es wieder an der Tür, und Jack rief von draußen:

«Wenn ihr nicht sofort aufmacht, schieße ich das Fenster ein!»

Ich schlich in Paulis Zimmer zurück. Im Licht der Leselampe, die unter dem Tisch lag, konnte ich die Nummern am Safeschloss so gerade entziffern. Meine kurzen Finger zitterten nicht, sie drehten den Verschluss vor und zurück, als gehörten sie einer Fremden. Als ich noch aufs Gymnasium ging, war meinem Vater einmal beim Schleifen das Beil abgerutscht und hatte die Schenkelarterie getroffen. Plötzlich spritzte Blut auf den Boden. Meine Mutter, meine Brüder und der Nachbar, der den Schleifstein drehte, waren völlig hysterisch, und mein Vater wurde fast ohnmächtig, weil er kein Blut sehen konnte. Auch damals hatte ich das Gefühl gehabt, ein Teil von mir hätte meinen Körper verlassen und kaltblütig und präzise funktioniert. Ich hatte die Verbandstasche geholt, die Schlagader abgebunden und einen Druckverband angelegt. Reima war wenigstens so schlau gewesen, einen Krankenwagen zu rufen.

Der Safe ließ sich mühelos öffnen. Im unteren Fach fand ich eine Schachtel Munition, die Waffe lag im oberen Fach. Sie war merkwürdig schwer und hatte eine seltsame Form. Ich nahm sie in die Hand und hörte im gleichen Moment einen Schuss, dann das Klirren von Glas. Jack versuchte, durch das Fenster in der Eingangshalle hereinzukommen. Die Alarmanlage heulte los, ich ging hinter der Tür in Deckung.

Ich wusste nicht einmal, ob ich eine Pistole oder einen Revolver in der Hand hielt. Aus dem Fernsehen wusste ich, dass man Waffen entsichern musste, bevor man sie abfeuerte. Würde das Ding losgehen, wenn ich jetzt abdrückte? Ich zielte auf das Fenster und probierte es vorsichtig aus, aber der Abzug ließ sich nicht bewegen. War diese kleine Spitze die Sicherung? Ich legte sie um, und jetzt gab der Abzug ein wenig nach. Ich ließ die Sicherung wieder einrasten und versuchte mich zu erinnern, wie in den Fernsehserien geschossen wurde: die Waffe in beiden Händen, Arme ausgestreckt, Beine gespreizt.

Jetzt waren Jacks Schritte zu hören. Er rannte in mein Arbeitszimmer, dann ins Esszimmer und in die Küche. Bitte, lass ihn nicht darauf kommen, dass sie im Kühlraum sind, betete ich.

«Jonna, du Miststück! Wenn du sofort herkommst, darfst du dein hübsches Gesicht behalten!»

Durch Jacks Flüche und das Geheul der Alarmanlage hindurch hörte ich das Geräusch, vor dem ich mich in all diesen dunklen Monaten gefürchtet hatte: eine näher kommende Polizeisirene. Jetzt musste ich in die Eingangshalle gehen, auch auf die Gefahr hin, dort Jack zu begegnen. Oder sollte ich über den Hof zum Tor laufen? War das weniger riskant?

Auf einmal fühlte ich mich erleichtert. Ich hatte nichts zu verlieren. Das hier war genau der richtige Weg, Sühne zu leisten. Ich hörte Jack in der Eingangshalle nach Jonna rufen, an den Toröffner kam ich also nicht heran. Ich musste ans Tor laufen. Aber wie kam ich nach draußen? Die Sirenen waren schon ganz nah, und zwischen den hohen Bäumen hinter der Straße tauchte flackerndes Blaulicht auf.

Anna Hautala hatte Wert auf frische Luft und große Lüftungsfenster gelegt. Das Fenster in Paulis Zimmer war vierzig Zentimeter breit, sodass ich mich ganz gut hinausschlängeln konnte. Eine dieser Detektivinnen, die auf Pfennigabsätzen über den Bildschirm rannten, hätte den Sprung aus anderthalb Meter Höhe und die Zwanzigmeterstrecke ans Tor in einigen Sekunden geschafft, ohne auch nur außer Atem zu kommen, aber ich brauchte mindestens eine halbe Minute, um mich durch den Schnee zu kämpfen. Das war zu lang. Als ich die Hand nach dem Toröffner ausstreckte, hörte ich Jacks Stimme:

«Nicht aufmachen, du blöde Sau!»

Jack stand in der Haustür und hielt seine Schrotflinte auf mich gerichtet. *Nun gehe ich, Gevatter Tod, den fürcht ich nicht*, summte ich leise. Ich entsicherte die Waffe und schoss. Zwar traf ich nur den Sockel des Hauses, aber während sich Jack zur Seite warf, schaffte ich es, die vier Ziffern des Codes einzutippen.

Die Torflügel schoben sich langsam auf, ich sah zwei Polizeiautos und einen Mann im Helm, bevor der nächste Schuss krachte. Es war, als hätte ein kleiner Stein meinen Schuh durchschlagen und ein zweiter durch das Hosenbein hindurch meine Wade geschrammt. Ich sah Jack nicht einmal an, als ich zum zweiten Mal abdrückte. Dann sackte ich hinter dem Komposter zusammen und spürte, dass mein Schuh klebrig wurde. Irgendwer brüllte entsetzlich, zwei Polizisten mit Helm und Schutzschild rannten an mir vorbei.

«Was für ein Meisterschütze liegt denn hier?», hörte ich eine Stimme über mir, bevor mein Bewusstsein sich abschaltete.

Achtzehn

Später erfuhr ich, dass ich nicht ohnmächtig geworden war, sondern mich völlig vernünftig benommen hatte. Ich hatte meinen Namen genannt und berichtet, was passiert war, hatte mich zur Notaufnahme fahren lassen, wo eine Schrotkugel aus meinem großen Zeh entfernt und die Wunde gesäubert wurde, die die zweite Kugel gerissen hatte. Dann hatte ich erklärt, ich wolle jetzt nach Hause. Der Dienst habende Arzt erkannte die Schocksymptome und behielt mich zur Beobachtung in der Poliklinik. Angeblich war ich bis zum Morgen wach geblieben. Das Nächste, was ich nach den zwei behelmten Polizisten bewusst wahrnahm, war Kriminalhauptmeister Koivu, der am nächsten Morgen gegen neun Uhr an meinem Bett stand. Eine nach süßlichem Parfüm riechende Krankenschwester neben ihm fragte, ob ich ein Schmerzmittel wolle. Da wurde mir klar, dass ich im Krankenhaus lag und in der Nacht vielleicht ohne meine Zustimmung untersucht worden war.

«Nein. Ich will nach Hause.»

«Nun mal langsam. Schaffen Sie es, die Fragen des Kriminalbeamten zu beantworten?»

«Ja, das schaffe ich.»

«Es dauert auch nicht lange», sagte Koivu und setzte sich an mein Bett. «Die Kollegen von der Schutzpolizei haben Sie ja schon befragt, und Jonna Ritola kommt in ein paar Stunden aufs Revier, um ihre Aussage zu machen, aber ich würde gern ein paar Punkte überprüfen. Sie werden als Zeugin vernommen, es geht um Hausfriedensbruch und versuchten Mord.»

«Habe ich Jack erschossen?» Ich erinnerte mich nur an das

entsetzliche Brüllen, das aus der Richtung des Hauses gekommen war.

Auf Koivus Gesicht breitete sich ein Lächeln aus.

«Sie sind sicher keine so ganz geübte Schützin. Ihr zweiter Schuss hat einen Topf mit Heidekraut getroffen, der auf dem Balkon hing und Jari Halme direkt auf den Kopf gefallen ist.»

«Das Heidekraut? Aber da hatte ich doch vorgestern …» Ich fing an zu kichern, denn gerade vor zwei Tagen hatte ich intensiv riechenden Hühnerdung unter die Erde gemischt.

«Halme hatte Erde in den Augen, er konnte nichts mehr sehen und ließ die Schrotflinte fallen. Es war nicht schwer, ihn zu erwischen. Er ist jetzt vorläufig festgenommen, der Haftbefehl ist beantragt. Ich weiß, dass Ihr Waffenschein in Ordnung ist, aber trotzdem würde ich empfehlen, nicht mit einer Waffe rumzufuchteln, wenn Sie nicht schießen können», grinste Koivu. «Aber kommen wir zur Sache, damit ich Sie bald in Ruhe lassen kann. Wie ist Jari Halme auf das Gelände des Schutzhafens gelangt?»

Ich berichtete vom Anruf der Frau, die offenbar Jacks Helferin gewesen war. Die anschließenden Ereignisse purzelten in meiner Erinnerung kunterbunt durcheinander. Koivu schien sich vor allem dafür zu interessieren, welche Drohungen Jack von sich gegeben und wie viele Schüsse er abgefeuert hatte. Was ich getan hatte, schien nebensächlich zu sein.

Nach einer Viertelstunde reckte Koivu sich und stand auf. An der Tür drehte er sich noch einmal zu mir um und sagte: «Schöne Grüße von Hauptkommissarin Kallio. Sie lässt Ihnen ausrichten, Sie wären ein ganz schön kaltblütiges Frauenzimmer.»

Das klang eher nach einer Drohung als nach einem Lob. Vielleicht würde Kallio die Todesfälle rund um den Schutzhafen noch einmal genauer unter die Lupe nehmen. Mein Zeh schmerzte, meine Kleider waren schmutzig. Ich wollte nach Hause, in die Einsamkeit und Geborgenheit meiner Wohnung.

Noch am gleichen Abend wurde ich entlassen. Die Schrotkugel hatte den linken großen Zeh gebrochen, daher würde ich in den nächsten Wochen nicht gut gehen können. Die Ärztin schrieb mich drei Wochen krank und hätte mir sogar noch mehr Genesungsurlaub gegeben, wenn ich es gewollt hätte. Wahrscheinlich dachte sie, das Trauma durch die Schüsse wäre schlimmer als der Zeh. Ich war froh, als ich ihren aufdringlichen, überfreundlichen Fragen entkam.

Mein Anrufbeantworter war voller Nachrichten. Ich hatte die Boulevardblätter nicht gesehen, aber sie hatten offenbar berichtet, eine heldenhafte Mitarbeiterin des Frauenhauses hätte unter Einsatz ihres Lebens einen Drogengangster dingfest gemacht. Meine Mutter beschwerte sich auf dem Band, dass mein Bild nicht in die Zeitung gekommen war. Beide Boulevardzeitungen wollten ein Interview, aber ich machte mir nicht die Mühe zurückzurufen. Meine drei Brüder hatten ebenfalls angerufen, vermutlich, weil sie sich wunderten, wo ich schießen gelernt hatte. Auch Kalle hatte eine Nachricht hinterlassen, und bei ihm hörte ich heraus, dass er ehrlich besorgt um mich war.

Da ich nicht gut laufen konnte, brauchte ich jemanden, der für mich einkaufte. Sulos Futter reichte noch für ein paar Tage, aber Käse und Joghurt waren fast aufgebraucht. Sollte ich es wagen, Kalle um Hilfe zu bitten, nachdem ich ihm sechs Wochen lang die kalte Schulter gezeigt hatte?

Kalle nahm mir die Entscheidung ab. Am Samstagnachmittag stand er mit sechs leuchtend roten Rosen vor der Tür und sagte, er sei gerade auf dem Weg zum Einkaufen. Ich bestellte Vorräte für die ganze Woche, obwohl er sagte, er würde gern jeden Tag Besorgungen für mich machen.

«In Heikkis Fall gibt es etwas Neues», sagte Kalle, als er die Einkaufstüte auf den Tisch stellte. «Soll ich die Sachen in den Kühlschrank räumen?»

«Das schaff ich schon.» Eilig humpelte ich in die Küche, denn ich wollte nicht, dass jemand in meine Schränke guckte. «Was ist mit Heikki?» Mein Herz pochte heftig.

«Die Polizei hat am Donnerstag bei Mutter angerufen. Sie hatten Anfang der Woche zwei Männer durchsucht, die in Puolarmaar illegal auf dem Gelände der Schrebergartenkolonie kampieren. Dabei wurden Heikkis Bankkarte, Führerschein und Versicherungskarte gefunden, und auch die Schlüssel zu seiner Wohnung. Die beiden Männer sind jetzt vorläufig festgenommen.»

Hatte ich Heikki doch nicht umgebracht? Hatten die Männer aus Puolarmaar dem Sterbenden Brieftasche und Schlüssel abgenommen und die Leiche versteckt? Ich wäre jetzt gern mit meinen Gedanken allein gewesen, aber Kalle wuselte um mich herum, spielte mit Sulo und bot sich an, Staub zu saugen, weil das doch sicher zu anstrengend für mich wäre. Ich setzte Teewasser auf, damit meine zitternden Hände beschäftigt waren.

«Mein Bewährungshelfer hat gesagt, dass ich nicht mehr unter Verdacht stehe, Heikki umgebracht zu haben», verkündete Kalle bei der zweiten Tasse Tee.

«Gut. Ich meine, toll.» Ich wurde rot, Kalle zog aus meiner Verwirrung die falschen Schlüsse.

«Ich mach dir keinen Vorwurf daraus, dass du mich im Verdacht hattest. Das ist doch ganz natürlich.» Sein Lächeln war ein wenig gezwungen.

«Ich habe dich nie verdächtigt! Es tut mir Leid, wenn du den Eindruck gewonnen hast!»

Es war nicht leicht, ihm ins Gesicht zu sehen.

«Dann sind wir also wieder Freunde?»

«Freunde? Ja … Kann ich dich noch um einen Gefallen bitten? Ich möchte nächste Woche meine Eltern besuchen. Die Zugfahrt dauert fünf Stunden, das würde ich Sulo gern ersparen. Könntest du die paar Tage ab und zu herkommen und ihm sein Futter geben?»

«Sollte ich ihn nicht lieber so lange zu mir nehmen? Ich fände es schön, eine Katze zu haben, wenn auch nur leihweise.»

Genau darauf hatte ich gehofft. Kalle und Sulo könnten sich

testen. Ich wollte sicher sein, dass Sulo ein gutes Zuhause fand, wenn ich nicht mehr für ihn sorgen konnte. Die Zeit war bald gekommen.

In der nächsten Woche ging ich zur offiziellen Vernehmung auf das Polizeipräsidium. Ich hatte beschlossen, Jack Halme auf fünftausend Finnmark Schmerzensgeld zu verklagen. Koivu erwartete die Hauptverhandlung erst im Herbst, weil Halme gleichzeitig auch wegen Zuhälterei sowie Besitz und Verkauf von Drogen angeklagt werden sollte. Ich sagte ihm nicht, dass ich im Herbst vielleicht keine Zeugenaussage mehr machen konnte.

«Sie werden jetzt als Zeugin vernommen. Ich muss Ihnen mitteilen, dass Jack Halme Anzeige gegen Sie erstattet hat. Er beschuldigt Sie des versuchten Totschlags. Wir müssen Sie daher auch als Angeklagte vernehmen», sagte Koivu und sah mich um Entschuldigung bittend an. «Können wir das gleich jetzt miterledigen, oder möchten Sie sich zuerst einen Rechtsbeistand suchen?»

Ich hätte beinahe laut losgelacht, so absurd kam mir die Situation vor. Sollte ich etwa vor Gericht gestellt werden, weil durch mein Zutun ein Blumentopf auf Jack Halmes Kopf gelandet war?

«Das ist mir egal. Von mir aus jetzt gleich.»

«Wenn Sie sich einen Moment gedulden? Die leitende Ermittlerin möchte bei der Vernehmung anwesend sein. Anu, nimmst du schon mal die Routinedaten für das neue Protokoll auf, während ich Maria hole?» Für einen so großen Mann erhob sich Koivu überraschend flink und mit katzenhafter Geschmeidigkeit. Ich fand die Situation nicht mehr lustig, müde beantwortete ich Wangs erneute Fragen nach meinen Personalien.

Heute war Kallios Kleidung ihrer Position angemessen. Den dunkelgrauen Hosenanzug hätte auch die Hauptdarstellerin einer amerikanischen Anwaltsserie tragen können, die Haare waren im Nacken aufgesteckt.

«Tag, Säde.» Der Händedruck war schnell und fest. «Also, Jari Halme hat dich wegen versuchten Totschlags angezeigt. Er behauptet, du hättest in der Nacht zum sechsundzwanzigsten Februar dieses Jahres auf ihn geschossen, in der Absicht, ihn zu töten. Würdest du uns bitte sagen, wie es zu der Schießerei kam?»

Ich war es allmählich satt, immer wieder über die gleichen Ereignisse zu berichten. Als ich beim Safe angelangt war, fragte Kallio:

«Kannst du die Waffe laden?»

«Nein. Pauli Peltola – der Leiter des Schutzhafens – hat mir zwar mal gezeigt, wie es geht, aber das ist vier Jahre her.»

«Hattest du vorher jemals geschossen?»

«Nein.»

Meine Brüder hatten zwar mit dem Luftgewehr geknallt, aber mich hatten sie nie überreden können mitzumachen. Ich war sicher gewesen, aus Versehen entweder mich selbst oder jemand anderen zu treffen.

«Hast du jemals eine Schusswaffe in der Hand gehabt?»

«In meinem Elternhaus gab es ein Luftgewehr und ein Hochwildgewehr. Wahrscheinlich habe ich die mal angefasst, aber ich habe immer Angst vor Schusswaffen gehabt.»

Kallios Lächeln verriet, dass sie sich das schon gedacht hatte.

«Die Pistole lag also geladen im Safe?»

«Es war also eine Pistole», sagte ich zufrieden – jetzt wusste ich endlich, womit ich geschossen hatte. «Ja, sie muss wohl geladen gewesen sein, sonst hätte sie ja nicht funktioniert.»

«War die Sicherung entriegelt?»

«Dieses Knöpfchen? Nein. Ich hatte mal im Fernsehen gesehen, dass man irgendwas umklappen muss, damit die Knarre funktioniert.»

Koivu gab ein Geräusch von sich, das stark an unterdrücktes Lachen erinnerte. Um es zu überspielen, hustete er, was wiederum zur Folge hatte, dass Kallios Mundwinkel zuckten. Es war unfair, dass sie sich über mich lustig machten, aber egal. Lieber ein Dummchen als im Gefängnis.

«Warum haben Sie die Waffe aus dem Safe genommen?», fragte Anu Wang.

«Ich dachte, Jack schießt nicht so schnell, wenn er sieht, dass ich auch eine Waffe habe, dass nicht nur wehrlose Frauen im Haus sind.»

«Warum bist du ans Tor gerannt?»

«Der Toröffner ist in der Eingangshalle, in die Jack schon eingedrungen war. Deshalb musste ich die vier Codeziffern am Tor eintippen, um es zu öffnen.»

«Wer hat zuerst geschossen?»

«Ich», gab ich zu. «Jack hat aber als Erster angelegt. Wahrscheinlich hat er gar nicht gesehen, dass ich eine Waffe hatte.»

«Warum hast du geschossen?»

«Um ihn zu erschrecken und Zeit zu gewinnen.»

«Haben Sie auf Jari Halme gezielt?», fragte Koivu, jetzt wieder ganz beherrscht.

«Ich weiß nicht, wie man zielt. Ich habe auf gut Glück in Richtung Haus geschossen.»

«Und beim zweiten Mal?»

«Da auch. Es war reiner Zufall, dass ich das Heidekraut getroffen habe.»

Einen Augenblick lang sagte niemand ein Wort. Mein Zeh schmerzte, meine Kopfhaut juckte. Das einzige Schuhwerk, in das mein linker Fuß passte, war ein uralter, eine Nummer zu großer Gummistiefel. Das Gummi war längst brüchig geworden, die reflektierende Schicht abgeblättert.

«Du bist bedenkenlos auf den Hof gerannt, obwohl du dadurch einem bewaffneten Mann ausgeliefert warst. Hattest du keine Angst?» Kallio starrte mich aus ihren grüngelben Augen skeptisch an. Ich erinnerte mich, was ich gesummt hatte, als ich ans Tor lief. *Nun gehe ich, Gevatter Tod, den fürcht ich nicht.*

«In dem Moment nicht», sagte ich.

Koivu und Kallio fragten noch nach Einzelheiten des Schusswechsels. Dann beendeten sie die Vernehmung und ließen mich mit Anu Wang allein, die das Protokoll fertig stellte. Kallio kam zurück, als ich gerade die letzte Seite abgezeichnet hatte.

«Ich wollte dir nur sagen, dass die Voruntersuchung in diesem Fall eingestellt wird.»

Ich sah offenbar so verblüfft aus, dass sie weiterredete:

«Ich meine die Voruntersuchung aufgrund der von Jari Halme erstatteten Anzeige. Nach den bisherigen Ermittlungen besteht kein Grund, dich des versuchten Totschlags zu verdächtigen. Ich habe gerade mit der Staatsanwältin gesprochen, sie wird keine Anklage erheben.»

«Aber …»

«Möglicherweise erstattet Halme eine neue Anzeige wegen Notwehrüberschreitung, dann müssen wir noch einmal auf die Angelegenheit zurückkommen. Hast du noch Schmerzen am Zeh?»

«Ein bisschen.»

«Wie kommst du denn nach Hause? Wir haben gleich eine Besprechung, aber ich kann einen von den Uniformierten bitten, dich zu fahren.»

«Ich nehm mir ein Taxi. Ich kann also gehen?»

Kallio begleitete mich auf den Flur. Vor dem Aufzug sagte sie:

«Es wird dich vielleicht interessieren, dass Heikki Jokinens Tod offenbar aufgeklärt ist. Bei der gerichtsmedizinischen Untersuchung konnte nicht mit Sicherheit festgestellt werden, ob er schon tot war, als zwei seiner alten Zechkumpane ihn am Abend des zehnten Dezember im Wald gefunden, seine Taschen ausgeleert und ihn zwischen zwei Felsen unter Fichtenzweigen versteckt haben. Die Männer glaubten, er wäre betrunken in den Schnee gefallen und erfroren. Sie behaupten, er wäre schon tot gewesen, und wir können ihnen leider nicht das Gegenteil beweisen. Die Verletzungen an der Leiche scheinen durch einen Sturz entstanden zu sein, und da die Männer aussagen, sie hätten ihn am Fuß der GSM-Leitfunkstelle in Eestinkallio gefunden, ist er wahrscheinlich in betrunkenem Zustand auf den Mast geklettert und heruntergefallen. Mehr werden wir wohl nie erfahren. Kalle Jokinen steht jedenfalls nicht mehr unter Verdacht. Er konnte nachweisen, dass er seine Wohnung am Abend des zehnten Dezember nicht verlassen hat.»

«Gut, dass die Polizei ihm endlich auch glaubt», fuhr ich sie an. Im gleichen Moment kam der Aufzug, seine Tür öffnete sich wie das Tor zum Paradies.

«Du wusstest natürlich die ganze Zeit, dass Kalle unschuldig ist», rief mir Kallio nach. «Schönen Gruß an Sulo!»

Ich versagte es mir, weiter über die Worte der Hauptkommissarin nachzudenken. Wenn der Fall Heikki Jokinen abgeschlossen war, hatten Kalle und ich nichts mehr zu befürchten. Spielte es eine Rolle, wer Heikki umgebracht hatte, ich oder jemand anders?

Die Zeit für eine neue Frisur war gekommen, und da ich krankgeschrieben war, ließ sich das leicht bewerkstelligen. Es tat gut, die goldgelben Haare loszuwerden. Jetzt wuchsen mir fast nussbraune Haare, die dichter und elastischer waren als meine früheren. Eine Weile störte ich mich daran, dass sie so kurz waren, sie ließen die Ohren frei, und im Nacken hatte ich das Gefühl zu frieren, aber man sagte mir, sie würden schnell nachwachsen. Die neue Frisur war mein Geburtstagsgeschenk, ich wurde sechsunddreißig. Das klang einerseits alt, andererseits war es zu wenig für ein ganzes Leben.

Ein paar Tage später wollte ich nach Kuusjärvi fahren, darum brachte ich Sulo zu Kalle. Die Katze schnupperte eine Weile, fand ihr Katzenklo an der gleichen Stelle wie zu Hause, trank einen Schluck aus dem Wassernapf und rollte sich dann schnurrend auf dem Sofa zusammen. Kalle versprach mir, sie nicht allzu sehr zu verwöhnen. Er bot mir an, mich zum Bahnhof zu bringen, aber ich wehrte ab und erklärte ihm, es wäre sicher besser, wenn er Sulo in den ersten Stunden Gesellschaft leistete.

Auf dem Bahnhof traf ich Tiina Leiwo, im Nerzmantel und elegant geschminkt. Sie unterhielt sich mit einem ebenso teuer gekleideten Mann, aber als sie mich sah, entglitten ihre Gesichtszüge.

«Säde … Hallo.»

«Hallo, Tiina. Wie geht's?»

«Gut», antwortete sie, aber ihre Stimme bebte. «Geh schon mal die Fahrkarten kaufen, Henri. Ich möchte mich einen Moment mit meiner alten Bekannten unterhalten.»

Als der Mann verschwunden war, zog Tiina mich in eine Ecke der Bahnhofshalle.

«Hat der Vorstand des Schutzhafens meinen Brief bekommen?», fragte sie aufgeregt.

«Ja. Es wurde darüber diskutiert, und jetzt werden die Richtlinien geändert. Wir …»

«Ich habe immer noch Angst», unterbrach sie mich. «Ich habe Albträume, in denen Pasi auftaucht. Es fällt mir schwer, einem Mann zu trauen. Bei der Arbeit glauben sie zum Glück, dass ich um Pasi trauere und deshalb so durcheinander bin. Ohne Therapie käme ich nicht zurecht.»

«Tiina, beruhige dich. Pasi kommt nicht mehr zurück. Und nicht alle Männer sind wie er.»

«Woher soll man das wissen?» Unter ihrer geschminkten Maske war Tiinas Gesicht voller Verzweiflung, und ich wusste keine Antwort auf ihre Frage.

«Tiina, unser Zug fährt gleich!» Henri kam zurück, Tiina ging mit ihm und wischte sich die Augen.

«Halt die Ohren steif!», rief ich ihr nach. Ich wusste seit langem, wie viel Zeit es brauchte, bis Gewaltopfer sich von ihren schrecklichen Erfahrungen erholten. Zum Glück war Tiina so klug gewesen, eine Therapie anzufangen.

Ich war seit Ostern im vorigen Jahr nicht mehr bei meinen Eltern gewesen. Damals war ich noch die alte, brave Säde. Diesmal hatte ich mir vorgenommen, mir keine höhnischen Bemerkungen gefallen zu lassen. Im Zug fing ich an, meinen Beschluss zu überdenken. Ich wollte, dass man mich in guter Erinnerung behielt.

Mein Bruder Tarmo holte mich in Joensuu am Bahnhof ab. Er hatte einen neuen, leuchtend roten Wagen, die einzige Automarke, die ich mit Sicherheit erkannte: Mercedes. Offensichtlich hatte er seine Finanzen in Ordnung gebracht. Im Autoradio sang eine mir unbekannte Tangoprinzessin, während Tarmo mir die verzwickten Einzelheiten seiner Scheidung erläuterte. Ich hörte zu, wie ich es immer getan hatte, wortlos, und dachte dabei über meine eigenen Angelegenheiten nach. Er brauste mit hundertdreißig Sachen über die schmale Straße und prahlte, er hätte einen Radarwarner im Auto.

«Hier hat sowieso keiner Zeit, Tempo zu messen, die Zellen überwachen se jetzt auch bloß noch mit der Kamera.»

Bei meinen Eltern hatten sich alle Brüder mit Frauen und Kindern versammelt, nur Reimas Frau Tupu fehlte. Meine Mutter tischte Hefegebäck und Piroggen auf.

«Du bis aber dünn geworden. Und deine Frisur is komisch, so kurz. Ne neue Brille haste auch gekauft.»

«Kriegste ordentlich Entschädigung für die Schusswunde?», wollte Aimo wissen.

«Warum war dein Bild nich in der Zeitung?» Mein Vater kam aus dem Nebenzimmer, wo er geraucht hatte, und zog die schlotternde Hose hoch.

«Weil ich nich wollte.»

«Warum denn nich. Da hätten wir endlich mal mit dir angeben können. Die hätten dir bestimmt was für 'n Interview bezahlt», sagte Reima.

«War ich nich dran intressiert.» Ich biss ein großes Stück von der Kartoffelpirogge ab, um nicht reden zu müssen. In meinem Elternhaus hatte ich immer Hunger, obwohl es mir vorkam, als zählten mir meine Schwägerinnen die Bissen vom Mund ab.

Ich behauptete, ich wäre müde von der Reise und von den

Schmerzmitteln, damit ich früh schlafen gehen konnte. Mein altes Zimmer gehörte inzwischen den Kindern meines Bruders, an den Wänden hingen Poster von irgendwelchen Monstern und mir unbekannten Popstars, es roch nicht mehr nach Schmierseife, sondern nach einem Waschmittel mit Blütenduft. Ein tragbares Fernsehgerät und ein Computer hatten die Bücherregale über dem Schreibtisch verdrängt. Nur die Landschaft war noch dieselbe wie vor zwanzig Jahren, obwohl die Bäume gewachsen waren und die Satellitenschüssel auf dem Dach einen seltsamen runden Schatten auf den Hof warf. Der alte Bergwerksturm strahlte sein geheimnisvolles grünliches Licht aus.

Um am Samstag nicht in die Sauna gehen zu müssen, erklärte ich, der Arzt hätte mir verboten, den Zeh nass zu machen. Vor einigen Jahren hatte Tarmos zweite Frau mich in der Sauna gefragt: «Wie ist das nur möglich, dass dein Busen schon so hängt, obwohl er so klein ist und du nie gestillt hast?» Tarja hatte die Schultern durchgedrückt, sodass ihre runden, festen Brüste vorstanden, und ich hatte nicht gewusst, was ich sagen sollte. Ich hatte mich vorgebeugt, um mein Gesicht zu verbergen, war dankbar gewesen für die Dunkelheit in der Sauna und für den Schweiß, der mir über das Gesicht lief und sich mit den Tränen vermengte.

In der letzten Nacht kehrten auch andere Erinnerungen zurück. Das kleine Mansardenzimmer war meine Zuflucht gewesen. Mein Vater hatte Strom in die ehemalige Dachkammer gelegt und die Wände mit Steinwolle isoliert, als mein Busen zu wachsen begann und es nicht mehr als schicklich galt, dass ich mit Aimo im selben Zimmer schlief. Die Jungen hatten mich um mein eigenes Zimmer beneidet, um das einzige Privileg, das ich meinem Geschlecht verdankte, und hatten mir deshalb jeden nur denkbaren Streich gespielt, von Fröschen und Mäusen, die sie mir ins Bett legten, bis zum Zerreißen meiner Bücher. Das Tagebuchführen hatte ich nach zwei Wochen aufgegeben, weil sie das Schloss aufbrachen. Jungs sind nun mal Jungs, sagten meine Eltern, als ich mich über meine Brüder beschwerte.

In dem Herbst, als ich in die zweite Klasse der Oberstufe kam, war ich so deprimiert, dass ich an Selbstmord dachte. Weil ich still und brav war, merkte niemand etwas. Ich schaffte es nicht, meine Absicht zu verwirklichen, denn vor Erhängen und Ertrinken hatte ich noch mehr Angst als vor dem Pulsaufschneiden. Wie man mit dem Jagdgewehr umgeht, wusste ich nicht. Dann starb ein Mädchen aus der Parallelklasse bei einem Verkehrsunfall, und ich dachte mir, dass man wohl leben musste, wenn man nun mal am Leben war.

Ich erinnerte mich an die Nacht nach Aimos erster Hochzeit, als ich mich nach zwei Glas halbgegorenem Hausbier übergeben musste und gesehen hatte, wie ein Zug Kraniche am Himmel entlangzog und hinter dem alten Bergwerksturm verschwand. Das Leben zog nicht wie ein Film an meinen Augen vorbei, oder aber der Film hatte Risse, sprang hin und her und erzählte nur einen Teil.

Es war schön, wieder in die eigenen vier Wände zurückzukehren. Als ich mich aus dem Taxi quälte, sang auf der Fichtenhecke die erste Amsel, und bald darauf antwortete ihr eine zweite. Ich holte Sulo bei Kalle ab, die beiden waren gut miteinander ausgekommen. Ich blieb zum Tee, wir redeten über dies und das, Kalle bewunderte wieder meine neue Frisur und staunte darüber, dass die Haare jetzt, wo sie lockig waren, viel dicker aussahen als vorher.

«Und so eine natürliche Farbe. Der rotgoldene Ton war auch schön, aber diese Farbe sieht viel echter aus.»

«Und beide wachsen nicht raus», entschlüpfte es mir, aber Kalle begriff nicht, was ich meinte. Ich versprach, mit ihm ins Kino zu gehen, sobald mein Zeh verheilt und er von der Reise zurück war. Er wollte Ende März mit seiner Mutter eine Woche auf die Kanarischen Inseln fliegen.

Von Tag zu Tag ging die Sonne früher auf und stand länger am

Himmel, die blau schimmernden Abende nach Frühjahrsanfang dufteten nach den Blumen, die in der Erde erwachten. Die neuen Richtlinien des Schutzhafens waren fertig und wurden von der Generalversammlung der Stiftung gutgeheißen. Zu meiner Bestürzung machte mir die Arbeit noch Spaß, und es fiel mir schwer, an meinem Entschluss festzuhalten, noch vor dem Sommer aufzuhören. Ich ging ins Krankenhaus und ließ eine Vielzahl von Untersuchungen machen, unter anderem wurde festgestellt, dass mein Zeh vollständig verheilt war. Der Termin für den Prozess gegen Halme war noch nicht festgesetzt. Dafür schickte Jonna Ritola eine Karte aus Peräseinäjoki. Sie war dorthin zurückgezogen, hatte in einem Kosmetikgeschäft Arbeit gefunden und wollte im Herbst auf der Abendschule das Abitur nachholen. Einen neuen Freund hatte sie auch, einen Baseballspieler, der nicht rauchte und nicht trank.

In der letzten Märzwoche lud Maisa mich ein, mir die Kür der Paare bei der Weltmeisterschaft im Eiskunstlauf anzusehen. Die Firma ihres Mannes war unter den Sponsoren, daher bekamen wir Plätze in der VIP-Loge. Zu meiner Verwunderung entdeckte ich ein paar Reihen weiter Hauptkommissarin Kallio, die mir zuwinkte. Ich winkte zurück, obwohl ich bei ihrem Anblick immer unruhig wurde.

Eiskunstlauf war eine schöne Sportart, fand ich. Jetzt war ich ein ums andere Mal einfach hingerissen. Geradezu erschüttert war ich von der Kür des eleganten Paars aus Deutschland, die die Gewalt in einer Zweierbeziehung zum Thema hatte. Als das Paar sich nach der Kür verbeugte, klatschten Maisa und ich, bis uns die Hände wehtaten.

«Ich habe irgendwo gelesen, sie spenden einen Teil ihrer Honorare Frauenhäusern», flüsterte Maisa. «Solche Leute geben einem neue Kraft. Wie schön, dass wir uns die Kür gemeinsam anschauen konnten.» Sie fasste mich kurz um die Schulter, wie man es mit einer guten Freundin tut, und ich fand das gar nicht aufdringlich. Als Antwort drückte ich ihren Arm und lächelte.

Am Gründonnerstag ging ich in die Krebsklinik, um mir die Untersuchungsergebnisse sagen zu lassen. Seit dem Abschluss der Chemotherapie waren gut drei Monate vergangen, jetzt würden wir sehen, wie ich auf die Behandlung angesprochen hatte. Die Krankheit war letztes Jahr im Mai festgestellt worden. Ich war ins kommunale Ärztezentrum gegangen, weil ich schon seit zwei Monaten einen Knoten in der Brust ertasten konnte. Man hatte mich zur Mammographie und Biopsie geschickt, und das Ergebnis fiel so aus, wie ich befürchtet hatte: Brustkrebs. Mitte Juni hatte man mir die linke Brust und die Lymphdrüsen entfernt. Die Prognose war nicht besonders günstig, obwohl in den Lymphdrüsen kein Krebsgewebe gefunden worden war und die Geschwulst mit einem Durchmesser von vier Zentimetern zum Typ II gehörte. Bei Frauen meines Alters lag der prozentuale Anteil der Heilungen niedriger als bei denjenigen, die erst nach Beginn der Wechseljahre erkrankten, zudem war die Teilungsrate der Krebszellen bei mir sehr hoch.

Die für die Terminvergabe zuständige Krankenschwester war ganz verlegen geworden, als sie merkte, dass sie mir für die Bekanntgabe der Untersuchungsergebnisse ausgerechnet den Gründonnerstag angeboten hatte. Mir war das egal, ich wusste, wie das Ergebnis lauten würde. Nachdem die Diagnose feststand, hatte ich alles über Brustkrebs gelesen, was ich nur finden konnte, und machte mir keine großen Hoffnungen. Der Arzt, der mich nach der Operation behandelt hatte, erklärte mir schroff, er könne mir nicht mehr viel Lebenszeit versprechen. Ich hoffte, wenigstens noch einen Sommer zu erleben, denn vom vorigen hatte ich nicht viel gehabt: Nachdem ich mich von der Operation erholt hatte, musste ich im Bleipanzer liegen und die Bestrahlungen über mich ergehen lassen. Während der Chemotherapie war ich fest entschlossen arbeiten gegangen, obwohl es mir oft schwer gefallen war, denn von den Medikamenten, die ich nehmen musste, wurde mir oft schlecht.

Die Ärztin, der ich diesmal gegenübersaß, war eine schlanke, grauhaarige Frau, die ich noch nie gesehen hatte. Der ständige Arztwechsel war belastend, in jeder Sprechstunde wurde immer wieder das Gleiche durchgekaut, für neue Fragen blieb keine Zeit.

«Wie fühlen Sie sich? Die Haare sind offensichtlich nachgewachsen, den Unterlagen nach waren sie fast ganz ausgefallen.»

«Ja. Die Hautprobleme sind nach dem Ende der Strahlenbehandlung auch ziemlich schnell zurückgegangen.»

Die Ärztin breitete Röntgenaufnahmen vor mir aus. Ich konnte sie nicht deuten, mein Blick irrte ängstlich von einer Aufnahme zur anderen.

«Es freut mich, Ihnen sagen zu können, dass die Untersuchungsergebnisse sehr positiv aussehen. Die Blutwerte sind in Ordnung, und es gibt keine Anzeichen für Metastasen oder neue Zellveränderungen. Wie Sie sehen, sind weder unter der Achsel noch in der rechten Brust Schatten festzustellen, es ist also tatsächlich gelungen, die Geschwulst vollständig zu entfernen. Die Bestrahlung und die Chemotherapie haben sehr gut angeschlagen. Es war richtig, die ganze Brust zu amputieren, weil es sich um eine schnell wachsende Geschwulst handelte. Die nächste Kontrolluntersuchung können wir im August machen, vorher ist es nicht nötig.»

«Ich sterbe also nicht?», fragte ich so konsterniert, dass die Ärztin lächelte.

«Sie sind zurzeit völlig gesund. Das entspricht zweifellos nicht den Prognosen, und ich kann Ihnen leider nicht versprechen, dass die Krankheit nicht wiederkehrt, aber in den nächsten zwei Jahren werden Sie jedenfalls nicht daran sterben. Womöglich werden Sie hundert Jahre alt.» Die Ärztin feixte geradezu, wahrscheinlich freute sie sich, zwischen all den Todesurteilen auch einmal eine gute Nachricht liefern zu können.

«Was hat mich denn geheilt? Nach der ursprünglichen Diagnose hatte ich praktisch keine Chance!»

«Wodurch Krebs entsteht und wodurch er geheilt wird, ist immer noch nicht bis ins Letzte bekannt. Die Behandlungsmethoden werden natürlich immer präziser, aber es hängt auch vieles von der Einstellung der Patienten ab. Manche genesen allein durch ihren starken Lebenswillen, andere finden erst durch die Erkrankung den Sinn ihres Lebens. Manche wagen zum ersten Mal an sich selbst zu denken, nachdem sie die Krebsdiagnose bekommen haben. Vielleicht kennen Sie die Antwort auf Ihre Frage ja selbst?»

Die Stimme der Ärztin klang fröhlich und fest, ihre schmalen grauen Augen sahen mich interessiert an.

«Ich hab bloß aufgehört, brav zu sein», hörte ich mich sagen. Dann musste ich so heftig lachen, dass ich fast vom Stuhl fiel.

Neunzehn

Die nächsten zwei Tage saß ich in meinem Schlafzimmer auf dem Fußboden, lehnte mich an die Wand und dachte nach. Womöglich schlief ich zwischendurch, aber ich konnte mich nachträglich nicht daran erinnern. Offensichtlich fütterte ich Sulo wie immer, denn später bemerkte ich, dass die Vorräte an Katzenfutter kleiner geworden waren. Ich hätte an den Osterfeiertagen arbeiten müssen, aber nach meinem hysterischen Kicheranfall schrieb mich die Ärztin fünf Tage krank. Maisa nannte ich psychische Gründe, die Kolleginnen würden glauben, dass es mit der Schießerei zu tun hatte. Der Gründonnerstag fiel auf den ersten April, und es war, als hätte mir das Leben wahrhaftig einen Aprilstreich gespielt. Nach meinem Lachanfall hatte mir die Ärztin versichert, ein Irrtum sei völlig ausgeschlossen.

Als ich von meiner Krankheit erfahren hatte, war meine erste Reaktion ein ungeheures Schamgefühl gewesen. Bestimmt hatte ich etwas falsch gemacht und war deshalb krank geworden: ungesund gegessen, zu wenig Sport getrieben, versäumt, positiv zu denken. Ich hatte keine Kinder, Stillen schützte vor Brustkrebs. In meinem Elternhaus war geraucht worden, hatte das etwas zu bedeuten? Oder war ich schlicht und einfach ein schlechter Mensch, der eine tödliche Krankheit verdient hatte?

Ich schämte mich so sehr, dass ich beschloss, meine Krankheit zu verheimlichen. Um zu den Behandlungen gehen zu können, hatte ich bei der Arbeit geradezu akrobatisch mit Lügengeschichten jonglieren müssen. Die Strahlentherapie konnte ich in meinen Sommerurlaub legen, doch die Chemotherapie hatte einige Probleme bereitet. Zwar bekam ich das Medikament alle vier Wochen als Einmaldosis, aber die ersten Tage nach der Einnahme waren wegen der Müdigkeit und Übelkeit die reine Hölle. Trotzdem hatte ich sie überstanden, ohne dass jemand hinter mein Geheimnis gekommen war.

Ab und zu hatte ich sogar Erleichterung verspürt: Mein Leben war so freudlos, ich konnte zufrieden sein, es bald hinter mir zu haben. Aber das Gefühl hielt nie lange an. Ich hatte im Bleipanzer gelegen wie in einem Sarg, nie hatte ich mich so nichtig gefühlt wie in dem hellen Raum, in dem nur das Geräusch der Maschinen zu hören war. Die Narbe über meinem Herzen erinnerte mich an meine Krankheit, sooft ich mich an- oder auszog.

Natürlich hatte ich nach der Operation Informationen über Krebsorganisationen, Gesprächsgruppen und Rehabilitationskurse bekommen. Über die sozialen Vergünstigungen wusste ich sowieso Bescheid. Aber meine Rolle war das Helfen, und Helferinnen durften keine Hilfe benötigen.

Hatte ich gedacht.

Der Hass kam erst später, während der ersten Phasen der Chemotherapie im Spätsommer, als ich mich dauernd erbrach. Warum musste ich sterben, ich, die ich immer versucht hatte, für andere zu leben, während Sadisten wie Ari Väätäinen weiterleben durften? Ich fühlte mich von Gott um den Rest meines Lebens beraubt, darum nahm ich seinen Platz ein und entschied über das Leben anderer Menschen. Wenn ohnehin das Todesurteil über mich verhängt war, konnte ich auch töten.

Mein ganzes Leben lang hatte ich an Gott geglaubt, ich brauchte die Vorstellung, ohne Vorbehalt geliebt zu werden. Noch als Erwachsene hatte ich mein Abendgebet gesprochen und immer damit begonnen, Gott für das Gute zu danken, das mir der Tag gebracht hatte, auch wenn es mir an manchen Tagen fast unmöglich war, etwas zu finden, wofür ich dankbar sein konnte. Nachdem ich von meinem Krebs erfahren hatte, dachte ich, Gott hätte mir die Krankheit geschickt, weil ich nicht dankbar genug für bescheidene Gaben gewesen war. Mit welchem Recht forderte ich mehr als das bloße Leben?

Von Gründonnerstag bis Ostersamstag saß ich daheim und wünschte mir, Jack Halmes Schrotkugeln hätten mich getötet. Nach allem, was ich getan hatte, konnte ich nicht weiterleben. Ich spielte mit dem Gedanken, auf das Leben zu verzichten, das man mir gerade zurückgegeben hatte, und mich umzubringen.

Das Telefon hatte ich ausgestöpselt und das Handy abgeschaltet, ich wollte mit keinem reden. Am Karfreitag um zehn klingelte es an der Tür. Ich kümmerte mich nicht darum. Das konnte nur Kalle sein, und ich ertrug es nicht, ihn zu sehen.

Kalle. Noch so ein Aprilscherz. Zuerst hatte ich geglaubt, er sei zu spät in mein Leben getreten, dann hatte ich selbst alles unmöglich gemacht. Ich würde es nie fertig bringen, ihm zu sagen, was ich getan hatte, obwohl ich es verdient hätte, in seinen Augen den Blick zu sehen, mit dem ich ihn angeschaut hatte, als er mir erzählte, er habe einen Menschen getötet.

Ich hatte vorgehabt, ohne Angabe von Gründen im Schutzhafen zu kündigen, sobald ich ungefähr wusste, wie viel Zeit mir noch blieb. Meine Ersparnisse reichten mindestens für ein halbes Jahr. Sehr viel länger würde ich nicht mehr leben, hatte ich gedacht. Meiner Familie und ein paar Freunden würde ich erst dann von der Krankheit erzählen, wenn es sich nicht mehr vermeiden ließ, mit Kalle wollte ich sprechen, wenn ich mich nicht mehr um Sulo kümmern konnte. Mein Patiententestament hatten zwei Mitarbeiter der Strahlenklinik beglaubigt. Es war sehr knapp: Keine lebensverlängernden Maßnahmen. Ich wollte nicht dahinvegetieren und anderen zur Last fallen.

Ich hatte wahnsinnige Angst, als man mir die Bleischürzen auf Bauch, Hals und Kopf legte und mich anwies, stillzuliegen. Die summenden, stählernen Maschinen und die Strahlen, die sie ausschickten, kamen mir nicht heilend vor, sondern tödlich. Ich war froh, als die Bestrahlungen vorbei waren. Die Injektionen mit zytostatischen Mitteln waren weniger dramatisch. Der

Arzt riet mir, mich für die Dauer der Behandlung krankschreiben zu lassen, aber ich behauptete, es wäre für meine geistige Gesundheit besser, wenn ich arbeiten ging. Ohne meinen Beruf war ich nichts als eine Nummer im Register der Krebsklinik.

Zwei Tage lang saß ich in meinem geblümten, verblichenen Schlafanzug, die Schlummerdecke über den Schultern, auf dem Fußboden und lauschte auf die Stille, die nur von Sulos Miauen und vom lockenden Ruf einer fernen Amsel durchbrochen wurde. Das Zwitschern versetzte Sulo in Unruhe, am Samstagabend musste ich ihn hinauslassen. Ich hatte nicht die Kraft, mich anzuziehen und mitzugehen, mochten sich die Nachbarn doch beschweren, weil meine Katze frei herumlief. Als ich die Tür aufmachte, lag ein Strauß gefrorener Osterglocken davor, mit einer Karte:

«Friedliche Ostern! Komm mal vorbei, dann erzähle ich dir von den Kanarischen Inseln! Kalle.»

Ich holte die Blumen herein, wickelte sie aus und legte die Wange an ihr eiskaltes Gelb. Das Brennen auf der Haut erinnerte mich daran, dass ich immer noch existierte.

Die Ärztin hatte mich gefragt, was ich meinte, wenn ich sagte, ich hätte aufgehört, brav zu sein. Ich erzählte ihr von den Veränderungen, die wir im Schutzhafen erreicht hatten, schließlich auch von dem Schusswechsel mit Jack Halme. Sie bat mich dringend, mich bei der Selbsthilfegruppe für Krebskranke zu melden, offensichtlich bereitete es ihr Sorge, dass ich niemandem von meiner Krankheit erzählt hatte.

«Soll ich Sie zu einem Psychologen oder Psychiater überweisen?» Als ich das ablehnte, ließ mich die Ärztin schwören, auch mit anderen außer Sulo über meinen Brustkrebs zu sprechen. Sie wäre wohl nicht so freundlich gewesen, wenn ich ihr erzählt hätte, was ich sonst noch alles getan hatte.

In der Wärme wurden die Blütenblätter der Osterglocken dunkel und fielen ab. Ich schaute den Blättern beim Herabfallen zu und hatte das Gefühl, mich selbst zu betrachten. Ich stand auf den Ruinen meines Ich, es gab keinen Weg, mich wieder aufzubauen.

Sulo maunzte vor der Tür, er brachte den Geruch von schmelzendem Schnee mit in die Wohnung. Es war wärmer geworden. Die Kinder hatten im mittleren Hof eine große Schneeburg gebaut. Da, wo sie ihre Schneebälle gerollt hatten, ragten einige schlaffe, bräunliche Grashalme auf, die die Hoflampe im Lauf des Abends schwarzgrün färbte. Ich stellte die am besten erhaltenen Osterglocken in eine Vase und hörte meinen Magen knurren. Seit mehr als zwei Tagen hatte ich nichts gegessen. Im Kühlschrank standen noch der Lammbraten und die Pasha, die ich Anfang der Woche zubereitet hatte. Eigentlich hatte ich nach der Nachtschicht mein letztes Ostermahl essen wollen, zur gleichen Zeit, wie es in der Familie meines Vaters üblich war: am frühen Ostermorgen, nach der Prozession um die Kirche und der orthodoxen Messe.

Ich schmierte mir ein paar Butterbrote, dann ging ich unter die Dusche. Die Stelle meiner linken Brust nahm eine höckrige, dunkelrote Narbe ein, die fast von der Mitte des Brustbeins bis unter die Achsel reichte. Meine rechte Brust sah genauso aus, wie sie mein ganzes Erwachsenenalter hindurch ausgesehen hatte: flach, ein wenig hängend, mit himbeerfarbenem Nippel. Keine perfekte Kugelbrust wie in den Illustrierten, aber gesund.

Ich trocknete mich ab, zog frische Unterwäsche an und nahm die Gelprothese in die Hand. Ich war sicher gewesen, man würde durch die Kleider hindurch die Fälschung sehen und bei Umarmungen spüren können. Die Ärztin hatte mir gesagt, wenn ich auch im August ohne Befund wäre, würde sie mir eine Überweisung zur Brustrekonstruktion schreiben. Über diese Möglichkeit hatte ich mir bisher gar keine Gedanken gemacht, weil ich nicht geglaubt hatte, lange genug zu leben.

Ich fuhr mit der Hand durch meine kurzen dunklen Haare. Die rotblonde Perücke lag ganz unten im Schrank, ich hatte sie für die nächste Chemotherapie aufgehoben. Es war mir schwer gefallen, im Krankenhaus um eine Kostenerstattung für eine Perücke zu bitten, noch schwerer war der Gang ins Perückengeschäft. Die Verkäuferin aber war einer der nettesten Menschen, die mir während meiner Erkrankung begegnet waren. Sie hatte mich weder furchtsam noch mitleidig angesehen, sondern gescherzt und sich wirklich Mühe gegeben, eine möglichst schöne Frisur für mich zu finden. Über das eindrucksvolle Ergebnis hatte sie sich noch mehr gefreut als ich. Vermutlich hatten einige meiner Kolleginnen und verschiedene Sängerinnen im Chor gemerkt, dass ich eine Perücke trug, und gedacht, ich wollte mich nicht mehr über meine eigenen hässlichen Haare ärgern.

Ich wog die Gelprothese eine Weile in der Hand, bevor ich sie in die eingenähte Tasche in meinem BH gleiten ließ, deren Anfertigung ich von der Beschäftigungstherapeutin in der Strahlenklinik gelernt hatte. Außer in der Arztpraxis würde ich mich nie mehr vor anderen Menschen ausziehen können, hatte ich gedacht. Ich hatte mich immer für meinen Körper geschämt, und nun war er endgültig verstümmelt und hässlich. Sulo und ich passten wirklich zusammen: eine einäugige Katze und eine einbrüstige Frau, zwei Märchenfiguren aus dem Hexenhaus.

Ich kämmte die neuen Haare zu einer flotten Bürstenfrisur, die mein Gesicht schmaler und länger machte, zog einen frischen Schlafanzug an und schaltete den Fernseher ein, um mich irgendwie zu beschäftigen. Es war Samstagabend, fast elf Uhr, auf den meisten Kanälen gab es drittklassige Filme oder Mordserien. Den Sender mit den Rockvideos probierte ich gar nicht erst, da kam höchstens einmal in der Woche irgendein alter Hit, den ich mir anhören konnte. Ich wollte schon auf meine Videos mit den Tauno-Palo-Filmen zurückgreifen, als plötzlich eine voll tönende Männerstimme das Zimmer erfüllte.

Im vierten Programm des schwedischen Fernsehens sang ein Mann in weißer Kutte die Tenorarie aus Bachs Johannes-Passion: «Bei der Welt ist gar kein Rat, und im Herzen stehen die Schmerzen meiner Missetat.» Ich erstarrte und lauschte auf die

Musik, die wie für diesen Moment geschrieben zu sein schien. Allmählich begann ich die Altpartien mitzusummen, und beim Schlusschoral sang ich aus vollem Hals mit. Erst bei der Strophe «alsdenn vom Tod erwecke mich» fing ich an zu weinen.

Mir standen immer noch Tränen in den Augen, als ich das Lamm in den Ofen schob und anfing, die Soße zuzubereiten. Ich wusch einige Kartoffeln, wickelte sie in Folie und legte sie neben den Lammbraten in den Ofen. Dabei dachte ich an all die Menschen, in deren Leben ich mich im vergangenen Winter eingemischt hatte. Hatte ich nur Böses getan? Allein würde ich das Maß meiner Schuld nicht ermessen können, das konnte ich nur zusammen mit anderen tun. Ich beschloss, den Therapeuten aufzusuchen, dessen Adresse mir die Ärztin zusammen mit den Hinweisen für die Nachbehandlung gegeben hatte. Morgen wollte ich meine Familie anrufen, frohe Ostern wünschen und erzählen, wovon ich genas.

Am Himmel stand der Mond. Er war nicht ganz rund, trotzdem hätte ihn niemand als unvollkommen bezeichnet. Es war immer derselbe Mond, obwohl ihm immer wieder ein unterschiedlich großer Teil fehlte und er sich von Zeit zu Zeit völlig unsichtbar machte.

Ich legte ein weißes Tischtuch auf, stellte mein bestes Geschirr, die aus dem Frost geretteten Osterglocken und einen Teller mit dünnen Wachskerzen auf den Tisch. Es duftete verlockend nach Lamm und Knoblauch. Bald würden die Glocken läuten, bald würde die Prozession um meine heimatliche Kirche ziehen und das orthodoxe Ostertroparion singen. Ich brauchte nicht dort zu sein, nicht jetzt. Es genügte, in Gedanken die Worte zu hören. Es würden andere Osterfeste kommen, bei denen ich sie mitsingen konnte.

Ich vertauschte den Schlafanzug mit einer apfelsinenfarbenen Bluse und einem dunkelvioletten Rock, den ich mir in der Zeit gekauft hatte, als ich krankgeschrieben war. Ich schminkte mich, so gut ich konnte, steckte die Ohrringe mit den Hämmerchen an, stöpselte das Telefon ein und wählte Kalles Nummer. Er antwortete mit tiefer, verschlafener Stimme, die aber fröhlich wurde, als er meinen Gruß hörte.

«Hier ist Säde. Frohe Ostern. Ich habe Lamm und Pasha, herzlich willkommen zum Osternachtsmahl. Jetzt sofort. Wein habe ich auch.»

Ein paar Minuten später klingelte es. In Kalles Augen standen Lachen und Verwirrung zugleich. Zum ersten Mal umarmte ich ihn, ohne darüber nachzudenken, wie sich mein Körper an seiner breiten Brust anfühlte. Eines Tages würde ich ihn bitten, das Lied vom Gevatter Tod zu singen. Es machte mir keine Angst mehr. Ich holte die Johannes-Passion aus dem Plattenregal und legte sie auf, obwohl es mir verschwenderisch vorkam, sie als Hintergrundmusik zu hören. Ich brauchte diese Musik, sie gab mir Mut.

Kalle machte den Wein auf, während ich das Essen aus dem Ofen holte. Wir tranken auf den Frühling, aßen und unterhielten uns über Kalles Reise und über den nahenden Frühling. Kalle behauptete, an einer geschützten Stelle schon Huflattich gesehen zu haben. Meine drei Ichs saßen ihm am Tisch gegenüber: die alte furchtsame Säde, die mörderische Säde und die Säde, die ich von diesem Tag an kennen lernen würde. Nachdem wir die Pasha gegessen hatten, setzten wir uns aufs Sofa. Sulo lag schnurrend auf Kalles Schoß, und ich war ihm so nah, dass ich spürte, wie die Luft rund um die Katze vibrierte.

Endlich wusste ich, was ich tun musste. Zur Ermutigung trank ich einen Schluck Wein und rückte noch näher an Kalle heran.

Dann erzählte ich ihm alles.